U0599970

# 西方文论

程明社　主编

吉林大学出版社
·长春·

**图书在版编目（CIP）数据**

西方文论 / 程明社主编 .— 长春 ：吉林大学出版
社， 2021.10
ISBN 978-7-5692-9069-1

Ⅰ．①西… Ⅱ．①程… Ⅲ．①文学理论—西方国家
Ⅳ．① I109

中国版本图书馆 CIP 数据核字 (2021) 第 207990 号

书　　　名：西方文论
　　　　　　XIFANG WENLUN

作　　　者：程明社　主编
策划编辑：邵宇彤
责任编辑：王凯乐
责任校对：宋睿文
装帧设计：优盛文化
出版发行：吉林大学出版社
社　　　址：长春市人民大街4059号
邮政编码：130021
发行电话：0431-89580028/29/21
网　　　址：http://www.jlup.com.cn
电子邮箱：jdcbs@jlu.edu.cn
印　　　刷：定州启航印刷有限公司
成品尺寸：185mm×260mm　　16开
印　　　张：18
字　　　数：411千字
版　　　次：2021年10月第1版
印　　　次：2022年6月第2次
书　　　号：ISBN 978-7-5692-9069-1
定　　　价：59.00元

版权所有　　翻印必究

# 课程介绍

## 一、课程目标

基本要求：《西方文论》是榆林学院汉语言文学（教育）本科专业的限选课程。本课程以马克思主义辩证唯物论和历史唯物论为指导，系统讲授古希腊以来不同历史时期具有代表性的文学理论观点和文艺思潮，并通过对这些观点和思潮的梳理、分析和评价，厘清它们的来龙去脉、历史贡献、价值局限，继而从史的角度，勾连出各种观点、思潮之间的相互联系，揭示西方文学理论发生、发展的内在逻辑和规律。开设本课程的目的是：准确把握两千多年来西方文学理论的发展线索与理论范畴，深入理解和掌握马克思主义文论，理解和发展具有中国特色的文学理论，促进对西方文学艺术的学习。为学生将来从事汉语言文学教学及科研工作打下坚实基础。

课程目标：

学习目标 1. 自主学习与团队协作能力：能够通过自主学习、小组合作探究等方式，理解不同历史时期文学理论经典文本。

学习目标 2. 理论思辨与表达能力：能结合经典文学作品理解西方文艺理论，对文学理论、文学现象、文学思潮进行阐释、反思与辨析。

学习目标 3. 知识整合与文学文化现象评价能力：能把握西方文学理论发生、发展的内在逻辑和规律，并结合所学知识，对文学与文化现象进行分析和评价。

## 二、课程目标与毕业要求的对应关系

| 毕业要求 | 毕业要求分解指标点 | 课程目标 |
|---|---|---|
| 3.学科素养 | 指标点 3.2：具备良好的文学阅读、欣赏、写作、评价能力，能将专业知识的学习与传承中国优秀传统文化相联系 | 课程目标 3 |
| 4.教学能力 | 指标点 4.3：具备语文教学研究能力，能解决中学语文教学和研究中的复杂问题 | 课程目标 2 |
| 7.学会反思 | 指标点 7.3：初步掌握反思方法和技能，具有一定创新意识，运用批判性思维方法，学会分析和解决教育教学问题 | 课程目标 2 |

| 毕业要求 | 毕业要求分解指标点 | 课程目标 |
|---|---|---|
| 8.交流合作 | 指标点 8.2：能主动与学习共同体成员共享信息，合作学习；能胜任团队成员的角色与责任；能倾听其他团队成员的意见<br>指标点 8.3：能组织和领导团队成员开展工作。 | 课程目标 1 |

## 三、课程目标与能力要素分解

根据本课程（模块）培养能力目标，将能力要素分解到各章节内容中，具体如下表：

| 基础能力 | | | |
|---|---|---|---|
| 学习目标 1.自主学习与团队协作能力：能够通过自主学习、小组合作探究等方式，理解不同历史时期文学理论经典文本 | | | |
| 序号 | 能力要素 | 对应章节 | 实现方式 |
| 1.1 | 自主学习，合作探究柏拉图的《理想国》节选部分 | 第一章第一节 | 课前讨论<br>课堂辨析 |
| 1.2 | 自主学习，合作探究贺拉斯的《诗艺》节选部分 | 第二章第一节 | 课前讨论<br>课堂辨析 |
| 1.3 | 自主学习，合作探究奥古斯丁的《忏悔录》节选部分 | 第三章第一节 | 课前讨论<br>课堂辨析 |
| 1.4 | 自主学习，合作探究但丁的《论俗语》、达·芬奇的《画论》、塞万提斯的《〈堂吉诃德〉前言》节选部分 | 第四章第一节 | 课前讨论<br>课堂辨析 |
| 1.5 | 自主学习，合作探究布洛瓦的《诗的艺术》节选部分 | 第五章第一节 | 课前讨论<br>课堂辨析 |
| 1.6 | 自主学习，合作探究狄德罗的《论戏剧诗》节选部分 | 第六章第一节 | 课前讨论<br>课堂辨析 |
| 1.7 | 自主学习，合作探究华兹华斯的《〈抒情歌谣集〉1800 年序言》节选部分 | 第七章第一节 | 课前讨论<br>课堂辨析 |
| 1.8 | 自主学习，合作探究巴尔扎克的《〈人间喜剧〉前言》节选部分 | 第八章第一节 | 课前讨论<br>课堂辨析 |
| 1.9 | 自主学习，合作探究左拉的《戏剧中的自然主义》节选部分 | 第九章第一节 | 课前讨论<br>课堂辨析 |
| 1.10 | 自主学习，合作探究弗洛伊德的《创作家与白日梦》节选部分 | 第十章第一节 | 课前讨论<br>课堂辨析 |
| 1.11 | 自主学习，合作探究什库洛夫斯基的《作为程序的艺术》节选部分 | 第十一章第一节 | 课前讨论<br>课堂辨析 |
| 1.12 | 自主学习，合作探究艾略特的《传统与个人才能》节选部分 | 第十二章第一节 | 课前讨论<br>课堂辨析 |

续 表

| 序号 | 能力要素 | 对应章节 | 实现方式 |
|---|---|---|---|
| 1.13 | 自主学习，合作探究罗兰·巴特的《写作的零度》节选部分 | 第十三章第一节 | 课前讨论 课堂辨析 |
| 1.14 | 自主学习，合作探究保尔·德·曼的《辩解〈忏悔录〉》节选部分 | 第十四章第一节 | 课前讨论 课堂辨析 |
| 1.15 | 自主学习，合作探究霍克海默与阿多诺的《文化工业：作为大众欺骗的启蒙》节选部分 | 第十五章第一节 | 课前讨论 课堂辨析 |
| 1.16 | 自主学习，合作探究霍加特的《当代文化研究方法》节选部分 | 第十六章第一节 | 课前讨论 课堂辨析 |

**专业能力**

学习目标 2. 理论思辨与表达能力：能结合经典文学作品理解西方文艺理论，对文学理论、文学现象、文学思潮进行阐释、反思与辨析

| 序号 | 能力要素 | 对应章节 | 实现方式 |
|---|---|---|---|
| 2.1 | 能结合《荷马史诗》、索福克勒斯的《俄狄浦斯王》理解柏拉图对文艺的态度和亚里士多德对悲剧的定义 | 第一章第二、三节 | 课堂辨析 课后作业 |
| 2.2 | 能结合《荷马史诗》理解贺拉斯的"合式"原则与朗加纳斯的"崇高"思想 | 第二章第二、三节 | 课堂辨析 课后作业 |
| 2.3 | 能结合圣经故事理解奥古斯丁和托马斯·阿奎那的神学文学观 | 第三章第二、三节 | 课堂辨析 课后作业 |
| 2.4 | 能结合拉伯雷的《巨人传》理解文艺复兴时期文学理论中的人文主义思想 | 第四章第二、三、四节 | 课堂辨析 课后作业 |
| 2.5 | 能结合高乃依的《熙德》理解新古典主义时期文学理论中的封建王权理性 | 第五章第二、三节 | 课堂辨析 |
| 2.6 | 能结合卢梭的《爱弥儿》等作品理解启蒙主义文论的返回自然的观点 | 第六章第二、三、四节 | 课堂辨析 课后作业 |
| 2.7 | 能结合华兹华斯的《抒情歌谣集》等作品理解浪漫主义文论的主要观点 | 第七章第二、三、四节 | 课堂辨析 |
| 2.8 | 能结合巴尔扎克的《高老头》等作品理解现实主义文论的主要观点 | 第八章第二、三节 | 课堂辨析 课后作业 |
| 2.9 | 能结合左拉的《小酒店》、王尔德的《快乐王子》、波德莱尔的《恶之花》等作品理解自然主义、唯美主义、象征主义的文学主张 | 第九章第二、三、四节 | 课堂辨析 课后作业 |
| 2.10 | 能解读弗洛伊德的《陀思妥耶夫斯基与弑父者》 | 第十章第二、三节 | 课堂辨析 课后作业 |

| 序号 | 能力要素 | 对应章节 | 实现方式 |
|---|---|---|---|
| 2.11 | 能解读雅各布森的《论艺术的现实主义》 | 第十一章第二、三节 | 课堂辨析 课后作业 |
| 2.12 | 能解读布鲁克斯的《悖论语言》 | 第十二章第二、三、四、五节 | 课堂辨析 课后作业 |
| 2.13 | 能解读托多洛夫的《从〈十日谈〉看叙事作品语法》 | 第十三章第二、三节 | 课堂辨析 课后作业 |
| 2.14 | 能对解构主义理论进行反思与批判 | 第十三章第二、三、四节 | 课堂辨析 课后作业 |
| 2.15 | 能对西方马克思主义理论进行反思与批判 | 第十三章第二、三、四、五节 | 课堂辨析 课后作业 |
| 2.16 | 能对新历史主义、后殖民主义、文化批评进行反思与批判 | 第十三章第二、三、四节 | 课堂辨析 课后作业 |

**专业能力**

学习目标 3.知识整合与文学文化现象评价能力：能把握西方文学理论发生、发展的内在逻辑和规律，并结合所学知识，对文学与文化现象进行分析和评价

| 序号 | 能力要素 | 对应章节 | 实现方式 |
|---|---|---|---|
| 3.1 | 能运用精神分析理论,对毕肖普的《在村庄》、莎士比亚的《李尔王》等作品进行分析 | 第十章 | 课堂辨析 课后作业 |
| 3.2 | 能运用形式主义理论,对莎士比亚《李尔王》、毕肖普的《麋鹿》《在渔屋》、余光中的《碧潭》等作品进行分析 | 第十一章 | 课堂辨析 课后作业 |
| 3.3 | 能运用新批评理论,对泰特的《在马萨诸塞州正义被拒绝》、陈子昂的《登幽州台歌》等作品进行分析 | 第十二章 | 课堂辨析 课后作业 |
| 3.4 | 能运用结构主义理论,对莎士比亚的《李尔王》、毕肖普的《地图》、王实甫的《西厢记》等作品进行分析 | 第十三章 | 课堂辨析 课后作业 |
| 3.5 | 能运用解构主义、新历史主义理论,对莎士比亚的《李尔王》、毕肖普的《12点钟的新闻》等作品进行分析 | 第十四章、第十六章 | 课堂辨析 课后作业 |
| 3.6 | 能运用马克思主义理论,对莎士比亚的《李尔王》,毕肖普的《早餐的奇迹》等作品进行分析 | 第十五章 | 课堂辨析 课后作业 |
| 3.7 | 能运用女性主义、文化批评理论,对夏洛蒂·勃朗特的《简·爱》、莎士比亚的《李尔王》、毕肖普的《公鸡》《在候诊室》等作品进行分析 | 第十六章 | 课堂辨析 课后作业 |

## 四、教学内容及课时安排

| 周次 | 章节内容 | | 课时安排 |
|---|---|---|---|
| 1 | 第一章　古希腊文论 | 第一节　经典文本阅读 | 2课时 |
| | | 第二节　柏拉图文艺思想 | |
| | | 第三节　亚里士多德的《诗学》 | |
| 2 | 第二章　古罗马文论 | 第一节　经典文本阅读 | 2课时 |
| | | 第二节　贺拉斯的《诗艺》 | |
| | | 第三节　朗加纳斯的《论崇高》 | |
| 3 | 第三章　中世纪文论 | 第一节　经典文本阅读 | 2课时 |
| | | 第二节　奥古斯丁的文艺观 | |
| | | 第三节　托马斯·阿奎那的文艺观 | |
| 4 | 第四章　文艺复兴时期文论 | 第一节　经典文本阅读 | 2课时 |
| | | 第二节　但丁的语言"四义说"及"俗语"理论 | |
| | | 第三节　达·芬奇的诗画理论 | |
| | | 第四节　塞万提斯的小说理论 | |
| 5 | 第五章　新古典主义文论 | 第一节　经典文本阅读 | 2课时 |
| | | 第二节　布瓦洛的文艺思想 | |
| | | 第三节　屈莱顿与英国新古典主义文论 | |
| 6 | 第六章　启蒙主义文论 | 第一节　经典文本阅读 | 2课时 |
| | | 第二节　狄德罗的戏剧改革理论 | |
| | | 第三节　卢梭的"回到自然"思想 | |
| | | 第四节　维科的诗性智慧理论 | |
| 7 | 第七章　浪漫主义文论 | 第一节　经典文本阅读 | 2课时 |
| | | 第二节　华兹华斯的《抒情歌谣集》序言 | |
| | | 第三节　席勒的《素朴的诗与感伤的诗》 | |
| | | 第四节　史达尔夫人对南方文学与北方文学的划分 | |
| 8 | 第八章　现实主义文论 | 第一节　经典文本阅读 | 2课时 |
| | | 第二节　巴尔扎克论现实主义原则 | |
| | | 第三节　别、车、杜的社会历史批评 | |

| 周次 | 章节内容 | | 课时安排 |
|---|---|---|---|
| 9 | 第九章　自然主义唯美主义与象征主义文论 | 第一节　经典文本阅读 | 2 课时 |
| | | 第二节　自然主义文论 | |
| | | 第三节　唯美主义文论 | |
| | | 第四节　象征主义文论 | |
| 10 | 第十章　心理分析文论 | 第一节　经典文本阅读 | 2 课时 |
| | | 第二节　弗洛伊德的个人无意识理论 | |
| | | 第三节　荣格的集体无意识理论 | |
| 11 | 第十一章　俄国形式主义文论 | 第一节　经典文本阅读 | 2 课时 |
| | | 第二节　什库洛夫斯基的反常化理论 | |
| | | 第三节　雅各布森对文学性的语言阐释 | |
| 12 | 第十二章　英美新批评 | 第一节　经典文本阅读 | 2 课时 |
| | | 第二节　艾略特的"非个人化"理论 | |
| | | 第三节　瑞恰兹的语义学批评 | |
| | | 第四节　兰瑟姆的本体论批评 | |
| | | 第五节　布鲁克斯的细读法 | |
| 13 | 第十三章　结构主义文论 | 第一节　经典文本阅读 | 2 课时 |
| | | 第二节　罗兰·巴特的文艺思想 | |
| | | 第三节　巴赫金的对话理论 | |
| 14 | 第十四章　解构主义文论 | 第一节　经典文本阅读 | 2 课时 |
| | | 第二节　德里达的解构主义思想 | |
| | | 第三节　福柯的权力话语理论 | |
| | | 第四节　保尔·德·曼的结构修辞学理论 | |
| 15 | 第十五章　西方马克思主义文论 | 第一节　经典文本阅读 | 2 课时 |
| | | 第二节　卢卡契的物化理论与早期西方马克思主义文论 | |
| | | 第三节　法兰克福学派与马尔库塞文艺思想 | |
| | | 第四节　阿尔都塞文艺理论的结构主义转向 | |
| | | 第五节　詹姆逊的文化政治诗学 | |

| 周次 | 章节内容 | | 课时安排 |
|---|---|---|---|
| 16 | 第十六章 新历史主义、后殖民主义、文化批评文论 | 第一节 经典文本阅读 | 2课时 |
| | | 第二节 新历史主义文论与格林布拉特的文化诗学 | |
| | | 第三节 后殖民主义文论与斯皮瓦克对殖民地权力话语的批判 | |
| | | 第四节 文化研究与威利斯、费斯克的批评 | |
| 17 | 机动安排 | | 2课时 |
| 18 | 考试 | | |

## 五、课程教学方法

主要采用课堂讲授的教学方式，并充分运用案例教学法、学生小组合作探究、讨论法等多种方式促进学生主动参与、积极思考，提高学生对理论的理解力、批判力，提升学生运用理论分析文学和文化现象的能力。

### （一）学生合作探究法

对每章的经典文本选读和课外实践部分，鼓励学生利用选文导读、查阅资料、小组合作等方式进行探究，鼓励学生在探究中积极提出自己的观点，并通过讨论形成小组意见，在课堂上汇报小组学习所得。

### （二）课堂讲授法

对不同时期文学理论的概念、范畴、核心观点、理论特征、规律等知识点以及新课导入、问题的提出、师生间的互动等采取讲授法。在运用讲授教学法时着重以教师作为引导者，启发、引导学生进行学习，以体现学生在课堂教学中的主体地位。

### （三）案例教学法

对针对当时文学创作状况提出的理论以及理论对当时文学创作发挥的影响等内容使用案例教学法，在使用案例的过程中注重与中学课本中的篇目相结合，培养学生日后进行中学语文教学的能力。

### （四）讨论法

对理论的辨析、历史贡献、价值局限等部分可以采用讨论法，让学生通过思考、交流讨论深化对理论的理解，充分调动学生学习的主观能动性，锻炼学生的语言表达能力。

## 六、课程教学评价

本课程综合运用平时成绩、期末测试等方式进行课程评价。其中（1）平时成绩（平时作业＋考勤＋小组合作探究报告）30%；（2）期末考试（教师评价）70%，以开卷方式进行。

| 课程目标 | 考核内容 | 评价依据 |
| --- | --- | --- |
| 学习目标 1. 自主学习与团队协作能力：能够通过自主学习，小组合作探究等方式，理解不同历史时期文学理论经典文本 | 对柏拉图的《理想国》、贺拉斯的《诗艺》、奥古斯丁的《忏悔录》、但丁的《论俗语》、达·芬奇的《画论》、塞万提斯的《〈堂吉诃德〉前言》、布洛瓦的《诗的艺术》、狄德罗的《论戏剧体诗》、华兹华斯的《〈抒情歌谣集〉1800 年序言》、巴尔扎克的《〈人间喜剧〉前言》、左拉的《戏剧中的自然主义》、弗洛伊德的《创作家与白日梦》、什库洛夫斯基的《作为程序的艺术》、艾略特的《传统与个人才能》、罗兰·巴特的《写作的零度》、保尔·德·曼的《辩解〈忏悔录〉》、霍克海默与阿尔多诺的《文化工业：作为大众欺骗的启蒙》、霍加特的《当代文化研究方法》等文本节选部分的理解和辨析 | 1. 课堂出勤和课堂表现<br>2. 课后作业与小组合作探究报告<br>3. 期末测试 |
| 学习目标 2. 理论思辨与表达能力：能结合经典文学作品理解西方文艺理论，对文学理论、文学现象、文学思潮进行阐释、反思与辨析 | 1. 对古希腊文论，古罗马文论，中世纪文论，文艺复兴时期文论，新古典主义文论，启蒙主义文论，浪漫主义文论，现实主义文论，自然主义，唯美主义与象征主义文论，心理分析文论，俄国形式主义文论，英美新批评，结构主义文论，解构主义文论，西方马克思主义文论，新历史主义、后殖民主义、文化批评文论主要观点、主要特征的理解、阐释<br>2. 对上述不同时期文学理论、文学现象、文学思潮的历史贡献、价值局限的反思与批判 | 1. 课堂出勤和课堂表现<br>2. 课后作业与小组合作探究报告<br>3. 期末测试 |
| 学习目标 3. 知识整合与文学文化现象评价能力：能把握西方文学理论发生、发展的内在逻辑和规律，并结合所学知识，对文学与文化现象进行分析和评价 | 1. 对西方文学理论发生、发展的内在逻辑和规律的把握<br>2. 运用心理分析文论，俄国形式主义文论，英美新批评，结构主义文论，解构主义文论，西方马克思主义文论，新历史主义、后殖民主义、文化批评等理论和方法对文学文本、文化文本进行批评实践。 | 1. 课堂出勤和课堂表现<br>2. 课后作业与小组合作探究报告<br>3. 期末测试 |

## 七、推荐书目

1. 伍蠡甫、胡经之：《西方文艺理论名著选编（上、中、下）》，北京大学出版社，1985。

2. 董学文：《西方文学理论史》，北京大学出版社，2005。

3. 邱云华：《文学批评方法与案例》，北京大学出版社，2005。

4. 朱立元：《当代西方文艺理论》，华东师范大学出版社，2005。

5. 迈克尔·莱恩：《文学作品的多重解读》，赵炎秋译，北京大学出版社，2006。

6. 马新国：《西方文论史》，高等教育出版社，2008。

7. 朱立元：《西方文论教程》，高等教育出版社，2010。

8. 陈太胜：《20 世纪西方文论新编》，北京师范大学出版社，2011。

# 现代文论

# 后现代文论

古代文论

西方古代文论，包括古希腊文论、古罗马文论、中世纪文论、文艺复兴文论、新古典主义文论。

古希腊文论是整个西方文艺理论的源头，所有讲授西方文艺理论发展史的著作，都是从古希腊开始的。在古希腊早期的哲学著作和文学作品当中，保存着一些包含文艺思想的论述，但是真正形成思想体系、奠定西方文艺理论发展基础的是柏拉图和亚里士多德的文艺理论。柏拉图提出了以理念为核心的文艺理论，认为文艺是以现实生活为中介，最终对理念世界的摹仿，因而文艺没有太大的价值，但是他认为来自灵感的文艺作品是可取的。亚里士多德是柏拉图的学生，他也认为，文艺是人的一种摹仿行为，与柏拉图不同的是，他认为，这种摹仿有着重大的价值。亚里士多德创作了西方第一部文艺理论专著——《诗学》，讨论了作家、作品、读者等关于文学的主要问题。

古代文论的第二个阶段是古罗马文艺理论。古罗马文艺理论的核心是向古希腊学习，他们的主要贡献在于探讨了文学的表现形式问题。这一时期的主要代表人物有贺拉斯和朗加纳斯。贺拉斯的代表作是《诗艺》，他深受亚里士多德思想的影响，提出了诗人向古希腊文艺学习，以古希腊文艺为典范的文艺主张。朗加纳斯较多受到了柏拉图思想的影响，他提出了"崇高"的美学范畴，对后世产生了重要影响。

古代文论的第三个阶段是中世纪文论。中世纪文论以基督教神学为核心，否定世俗文艺。这一时期文学理论的代表人物是圣·奥古斯丁和托马斯·阿奎那。前者认为世俗文艺是信仰的敌人，是不可取的；后者要求诗人从对上帝的虔诚信仰中获得灵感，创造基督教文艺。

古代文论的第四个阶段是文艺复兴文学理论。文艺复兴文学理论是新兴的资产阶级以古希腊、古罗马的文艺理论为武器，向中世纪文学理论宣战的产物，为世俗文艺进行辩护，以人性对抗神性，用人权对抗神权，争取人的地位、价值和尊严。这一时期出现了但丁、薄伽丘、莎士比亚、塞万提斯等一大批优秀的作家，他们以自己的创作实践对文学的许多具体问题进行了理论探索。

古代文论的最后一个阶段是新古典主义文论。新古典主义文论是对文艺复兴文论过度强调人的感官欲望的合理性、造成人员泛滥的一次反拨，也是资产阶级在发展过程中与封建王权达成的一次妥协。新古典主义文论以古希腊、古罗马的文艺为典范，倡导王权理性，要求文艺为封建王权服务。他们建立了一套反映封建贵族艺术情趣的艺术规则，这也符合资产阶级当时依靠王权发展自己利益的要求。

# 第一章 古希腊文论

**本章的能力要素**

本章主要介绍以柏拉图、亚里士多德为代表的古希腊文论，要求能结合作品深入理解柏拉图与亚里士多德的理论主张及内在逻辑。具体要求包括：

1. 能在自学的基础上，小组合作探究柏拉图的《理想国》（节选）。

2. 能理解柏拉图以"理念"为中心的文艺观，以及亚里士多德以"具体存在的事物"为基础的文艺观。

3. 能理解柏拉图善用比喻的说理方式，对其"床喻""洞喻""线喻"进行阐述。

4. 能结合《荷马史诗》对柏拉图在《理想国》驱逐诗人的原因进行分析。

5. 能结合《俄狄浦斯王》对亚里士多德的悲剧理论进行阐释。

6. 能理解柏拉图、亚里士多德对西方文论的开创意义。

**教学方法**

小组探究法、案例教学法、讲授法

**知识与能力结构**

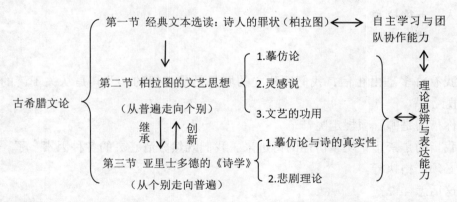

古希腊是西方文化和文明的发源地，"荷马史诗"早在公元前9世纪就已在民间流传，之后出现的诗人赫西俄德、萨福，以及埃斯库罗斯、索福克勒斯、欧里庇得斯等三大悲剧作家和喜剧家阿里斯托芬，灿若晨星的文艺家和他们的作品为文艺理论的繁荣奠定了坚实基础。加上这一时期希腊奴隶制经济的繁荣、政治的民主、自由主义的盛行，都为文艺思想的活跃提供了良好的社会氛围。

后来的西方人言必称希腊，他们光荣的历史就从这里发迹。由希腊精神和希伯来精神组成的"二希"精神成为支撑西方几千年发展的基本精神。希腊精神的核心就是"理性精神"。理性精神的首要表现是希腊人对真理的不懈追求。对希腊人来说，明白真理就是人生的目的和意义，这需要人用自己的理智去进行非功利的探索，哲学就是爱智慧，智者是古希腊社会中重要的群体。古希腊的宗教也是一种理性的宗教，阿波罗的庙宇在古希腊星罗棋布，以阿波罗崇拜为代表的追求节制、平衡、匀称、秩序是希腊宗教的主要内容。古希腊的文艺是作家参与公共事务的途径，在重要的节日，戏剧和诗歌要在公众面前演出或诵读，接受公众的理性批判。

柏拉图提出的以理念为中心的文艺理论，正是希腊精神的集中体现，他对文艺的来源、社会功用、创作等问题进行了全面的思考，以道德的标准，提出了理想的国家应该驱逐诗人的要求。作为柏拉图的学生，亚里士多德对老师的观点进行了彻底的批判，"吾爱我师，吾更爱真理"的理性追求成为他自觉的人生信条，他的文艺思想同样闪耀着理性的光芒。

# 第一节　经典文本阅读

## 一、经典文本节选：《理想国》（柏拉图）

### 卷十
### ——诗人的罪状

对话人：苏格拉底
　　　　格罗康

**苏**　我有许多理由相信，我们所建立的城邦是最理想的，尤其是从关于诗的规定来看[①]，我敢说。

**格**　你指的是哪一项规定呢？

**苏**　我指的是禁止一切摹仿性的诗进来。我们既然分清心灵的各种因素[②]了，更足见诗的禁令必须严格执行。

**格**　这话怎样说？

**苏**　说句知心话，你可千万不要告诉悲剧诗人和其他摹仿者们，在我看，凡是这类诗对于听众的心灵是一种毒素，除非他们有消毒剂，这就是说，除非他们知道这类诗的本质真相。

---

① 指卷三禁诗的决定。
② 卷二至卷九常讨论到人性，主要的因素是理智，意志和情欲。

格　你为什么这样说？

苏　我的话不能不说，虽然我从小就对于荷马养成了一种敬爱，说出来倒有些于心不安。荷马的确是悲剧诗人的领袖。不过尊重人不应该胜于尊重真理，我要说的话还是不能不说。

格　当然。

苏　那么，就请听我说，或是说得更恰当一点，请听我发问。

格　你问吧。

苏　请问你，摹仿的一般性质怎样？我自己实在不知道它的目标是什么。

格　你都不知道，难道我还能知道吗？

苏　那并不足为奇，眼睛迟钝的人有时反比眼睛尖锐的人见事快。

格　这话倒不错。不过当你的面前，我不敢冒昧说我的意见，尽管它像是很明显的；还是请你说吧。

苏　我们好不好按照我们经常用的方法，来研究这个问题呢？我们经常用一个理式<sup>①</sup>来统摄杂多的同名的个别事物，每一类杂多的个别事物各有一个理式。你明白吧？

格　我明白。

苏　我们可以任意举哪一类杂多事物为例来说，床也好，桌子也好，都各有许多个例，是不是？

格　不错。

苏　这许多个别家具都由两个理式统摄，一个是床的理式，一个是桌的理式，是不是？

格　不错。

苏　我们不也常说，工匠制造每一件用具，床，桌，或是其他东西，都各按照那件用具的理式来制造么？至于那理式本身，它并不由工匠制造吧？

格　当然不能。

苏　制造理式的那种工匠应该怎样称呼呢？

格　你指的是谁？

苏　我指的是各行工匠所制造出的一切东西，其实都是由他一个人制造出来的那种工匠。

格　他倒是一个绝顶聪明人！

苏　等一会儿，你会更有理由这样赞扬他。因为这位工匠不仅有本领造出一切器具，而且造出一切从大地生长出来的，造出一切有生命的，连他自己在内；他还不以此为满足，还造出地和天，各种神，以及天上和地下阴间所存在的一切。<sup>②</sup>

---

① 理式是柏拉图哲学中基本观念，即概念或普遍的道理。

② 柏拉图的创世主并不同耶稣教的上帝，它是宇宙中普遍永恒的原理大法，即最高的理式，以下译"神"以示别。

格　真是一位了不起的艺术家啊！

苏　你不相信吗？你是否以为绝对没有这样一个工匠呢？你是否承认一个人在某个意义上能制造一切事物，在另一意义上却不能呢？在某个意义上你自己也就可以制造这一切事物，你不觉得么？

格　用什么方法呢？

苏　那并不是难事，而是一种常用的而且容易办到的制造方法。你马上就可以试一试，拿一面镜子四方八面地旋转，你就会马上造出太阳，星辰，大地，你自己，其他动物，器具，草木，以及我们刚才所提到的一切东西。

格　不错，在外形上可以制造它们，但不是实体。

苏　你说得顶好，恰合我们讨论的思路，我想画家也是这样一个制造外形者，是不是？

格　当然是。

苏　但是我想你会这样说，一个画家在一种意义上虽然也是在制造床，却不是真在制造床的实体，是不是？

格　是，像旋转镜子的人一样，他也只是在外形上制造床。

苏　木匠怎样？你不是说过他只制造个别的床，不能制造"床之所以为床"那个理式吗？

格　不错，我说过这样话。

苏　他既然不能制造理式，他所制造的就不是真实体，只是近似真实体的东西。如果有人说木匠或其他工匠的作品完全是真实的，他的话就不是真理了。

格　至少是研究这类问题的哲学家们不承认他说的是真理。

苏　那么，如果这样制造的器具比真实体要模糊些，那就不足为奇了。

格　当然。

苏　我们好不好就根据这些实例，来研究摹仿的本质？

格　随便你。

苏　那么，床不是有三种吗？第一种是在自然中本有的，我想无妨说是神制造的，因为没有旁人能制造它；第二种是木匠制造的；第三种是画家制造的。

格　的确。

苏　因此，神，木匠，画家是这三种床的制造者。

格　不错，制造者也分这三种。

苏　就神那方面说，或是由于他自己的意志，或是由于某种必需，他只制造出一个本然的床，就是"床之所以为床"那个理式，也就是床的真实体。他只造了这一个床，没有造过，而且永远也不会造出，两个或两个以上这样的床。

格　什么缘故呢？

苏　因为他若是造出两个，这两个后面就会有一个公共的理式，这才是床的真实体，而原来那两个就不是了。

格　你说的对。

苏　我想神明白这个道理，他不愿造某某个别的床，而要造一切床的理式，所以他只造了这样一个床，这床在本质上就只能是一个。

格　理应如此。

苏　我们好不好把他叫作床的"自然创造者"①，或是用其他类似的称呼？

格　这称呼很恰当，因为他在制造这床和一切其他事物时，就是自然在制造它们。

苏　怎样称呼木匠呢？他是不是床的制造者？

格　他是床的制造者。

苏　画家呢？他可否叫做床的制造者或创造者？

格　当然不能。

苏　那么，画家是床的什么呢？

格　我想最好叫他做摹仿者，摹仿神和木匠所制造的。

苏　那么，摹仿者的产品不是和自然隔着三层②吗？

格　不错。

苏　悲剧家既然也是一个摹仿者，他是不是在本质上和国王③和真理也隔着三层吗？并且一切摹仿者不都是和他一样吗？

格　照理说，应该是一样。

苏　我们对于摹仿者算是得到一致的意见了。现在再来说画家，他所要摹仿的是自然中的真实体呢，还是工匠的作品呢？

格　他只摹仿工匠的作品。

苏　他摹仿工匠作品的本质，还是摹仿它们的外形呢？这是应该分清的。

格　我不明白你的意思。

苏　我的意思是这样：比如说床，可以直看，可以横看，可以从许多观点看。观点不同，它所现的外形也就不同，你以为这种不同是在床的本质，还在床的外形呢？外形不同的床是否真正与床本身不同呢？其他一切事物也可由此类推。

格　外形虽不同，本质还是一样。

苏　想一想图画所要摹仿的是实质呢，还是外形呢？

格　图画只是外形的摹仿。

苏　所以摹仿和真实体隔得很远，它在表面上像能制造一切事物，是因为它只取每件事物的一小部分，而那一小部分还只是一种影像。比如说画家，他能画出鞋匠木匠之类工

① 艺术是"人为"，与"自然"相对立，"自然创造者"像是一个自相矛盾的名词，其实只是说"自然非由人为者"。

② 这里所谓"自然"，即"真实体"，亦即"真理"。木匠制床，摹仿床的理式，和真理隔着一层，画家和诗人摹仿个别的床，和真理便隔两层。原文说"隔三层"是把理式起点算作一层，余类推。

③ 所谓"国王"，即哲学家，"真理"的代表。

匠，尽管他对于这些手艺毫无知识。可是他如果有本领，他就可以画出一个木匠的像，把它放在某种距离以外去看，可以欺哄小孩子和愚笨人们，以为它真正是一个木匠。

**格** 确实如此。

**苏** 那么，好朋友，依我想，关于画家的这番话可以应用到一切与他类似的人们。如果有人告诉我们，说他遇见过一个人，精通一切手艺，而且对于一切事物精通的程度还要超过当行的人，我们就应该向他说，他是一个傻瓜，显然受了一个魔术家或摹仿者的欺哄，他以为那人有全知全能，是因为他分不清有知、无知和摹仿三件事。

**格** 的确。

**苏** 现在我们就要检讨悲剧和悲剧大师荷马了。因为许多人都说悲剧家无所不通，无论什么技艺，无论什么善恶的人事，乃至于神们的事，他都样样通晓。他们说，一个有本领的诗人如果要取某项事物为题材来做一首好诗，他必须先对那项事物有知识，否则就不会成功。我们对于这些人们必须检查一下，看他们是否也碰到了摹仿者们，受了欺哄，看不出他们的产品和真实体隔着三层，对真实体不用有知识就可轻易地做成呢？还是他们说的果然不错，有本领的诗人们对于他们因描绘而博得赞赏的那些事物真正有知识呢？

**格** 是的，这倒是必须检查的。

**苏** 你想一想，如果一个人既能摹仿一件事物，同时又能制造那件事物，他会不会专在摹仿上下功夫，而且把摹仿的本领看作他平生最宝贵的东西呢？

**格** 我想他不至如此。

**苏** 在我看，他如果对于所摹仿的事物有真知识，他就不愿摹仿它们，宁愿制造它们，留下许多丰功伟绩，供后世人纪念。他会宁愿做诗人所歌颂的英雄，不愿做歌颂英雄的诗人。

**格** 我也是这样看，那样做，他可以得到更大的荣誉，产生更大的效益。

**苏** 关于许多问题，我们倒不必追问荷马或其他诗人，不必问他们对医学有没有知识，是否只在摹仿医学的话语；不必追问他们古今有没有过一个诗人，像埃斯库勒普医神一样，医好过一些病人，留传下一派医学。此外还有许多其他技艺，我们也不必去追问诗人们。但是荷马还要谈些最伟大最高尚的事业，如战争，将略，政治，教育之类，我们就理应这样质问他："亲爱的荷马，如果像你所说的，谈到品德，你并不是和真理隔着三层，不仅是影像制造者，不仅是我们所谓摹仿者，如果你和真理只隔着两层，知道人在公私两方面用什么方法可以变好或变坏，我们就要请问你，你曾经替哪一国建立过一个较好的政府，像莱科勾对于斯巴达，许多其他政治家对于许多大小国家那样呢？世间有哪一国称呼你是它的立法者和恩人，像意大利和西西里称呼卡雍达斯，我们雅典人称呼梭伦那样呢？① 谁这样称呼你呢？"格罗康，你想荷马能举出这样一个国名来么？

---

① 莱科勾是传说中的斯巴达的立法者；卡雍达斯是公元前 5 世纪的法学家，替意大利和其他国家立过法；梭伦是公元前 7 世纪雅典的立法者。

格　我想他不能，就连崇拜荷马的人们也不这样说。

苏　有没有人提起当时有哪一次战争打得好，是由荷马指挥或参谋呢？

格　没有。

苏　有没有人提起他对各种技艺或事业有很多发明和贡献，像密勒图人泰利斯，或是西徐亚人阿那卡什斯那样呢？①

格　也没有。

苏　荷马对于国家既然没有建立功劳，我们是否听说过他生平做过哪些私人的导师，这些人因为得到他的教益而爱戴他，把他的生活方式留传到后世，像毕达哥拉斯那样呢②？据说毕达哥拉斯由于这个缘故很受人爱戴，一直到现在，他的门徒还在奉行他的生活方式，显得与众不同。荷马是否也能这样呢？

格　更没有这样事。如果传说可靠，他的门徒克瑞俄斐罗在教育上比在名字上显得更滑稽③。传说荷马在世时就没有得到很好的照顾，身后的事更不用说了。

苏　不错，他们是那么说。格罗康，你想一想，如果荷马真正能给人教育，使人得益，如果他对于这类事情有真知识，而不是只在摹仿，他不会有许多敬爱他的门徒追随他的左右吗？阿布德拉人普罗塔哥拉以及克奥斯人普若第库斯之流，都能在私人谈论中使当时人相信，不从他们受教，就不能处理家务和国政；他们的智慧大受爱戴，所以门徒们几乎要把他高举到头上游行。如果荷马也能增长人的品德，当时人会让他和赫西俄德到处奔走行吟吗？人们不会把他们当宝贝看待，抓住他们不放，强迫他留在家乡吗？若是留不住，人们不会跟他们到处走，等到教育受够了，才肯放手吗？

格　在我看，你的话一点也不错，苏格拉底。

苏　所以我们可以说，从荷马起，一切诗人都只是摹仿者，无论是摹仿德行，或是摹仿他们所写的一切题材，都只得到影像，并不曾抓住真理。像我们刚才所说的，画家尽管不懂鞋匠的手艺，还是可以画鞋匠，观众也不懂这种手艺，只凭画的颜色和形状来判断，就信以为真。

格　完全是这样。

苏　我想我们也可以说，诗人也只知道摹仿，借文字的帮助，绘出各种技艺的颜色；而他的听众也只凭文字来判断，无论诗人所描绘的是鞋匠的手艺，将略，还是其他题材，因为文字有了韵律，有了节奏和乐调，听众也就信以为真。诗中这些成分本来有很大的迷

---

① 密勒图在小亚细亚海岸上，泰利斯是公元前 7 世纪的哲学家和科学家；西徐亚民族是古代欧亚交界的一个游牧民族，无固定的国界，阿那卡什斯是公元前 6 世纪的哲学家，游寓雅典，据说他是墨水和陶器盘输的发明者。

② 毕达哥拉斯是公元 6 世纪的哲学家和数学家，一个有名的几何定律的发明者，曾组织门徒三百多人为一秘密结社，遵守他所定的生活规律。

③ 克瑞俄斐罗据说是荷马的女婿，待荷马不好，荷马死后，他盗取一些荷马诗，用自己的名字发表了。他的名字在希腊文中原义是"肉食者"，所以说滑稽。

惑力。假如从诗人作品中把音乐所生的颜色一齐洗刷去，只剩下它们原来的简单的躯壳，看起来会像什么样，我敢说你注意过的。

格　我确实注意过。

苏　它们像不像一个面孔，还有点新鲜气色，却说不上美，因为像花一样，青春的芳艳已经枯萎了？

格　这比喻很恰当。

苏　再想一想，影像的制造者，就是我们所说的摹仿者，只知道外形，并不知道实体，是不是？

格　对。

苏　可是我们对于这问题不应半途而废，应该研究到彻底。

格　请你说下去。

苏　画家能不能画缰辔？

格　能。

苏　但是制造缰辔的却是鞍匠和铁匠？

格　当然。

苏　缰辔应该像什么样，画家知道不？还是连制造它们的鞍匠和铁匠也不能知道，只有用它们的马夫才知道呢？

格　只有马夫才知道。

苏　我们可否由此例推一切，得到一个结论呢？

格　什么结论？

苏　我说关于每件东西都有三种技艺　应用、制造，摹仿。

格　对的。

苏　那么，我们怎样判定一个器具，动物，或行为是否妥当，美，完善呢？是否要看自然或技艺所指定它应有的用途？

格　这是要看它的用途来判定。

苏　那么，每件东西的应用者对于那件东西的知识就必然比旁人的可靠，也就必然能告诉制造者说他自己应用这件东西时，哪样才好，哪样才坏。比如说，吹笛者才能告诉制笛者，笛子要像什样，吹起来才顶好，应该怎样做才好，而制笛者就要照他的话去做。

格　当然。

苏　所以吹笛者才知道笛的好坏，把他的知识告诉制笛者，制笛者就照他的话去做。

格　不错。

苏　所以每件器具的制造者之所以对于它的好坏有正确见解，是由于他请教于有知识者[①]，不得不听那位有知识者的话，而那位有知识者正是那件器具的应用者。

---

① 柏拉图把"见解"或"信仰"看作和"知识"或"科学"相对立。前者是对于现象世界的认识，即"感性的认识"，后者是对于真理或本体的认识，即"理性的认识"。

格 当然。

苏 现在谈到摹仿者,他对于他所描写的题材是否美好的问题,是从应用方面得到知识呢?还是由于不得不请教于有知识者,听他说过应该怎样描写才好,而后得到正确见解呢?

格 都不是。

苏 那么,摹仿者对于摹仿题材的美丑,不是既没有知识,又没有正确见解吗?

格 显然如此。

苏 摹仿者对于他所摹仿的东西,就理解来说,可就很了不起啦!

格 不见得是了不起。

苏 话虽如此说,尽管他对于每件东西的美丑没有知识,他还是摹仿;很显然地,他只能根据普通无知群众所认为美的来摹仿。

格 当然。

苏 那么,我们现在显然可以得到这两个结论:头一层,摹仿者对于摹仿题材没有什么有价值的知识;摹仿只是一种玩艺,并不是什么正经事;其次,从事于悲剧的诗人们,无论是用短长格还是用英雄格 ①,都不过是高度的摹仿者。

格 的确如此。

苏 老天爷!摹仿的对象不是和真理隔着三层吗?

格 是的。

**柏拉图:《诗人的罪状》,朱光潜译,转引自伍蠡甫、胡经之主编《西方文艺理论名著选编(上)》,北京大学出版社,1985,第23—34页。**

2. 柏拉图简介

柏拉图(前427—前347)出生于雅典世袭贵族之家,从小受到良好的教育,20岁拜苏格拉底为师,得到苏格拉底的赏识,结下深厚的友谊。在苏格拉底被处死后,柏拉图离开雅典到各地漫游。

柏拉图生活的年代,希腊正经历了以雅典为首的提洛同盟与以斯巴达为首的伯罗奔尼撒联盟之间的一场战争,这场战争持续了20多年,希腊半岛上的大部分国家都卷入其中,最终以雅典同盟的失败而结束。战争严重摧残了希腊半岛的发展,使希腊社会陷入一片混乱之中,也成为希腊文明走向衰败的起点。柏拉图面对这样的社会局面,思考如何恢复社会秩序,挽救社会于危难之中,他提出了一套以"理念"为核心的真理体系。在这种体系中,任何事物都是有等级的,人也分三等,每一种等级对应不同的要求,所有的人按照自己所属等级的要求做事,社会就会和谐。他希望人们能明白和接受这套真理体系,于是四处漫游,寻求政治上的支持,实现重建奴隶主贵族理想国的愿望,但是他的主张无人采用,他还曾经在漫游途中被变卖为奴隶,一个朋友出钱为他赎身才恢复了自由。最后他回

---

① 短长格用于戏剧对话;英雄格用于史诗。

到了雅典，在朋友的资助下，办起了学园，专心著书立说，他的许多著作就是在学园中完成的，81 岁的时候，柏拉图在他的学园中去世。

柏拉图的著作都是语录体，类似于我们中国的《论语》。在柏拉图的著作里面，都是假托苏格拉底进行言说，我们已经很难区分哪些话是苏格拉底说的，哪些话是柏拉图说的，哪些话是其他人说的，我们在这里统一叫作柏拉图文艺理论。

3. 选文导读

《理想国》又译作《国家篇》《共和国》等，与柏拉图大多数著作一样以苏格拉底为主角用对话体写成，一般认为属于柏拉图中期的作品，探讨了哲学、政治、伦理道德、教育、文艺等等各方面的问题，以理念论为基础，建立了一个系统的理想国家方案，给后人展现了一个完美优越的城邦。

柏拉图把国家分为三个阶层：受过严格哲学教育的统治阶层、保卫国家的武士阶层、平民阶层，他强调城邦整体，从而赋予了统治者无上的权力。

国家的智慧要求它有治理整个国家的知识，只有少数人才具有这样的智慧；国家的勇敢属于保卫它的卫士；国家的自制是一种和谐，当统治者与被统治者能够和谐一致，这个国家就达到了自制。若一个国家有了这三种德性，也就有了正义。

柏拉图把世界划分为可感世界与理念，那些只爱好具体事物如美的声调或形象的人只有意见而无知识，只有那些认识美自身即美的理念，而且将其与具体事物区分开，而不互相混淆的人才是有知识的人。

在这篇选文当中，柏拉图以床为例来解释文艺的来源问题，他认为有三种床，第一种床是床的理念，是先在的，或者说是神创造的，第二种床是木匠摹仿床的理念造出来的具体的床，第三种床是画家摹仿木匠造出来的具体的床而画出来的床。第一种床是床的本源，是最真实的床，它不生不灭永恒不变；第二种床要受到时间、空间、材料等各种条件的限制，缺乏永恒性和普遍性，它只是第一种床的影子；第三种床因为是摹仿第二种床，它摹仿的只是外形或者是影像，因而是影子的影子，是最不真实的床。

柏拉图从理念出发，认为摹仿性文学是人的一种缺乏价值的摹仿行为产生的结果，因而没有什么价值。他把艺术摹仿自然贬低为照镜子，作家的创作如同拿着镜子，四面八方的旋转，镜子里就可以产生出日月星辰、草木动物等万千世界，这个世界只是对客观事物外形的复现，离事物的本质相去甚远。即使像荷马这样受人敬爱的诗人，也没真知识。柏拉图认为，诗人虽然在诗中几乎可以摹仿一切，但是同时他也缺乏一切知识，他只能欺骗小孩儿和愚笨的人，在这方面，诗人甚至不如一个修鞋匠。

诗人不仅缺乏真知识，他们还亵渎神灵，贬低英雄，为那些做错事的人提供了借口。同时诗人常常为了讨好群众，而去摹仿容易激动的情感和容易变动的性格，迎合人性中低劣的部分，不会费心思摹仿人性中理性的部分。所以诗人不仅无用而且有罪，理想的国家应该禁止一切摹仿性的诗进来。

# 第二节 柏拉图的文艺思想

## 一、摹仿论

"理念"是柏拉图整个思想的基础，它是一种超时空、非物质、永恒不灭的本体，并不依存于物质存在，每一种事物都有自己的理念。作为一名奴隶主贵族，等级的观念在柏拉图的心中根深蒂固。柏拉图的理念也是一个分等级的体系，最低级的理念是具体事物的理念，比如桌子、树木等；第二等级的理念是数学几何学方面的理念，比如长方形、三角形等，第三等级的理念是艺术、道德方面的理念，比如和谐、美等，最高等级的理念是善，是神的化身。现实世界和理念世界是相对应的，是根据理念世界创造出来的。人无法通过感觉经验认识理念世界，只能通过灵魂对理念进行回忆和领悟。

既然艺术家摹仿的是现实世界，而现实世界又摹仿的是理念世界，那么从理念世界到现实世界，再到艺术世界，它的真理性和价值是递减的。在柏拉图的理想国中，他用洞做比喻，告诉我们真理的等级体系是怎样的，这就是著名的"洞喻"。用比喻的方式说理也是柏拉图论述的一个特色。在"洞喻"中，有一个洞穴，它有一条甬道通向外面，光可以由此照射进来，洞穴中有一些囚徒，一直生活在这里，他们背对着洞穴的出口，无法看到后面的世界，他们只能看见面前的洞穴的石壁。而洞穴的出口处，有一堆正在燃烧的火，火光将外面的行人的影子，和这些囚徒的影子投射到了洞穴的石壁上。这些囚徒一直观察的是影子，但他们以为这个就是真实的世界。直到有一天，一个囚徒掉头向后看，发现了出口处的火光，他之前关于真理的理解就会被消解。而如果他走出洞穴，他就会发现更真的真理：太阳光。

柏拉图要用这个比喻告诉我们，关于事物的影子和事物本身的都不是知识，让影子和事物显现的光才是真正的知识。我们平时所接触的只是表象世界，表象世界的背后是理念世界，表象世界是理念世界的影子，理念世界才是世界的本原。文艺反映的也是表象世界，作家同样处在囚徒的境地，由于受到各种条件的制约，无法产生真正的知识，这是柏拉图对文艺最基本的定位。

柏拉图的理念论无疑是唯心主义的，但是他认为画家直接摹仿的是木匠造的桌子，实际上也就承认了文艺直接摹仿的是现实世界，这是有进步意义的。其次，柏拉图认为艺术是对现实世界虚假的反映，这是对文艺虚构性特点的揭示。再次，柏拉图认为无法揭示事物的本质是文艺最大的弊端，反过来也就是要求文艺反映事物的本质。

## 二、灵感说

在柏拉图看来，文学既是人的摹仿行为，又是灵感来临的结果。从文艺的本质来看，文学是以现实为中介摹仿理念世界的，从文学的创作来看，文学是神灵感应的结果。

柏拉图在《伊安篇》中告诉伊安：

你这副长于解说荷马的本领并不是一种技艺，而是一种灵感，像我已经说过的。有一种神力在驱遣你，像欧里庇得斯所说的磁石，就是一般人所谓"赫拉克勒斯石"。磁石不仅能吸引铁环本身，而且把吸引力传给那些铁环，使它们也像磁石一样，能吸引其他铁环。有时你看到许多个铁环互相吸引着，挂成一条长锁链，这些全从一块磁石得到悬在一起的力量。诗神就像这块磁石，她首先给人灵感，得到这灵感的人们又把它传递给旁人，让旁人接上他们，悬成一条锁链。凡是高明的诗人，无论在史诗或抒情诗方面，都不是凭技艺来做成他们的优美的诗歌，而是因为他们得到灵感，有神力凭附着。①

柏拉图用磁石做比喻，说明了文艺巨大感染力的传递过程。诗人和神灵发生感应作出了诗，诗人只是神的代言人，诗人本无神力，因为接触了神灵而具有了神力。诵诗人又是诗人的代言人，因为接触了诗人而具有了神力。神把神力传递给了诗人，诗人再传递给诵诗人，诵诗人最终再传递给听众。

灵感的表现是迷狂，迷狂是神灵附体的一种癫狂状态，人在迷狂状态下能发出对未来的预言。在《斐德若篇》中，柏拉图提出了四种迷狂，分别是先知的迷狂、祭司的迷狂、诗人的迷狂、恋人的迷狂。当诗神凭附到诗人身上，引发诗人兴高采烈、眉飞色舞时，诗人才能写出好诗。这是柏拉图的重要理论发现，但是他将灵感与理智绝对对立起来，则是片面的。

灵感的获得过程是灵魂对理念之美的回忆。柏拉图认为灵魂是纯洁的，一直在天上飞，如果灵魂的羽翼丰满，他就能伴神左右，如果他失去羽翼，就会掉落人间，附到一个人身上，这个人就会成为一个智者。这样的人见到尘世之美就回忆起上界里的真正的美，羽翼恢复，急于高飞远举，可是心有余而力不足，于是像鸟儿一样，昂首凝望，忘记下界，是为迷狂。由此来看，灵感由尘世之美触发，但最终指向理念之美，这样才能产生出伟大的诗篇。

在柏拉图看来，有两种文艺，一种是摹仿产生的文艺，一种是灵感获得的文艺。前一种没什么价值，在理想国中不应该存在，后一种则是应该存在的。前一种出于他维护奴隶主贵族国家秩序的需要，后一种则是作为诗人思考的结果。诗人在迷狂状态下创作的诗要比他在清醒状态下摹仿得来的诗好得多，这种迷狂主要是指感情高度亢奋、无法自主的状态，并非病理学意义上的癫狂。

---

① 柏拉图:《伊安篇——论诗的灵感》，朱光潜译，转引自伍蠡甫、胡经之主编《西方文艺理论名著选编(上)》，北京大学出版社，1985，第6页。

### 三、文艺的功用

在古希腊，文艺作品一直是国家公民教育的教材，柏拉图对文艺功用的看法首先是和他的社会政治理想联系在一起的。

柏拉图认为万物皆有理念，人也有人的理念，理念是分等级的，在理想的国家，公民也由三个等级组成，分别是国王、士兵和手工业者，奴隶、妇女和儿童是不属于公民的。国王对应的是理性，应该有高度的智慧，他的职责是为城邦制定法规；士兵对应激情，应该勇敢，他的职责是守卫城邦；手工业者对应欲望，应该节制情欲，职责是从事生产。每一类公民各尽其责，社会就会和谐而有秩序。要实现这样理想的国家，哲学家应该当国王，或者国王必须学哲学，还必须培养出勇敢和忠诚的城邦保卫者，文艺必须为这一目标服务。

但是柏拉图从文艺是对理念的摹仿的摹仿出发，列出了文艺的三条罪状，第一条，文艺远离真理，是影子的影子，并不能反映真理的世界。第二条文艺亵渎神明、贬低英雄，它以虚构的谎言歪曲神和英雄的品格，不利于青少年的成长，神只是好的事物的原因，并不是一切事物的原因，《荷马史诗》中神贪婪好色、谋害他人、好勇斗狠，英雄经常号啕大哭、心生恐惧，会让人丧失对神和英雄的崇敬之情，也会放松对自己修养的要求。第三条，诗人为了讨好观众，摹仿人性中感伤癖、哀怜癖等低劣的部分，摧残了人的理性，人们遇到灾祸时往往习惯于哀伤痛苦，这就是感伤癖；人们还习惯于对别人的不幸表示同情，并由此而获得快感，这就是哀怜癖。感伤癖和哀怜癖会让人在遇到灾祸时慌乱不镇静、痛苦无节制，会使战士懦弱而不勇敢，需要用理性加以节制，悲剧迎合了人的不健康的心理，喜剧会使人染上小丑习气。

正是出于这样的原因，柏拉图认为理想的国家应该驱逐诗人。他说："我们就可以辩护我们为什么要把诗驱逐出理想国了；因为诗的本质即如我们所说的，理性使我们不得不驱逐她。"[①]

柏拉图认为，神都是善的，因此就应该描写成善的，荷西俄德所讲的天神乌拉诺斯所干的事情，以及他的儿子克洛诺斯报复他的故事，是一个糟糕的谎言，即使这件事是真的，也必须禁止，这些故事都是有害处的。因为如果有青年做了同样的错事，他可以振振有词地说，是神教我这样去做的。

关于神和神的战争、神和神的搏斗、神谋害神之类的故事，也应该被禁止，因为他们根本是不是真的，城邦守卫者必须把随便相斗看成是最大的耻辱。诗人所讲的故事，应该使人们相信在同一个城邦里生活的人们不曾相互仇恨过，仇恨是一种罪过。我们必须尽力使儿童听到最好的故事，以培养他们良好的品德。

为此，柏拉图提出，应该建立文艺审查制度，既要审查诗人，也要审查诗人的作品。

---

① 柏拉图：《理想国》，朱光潜译，转引自伍蠡甫、胡经之主编《西方文艺理论名著选编（上）》，北京大学出版社，1985，第40页。

诗人只有在灵感来临的时候，才能创作出伟大的作品，但是灵感是可遇而不可求的，在大多数时候，诗人创作的作品是虚构的和追求不恰当的欲望的，他们破坏了人们所应该追求的理性，应该驱逐这样的诗人。同时应该审查文艺作品，那些歌颂神明的、赞美好人的作品可以进入城邦，除此之外的作品都将是不被允许的。

柏拉图的文艺摹仿论、灵感说、社会功用说，揭示了文艺的一些本质和规律，对后世产生了复杂而深刻的影响。他对诗的政治功用的过分强调掩盖了对其审美功能的探讨，这一倾向在古罗马时期文艺理论家贺拉斯的"寓教于乐"那里得到了矫正。

## 第三节　亚里士多德的《诗学》

亚里士多德（前384—前322）是古希腊著名的哲学家和自然科学家。他出生于马其顿，父亲是宫廷御医，17岁时赴柏拉图学园求学，柏拉图去世后，他回到马其顿，担任了亚历山大的老师，亚历山大即位后，亚里士多德在雅典创办了吕克昂学园，广招学生，著书立说。公元前323年，亚历山大死后，各地反马其顿风潮风起云涌，亚里士多德受到牵连离开雅典，公元前322年去世。

亚里士多德非常博学，是一个百科全书式的学者，他在哲学、伦理学、逻辑学、历史学、文艺学，甚至在生物学、物理学、心理学等许多学科都有巨大贡献，他的关于文艺问题的论述主要保存在《诗学》里面，《诗学》也是西方第一部文艺理论专著。亚里士多德是柏拉图的学生，但是二人的思想差异却十分明显。如果说柏拉图的文艺观点是理论主义的，那么亚里士多德的文艺观点则是经验主义的；在个别和一般的关系当中，柏拉图更重视一般，而亚里士多德则更重视个别。在柏拉图那里，文学是从属于政治的，但是在亚里士多德看来，文学有更大的独立性，遵循自己的规律。

### 一、摹仿论与诗的真实性

与柏拉图相同的是，亚里士多德也认为文学是人的一种摹仿行为；二人的区别在于，柏拉图对这种摹仿持否定态度，而亚里士多德则持肯定态度。

在亚里士多德看来，摹仿出自人的天性，人是最富摹仿能力的动物，人人都有成为诗人的潜质，人类通过摹仿可以获得最初的经验，摹仿是人之所以为人的标志。同时，摹仿还能给人带来快感，人能从摹仿中得到极大的乐趣。文艺来自摹仿，需要技艺和规则，亚里士多德并没有提到柏拉图所认为的来自灵感的诗。

在柏拉图那里，理念是一种神秘的存在，它是其他自然物的存在原因，但理念又高高地凌驾于存在物之上，成为无法感知的对象。在亚里士多德看来，理念只是存在物的普遍规定性，它就存在于存在物当中。自然物的存在不是对理念的不完美的摹仿，而是对理念的实现。由于在现实中，有各种条件的制约，自然存在物对理念的实现有很多障碍。但是在这方面，文艺有很大的优势，文艺摹仿自然，它不是一种被动的摹仿，而是一种积极的、具有创造性的摹仿，这种摹仿能使对象更好地实现自己。在这里，自然存在物具有实体性，而不再是虚幻的影子。同时，亚里士多德明确指出，艺术摹仿的对象是行动中的人，是人的性格、人的遭遇、人的情感，即人的生活。这是对柏拉图将艺术摹仿作为"理念"影子的影子的一大发展，也对之后的现实主义文学理论的发展发挥了重要作用。

亚里士多德认为，悲剧中所刻画的人物应当比现实生活中的人品质高尚，而喜剧中所刻画的人物，大多数的比现实中的人品质更坏。被摹仿的人物或优于我们，或劣于我们，或同我们一样，根据前两者，我们把悲剧和喜剧区分了开来。"诗人摹仿的对象是事物可能实现的最完满状态，因此他艺术摹仿中的事物总高于具体实际存在的事物——'因为典型应当高于现实'。"① 亚里士多德把摹仿的对象建立在现实的基础上，现实世界具有真实性，摹仿现实世界的艺术也具有真实性。不仅如此，文艺可以比现实更真实，因为文艺是对现实的一种积极反映，能够揭示现实世界的必然性和普遍性。

亚里士多德还认为，诗人的职责不在于描述已发生的事情，而在于描述可能发生的事，即按照可然律或必然律可能发生的事。历史家与诗人的差别不在于一用散文，一用"韵文"；希罗多德的著作可以改写为"韵文"，但仍是一种历史，有没有韵律都是一样；两者的差别在于一叙述已发生的事，一描述可能发生的事。因此，写诗这种活动比写历史更富于哲学意味，更被严肃的对待；因为诗所描述的事带有普遍性，历史则叙述个别的事。所谓"有普遍性的事"，指某一种人，按照可然律或必然律，会说的话，会行的事，诗要首先追求这目的，然后才给人物起名字；至于"个别的事"则是指亚尔西巴德② 所做的事或所遭遇的事。③

可见诗和哲学的区别不只是形式的问题，更存在内容的区别。亚里士多德没有指出诗和哲学在内容上有什么区别，但从他对诗的摹仿的相关论述可以看出，诗和哲学都要表现普遍的东西，但是诗要通过典型化的具体的人物事迹，把普遍的意义表现出来。

"诗人既然和画家与其他造型艺术家一样，是一个摹仿者，那么他必须摹仿下列三种对象之一：过去有的或现在有的事、传说中的或人们相信的事、应当有的事。"④ 这里说的三种摹仿对象，实际上是指三种创作方法，第一种偏重于再现，如实描写已经发生的事情。第二种偏重于表现，所描写的事情不一定存在，但人们相信是真的。第三种是再现与表现的统一，这种事情不一定真的存在，但是按照事物应当有的样子去摹仿，合情合理，必然如此。亚里士多德主张第三种摹仿的方法。

他认为诗人首先必须挑选正确的事物来摹仿，例如写马的两只右腿同时并进，这个就是不正确的了。诗人应当尽可能不要犯错误，如果是人写的是不可能发生的事情，这固

① 董学文主编《西方文学理论史》，北京大学出版社，2005，第 19 页。
② 亚尔西巴德（前 450—404），是雅典政治家和军事家。
③ 亚里士多德：《诗学》，罗念生译，转引自伍蠡甫、胡经之主编《西方文艺理论名著选编（上）》，北京大学出版社，1985，第 61 页。
④ 亚里士多德：《诗学》，罗念生译，转引自伍蠡甫、胡经之主编《西方文艺理论名著选编（上）》，北京大学出版社，1985，第 88 页。

然是个错误，如果他这样写实现了他的艺术的目的，那么他的这个错误就是有理由可辩护的，因为"不知母鹿无角而画出角来，这个错误并没有画鹿画得认不出是鹿那样严重"。①

从诗的要求来看，合情合理的不可能，要比不合情理的可能要好。这里不可能的事情，主要是神话传说中存在的但是在生活中不可能发生的事情，这些事情只要是合情合理的，就是应当存在的，例如在神话传说中，一些正面的人物生生死死，死而复生，这在生活当中是绝无可能的，但是它符合情理，是应当存在的。相反，有些事情在生活中是可能存在的，但是它只是偶然现象，不符合情理，不能反映事物存在的本质和规律，就不应当成为艺术摹仿的内容。亚里士多德认为，衡量诗与政治的正确与否，标准是不一样的。柏拉图从道德的立场出发，认为不利于奴隶主贵族统治的文艺是不应当存在的。亚里士多德并不这么认为，例如，摹仿不可能发生的事情从道德的立场来看是撒谎，这是不可取的，但是从艺术的立场来看，这恰恰是诗的内在要求。

写可能发生的事情，必须让人信以为真，诗的真实性在于可接受性，只要诗人能自圆其说，人们就有可能相信和接受，而不在于这件事情本身是真的还是假的，为了实现艺术真实，诗人不必受到现实生活的限制，他可以虚构并不存在的事物，只要他虚构的合情合理，能够体现事物的普遍必然性就可以了。这就为诗人阐释生活留下了巨大的想象空间，也为文学作品的生成留下了丰富的可能性。

### 二、悲剧理论

在亚里士多德的《诗学》当中，"诗"和"悲剧"常常是不分的，因为在亚里士多德看来，悲剧是诗的高级形式，史诗是悲剧发展的一个环节，悲剧的发展也就是诗的发展。从现实情况来看，悲剧也是希腊艺术的高峰。

那么，什么是悲剧呢？亚里士多德认为："悲剧是对于一个严肃、完整、有一定长度的行动的摹仿；它的媒介是语言，具有各种悦耳之音，分别在剧的各部分使用；摹仿方式是借人物的动作来表达，而不是采用叙述法；借引起怜悯与恐惧来使这种情感得到陶冶。"②这个详尽的定义道出了关于悲剧的几个关键问题：悲剧的性质是摹仿，摹仿的媒介是语言，摹仿的方式是借人物的动作来表达，产生的艺术效果是借引起怜悯与恐惧来使这种情感得到陶冶。

"史诗和悲剧，喜剧和酒神颂以及大部分双管箫乐和竖琴乐——这一切实际上是摹仿，只是有三点差别，即摹仿所用的媒介不同，所取的对象不同，所采的方式不同。"③画家和雕刻家用颜色和姿态来摹仿事物，史诗用语言，酒神颂同时用节奏、歌曲和韵文，悲剧和

---

① 亚里士多德：《诗学》，罗念生译，转引自伍蠡甫、胡经之主编《西方文艺理论名著选编（上）》，北京大学出版社，1985，第 89 页。

② 亚里士多德：《诗学》，罗念生译，转引自伍蠡甫、胡经之主编《西方文艺理论名著选编（上）》，北京大学出版社，1985，第 54 页。

③ 亚里士多德：《诗学》，罗念生译，转引自伍蠡甫、胡经之主编《西方文艺理论名著选编（上）》，北京大学出版社，1985，第 43 页。

喜剧则交替使用节奏、歌曲和韵文。摹仿对象方面，摹仿者所摹仿的对象是行动中的人，这些人物不是比一般人好，就是比一般人坏。喜剧摹仿的是比今天的人坏的人，悲剧摹仿的是比今天的人好的人。

悲剧的主人公应该是高尚的人，为了正义的事业而斗争，由于与环境的冲突或自身的弱点、过失等而失败或牺牲，悲剧并不着意于"悲"，而着意于"严肃"。在摹仿的方式方面，史诗采用的是客观叙述，颂歌用自己的口吻叙述，悲喜剧则用动作摹仿的方式叙述，但喜剧与悲剧摹仿的对象不同。正是将悲剧与几种接近的艺术类型对比之后，亚里士多德给出了上述关于悲剧的严谨的定义。

亚里士多德在《诗学》中提出悲剧有六个成分，分别是情节、性格、思想、言词、形象、歌曲。在六个成分当中，情节是最重要的。

因为悲剧摹仿的不是人，而是人的行动、生活、幸福（幸福与不幸系于行动）；悲剧的目的不在于摹仿人的品质，而在于摹仿某个行动；剧中人物的品质是由他们的"性格"决定的，而他们的幸福与不幸，则取决于他们的行动。他们不是为了表现"性格"而行动，而是在行动的时候附带表现"性格"。因此悲剧艺术的目的在于组织情节（亦即布局），在一切事物中，目的是最关紧要的。悲剧中没有行动，则不成为悲剧，但没有"性格"，仍然不失为悲剧。①

在亚里士多德关于悲剧的定义中，"悲剧是对一个严肃、完整、有一定长度的行动的摹仿"，摹仿的对象是人的行动，不是人本身，性格也是在行动中形成和表现出来的，所以情节构成了悲剧的基础。亚里士多德这个观点的形成是由当时的社会环境决定的，从古希腊一直到中世纪，社会生产力低下，个人的力量是渺小的，人的主体意识也没有建立起来，一个人如何行动，他的性格无法左右，只能根据当时的国家利益和社会习俗做出决定，反映在悲剧当中，就是个人的无力感，人的行动也就成了悲剧的第一要素。因而，这一时期悲剧的代表性作品《俄狄浦斯王》成为命运悲剧的典型，不管俄狄浦斯王的父母和俄狄浦斯王如何努力逃避杀父娶母的命运，最终也无法逃脱。一直到了文艺复兴的时候，人的个体价值受到重视，主体意识觉醒并逐步确立，这时期悲剧的代表性作品《哈姆雷特》，才成为性格悲剧的典型。

性格的重要性是仅次于情节的，因为悲剧摹仿的是行动，而行动又只能是人的行动。悲剧的主人公应该符合这样几个特征。首先，他是与我们相似的受难者，具有常人的特点，这种人不十分善良，也不十分公正（不应是好到极点的人）。因为写坏人由逆境转入顺境违反悲剧精神，不合悲剧的要求；写好人由顺境转入逆境不会引发人们的怜悯和恐惧，只会引发人们的厌恶，极恶之人由顺境转入逆境，也不会引发怜悯与恐惧，只能打动慈善之心。其次，悲剧主人公是由于某种失误而导致灾难的发生，而不是主观作恶招致厄运。再次，悲剧主人公所遭受的苦难是严重的，例如死亡、剧烈的痛苦、伤害等，这样才

---

① 亚里士多德：《诗学》，罗念生译，转引自伍蠡甫、胡经之主编《西方文艺理论名著选编（上）》，北京大学出版社，1985，第56页。

会产生强烈的艺术效果。在亚里士多德看来，理想的英雄就是比好人坏，比一般人好的人，他比一般人好不了多少，与一般人相似，他在遭受厄运的时候就能引起我们的怜悯与恐惧。但是如果与一般人太相似了，他就是一个无足轻重的人，是不能作为悲剧的主人公的。例如俄狄浦斯声名显赫、生活幸福，但是他和常人一样，无论如何努力也无法摆脱杀父娶母的命运，他并没有主观作恶的意图，只是失手杀死了自己的父亲，然后阴差阳错地当上了国王，并娶了自己的母亲，最后当明白真相的时候，他刺瞎双眼，自我流放。

"亚里士多德对情节与性格的看法是与他的伦理观相联系的。他认为人的性格不是天生具有的，而是从习惯中养成的，多行善则性善，多行恶则性恶，反复行动实践就养成了性格的倾向。可是性格毕竟是过去行动的产物，所以行动形成性格的意向，此其一。但性格又是潜在的，而不是现实的，因此，性格又必须通过行动表现出来，此其二。这就是行动与性格的辩证关系。"①

情节既然是悲剧的第一要素，那么应该如何安排情节呢？"按照我们的定义，悲剧是对于一个完整而具有一定长度的行动的摹仿（一件事物可能完整而缺乏长度）。"所谓"完整"，指事之有头、有身、有尾。所谓"头"，指事之不必然上承他事，但自然引起他事发生者；所谓"尾"，恰与此相反，指事之按照必然律和常规自然的上承某事者，但无他事继其后；所谓"身"，指事之承前启后者。所以结构完美的布局不能随便起讫，而必须遵照此处所说的方式。"②情节应该完整，完整要求其有头、有身、有尾，还意味着其有一定的体积或长度。美的事物的各个组成部分应该有一定的安排，体积也应该是适宜的，不能太大，也不能太小，太小的东西看不清楚，太大的东西也无法把握它的全貌。悲剧的情节也应该长短适宜，一般来说，"长度的限制只要能容许事件相继出现，按照可然律或必然律能由逆境转入顺境，或由顺境转入逆境，就算适当了。"③

情节有简单的，有复杂的，简单的是指连续进行，整一不变；复杂的是指通过"突转"和"发现"到达结局。"悲剧所以能使人惊心动魄，主要靠'突转'与'发现'，此二者是情节的成分。"④"'突转'指行动按照我们所说的原则转向相反的方面。"⑤例如在《俄狄浦斯王》当中，报信人为了解除俄狄浦斯王杀父娶母的心理恐惧，说出俄狄浦斯的身世来安慰他，却造成了相反的结果。"'发现'如字义所表示，指从不知到知的转变，使那些处于顺境和逆境的人物发现他们和对方有亲属关系或仇敌关系。'发现'如

① 马新国主编《西方文论史》，高等教育出版社，2008，第37页。
② 亚里士多德：《诗学》，罗念生译，转引自伍蠡甫、胡经之主编《西方文艺理论名著选编（上）》，北京大学出版社，1985，第58页。
③ 亚里士多德：《诗学》，罗念生译，转引自伍蠡甫、胡经之主编《西方文艺理论名著选编（上）》，北京大学出版社，1985，第60页。
④ 亚里士多德：《诗学》，罗念生译，转引自伍蠡甫、胡经之主编《西方文艺理论名著选编（上）》，北京大学出版社，1985，第56页。
⑤ 亚里士多德：《诗学》，罗念生译，转引自伍蠡甫、胡经之主编《西方文艺理论名著选编（上）》，北京大学出版社，1985，第64页。

与'突转'同时出现（例如《俄狄浦斯王》剧中的'发现'），为最好的'发现'。"[①]"突转"和"发现"是情节的两个主要成分，情节的第三个成分是苦难，苦难是指毁灭或者痛苦等行动。

悲剧的情节不但要完整，还要能引起怜悯与恐惧之情并使这种情感得到陶冶。怜悯与恐惧是两种互相联系的情感，悲剧引发的恐惧是充满怜悯的恐惧，这种恐惧是能唤起敬畏感的真正的恐惧，也是一种审美情感，这种情感会使人得到身体和心灵的双重净化。柏拉图认为，喜剧激发的情感会削弱人的理性，因而是有害的；亚里士多德则认为，观众在观看戏剧的过程中，情感得到了锻炼，人通过观看戏剧，将过度的激情宣泄出去，这样有利于理性、道德和身心健康，同时，人会慢慢形成一种习惯，以后在生活中如果遇到同样的事情发生，就能用理性控制自己的情感。

亚里士多德以他自然科学家的缜密和哲学家的深刻，对文艺的一些关键问题进行了全面的阐释，对柏拉图的学说进行了批判继承，特别是他的摹仿论为后世现实主义文学理论的发展奠定了基础。

**结语：**古希腊文艺理论是西方文艺理论的源头，柏拉图和亚里士多德是古希腊文艺理论的两座高峰。柏拉图以理念为基础，构建了一套唯心主义理论体系；亚里士多德则将具体的事物作为基础，构建了一套具有唯物主义倾向的理论体系，他们二人的理论，都对后世文艺理论的发展产生了深远的影响。

**本章必读书目**

荷马：《荷马史诗》，罗念生、王焕生译，人民文学出版社，1997。

索福克勒斯：《索福克勒斯悲剧五种——俄狄浦斯王》，罗念生译，上海人民出版社，2016。

**深度阅读推荐**

学有余力的同学可以进一步阅读陈中梅的《柏拉图诗学和艺术思想研究》（商务印书馆，1999）和亚里士多德的《诗学》（商务印书馆，1996）。

**思考与运用**

1. 如何理解柏拉图的"哲学王"理想。

2. 为什么亚里士多德将"情节"看作悲剧的第一要素？

3. 试分析柏拉图和亚里士多德思想中的人文主义因素。

4. 朱光潜曾在他的《诗论》中提及亚里士多德的《诗学》，他认为中国只有"诗话"而没有诗学，"诗话"缺乏科学的精神的方法。你是如何理解朱光潜的观点的？

---

① 亚里士多德：《诗学》，罗念生译，转引自伍蠡甫、胡经之主编《西方文艺理论名著选编（上）》，北京大学出版社，1985，第66页。

# 第二章　古罗马文论

**本章的能力要素**

本章主要介绍以贺拉斯、朗加纳斯为代表的古罗马文论，要求能够结合作品深入理解贺拉斯与朗加纳斯的理论主张及内在逻辑。具体要求包括：

1. 能在自学的基础上，小组合作探究贺拉斯的《诗艺》（节选）。

2. 能理解贺拉斯向古希腊文艺学习的古典主义文艺观，以及朗加纳斯"崇高"主张的主要内涵。

3. 能结合《荷马史诗》对贺拉斯的"合式原则"进行阐释。

4. 能结合《伊利亚特》《拉奥孔》理解朗加纳斯"崇高"的五要素。

5. 能对朗加纳斯的"崇高"理论的历史贡献进行分析。

**教学方法**

小组探究法、案例教学法、讲授法

**知识与能力结构**

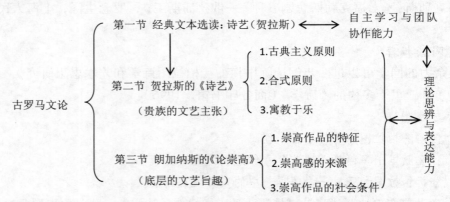

在亚里士多德生活的年代，古希腊已经走向衰落。亚里士多德的学生亚历山大经过东征西讨，建立了亚历山大帝国，但是这个帝国只维持了很短的时间就覆灭了，在这个帝国的基础上，分裂出了很多个王国，这一时期史称希腊化时代。希腊化时代是古希腊文化在地中海沿岸广泛传播并发生影响的时期。这一时期持续了300多年，一直到罗马消灭托勒密王朝。

在希腊化时代，埃及的亚历山大里亚成为地中海沿岸文化的中心，大批的希腊学者云集在这里，在保存和研究希腊古籍方面做出了重要贡献。但这一时期的学者失去了早期希腊学者的那种积极向上的人生追求和强烈的社会责任感，他们大多脱离现实，关注修辞研究，使希腊文化向消极方面发展。

这一时期流行的三种哲学流派分别是伊壁鸠鲁派、斯多葛派、怀疑派。他们的主张虽然各有不同，但相同之处在于"都反对情感的激动，都对改变世界缺乏信心，都把恬淡静穆、无忧无虑的生活当作人生的最高追求"①。他们的这种主张反映在文学领域，表现为具有宏大气势和深刻内容的史诗和悲剧的消退，而轻佻、感伤的喜剧、颂歌、抒情诗等文学类型开始流行。普图劳斯和泰伦斯的喜剧在罗马早期曾经盛极一时。

古罗马人在接触到古希腊文化的时候，他们被古希腊伟大的文化成就惊呆了，他们自知很难超过古希腊人的文化高度，于是他们虔诚地向古希腊人学习，翻译和改编古希腊的作品成为他们重要的创作方式，贺拉斯、维吉尔、奥维德的创作都是从古希腊的神话传说以及史诗中汲取营养，并加以改造创新的。亚历山大里亚学者重视文法、训诂的传统传递给了罗马人，加上罗马帝国社会安定，在生存方面没有希腊人时时面临的严峻挑战，他们普遍对严肃而重大的社会问题缺乏思考的兴趣，快乐成为他们主要的人生追求，所以古罗马人更加重视雕琢作品的形式，这一时期也涌现出了雄辩学家西塞罗，他的演说词成为散文的典范。

对于文艺的颓废之风，也有人提出不满的，例如屋大维就提出伟大的古罗马帝国应该建立与之相匹配的伟大的文艺。在这种背景下，贺拉斯的《诗艺》出现了，《诗艺》提出了古典主义原则，试图为文艺确立宫廷化的原则；还有一些人，他们怀念古希腊的自由和民主，歌颂希腊文艺的崇高精神，例如朗加纳斯的《论崇高》，他们都对后世文艺的发展影响很大。

# 第一节　经典文本阅读

## 一、经典文本节选：《诗艺》（贺拉斯）

如果画家作了这样一幅画像：上面是个美女的头，长在马颈上，四肢是由各种动物的肢体拼凑起来的，四肢上又覆盖着各色羽毛，下面长着一条又黑又丑的鱼尾巴，朋友们，如果你们有缘看见这幅图画，能不捧腹大笑么？皮索啊，请你们相信我，有的书就像这种画，书中的形象就如病人的梦魇，是胡乱构成的，头和脚可以属于不同的族类。（但是，你们也许会说：）②"画家和诗人一向都有大胆创造的权利。"不错，我知道，我们诗人要求

---

① 马新国主编《西方文论史》，高等教育出版社，2008，第 46 页。
② 译文中凡括弧中的词和句都是根据译文的需要补充的。下同。

有这种权利，同时也给予别人这种权利，但是不能因此就允许把野性的和驯服的结合起来，把蟒蛇和飞鸟、羔羊和猛虎，交配在一起。

（诗人）在描写的时候，（譬如）写狄安娜①的林泉、神坛，或写溪流在美好的田野蜿蜒回漾，或写莱茵河，或写彩虹②，开始很庄严，给人以很大的希望，但是这里总是出现一两句绚烂的词藻③，和左右相比太显得五色缤纷了。（绚烂的词藻很好，）但是摆在这里摆得不得其所。也许你会画柏树吧，但是人家出钱④请你画一个人从一队船只的残骸中绝望地泅水逃生的图画，那你会画柏树又有什么用呢？开始的时候想制作酒瓮，可是为什么旋车⑤一转动，却作出了一个水罐呢？总之，不论作什么，至少要作到统一、一致。

三位贤父子，我们大多数诗人所理解的"恰到好处"实际上是假象。我努力想写得简短，写出来却很晦涩。追求平易，但在筋骨、魄力方面又有欠缺。想要写得宏伟，而结果却变成臃肿。（也有人）要安全，过分怕风险，结果在地上爬行。在一个题目上乱翻花样，就像在树林里画上海豚，在海浪上画条野猪。如果你不懂得（写作的）艺术，那么你想避免某种错误，反而犯了另一种过失。

在艾米留斯学校⑥附近的那些铜像作坊里，最劣等的⑦工匠也会把人像上的指甲、卷发雕得纤微毕肖，但是作品的总效果却很不成功，因为他不懂得怎样表现整体。我如果想创作一些东西的话，我决不愿仿效这样的工匠，正如我不愿意我的鼻子是歪的，纵然我的黑眸乌发受到赞赏。你们从事写作的人，在选材的时候，务必选你们力能胜任的题材，多多斟酌一下哪些是掮得起来的，哪些是掮不起来的。假如你选择的事件是在能力范围之内的，自然就会文辞流畅，条理分明。谈到条理，如果我没有弄错的话，它的优点和美就在于作者在写作预定要写的诗篇的时候能说此时此地应该说的话，把不需要说的话暂时搁一搁不要说，要有所取舍。⑧此外，在安排字句的时候，要考究，要小心，如果你安排得巧妙，家喻户晓的字便会取得新义，表达就能尽善尽美。万一你要表达的东西很深奥，必须用新字才能表明，那么你可以创造一些围着腰巾的克特古斯这类人⑨所没有听见过的字；这种自由，用得不过分，是可以允许的。这种新创造的字必须渊源于希腊，汲取的时候又必须有节制，才能为人所接受。罗马人为什么单把这种权利给予凯齐留斯和普劳图斯，维

---

① 狄安娜，罗马神话中的狩猎女神。
② 这些显然是当时流行的诗歌题材。
③ "绚烂的词藻"，原意是深红的布片。这一名词，如本文中其他片言只字，经后代特别是古典主义文学家的宣传，已成为文学批评和修辞学中的格言成语。
④ 沉舟脱险的人，往往请人绘图，供在神庙，以示感恩。
⑤ 陶工用的旋车。
⑥ 艾米留斯，公元前34年为代理罗马执政官，在罗马首建训练角力士的学校。
⑦ 或作"最好的、独一无二的"，imus 与 unus 二字在抄本中容易混淆，故也可以译作"最上等的工匠……"
⑧ 或译"有所好恶"。
⑨ 克特古斯，古罗马 Cornelius 族的"绰号"。腰巾乃公元3世纪罗马人的服饰，所谓"围着腰巾的克特古斯这类人"，实即"古人"的意思。

吉尔和瓦留斯呢①？如果我也有这能力，为什么不允许我也扩大一下我的贫乏的词汇呢？为什么卡图和恩纽斯②的妙笔就可以丰富我们祖国的语言，为一些事物发明新的名称呢？（每个时代）创造出标志着本时代特点的字，自古已然，将来也永远如此。每当岁晚，林中的树叶发生变化，最老的③树叶落到地上；文字也如此，老一辈的消逝了，新生的字就像青年一样将会开花、茂盛。我们和我们所有的（一切）都注定要死亡的。帝王的伟大工程把大海引进陆地，来保护我们船舶，不使受北风的摧残；一片荒瘠的湖沼，长期以来只通舟楫，如今却供养着周围的城市，感到耕犁的分量；一条河流过去给农作物带来灾害，现在改流了，懂得什么是正途了④：但是这一切能够消亡的成就都将消亡，我们的语言不论多么光辉优美，更难以长存千古了。许多词汇已经衰亡了，但是将来又会复兴；现在人人崇尚的词汇，将来又会衰亡；这都看"习惯"喜欢怎样，"习惯"是语言的裁判，它给语言制定法律和标准。

…………

一首诗仅仅具有美是不够的，还必须有魅力，必须能按作者愿望左右读者的心灵。你自己先要笑，才能引起别人脸上的笑，同样，你自己得哭，才能在别人脸上引起哭的反应。你要我哭，首先你自己得感觉悲痛，这样，忒勒福斯啊，珀琉斯啊，⑤你的不幸才能使我伤心，如果你说的话不称，你只能使我瞌睡，使我发笑。忧愁的面容要用悲哀的词句配合，盛怒要配威吓的词句，戏谑配嬉笑，庄重的词句配严肃的表情。大自然当初创造我们的时候，她使我们内心能随着各种不同的遭遇而起变化：她使我们（能产生）快乐（的感情），又能促使我们忿怒，时而又以沉重的悲痛折磨我们，把我们压倒在地上；然后，她又（使我们）用语言为媒介说出（我们）心灵的活动。如果剧中人物的词句听来和他的遭遇（或身份）不合，罗马的观众不论贵贱都将大声哄笑。神说话，英雄说话，经验丰富的老人说话，青春、热情的少年说话，贵族妇女说话，好管闲事的乳媪说话，走四方的货郎说话，碧绿的田垄里耕地的农夫说话，科尔科斯人说话，亚述⑥人说话，生长在忒拜的人⑦、生长在阿耳戈斯的人⑧说话，其间都大不相同。

或则遵循传统，或则独创；但所创造的东西要自相一致。譬如说你是个作家，你想在

---

① 凯齐留斯和普劳图斯，是公元前3至2世纪的罗马喜剧家；维吉尔和瓦留斯是作者同时代的诗人。意谓古人可以创字，当代作家为什么不能创造新字。

② 卡图、恩纽斯，前者是公元前2世纪罗马史家、演说家；后者是公元前2世纪罗马诗人。总指"古之作者"。

③ 据说在意大利，树叶可以隔一冬，或隔两冬才落下，所以"最老的"树叶指的是已经经过一二冬天的树叶。

④ 作者用这三件浩大的工程（都在恺撒和奥古士都统治罗马时期）来说明事物不能长存不变。（一）把意大利西南岸上两个湖打通，又把后一湖和地中海接连，形成一个很大的避风港。（二）指庞厅沼泽的排水工程，变沼泽为良田。地在罗马以南，海岸边。（三）指把罗马城所在的第伯河改道，使不泛滥。

⑤ 一种修辞手段，作者不用第三人称叙述，而用"呼格"，以表示生动。

⑥ 科尔科斯人、亚述人都是亚洲人，古希腊人认为他们的语言都很野蛮。

⑦ 指忒拜（旧译"底比斯"）暴君克瑞翁，见索福克勒斯悲剧《安提戈涅》。他性格固执。

⑧ 指阿尔戈斯王阿伽门农，性格老成持重。

舞台上再现阿喀琉斯受尊崇的故事①，你必须把他写得急躁、暴戾、无情、尖刻，写他拒绝受法律的约束，写他处处要诉诸武力。写美狄亚要写得凶狠、剽悍；写伊诺要写她哭哭啼啼；写伊克西翁要写他不守信义；写伊俄要写她流浪；写俄瑞斯忒斯要写他悲哀。②假如你把新的题材搬上舞台，假如你敢于创造新的人物，那么必须注意从头到尾要一致，不可自相矛盾。

　　用自己独特的办法处理普通题材③是件难事；你与其别出心裁写些人所不知、人所不曾用过的题材，不如把特洛亚的诗篇改编成戏剧。从公共的产业里，你是可以得到私人的权益的④，只要你不沿着众人走俗了的道路前进，不把精力花在逐字逐句的死搬死译上，不在摹仿的时候作茧自缚⑤，既怕人耻笑又怕犯了写作规则，不敢越出雷池一步。此外，在作品开始的时候，不要学古代的英雄诗系的诗人⑥，写道："我要歌唱的是普里阿摩斯的命运和一场著名的战争。"你若夸下这样的海口，你拿什么出来还愿呢？（这就像）大山临蓐，养出来的却是条可笑的小老鼠。有人⑦就不费这无谓的气力，这真不知要好多少倍；（他说：）"诗神，告诉我，在特洛亚灭亡之后，那位英雄怎样阅历了许多城市，见到人间各种各样的风习。"（荷马的）作法不是先露火光，然后大冒浓烟，相反他是先出烟后发光，这样才能创出光芒万丈的奇迹，如安提法忒斯、斯库拉、卡吕布狄斯⑧和独眼巨人。他写狄俄墨得斯回家不从墨勒阿革洛斯的死写起⑨；他写特洛亚战争也不从双胞⑩的故事写起。他总是尽快地揭示结局，使听众及早听到故事的紧要关头⑪，好像听众已很熟悉故事那样；凡是他认为不能经他渲染而增光的一切，他都放弃；他的虚构非常巧妙，虚实参差毫无破绽，因此开端和中间，中间和结尾丝毫不相矛盾。

　　请你倾听一下我和跟我在一起的观众要求的是什么。如果你希望观众赞赏，并且一

---

① 指荷马史诗《伊利亚特》第9卷阿伽门农求阿喀琉斯出营助战的故事。

② 美狄亚、伊诺、伊克西翁、伊俄、俄瑞斯忒斯均希腊神话中人物，每一人物后面所附都是这人物的特征、是家喻户晓的。

③ "普通题材"指"广泛的""日常生活的"，亦即不适于诗歌、戏剧的"新奇的"题材。贺拉斯主张用在他那时代已是"古典的"题材。

④ 所谓"公共产业"指人所共知的文学题材。贺拉斯主张采用"古典的"题材在这范围内体现独创——"私人的权益"。

⑤ 原文作"跳入井中"，借用羊受狐狸的欺骗跳进井里的典故。

⑥ 在希腊文学中曾有这样一种写大型史诗的诗人，例如把特洛亚战争事迹从头到尾包括进去。贺拉斯主张不要摹仿这种大而无当的史诗，应学荷马选择全部过程中的一个插曲。

⑦ 按指荷马，下引诗句即《奥德赛》的开始。

⑧ 安提法忒斯、斯库拉、卡吕布狄斯都是俄底修斯一路上遇到的怪人、妖物。

⑨ 墨勒阿革洛斯是狄俄墨得斯的叔父。意谓不必原原本本、从头到尾都叙述。

⑩ 指特洛亚故事中的海伦的诞生，海伦之母一胎双胞。亦谓从头说起。

⑪ "故事的中心"，荷马史诗一开始就是故事的中心，然后再倒叙，这种结构成为后代史诗的典范

直坐到终场升幕，①直到唱歌人②喊"鼓掌"，那你必须（在创作的时候）注意不同年龄的习性，给不同性格和年龄③以恰如其分的修饰。已能学语、脚步踏实的儿童喜和同辈的儿童一起游戏，一会儿生气，一会儿又和好，随时变化。口上无髭的少年，终于脱离了师傅的管教，便玩弄起狗马来，在阳光照耀的"校场"④的绿草地上嬉游；他就像一块蜡，任凭罪恶捏弄，忠言逆耳；不懂得有备无患的道理，一味挥霍，兴致勃勃，欲望无穷，而又喜新厌旧。到了成年，兴趣改变；他一心只追求金钱和朋友，为野心所驱使，做事战战兢兢，生怕做成了又想更改。人到了老年，更多的痛苦从四围袭击他：或则因为他贪得，得来的钱又舍不得用，死死地守着；或则因为他无论做什么事情，左右顾虑，缺乏热情，拖延失望，迟钝无能，贪图长生不死，执拗埋怨，感叹今不如昔，批评并责骂青年。随着年岁的增长，它给人们带来很多好处；随着年岁的衰退，它也带走了许多好处。所以，我们不要把青年写成个老人的性格，也不要把儿童写成个成年人的性格，我们必须永远坚定不移地把年龄和特点恰当配合起来。

**贺拉斯：《诗艺》，杨周翰译，转引自伍蠡甫、胡经之主编《西方文艺理论名著选编（上）》，北京大学出版社，1985，第96—102页。**

### 二、贺拉斯简介

贺拉斯（前65—8）生于意大利南部小镇中小奴隶主家庭，早年曾先后到罗马求学，后去雅典深造。公元前44年恺撒遇刺后，雅典成了共和派活动的中心，贺拉斯应募参加了共和派军队，并被委任为军团指挥。公元前42年共和派军队被击败，贺拉斯逃回意大利，在罗马从事财务录事的工作，同时写作诗歌。后来被著名诗人维吉尔举荐给奥古斯都的政治顾问梅塞纳斯，引起奥古斯都的注意。奥古斯都赠给他一所舒适的庄园，使他深感安慰，政治态度由支持共和转为支持帝制，写诗歌颂奥古斯都，成为奥古斯都的宫廷诗人。

贺拉斯信奉亚里士多德的中庸哲学，追求内心宁静、适度快乐的人生，是古罗马文学"黄金时代"的代表人物之一。与维吉尔、奥维德并称为古罗马三大诗人。其文艺理论代表作品是《诗艺》，除了提倡向古希腊文艺学习外，受西塞罗的影响，贺拉斯还注重创作中语言的使用和翻译问题，试图建立罗马帝国的文艺法则。

### 三、选文导读

贺拉斯的《诗艺》是其与想在诗歌创作方面有所发展的皮索父子的通信。虽然贺拉斯师承亚里士多德，但是与亚里士多德的不同之处也显而易见。亚里士多德的文艺思想具有希腊思想家的深刻，以思辨见长，文艺思想也是其对整个世界及社会人生看法的有机组成

---

① 罗马剧院开演时幕落到台下，剧终幕升起。
② 唱歌人，罗马喜剧中，随伴音乐和演员舞蹈的歌者，在剧终由他喝"鼓掌"，以示收场。
③ 或译作"给性格随年龄而不同的人"也许更和下文符合。
④ "校场"，罗马阅武场，也是罗马居民的游戏场。

部分。贺拉斯则不同，他的文艺思想缺乏思辨的痕迹，就事论事地向皮索父子提出关于诗歌创作的建议，这些建议是以结论的方式呈现出来的，告诉人们应该怎么做可以写出好的作品来，而不是详细论述为什么应该这么做，所以人们往往认为贺拉斯的《诗艺》更像一部关于诗歌创作的教科书。

选文当中，贺拉斯首先提出了诗歌创作应该做到统一和一致，局部的美不是真正的美，整体协调统一才是美。其次，应该向古希腊诗人学习，应当日日夜夜把玩希腊的范例，古希腊人已经塑造过的人物，例如阿喀琉斯、美狄亚、伊诺、俄瑞斯忒斯等，古罗马的诗人应该保持他们的性格前后一致。贺拉斯主张文艺应该全面向古希腊学习，整体原则明显受到了亚里士多德的影响，人物性格的定型化同样显示了他对古希腊文艺家创造的范本的深深佩服。总而言之，贺拉斯认为，古罗马的诗人在古希腊文艺面前要谦虚，不要轻易去谈什么创新，如果要创新的话，也应该主要着眼于修辞等形式方面的创新。

## 第二节　贺拉斯的《诗艺》

### 一、古典主义原则

贺拉斯的《诗艺》明显继承了亚里士多德的诗学思想，特别是亚里士多德的摹仿论。但是如果说亚里士多德的诗学更倾向于一种理论诗学，那么贺拉斯的诗学则偏向于实践诗学，贺拉斯的兴趣不在于从源头去探讨诗的本质，而在于告诉诗人如何去写诗。

古典主义是贺拉斯诗学的第一原则。所谓古典主义，指的是罗马文艺以希腊文艺为典范，向希腊文艺学习的主张。在贺拉斯生活的年代，整个罗马都臣服于希腊高度发达的文化，在当时，说希腊语甚至成为有教养的标志，罗马人毕恭毕敬、心悦诚服地向希腊人学习，诗歌的创作必须以希腊诗歌为典范，这个是毫无异议的，唯一有一点是可以探讨的，就是罗马人在希腊文艺的光芒照射之下进行多大程度的创新是被允许的。

在《诗艺》中，贺拉斯劝告罗马诗人要"日日夜夜把玩希腊的范例"[①]，要认真学习古希腊的作品，特别是荷马史诗、埃斯库罗斯的悲剧等，以此来作为诗歌创作的指导。从柏拉图到亚里士多德再到贺拉斯，摹仿论一直在传承和发展，柏拉图认为文艺直接摹仿的是生活中的具体事物，是对虚幻的影子的摹仿；亚里士多德认为文艺摹仿的是现实生活中人的行动，这种摹仿是具有真理性的；贺拉斯则进一步将亚里士多德的摹仿论发展为对古希腊作品的摹仿。贺拉斯认为希腊人是天才，具有完美的表达能力，他们也是高尚的，除了荣誉别无所求，所以他们创造出了伟大的作品。而罗马人则精于利益的算计，被贪欲腐蚀了心灵，因而创作出的作品也就缺乏光彩，只能向希腊人学习。

---

① 贺拉斯：《诗艺》，杨周翰译，转引自伍蠡甫、胡经之主编《西方文艺理论名著选编（上）》，北京大学出版社，1985，第 105 页。

那么应该向希腊文艺学习什么呢？首先，应该向希腊文艺取材。"你与其别出心裁写些人所不知、人所不曾用过的题材，不如把特洛亚的诗篇改编成戏剧。从公共的产业里，你是可以得到私人的权益的。"[①]这里的公共产业，就指的是人所共知的文学题材，对于罗马诗人，特别是对那些初学写诗的人来说，不仅应该取材于希腊文艺，而且不要好高骛远地写那些宏大的史诗，要不然就会像立志临摹大山，最终却画出来个小老鼠。

其次，应该学习希腊文艺表现手法。作品中不需要任何事情都从头写起，至尾结束，例如写特洛亚战争不需要从海伦的诞生写起，作家应该尽快揭示结局，让听众尽早听到故事紧要部分，凡是经作家渲染而不能使作品增光的，都应该舍弃。在结构安排方面，作家正确的做法是先放出烟，然后再露出火光，这样的作品才能光芒万丈，即作品应该有所铺垫，逐步达到高潮，而不是一开始就亮出大杀之招，到最后却虎头蛇尾。

贺拉斯主张向古希腊文学学习的同时，他也主张创新，认为古罗马的文学要与古罗马伟大的军功相匹配，罗马文学要创造自己时代的辉煌。但是贺拉斯并没有进一步对创新的问题进行详细论述，他的创新主张更多针对的是形式方面，特别是语言方面，除了将希腊的诗篇改变成戏剧，还应该在生活中、到风俗习惯中去寻找模型，从那里汲取活生生的语言。

## 二、合式原则

贺拉斯从宫廷文艺需求出发，提倡文艺应该遵循理性原则，理性原则主要表现在他提出文学的"合式"性上。

贺拉斯在《诗艺》中指出："如果画家作了这样一副画像：上面是美女的头，长在马颈上，四肢上又覆盖着各色羽毛，下面长着一条又黑又丑的鱼尾巴，朋友们，如果你们有缘看见这幅图画，能不捧腹大笑么？"[②]有的书中的形象是胡乱构成的，像病人的梦魇，如同上面这幅画，是不"合式"的。文艺应该"合式"，那么什么是"合式"呢？合式就是作品从头到尾一致，形式与内容协调，让人感觉合情合理，恰到好处。"合式原则"主要表现在以下几个方面。

第一，人物类型说。贺拉斯认为，一类人物有一类性格，人物的言行首先要符合年龄特点。"我们不要把青年写成个老人的性格，也不要把儿童写成个成年人性格，我们必须坚定不移地把年龄和特点恰当配合起来"[③]。在贺拉斯看来，儿童应该是"一会儿生气，一会儿又和好，随时变化"[④]。少年像一块蜡，"任凭罪恶捏弄，忠言逆耳，不懂得有备无患的道理，

① 贺拉斯：《诗艺》，杨周翰译，转引自伍蠡甫、胡经之主编《西方文艺理论名著选编（上）》，北京大学出版社，1985，第 100 页。
② 贺拉斯：《诗艺》，杨周翰译，转引自伍蠡甫、胡经之主编《西方文艺理论名著选编（上）》，北京大学出版社，1985，第 96 页。
③ 贺拉斯：《诗艺》，杨周翰译，转引自伍蠡甫、胡经之主编《西方文艺理论名著选编（上）》，北京大学出版社，1985，第 102 页。
④ 贺拉斯：《诗艺》，杨周翰译，转引自伍蠡甫、胡经之主编《西方文艺理论名著选编（上）》，北京大学出版社，1985，第 101 页。

一味挥霍，兴致勃勃，欲望无穷，而又喜新厌旧"①。成年人"一心只追求金钱和朋友，为野心驱使，做事战战兢兢，生怕做成又想更改"②。老年人有更多痛苦，"或则因为他贪得，得到的钱又舍不得用，死死守着；或则因为他无论做什么事情，左右顾虑，缺乏热情，拖延失望，迟钝无能，贪图长生不死，执拗埋怨，感叹今不如昔，批评并责骂青年。"③人物年龄变化，性格会随着一起变化，所以作家在创作的时候应该注意人物的年龄，不同的年龄要给予不同的修饰。其次，人物的言行还要符合身份特点。贺拉斯说："神说话，英雄说话，经验丰富的老人说话，青春、热情的少年说话，贵族妇女说话，好管闲事的乳媪说话，走四方的货郎说话，碧绿的田垄里耕地的农夫说话……"都大不相同。④年龄和身份的确会对人物性格的形成有重要影响，贺拉斯要求人物言行符合年龄和身份特点是有合理性的，但是如果将这条原则作为硬性的规定则会有失偏颇，在现实生活中，既有老气横秋的少年，也有天真幼稚的老年人，生活的丰富多彩决定了人的性格不只有一个方面。

第二，人物定型说。贺拉斯认为，如果作品取材于古希腊题材，再现古希腊作品中的人物，那么应该按照人物原来的性格塑造人物。"你想在舞台上再现阿喀琉斯受尊崇的故事，你必须把他写得急躁、暴戾、无情、尖刻，写他处处要诉诸武力。写美狄亚要写得凶狠、彪悍；写伊诺要写她哭哭啼啼；写伊克西翁要写他不守信义；写伊俄要写她流浪；写俄瑞斯忒斯要写他悲哀。"⑤贺拉斯的人物定型说与他提倡的以希腊文艺为师，向希腊文艺作家学习的主张直接相关，在当时崇拜希腊文艺的社会氛围当中，有利于观众接受。但是这种主张也限制了作家的想象力和创新性，从长远来看不利于诗歌的发展。

第三，整体效果说。贺拉斯认为文艺作品应该重视整体效果，一部作品即使局部再美也无法代替整体的美。一个工匠把人像的指甲做得无论如何惟妙惟肖，如果他不懂得追求整体效果，作品就不会成功。整体观念也是西方的一个传统，亚里士多德强调悲剧是对一个严肃、完整、有一定长度的行动的摹仿；贺拉斯同样认为文学要着眼于整体效果。

诗人创作到底是靠天赋还是靠技艺呢？贺拉斯并不支持柏拉图的迷狂说，他认为，那些疯疯癫癫的诗人两眼朝天，口中说一些不三不四的言辞，东游西荡，即使不小心掉进井里，高呼救命，也不会有人搭理，因为一个理智的人不会招惹他们，只有小孩子才会冒冒失失去逗他。正确是思考才是好诗真正的源泉。为此，首先必须有好的材料，比如苏格拉

---

① 贺拉斯：《诗艺》，杨周翰译，转引自伍蠡甫、胡经之主编《西方文艺理论名著选编（上）》，北京大学出版社，1985，第 101 页。

② 贺拉斯：《诗艺》，杨周翰译，转引自伍蠡甫、胡经之主编《西方文艺理论名著选编（上）》，北京大学出版社，1985，第 102 页。

③ 贺拉斯：《诗艺》，杨周翰译，转引自伍蠡甫、胡经之主编《西方文艺理论名著选编（上）》，北京大学出版社，1985，第 102 页。

④ 贺拉斯：《诗艺》，杨周翰译，转引自伍蠡甫、胡经之主编《西方文艺理论名著选编（上）》，北京大学出版社，1985，第 99 页。

⑤ 贺拉斯：《诗艺》，杨周翰译，转引自伍蠡甫、胡经之主编《西方文艺理论名著选编（上）》，北京大学出版社，1985，第 100 页。

底的文字。其次，诗人要有责任感，如果一个人明白自己对国家、朋友的责任，知道如何去爱父兄宾客，懂得元老将军的职责，那么他一定能把这些人物写得合情合理。一出戏剧如果有光辉的思想，人物也刻画得恰到好处，即使它没有好的形式和技巧，那也是好的。

另外，贺拉斯还继承了据说来自公元前5世纪古希腊诗人西蒙尼德斯"诗是有声画，画是无声诗"的"诗如画"的观点，但是贺拉斯重在强调诗有许多种类，阅读也有多种方式，在这方面二者是相似的，而不是说二者具有相同的审美效果。

### 三、寓教于乐

贺拉斯认为文艺应该既对人有教益，又能给人带来快乐，二者缺一不可。教益的要求是他站在宫廷利益需求的立场上提出来的，文艺要坚持高贵的内容与优雅形式的统一，要得到骑士、长者、贵人、富人的欢迎，要对奴隶主贵族统治有利。而"快乐"的要求则反映了文艺自身审美性的内外规律，也迎合了罗马当时的社会氛围。罗马人在追求快乐生活方面是一次极大的突破，他们甚至陷入一种全民狂欢当中，规模巨大的罗马角斗场、奢侈的罗马人的宴饮，参与者甚众的长时间泡澡等刺激了罗马人对快乐的无限向往与追求，贺拉斯要求文艺承担使人快乐的功能，就是这种时代需求的反映。诗的教益功能应该如何与诗人快乐的功能融合在一起呢？贺拉斯认为应该"寓教于乐，既劝谕读者，又使他喜爱，才能符合众望"[1]。寓教于乐的观点反映了文学审美性和认知性特点的统一，对后来的文艺理论产生了深远影响。但是这种观点也有将文艺沦为政治教化工具的风险。

贺拉斯的《诗艺》不同于亚里士多德的《诗学》，后者是哲人论诗，思辨色彩浓厚，而前者是诗人论诗，更多的是创作经验的总结，《诗艺》也是西方第一部诗人论诗的著作。整体而言，贺拉斯继承了亚里士多德文艺思想，但是他的观点更加贴近生活，他认为文学是天才的事业，更需要勤奋苦练，没有哪个作家不经过多次的修改就能创作出优秀的作品，同时，诗人应该把他的作品拿出来给大家看，供大家批评以修改提高。他也谈灵感，但是不谈迷狂，反而嘲笑讽刺疯癫的诗人。

贺拉斯主张向古希腊文艺学习，目的是为了表现罗马光辉的军威与武功，因此他提出可以适度创新的问题。他说："（每个时代）创造出标志着本时代特点的字，自古已然，将来也永远如此。每当岁晚，林中的树叶发生变化，最老的树叶落到地上；文字也是如此，老一辈的消逝了，新生的字就像青年一样将会开花、茂盛。"[2]他认为，语言不管多么优美，都难以万古长存，因此罗马诗人要创造出与自己伟大时代相匹配的文字。虽然他也指出罗马诗人敢于不落希腊人的窠臼，尝试各种类型的作品，歌颂本国事迹，书写本国题材的悲剧和喜剧，赢得很大荣誉，但是他并没有举出实例来，在希腊人面前，贺拉斯表现得相当谦逊。

---

① 贺拉斯：《诗艺》，杨周翰译，转引自伍蠡甫、胡经之主编《西方文艺理论名著选编（上）》，北京大学出版社，1985，第108页。

② 贺拉斯：《诗艺》，杨周翰译，转引自伍蠡甫、胡经之主编《西方文艺理论名著选编（上）》，北京大学出版社，1985，第98页。

另外，贺拉斯从宫廷文艺需求的立场出发，提出了用高贵的文学表现高贵人的事业，在表现形式方面要分清粗鄙和优雅，这在西方还是第一次提出俗文学与雅文学的区分，并用雅文学去否定俗文学。

## 第三节　朗加纳斯的《论崇高》

朗加纳斯（约公元一世纪）又译朗吉弩斯，古罗马时期希腊学者、修辞学家、批评家。著有《论崇高》，现存残本，关于他生活年代还有许多争论。

如果说贺拉斯代表了宫廷文艺精雕细琢、精细典雅的需求，那么朗加纳斯的《论崇高》则表现了底层群体对文艺的惊涛拍岸、山巅登临之壮美的欣赏。实际上《论崇高》的作者究竟是谁已经难以考证，根据书中所论述的内容和所举例子来看，作者对古希腊文艺了如指掌，对罗马奥古斯都时期修辞学家非常熟悉，大体可以推测他应该是公元 1 世纪的修辞学家，其生活的年代比贺拉斯稍后。《论崇高》在作者写成之后长期湮没无闻，直到10 世纪被发现。全书是作者给名为特伦天的人写的信，探讨关于崇高的问题。

古罗马文学经历了共和时代、黄金时代、白银时代三个阶段。共和时代是前罗马帝国时代，罗马不断扩张，逐步走向强盛，文学的主要工作在于把古希腊文学介绍给缺少书面文学传统的罗马人，把古希腊文学的主要形式移植到了缺少骨干文学类型的古罗马，这一时期的代表作家是利维乌斯·安德罗尼斯库、埃纽斯、普图劳斯等。黄金时代罗马帝国建立，社会安定，文学繁荣，文学作品缺乏共和时代的探索精神和政治热情，更多的是对和平生活的歌颂，文学风格技巧更趋成熟，追求形式的完美，这一时期代表作家有维吉尔、贺拉斯、奥维德等。白银时代罗马在政治上不断衰弱，内部矛盾激烈，文学的特点是宫廷趣味日趋浓厚，崇尚文风的花哨和滥用修辞，使得文体显得臃肿，贵族青年以朗诵空洞无物的诗歌为时髦，文学成为少数人的消遣，这一时期代表作家有卢肯、塞内卡、阿普列尤斯等。贺拉斯生活在黄金时代，他顺应时代呼声，提出了以规则、优雅、快乐为旨趣的文艺理论，朗加纳斯生活在白银时代，他逆时代潮流而动，提出了"崇高"这一美学范畴。

### 一、崇高作品的特征

朗加纳斯在《论崇高》里并没有论述崇高的概念，但他指出了崇高作品的特征，并且着重论述了产生崇高感的语言使用方法。在《论崇高》里，他与特伦天的通信，是建立在讨论凯雪立斯对崇高性质分析的基础上的，所以他关注的重点不在于重复崇高的性质，而在于提高诗人关于如何提升作品崇高感的方法，使人们在懂得崇高方面有所进步。

关于崇高作品的特征，朗加纳斯指出"所谓崇高，不论它在何处出现，总是体现于一种措辞的高妙之中，而最伟大的诗人和散文家之得出高出侪辈并在荣誉之殿中获得永久的地位总是因为有这一点，而且也只是因为有这一点。"①郎加纳斯首先指出措辞对于崇高的重要性，在整个古罗马时期，修辞等语言方面训练的重要性毋庸置疑，产生了西塞罗等一批伟大的演说家、修辞学家。这种现象的产生既与自希腊以来的论辩式的民主政治有关，也与古罗马人繁华的社会生活催生的美的需求有关。因此，朗加纳斯在《论崇高》里，通篇都在论辩着如何提高自己的修辞技巧。

同时，"相信或者不信，惯常可以做主；而所谓崇高却起着专横的、不可抗拒的作用；它会操纵一切读者，不论其愿从与否。"②即对于一般的作品，读者可以运用自己的理性去判断，如果他相信，就会去接受；如果他不信，就不会接受。但是崇高的作品具有强烈的整体感染力，他会超越人的现实束缚，激发人对自身本质力量的认同与共鸣，崇高的思想，会像闪电一样照彻整个问题，刹那间显示出全部力量，产生一种专横的、不可抗拒的、横扫千军的力量，将读者不由分说地席卷而去。崇高离不开修辞，对于朗加纳斯来说，崇高的修辞，是关乎思想和情感的修辞，是一切伟大作品的本质所在。总而言之，崇高包括"伟大、雄伟、雄浑、壮丽、庄严、高远、遒劲等含义"③。崇高是人的伟大的灵魂对比它更为伟大的对象的渴慕、追求和竞赛的结果。

## 二、崇高感的来源

朗加纳斯指出，一切崇高的主要来源有五个，第一也是最重要的是庄严而伟大的思想；第二是强烈而激动的情感；第三是藻饰的运用；第四是高雅的措辞；第五是宏大的结构。前两个主要依靠天赋得来，后三个主要靠技术得到助力。这五个来源有一个共同依靠的先决条件，那就是掌握语言的才能，朗加纳斯所谓的"语言的才能"，不仅仅是作品表现形式方面的才能，而是和内容联系在一起的，他的修辞理论也是形式与内容统一的理论。所以他说："我要满怀信心地宣称，没有任何东西能够像恰到好处的真情流露那样导致崇高；这种真情通过一种'雅致的疯狂'和神圣的灵感而涌出，听起来犹如神的声音。"④他强调的语言的技能的重要性并不与强调真情流露相矛盾，相反，前者是后者的基础，甚至也是其他一切崇高来源的基础。

庄严而伟大的思想是崇高的首要条件，也是全部五种条件中最重要的。崇高是伟大灵魂的反映，"一个毫无装饰的，简单朴素的崇高的思想，即使没有明说出来，也每每会

① 朗加纳斯：《诗艺》，钱学熙译，转引自伍蠡甫、胡经之主编《西方文艺理论名著选编（上）》，北京大学出版社，1985，第115页。
② 朗加纳斯：《诗艺》，钱学熙译，转引自伍蠡甫、胡经之主编《西方文艺理论名著选编（上）》，北京大学出版社，1985，第115页。
③ 马新国主编《西方文论史》，钱学熙译，高等教育出版社，2008，第55页。
④ 朗加纳斯：《诗艺》，钱学熙译，转引自伍蠡甫、胡经之主编《西方文艺理论名著选编（上）》，北京大学出版社，1985，第119页。

单凭他那崇高的力量而使人叹服的。"①崇高的思想属于崇高的心灵,思想庄严的人言语才会充满崇高。"把整个生活浪费在琐屑的、狭窄的思想和习惯中的人是决不能产生什么值得人类永久尊敬的作品的。"②庄严而伟大的思想是天赋的,但是同时仍需要锻炼我们的灵魂,这样才能达到崇高,才能永远孕育高尚的思想。

强烈而激动的情感是崇高的第二个来源。没有任何东西能够像真情流露那样导致崇高,这种真情如醉如狂,如同神的声音。然而并非任何真情都能导致崇高,哀伤、恐惧、怜悯等情感与崇高无缘。"作为崇高来源的强烈激动的情感,只能是对于正义、真理、英雄业绩的向往以及为之不惜牺牲一切的伟大、豪迈、慷慨、庄严的情感。"③例如诞生于公元前50年左右的雕塑《拉奥孔》,特洛伊城的祭司拉奥孔明知希腊联军要用木马计攻破特洛伊城,也预知没人能阻止特洛伊人上当受骗将木马运进城内,而且一旦说破希腊人的计谋会收到希腊人保护神雅典娜的惩罚,但他还是勇敢地说了出来。结果特洛伊城如料被攻破,拉奥孔和他的两个孩子被雅典娜派出的两条巨蛇咬死。在雕塑中,拉奥孔没有极度挣扎,只是表现得刚毅而严峻,他的面庞因痛苦而扭曲,却在身体痛苦下表现出最高度的美,身体的痛苦反而被冲淡,他们的身姿和神情传达出内心的抑制,坦荡、无怨无悔。这样的情感才是崇高的情感,这才是文艺所要表现的主要对象。

崇高的另外三个来源是藻饰的技术、高雅的措辞、宏大的结构,这三者属于技术操作方面的条件。藻饰的技术分思想的藻饰和言词的藻饰两个方面,前者是关于如何安排情节和场面、如何运用铺张和想象等表现崇高的思想和情感,后者则是如何选用合式的词格表现内容。"高雅的措辞"讲如何巧妙发问、省略连词、颠倒词序、运用比喻、对照、夸张等来增强感染力。宏大的结构指将前面四个方面联结为雄伟的整体。作家行文要避免过分简洁,过分简洁会削弱崇高感,"夸饰"和"迂回"有助于表现铺张扬厉的风格。

### 三、崇高作品的社会条件

朗加纳斯指出,技巧和天才联合才能做到尽善尽美,而民主才是天才的保姆,卓越的文才与民主同盛衰。自由是全能的,能培养有识之士的大志,能引发新的希望,能保持竞争的火焰和争取高位的雄心。他认为,罗马的社会是专制的,是灵魂的笼子,人们未曾享受自由,罗马社会只培养谄媚的天才,罗马人的精神像奴隶一样被禁锢,他们的灵魂拴着锁链,只会成长为习惯等耳光的人,奴隶中是无法产生演说家的。

除了罗马专制的社会制度不利于天才的诞生,不良的社会风气也会成为天才诞生的阻力。"当代的天才是为那种冷淡所葬送了,这种冷淡,除却个别的例外,是在整个生活里

① 朗加纳斯:《诗艺》,钱学熙译,转引自伍蠡甫、胡经之主编《西方文艺理论名著选编(上)》,北京大学出版社,1985,第120页。
② 朗加纳斯:《诗艺》,钱学熙译,转引自伍蠡甫、胡经之主编《西方文艺理论名著选编(上)》,北京大学出版社,1985,第120页。
③ 马新国主编《西方文论史》,高等教育出版社,2008,第57页。

流行着的。即使我们偶然摆脱这冷淡而从事于工作，这也总是为了求得享乐或名誉而不是为了那种值得追求和恭敬的，真实不虚的利益。"[1]天才的败坏应当归咎于人们内心的祸乱，人们被利欲奴役和摧毁，加上贪图享乐，人们变得卑鄙无耻，不再去追求不朽的东西，"灵魂中的一切伟大的东西逐渐褪色，枯萎，以至于为其所鄙视。"[2]在这样道德的瘟疫中，整个世界将会出现洪水般的灾难，当然也就难以产生天才和崇高的作品了。

朗加纳斯从当时罗马社会的专制体制和弥漫在文学领域的空洞无物和花里胡哨现象的现实出发，提出"崇高"的概念，是相当有针对性的，他认为优秀的艺术是崇高的艺术，而艺术的崇高又来自人的崇高，将人的崇高作为艺术强大生命力首要来源，突破了柏拉图以来艺术摹仿现实生活的认识，对浪漫主义文论的兴起有积极意义。同时，朗加纳斯也是西方第一次对人的崇高的肯定，大大提高了人的地位，并以此出发批评罗马社会的专制和压抑天才的社会现实，对后来文艺复兴及启蒙主义的兴起也有重要贡献。

朗加纳斯不仅指出了崇高的特征、来源，以及需要的社会环境，还提出了创作崇高作品的方法，第一是要和大自然竞赛，不能仅仅作为大自然的旁观者，应该做超越庸俗生活、超越大自然的创造者。他认为优秀的诗人灵魂中一开始就有一种不可抗拒的对于伟大而神圣事物的渴望，就是把整个世界作为思想飞翔的领域都不够宽广，诗人的心灵应该飞跃整个空间的边缘。诗人应该赞叹大河大洋、天上的星光，而不是小溪小流、脚前的火把。第二是要和过去伟大的诗人竞赛。用竞赛的目光来看待柏拉图这样卓越的榜样，它们会像灯塔一样照耀和指导我们，提高我们的灵魂到设想的高度，这样做不是为了剽窃，只是为了创造出自己伟大的作品，正像柏拉图与荷马竞赛，但是却在竞赛中找到了自己诗的主题和表达方式。

**结语：**古典主义是罗马文论最突出的特征，无论是贺拉斯还是朗加纳斯，都提倡向古希腊文艺学习。但是贺拉斯生活在罗马的黄金时代，而且作为一名宫廷诗人，他试图以自己的创作经验来为罗马文艺确立规则，创造出与伟大的罗马军功相媲美的灿烂的文学艺术来。朗加纳斯生活在罗马的白银时代，这时期罗马开始走下坡路，人们的物质生活和精神生活都大不如从前，朗加纳斯出于对罗马社会现实的不满，提出了"崇高"的美学范畴，试图以此来矫正罗马人的日渐堕落与平庸。

重视形式技巧是罗马文论的又一特征。贺拉斯和朗加纳斯都详尽论述了文艺形式方面的问题，贺拉斯要求形式优雅，能与高贵的内容相匹配；朗加纳斯则要求形式与庄严伟大的内容相匹配，需要想象、夸张等堂皇的语言。

贺拉斯与朗加纳斯之后的普罗提诺，继承了柏拉图的思想，创立了"流溢说"，认为宇宙的本源是"太一"，"太一"就是神，它的流溢依次产生了宇宙理性、灵魂、感性世

---

① 朗加纳斯：《诗艺》，钱学熙译，转引自伍蠡甫、胡经之主编《西方文艺理论名著选编（上）》，北京大学出版社，1985年版，第129页。

② 朗加纳斯：《诗艺》，钱学熙译，转引自伍蠡甫、胡经之主编《西方文艺理论名著选编（上）》，北京大学出版社，1985年版，第129页。

界，三个世界的完满性依次减弱，物质是万恶之源，因此，神是美和艺术的来源。普罗提诺的观点对中世纪文艺理论产生了直接影响。

**本章必读书目**

荷马：《荷马史诗》，罗念生、王焕生译，人民文学出版社，1997。

**深度阅读推荐**

学有余力的同学可以进一步阅读朱光潜的《西方美学史》（人民出版社，1979）中有关贺拉斯和朗加纳斯的部分。

**思考与运用**

1. 贺拉斯的"合式"原则如何开启了文学的"寓教于乐"传统？

2. 朗加纳斯为何将"庄严伟大的思想"看作崇高风格的首要条件？

# 第三章　中世纪文论

**本章的能力要素**

本章主要介绍中世纪的神学文艺思想，要求能结合作品深入理解奥古斯丁和托马斯·阿奎那的文艺主张。具体要求包括：

1. 能在自学的基础上，小组合作探究奥古斯丁的《忏悔录》（节选）。

2. 能理解奥古斯丁及托马斯·阿奎那的理论主张。

3. 能结合圣经故事对奥古斯丁以上帝为美，敌视文学的观点进行阐释。

4. 能结合骑士文学、市民文学对托马斯·阿奎那从彼岸美学到此岸美学转变的原因进行阐释。

5. 能对中世纪建构的以"象征"为主的文论新形态进行阐释。

**教学方法**

小组探究法、案例教学法、讲授法

**知识与能力结构**

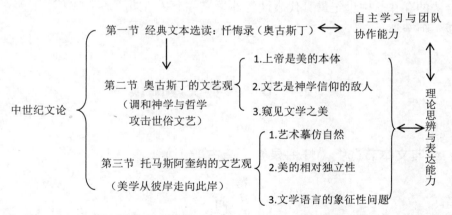

罗马帝国于公元 27 年由屋大维建立，公元 395 年分裂为东西罗马，西罗马以罗马城为都，东罗马以君士坦丁堡为都，公元 476 年西罗马被日耳曼人灭亡，公元 1453 年东罗马被奥斯曼土耳其人灭亡。历史意义上的中世纪指从西罗马灭亡到东罗马灭亡的这一段时间，大概 1000 年。西罗马帝国的灭亡标志着欧洲奴隶制度的结束，在西罗马帝国的废墟上，日耳曼法兰克族建立了法兰克王国，欧洲封建制度由此开启，同时期的东罗马帝国也逐步完成了由奴隶制向封建制的转变。中世纪的一千年，正是欧洲的封建社会时期。

中世纪在文化上最大的特点是基督教的兴起并逐渐占据了绝对统治地位。然而文化意义上变迁要复杂得多，早在公元4世纪初期，基督教会已经对欧洲大陆上的许多国家的政治生活产生了重要影响，但在公元476年之后，罗马文化仍然在许多领域存在并发挥作用，二者交织互存的最终结果是基督教文化的胜出。

基督教并非突然在欧洲大陆横空出现，而是在希伯来文化和古希腊罗马文化的基础上诞生的。它从犹太教那里继承了圣教历史、罪孽意识和福音观念，将其由民族宗教发展为普世宗教；从古希腊文化那里借鉴了"命运"观念和灵魂轮回转世说，并将斐洛的"隐喻"神学和普罗提诺的神秘主义最终汇入。

基督教之所以在中世纪取得了统治地位，一是因为其宣扬的原罪、救赎、忍耐思想符合封建统治者统治人民的需求，二是因为教会掌握了当时的知识教育和人们的精神生活并逐步向其他领域扩张，三是因为欧洲王国众多，王国继承者们需要罗马教会的支持以显示自己对罗马帝国的合法继承权。因此，基督教逐渐取得了凌驾于世俗王权之上的权威。如果说在古希腊和古罗马时期，理性是文艺理论的基石，那么在中世纪，信仰则成为文艺理论的基础。

现代西方人常把希腊罗马文化视为古典文化，而将自己所处的文化称为基督教文化，可以说，基督教对西方现代社会的影响远远超过了古希腊罗马文化的影响，在西罗马帝国灭亡之后，基督教作为西方社会唯一的信仰，塑造了西方文化的基本特征。现代西方社会的许多典章制度、礼仪习俗、思想观念都与基督教有渊源关系，可以说，没有基督教，就没有西方现代文化。在中世纪，基督教神学统治了一切领域，这一时期文学领域没有太大的建树，也没有出现专门的文艺理论家，神学家们的神学思想成为解释世界（包括文学）的唯一合法的存在。中世纪最具代表性的神学家一个是前期的圣·奥古斯丁，一个是后期的托马斯·阿奎那。

# 第一节　经典文本阅读

## 一、经典文本节选：《忏悔录》（奥古斯丁）

### 卷　一

#### 四

我的天主，你究竟是什么？我问：你除了是主、天主外，是什么呢？"除主之外，谁是天主？除了我的天主外，谁是天主？"[①]

至高、至美、至能、无所不能、至仁、至义、至隐、无往而不在，至美、至坚、至定、但又无从执持，不变而变化一切，无新无故而更新一切；"使骄傲者不自知地走向衰

---

① 见《诗篇》17首32节。

亡"①；行而不息，晏然常寂，总持万机，而一无所需；负荷一切，充裕一切，维护一切，创造一切，养育一切，改进一切；虽万物皆备，而仍不弃置。你爱而不偏，嫉而不愤，悔而不怨，蕴怒而仍安；你改变工程，但不更动计划；你采纳所获而未有所失；你从不匮乏，但因所获而欢乐；你从不悭吝，但要求收息。谁能对你格外有所贡献，你便若有所负，但谁能有丝毫不属于你呢？你并无亏欠于人，而更为之偿；你免人债负，而仍无所损。我能说什么呢？我的天主，我的生命，我神圣的甘饴，谈到你，一人能说什么呢？但谁对于你默而不言，却是祸事，因为即使这人谈得滔滔不绝，还和未说一样。

## 十三

我自小就憎恨读希腊文，究竟什么原因，即在今天我还是不能明白。我酷爱拉丁文，当然不是启蒙老师教的，而是所谓文法先生教的拉丁文，因为学习阅读、书写、计算时所读的初步拉丁文，和一切希腊文一样，在我是同样感到艰涩而厌倦。什么缘故？当然是随着罪恶和渺茫的生命而来的："我是血气，不过是一阵去而不返的风。"②我过去和现在所以能阅读各种书籍和写出我所要写的文字都靠我早年所读的书；这些最早获得的学识，比了逼我背诵的不知哪一个埃涅阿斯的流浪故事③，当然更好、更可靠。当时我为狄多的死，为她的失恋自尽④而流泪；而同时，这可怜的我，对那些故事使我离弃你天主而死亡，却不曾流一滴泪。

还有比我这个不知可怜自己的可怜人，只知哭狄多的殉情而不知哭自己因不爱你天主、我心灵的光明、灵魂的粮食、孕育我精神思想的力量而死亡的人更可怜吗？我不爱你，我背弃你而趋向邪途，我在荒邪中到处听到"好啊！好啊！"的声音。人世间的友谊是背弃你而趋于淫乱，"好啊！好啊！"的喝彩声，是为了使我以不随波逐浪为可耻。对这些我不痛哭，却去痛哭：

"狄多的香消玉殒，以剑自刎"。⑤

我背弃了你，却去追逐着受造物中最不堪的东西；我这一团泥土只会钻入泥土，假如有人禁止我阅读，我便伤心，因为不能阅读使我伤心的书本。当时认为这些荒诞不经的文字，比起我阅读书写的知识，是更正经、更有价值的文学。

现在，请我的天主，请你的真理在我心中响亮地喊吧："不是如此，不是如此。最先受的教育比较好得多！"我宁愿忘掉埃涅阿斯的流浪故事和类似的文字，不愿忘掉阅读书写的知识。文法学校门口挂着门帘，这不是为了保持学术的珍秘，却更好说是掩盖着那里的弊病。他们不必哗然反对我，我已不再害怕他们，我现在是在向你、我的天主，向你诉说我衷心所要说的，我甘愿接受由于我过去流连歧途应受的谴责，使我热爱你的正道。请

---

① 见《旧约·约伯记》9章5节。

② 见《诗篇》77首39节。

③ 埃涅阿斯是罗马诗人味吉尔（公元前70—19）所著《埃涅依斯》史诗中的主角。

④ 《埃涅依斯》诗中迦太基女王。

⑤ 见《埃涅依斯》卷六，457句。

那些买卖文法的人们不用叫喊着反对我，因为如果我向他们提一个问题："是否真的如诗人所说，埃涅阿斯到过迦太基？"学问差一些的将回答说不知道，明白一些的将说没有这回事。如果我问埃涅阿斯的名字怎样写，凡读过书的人都能正确答复，写出依据人与人之间约定通行的那些符号。如果我再问：忘掉阅读，忘掉书写，比起忘掉这些虚构的故事诗，哪一样更妨害生活？那么谁都知道凡是一个不完全丧失理智的人将怎样答复。

我童年时爱这种荒诞不经的文字过于有用的知识，真是罪过。可是当时"一一作二、二二作四"，在我看来是一种讨厌的歌诀，而对于木马腹中藏着战士啊，大火烧特洛伊城啊，"克利攸塞的阴魂出现"①啊，却感到津津有味！

## 十六

人世间习俗的洪流真可怕！谁能抗御你？你几时才会枯竭？你几时才停止把夏娃的子孙卷入无涯的苦海，即使登上十字架宝筏也不易渡过的苦海？我不是在你那里读到了驱策雷霆和荒唐淫乱的优庇特吗？当然他不可能兼有这两方面；但这些故事却使人在虚幻的雷声勾引之下犯了真正的奸淫时有所借口。

哪一个道貌俨然的夫子肯认真地听受一个和他们出于同一泥沼的人的呼喊："荷马虚构这些故事，把凡人的种种移在神身上，我宁愿把神的种种移在我们身上？"②说得更确切些：荷马编造这些故事，把神写成无恶不作的人，使罪恶不成为罪恶，使人犯罪作恶，不以为仿效坏人，而自以为取法于天上神灵。

可是你这条地狱的河流，人们带了赘仪把孩子投入你的波涛之中为学习这些东西！而且这还列为大事，在市场上，在国家制度私人的束脩外另给薪金的法律之前公开进行！你那冲击岩石的声浪响喊着："在那里求得学问，在那里获得说服别人和发挥意见所必要的辞令。"假如不是铁伦提乌斯描写一个浪漫青年看见一幅绘着"优庇特把金雨落在达那埃怀中，迷惑这妇人"③的壁画，便奉优庇特为奸淫的榜样，我们不会知道诗中所用：金雨、怀中、迷惑、天宫等词句。瞧，这青年好像在神的诱掖之下，鼓励自己干放诞风流的勾当：

"这是哪一路神道啊？他说。

竟能发出雷霆震撼天宫。

我一个凡夫，不这样做吗？我已经干了，真觉自豪。"

这些词句并非通过淫亵的描写而更易记忆，这些词句不过更使人荒淫无度。我并不归罪于这些文词，它们只是贵重精致的容器，我只归罪于迷人的酒，被沉醉的博士先生们斟在器中要我们喝，不喝便打，而且不许向一个清醒的法官申诉。

但是我的天主啊，在你面前，我毫无顾虑的回想过去，我自己是读得爱不释手，我可怜地醉心于这些文字，然恰因此而有人说我这孩子是前途无量呢！

---

① 见《埃涅依斯》卷二，772句。
② 罗马作家西塞罗（公元前106—前43）语，见所著《多斯古伦别墅辩论集》1章6节。
③ 见铁伦提乌斯（公元前195—159）诗剧《太监》，585，589，590句。

## 卷 三

### 二

我被充满着我的悲惨生活的写照和燃炽我欲火的炉灶一般的戏剧所攫取了。人们愿意看自己不愿遭遇的悲惨故事而伤心，这究竟为了什么？一人愿意从看戏引起悲痛，而这悲痛就作为他的乐趣。这岂非一种可怜的变态？一个人越不能摆脱这些情感，越容易被它感动。一人自身受苦，人们说他不幸；如果同情别人的痛苦，便说这人有恻隐之心。但对于虚构的戏剧，恻隐之心究竟是什么？戏剧并不鼓励观众帮助别人，不过引逗观众的伤心，观众越感到伤心，编剧者越能受到赞赏。如果看了历史上的或竟是捕风捉影的悲剧而毫不动情，那就败兴出场，批评指摘，假如能感到回肠荡气，便看得津津有味，自觉高兴。

于此可见，人们欢喜的是眼泪和悲伤。但谁都要快乐，谁也不愿受苦，却愿意同情别人的痛苦；同情必然带来悲苦的情味。那么是否仅仅由于这一原因而甘愿伤心？

这种同情心发源于友谊的清泉。但它将往何处？流向哪里呢？为何流入沸腾油腻的瀑布中，倾泻到浩荡烁热的情欲深渊中去，并且自觉自愿地离弃了天上的澄明而与此同流合污？那么是否应该屏弃同情心呢？不，有时应该爱悲痛。但是，我的灵魂啊？你该防止淫秽，在我的天主、我们祖先的天主，永受赞美歌颂的天主保护之下，你要防止淫秽的罪。

我现在并非消了同情心，但当时我看到剧中一对恋人无耻地作乐，虽则不过是排演虚构的故事，我却和他们同感愉快；看到他们恋爱失败，我亦觉得凄惶欲绝，这种或悲或喜的情味对我都是一种乐趣。而现在我哀怜那些沉湎于欢场欲海的人，过于哀怜因丧失罪恶的快乐或不幸的幸福而惘然自失的人。这才是比较真实的同情，而这种同情心不是以悲痛为乐趣。怜悯不幸的人，是爱的责任，但如果一人怀抱真挚的同情，那必然是宁愿没有怜悯别人不幸的机会。假如有不怀好意的慈悲心肠，——当然这是不可能有的——便能有这样一个人：具有真正的同情心，而希望别人遭遇不幸，借以显示对这人的同情。有些悲伤果然是可以赞许的，但不应说是可以喜爱的。我的主，你热爱灵魂，但不像我们，你是以无限纯洁、无穷完美的真慈怜悯着世人的灵魂，你不受任何悲痛的侵袭。但哪一个人能如此呢？

但那时这可怜的我贪爱哀情的刺激，追求引致悲伤的机会；看到出于虚构的剧中人的不幸遭遇，扮演的角色越是使我痛哭流涕，越称我心意，也就越能吸引我。我这一头不幸的牲口，不耐烦你的看护，脱离了你的牧群，染上了可耻的、龌龊不堪的疥疮，这又何足为奇呢？我从此时起爱好痛苦，但又并不爱深入我内心的痛苦——因为我并不真正愿意身受所看的种种——而仅仅是爱好这种耳闻的、凭空结构的、犹如抓着我浮皮肤的痛苦，可是一如指甲抓碎皮肤时那样，这种爱好在我身上也引起了发炎、肿胀、化脓和可憎的臭腐。

这是我的生活。唉，我的天主，这可能称为生活吗？

## 卷 四

### 十三

这一切，我当时并不知道，我所爱的只是低级的美，我走向深渊，我对朋友们说："除了美，我们能爱什么？什么东西是美？美究竟是什么？什么会吸引我们使我们对爱好的东西依依不舍？这些东西如果没有美丽动人之处，便绝不会吸引我们。"我观察到一种是事物本身和谐的美，另一种是配合其他事物的适宜，犹如物体的部分适合于整体，或如鞋子的适合于双足。这些见解在我思想中，在我心坎酝酿着，我便写了《论美与适宜》一书，大概有两三卷；天主啊，你完全清楚，我已记不起来了。我手中已没有这书，我也不知道怎样亡失的。

## 卷　七

### 十一

我观察在你座下的万物，我以为它们既不是绝对"有"，也不是绝对"无"；它们是"有"，因为它们来自你，它们不是"有"，因为它们不是"自有"的。因为真正的"有"，是常在不变的有。"亲近天主，为我有益"，[①]因为如果我不在天主之内，我也不能在我之内。而你则"常在不变而更新万物"，"你是我的主，因而你并不需要我的所有"。[②]

### 十二

我已清楚看出，一切可以朽坏的东西，都是"善"的；惟有"至善"不能朽坏，也惟有"善"的东西，才能朽坏，因为如果是至善，则是不能朽坏，但如果没有丝毫"善"的成分，便也没有可以朽坏之处。因为朽坏是一种损害，假使不与善为敌，则亦不成其为害了。因此，或以为朽坏并非有害的，这违反事实；或以为一切事物的朽坏，是在砍削善的成分：这是确无可疑的事实。如果一物丧失了所有的"善"，便不再存在。因为如果依然存在的话，则不能再朽坏，这样，不是比以前更善吗？若说一物丧失了所有的善，因之进而至于更善，则还有什么比这论点更荒谬呢？因此，任何事物丧失了所有的善，便不再存在。事物如果存在，自有其善的成分。因此，凡存在的事物，都是善的；至于"恶"，我所追究其来源的恶，并不是实体；因为如是实体，即是善；如是不能朽坏的实体，则是至善；如是能朽坏的实体，则必是善的，否则便不能朽坏。

我认识到，清楚认识到你所创造的一切，都是好的，而且没有一个实体不是你创造的。可是你所创造的万物，并非都是相同的，因此万物分别看，都是好的，而总的看来，则更为美好，因为我们的天主所创造的，"一切都很美好"。[③]

## 卷　十

### 八

…………

我的天主，记忆的力量真伟大，太伟大了！真是一所广大无边的庭宇！谁曾进入堂奥？但这不过是我与性俱生的精神能力之一，而对于整个的我更无从捉摸了。那么，我心灵的居处是否太狭隘呢？不能收容的部分将安插到哪里去？是否不容于身内，便安插在身外？身内为何不能容纳？关于这方面的问题，真使我望洋兴叹，使我惊愕！

---

① 见《诗篇》72首28节。

② 见《智慧书》7章27节；《诗篇》15首2节。

③ 见《创世纪》1章31节。

人们赞赏山岳的崇高，海水的汹涌，河流的浩荡，海岸的逶迤，星辰的运行，却把自身置于脑后；我能谈论我并未亲见的东西，而我目睹的山岳、波涛、河流、星辰和仅仅得自传闻的大洋，如果在我记忆中不具有广大无比的天地和身外看到的一样，我也无从谈论，人们对此却绝不惊奇。而且我双目看到的东西，并不被我收纳在我身内；在我身内的，不是这些东西本身，而是它们的影像，对于每一个影像我都知道是由哪一种器官得来的。

### 十

有人提出，对每一事物有三类问题，即：是否存在？是什么？是怎样？当我听到这一连串声音时，虽则这些声音已在空气中消散，但我已记取了它们的影像。至于这些声音所表达的意义，并非肉体的官感所能体味，除了我心灵外，别处都看不到。我记忆所收藏的，不是意义的影像，而是意义本身。

…………

### 卷十三
### 二十八

天主，你看了你所造的一切，"都很美好"，[①] 我们也看见了，一切都很美好。你对每一项工程，说："有"，就有了，你看见每一样都是好的。我计算过，你前后共七次看了你所造的，说好；第八次你看了所造的一切，不仅说好，而且说一切都很好。因为每一项分别看，仅仅是好，而合在一起，则不仅是好，而且是很好。任何美好的东西也都如此说。因为一个物体，如果是荟萃众美而成，各部分都有条不紊地合成一个整体，那么虽则各部分分别看都是好的，而整体自更远为美好。

### 三十二

主，我感谢你。我们看见了天和地，即物质受造物的上下两部，或物质的和精神的受造物；我们看见了划分黑暗的光，点缀着物质世界或整个受造物的各个部分。我们看见了诸水分为上下后中间的穹苍，即宇宙的最初物体，或现在名为天的空间，飞鸟翱翔于其间，中有汽化的水，晴夜凝而为露；重浊的水流而为雨。我们又见万流委输、海色的壮丽，大陆上圹埌的原野和长满花卉树木景物宜人的腴壤。我们又昂首而见"光体"，太阳充盈照耀着白昼，黑夜则有月色星光的抚慰，同时又成为时间的标识。我们又见卑湿之处滋生了鳞介鲸鲵和飞翔的禽鸟，因鸟翼所凭的浓厚空气是由水蒸发而成的。我们看见地面点缀了动物和依照你的肖像而造的人类，人凭借了和你相似之处，就是说凭借了理性和理智，统治百兽；犹如人的灵魂上一面是通过思考而发号施令，一面是服从号令，犹如行动受理智的指挥而获得正确方向，同样女子以肉体言，来自男子，虽则在理智和灵性方面具有同样的天赋，但由于性别的不同，女性应隶属于男性。

我们看见了这种种，每一样都已美好，而综合一切尤为美好。

---

① 见《创世纪》1 章 31 节。

奥古斯丁：《忏悔录》，周士良译，转引自伍蠡甫、胡经之主编《西方文艺理论名著选编（上）》，北京大学出版社，1985，第130—151页。

## 二、奥古斯丁简介

奥古斯丁（354—403）全名圣·奥勒留·奥古斯丁，出生于北非，在罗马受教育，在米兰接受洗礼。著有《忏悔录》《论三位一体》《上帝之城》《论自由意志》《论美与适合》等。文艺思想主要表现在他《忏悔录》中。

奥古斯丁信仰基督以前，爱好世俗文艺，对古希腊罗马文学有深刻研究，曾担任文学、修辞学教师。在接触基督教之后，痛悔为世俗文艺引入歧途，攻击世俗文艺（如《荷马史诗》）。他把哲学和神学调和起来，以新柏拉图主义论证基督教教义，形成了系统的基督教神学，并且在他之后的八百年里，他的体系一直是占据统治地位的官方学说，没有人能超越。

## 三、选文导读

奥古斯丁的《忏悔录》讲述的是自己如何从一个普通人、一个充满罪孽的人逐渐向上帝靠近和皈依的心理历程。在《忏悔录》中，奥古斯都一方面对自己过去因无知而产生的种种罪孽"认罪"，另一方面，不断歌颂神的伟大，文中充满了悔恨与认罪之意以及他对上帝虔诚顺服和爱，文章是以祷告的形式呈现的。

《忏悔录》分为两部分，第十章之前为第一部分，主要讲述作者自己灵魂是如何皈依基督教的。其中涉及许多对文艺问题的看法，例如批评希腊文，提倡拉丁文，改变了罗马时期希腊文的尊崇地位；认为即使荷马这样的大诗人，也是谎话连篇的，其用虚假的故事满足人们不健康的哀怜癖，艺术越成功就越邪恶；上帝是美和善的本体，上帝创造的一切都是美好的。第十章之后为第二部分，反映自己写作时的情形，主要讨论了时间、记忆、恶等问题。奥古斯丁通过反省，发现有太多场合因为各种原因，人不由自主地产生了恶念。"恶念"的观念开创了西方神学的重要概念。另外，"自由意志"也是奥古斯丁思想的另一核心概念，人有自由意志，可是经常变得自以为是，罪恶由此产生，唯有透过反省，对于生命才有更深刻的认识。因此奥古斯丁反对世俗文学，认为凡是不能烛照上帝之美的文艺都是缺乏存在之必要的。

《忏悔录》并不是一部专门论述文艺的著作，却在思想分析的"忏悔"中，广泛接触和论及了文艺方面的重要问题。奥古斯丁一方面给世俗文艺罗织了大量罪状，宣扬文艺的对象不是现实世界而是天主，规定艺术必须为宗教服务；另一方面又默认了艺术须凭想象和虚构，承认世俗文艺能引起激情的巨大感染力，承认鲜明的形象可以引人共鸣。《忏悔录》中的这些文艺理论见解，为中世纪的抽象艺术、象征艺术提供了理论根据。

## 第二节　奥古斯丁的文艺观

### 一、上帝是美的本体

文艺是审美的艺术，对美的认识会直接影响对文艺的认识。奥古斯丁认为，上帝之美是一切美的根源。日常所能感知的物质的美，只是一种低级的美，而上帝之美才是高级的美。上帝之美是"神性美"，我们无法用感官来感知它的存在，然而它的存在不是虚构的，是可以靠心灵来观照的，只有纯真的灵魂，例如圣徒们才能领悟到它的存在。

奥古斯丁在《忏悔录》中说：天主是"至高、至美、至能、无所不能，至仁、至义、至隐、无往而不在，至美、至坚、至定、但又无从执持，不变化而变化一切，无新无故而更新一切。"[1]上帝创造了一切，养育一切，改进一切。上帝把它的美体现在万物之上，世上一切事物都体现了上帝的光辉。各种事物的美是美的显现，上帝之美则是美本身。上帝的美不是一种美，也不是一个层次的美，而是一切美的根据。上帝将自身的美在各种事物中呈现出来。这是上帝的本质决定的，并不出自外在的需要。上帝是美的创造者，上帝创造了世界及美，世界与美一同诞生，并与善结为一体。人也是上帝创造的，人不能创造美，因此，人不是自觉的审美主体。

由于当初亚当与夏娃偷吃了禁果，种下了罪恶的种子，所以人是有原罪的，人一生下来就趋向丑和恶，生下来就哭着要吃奶，并且还嫉妒别人，虽然不会说话，但也会狠狠盯着别的一同吃奶的孩子，这就是恶。恶由肉体支配，肉体的欲望使人罪恶，并牵绊灵魂发挥作用，这样，人们就越来越远离上帝之美了。

人要认识上帝之美，必须热爱上帝，不能只关注物质世界，而应该摆脱肉体欲望的束缚，转向灵魂世界，向上帝靠近，得到上帝之光的照耀，才能借助上帝清除感官世界的牵绊，从而接近美本身。

上帝创造了万物，但是上帝是不会创造丑的事物的，所以绝对丑的事物是不存在。丑只是相对不美，或者是人认识不够全面。美是有等级的，由低到高依次是形体美、德性美、上帝美，无论哪种美，都应该"整一""和谐"，这体现了神的纯一性。他认为一是美的，整一、相等、相似、秩序、和谐都合而为一，美的形式原则就是寓多于一。天主把数的统一和谐体现在他所创造的万物之中，造成了世界美。"一个物体如果是荟萃众美而

① 奥古斯丁：《忏悔录》，周士良译，转引自伍蠡甫、胡经之主编《西方文艺理论名著选编（上）》，北京大学出版社，1985，第130页。

成，各部分都有条不紊地合成一个整体，那么虽则各部分分别看都是好的，整体自更远为美好。"①

奥古斯丁关于"神性美"，"神性美"与"世界美"的观点，成为中世纪的美学基础。他的观点不仅有现实的感性基础，更包含其中的神学目的论，同时整合了毕达哥拉斯的数的和谐观点，亚里士多德的"整一"原则，普罗提诺的"分有说"等，他的理论广泛传播，奠定了中世纪美学的基本方向。

## 二、文艺是神学信仰的敌人

既然神才是美的本体，那么其他一切不能反映神的光辉的东西都是不美的，特别是世俗文艺。奥古斯丁对文艺进行了严厉批评，特别是在《忏悔录》里反复忏悔他早年因接触《荷马史诗》等作品而远离了上帝。

他提出了文艺的三条罪状。第一条罪状是虚假。"如果我向他们提一个问题：是否真如诗人所说，埃涅阿斯到过迦太基？学问差一些的人将回答说不知道，明白一些的将说没有这回事。"②他认为忘掉这些虚构的故事，丝毫不妨害人们的生活，并为自己童年时期爱这种荒诞不经的文字而后悔不已。文学应该是真实的，那么怎样的文艺才算是真实的？奥古斯丁认为，凡是作品中的人物、故事符合基督教教义的就是真实的，反之则是虚假的。

第二条罪状是文艺亵渎神灵。他说"荷马编造这些故事，把神写成无恶不作的人，使罪恶不成为罪恶，使人犯罪作恶，不以为效仿坏人，而自以为取法于天上神灵。"③诗人本应将神的种种移到我们身上，但是事实相反，他们将人的种种移到了神的身上。这样的作品会使人荒淫无度，会使亚当的子孙陷入无边的苦海，青年们好像在神的诱惑之下，去做放诞风流的勾当。古希腊罗马神话信奉的是多神教，神有自己的职责和分工，神和神也会发生冲突和争斗，因而也免不了各种阴谋诡计，在这一时期，神像人一样存在，有自己的缺点和不足，甚至有自己的克星，神只是一个放大了的人。但是到了中世纪，上帝成了唯一的神，他至高无上，全知全能，没有缺点。因此写到神的缺点的文艺作品都是对神的不敬和亵渎，是不允许存在的。

第三条罪状是宣扬人的情欲。"我被充满着我的悲惨生活的写照和燃炽我欲火的炉灶一般的戏剧所攫取了。人们愿意看自己不愿遭遇的悲惨故事而伤心，这究竟是为了什么？一人愿意从看戏引起悲痛，而这悲痛就作为他的乐趣。这岂非一种可怜的变态。"④戏剧只

---

① 奥古斯丁：《忏悔录》，周士良译，转引自伍蠡甫、胡经之主编《西方文艺理论名著选编（上）》，北京大学出版社，1985，第150页。

② 奥古斯丁，《忏悔录》，周士良译，转引自伍蠡甫、胡经之主编《西方文艺理论名著选编（上）》，北京大学出版社，1985，第132页。

③ 奥古斯丁：《忏悔录》，周士良译，转引自伍蠡甫、胡经之主编《西方文艺理论名著选编（上）》，北京大学出版社，1985，第133页。

④ 奥古斯丁：《忏悔录》，周士良译，转引自伍蠡甫、胡经之主编《西方文艺理论名著选编（上）》，北京大学出版社，1985，第134页。

能引发人们虚假的哀怜，人们之所以喜欢观看戏剧并沉湎于同情和怜悯的情绪之中，只是因为自己没有遭遇剧中人物所经受的苦难，这是以别人的痛苦为乐趣，是不道德的行为。人欲赎罪，必须禁欲，文学所宣扬的情欲不符合基督教的基本要求。在文学的诱惑下，人只会与上帝渐行渐远，因而距离灵魂得救也就越发无缘了。

奥古斯丁并非反对一切文艺，凡是取法上帝的作品是应该鼓励的，唯一爱自由的文学在《圣经》里面，而取法自己的文艺家，只是欲望的奴隶，所以在中世纪的大部分时间里，教会文学成为官方的文学形态而大行其道。奥古斯丁对文艺的批判明显受到了柏拉图的影响，在柏拉图那里，理念就是神，而在奥古斯丁这里，上帝更具有人格化了。上帝至美，人因信而美，世俗文艺因与神之信仰有矛盾，所以也成为奥古斯丁严厉责难的对象。

## 三、窥见文学之美

虽然奥古斯丁严厉批判文学，提出了文学的罪责。但是作为一名有修养的文学家，他青少年时期曾热爱文学，古希腊罗马的文学艺术曾一次次打动了他，他曾经背诵过埃涅阿斯流浪的诗篇，曾经为狄多的香消玉殒而痛哭，他对荷马、西塞罗等诗人及同时代作家熟悉无比，因此他能够准确把握文艺的特质，从他对文艺的批评中，我们也能窥探到他对文艺之美的阐述。

第一，文学摹仿现实生活，而且其本质是摹仿世俗生活中人们的激情。奥古斯丁对于文学摹仿的理解与柏拉图是相似的，他认为文学是对社会生活的虚构性摹仿，这种摹仿是为了满足人们的哀怜癖，但他也承认这种摹仿对人有巨大的诱惑力，连他自己都曾经长久地沉湎其中。正是文学摹仿现实生活，是对人们世俗生活的写照，所以文学具有巨大的迷惑性，特别是那些摹仿爱情的作品，因为人人都渴望爱与被爱，人们用文学去寻求超越平凡生活的爱情，于是就有了爱情题材的戏剧。古希腊罗马文艺作品的艺术感染力，来自对人的激情的艺术反映。文学摹仿的真实性就在于情感摹仿的真实。奥古斯丁认为艺术摹仿越真实，就越能感染观众，也就越远离上帝的美善。这句话从侧面揭示了文艺与宗教不同，文学的成功就在于摹仿的真实性而引发的情感之美，这与宗教立场所要求的善是不同的。

第二，文学是虚构的。文学的虚构性是奥古斯丁指出的文学三条罪状之一。但他同时也认为，尽管诗歌和故事是虚构的，但是人们也能从其中获得滋养。他还指出，如果一幅画中的马如果不是虚构的，那也就不是真正的绘画了。亦即没有虚构就没有艺术。

第三，语言的象征性。奥古斯丁指出，《圣经》中有许多明确的概念世代相传，也有许多真理通过肉体在我们思想中形成想象而表达于外。后者如"上帝举起了他的手臂"，象征上帝具有的无所不能的运筹力量；"我们是上帝的羔羊"，是指我们在上帝面前要做温顺的追随者。后一种表达方式使语言具有了象征意义，象征意义的存在会给阅读带来乐趣。一是因为象征语言具有形象性，人们借助形象去领悟真理会产生乐趣，二是因为象征语言并不直白表达真理，需要人们借助想象去推断背后的意义，因而在推断过程中享受到了艰苦追寻的乐趣。文学和宗教的语言都具有象征性，不同的是象征是宗教的全部手段，而只是文学的手段之一。奥古斯丁最早指出了文学语言的象征性，对文艺复兴、浪漫主义及后来的象征主义有重要贡献。

另外，奥古斯丁主要从内容的角度对艺术进行了否定，但是他没有彻底否定艺术的形式。他认为艺术的形式是贵重精致的容器，罪在里面装了迷人的酒。他强调文学的使命就是歌颂上帝，服务教会，诗歌和音乐都要为教会的礼拜和传教服务，为此，学习修辞学同样重要，因为掌握了雄辩术，传教会更加有说服力。

# 第三节　托马斯·阿奎那的文艺观

托马斯·阿奎那（1225—1274）出生于意大利那不勒斯一贵族家庭，20岁师从大阿尔伯特，30岁之后在那不勒斯、科隆、巴黎、罗马等地教授神学，33岁担任罗马教皇神学顾问和皇帝政治顾问，49岁因病去世，是欧洲中世纪末期最有代表性的神学家和经院哲学家。

托马斯·阿奎那的美学思想主要见于《神学大全》和《反异教大全》等著作当中。他运用亚里士多德的哲学对当时的神学体系进行改造并形成了自己的见解，促成了中世纪神学基础由新柏拉图主义向亚里士多德主义的转变，也使中世纪美学由彼岸走向了此岸。

## 一、艺术摹仿自然

托马斯·阿奎那从亚里士多德理论出发，证明了艺术摹仿的正当性。首先，在他看来，艺术摹仿的是"自然过程"，而非现实生活。他说："亚里士多德教导我们，艺术所以摹仿自然，其根据在于万物的起源都是相互关联的，从而它们的活动和结果也是如此的。但是艺术作品起源于人的心灵，后者又为上帝的形象和创造物，而上帝的心灵则是自然万物的源泉。因此，艺术的过程必须摹仿自然的过程，艺术的产品必须仿照自然的产品。"①此处艺术摹仿自然并非指艺术摹仿自然现象，而是指艺术摹仿自然活动方式，或者是社会现象的因果关系。托马斯·阿奎那认为，上帝创造了万物，包括艺术家，艺术家摹仿自然是对上帝的摹仿，因为自然万物是上帝创造的，艺术家通过摹仿自然可以领悟上帝的智慧。

人的心灵在创造某物之前，须受到神的心灵的启发，人摹仿自然，以求与神一致。因此可以说，艺术摹仿的是心灵，艺术作品不是来自客观世界，而是来自心灵世界，艺术摹仿自然，主要是学习神怎样构造自然，艺术表现的是作家的思想和心灵，作家的思想和心灵，又必须符合上帝的观念。托马斯·阿奎那虽然论证了艺术摹仿的合理之处，但是他仍然认为艺术应该远离不真实的生活，美的艺术都是对永恒摹仿的结果，不承认人的生活是艺术的真正来源，在这一点上，他和奥古斯丁并无不同。托马斯·阿奎那谈艺术创造，目的是为了用神学来规范文学，让文学服务于神学。

---

① 马新国主编《西方文论史》，高等教育出版社，2008，第75页。

文艺摹仿自然，文艺也低于自然，这是奥古斯丁对文艺的一个基本定位。因为从艺术产品的材料来讲，它是上帝创造的，取材于自然的艺术与源于自然的上帝无法相提并论，就像石头不论多么坚固，也比不上上帝的永恒。从艺术形式来讲，艺术形式源于艺术家的理念，它是事物的组合、秩序和形状，如自然给出实体的形式不同，艺术形式是偶然的。真正的创造是无中生有，只有上帝才可以做到，艺术只是一种源于偶然的再现或者变形，没有真正的创造。

亚里士多德将艺术分为两类，一类是实用的艺术，一类是诗歌等艺术，前者即一般的手工技艺，后者是摹仿的技艺。托马斯·阿奎那认为，艺术就是人的制作，艺术家就是手工艺人。艺术作为一种手工制作，它与制作者的感情和意愿没有关系，只与产品的质量有关。就像一个工匠是否值得赞扬，并不取决于他制作产品时的意愿，而取决于产品的质量。艺术并不要求制作者的活动是一种善行，但是制作的产品应该是善的，应该是有益的。在托马斯·阿奎那看来，诗歌作为制作的形式之一，既不能揭示真理，也不能有助于道德建设，因此并无太大作用，他没有完全否定艺术的价值，但是也对艺术没有多少兴趣。

## 二、美的相对独立性

托马斯·阿奎那对文艺的一个重要贡献就是认识到了美与善的区别。他认为美和善在本质上是同样的东西，但二者的意义不同。托马斯·阿奎那从亚里士多德"四因说"出发，认为善与目的因相关联，善是与人的各种欲望和功利目的相对应的，善能给人带来实际需要的满足，而美与"形式因"相联系，和人的欲望及功利目的无关，只能引起人的快感。

人的欲望和功利目的得到满足也会引发快感，但这和美引发的快感是不同性质的东西。例如狮子看见牡鹿会感到愉悦，人看见食物也会感到愉悦，但这只是因为生存需要的满足而引发的愉悦，不属于美的愉悦。美的愉悦应该是由于感性和谐而产生的，例如人在欣赏和谐的音乐的时候，或在观赏美丽的绘画的时候。对于艺术，我们应该按照艺术的态度去评判，而不能用道德的态度去评判，前者只涉及人的一种特殊目的，而后者则涉及人的总目的。艺术家的任务就是创造美的作品，而不是服务于人生的总目的。美的作品可能会有损道德，但是它和一个人有意引人入歧途是不同的。

托马斯·阿奎那强调的美与道德的区分，大大强化了美的独立性，从而也使世俗文艺在他的理论框架中取得了一席之地。他指出，只有人才能从感知的事物中欣赏美本身，动物对事物的感觉只有食欲和性欲，他所强调的"快感""愉悦感"都是从主体经验的角度谈的，已经涉及对人的审美主体性的体认。另外，他还指出，美的条件有三个，分别是完整全备、匀称调和、光辉和色泽，这种认识也已经相当接近后来人们的审美观念。同时，美也具有多样性，因为神的至善可以在不同程度上反映出来，为万物分享，如同大户人家既有金器银器，又有木器瓦器，美存在于万物的多样性中。

审美愉悦是基础是感觉，但是外部的感觉只有在理性的参与下，才能产生真正的审美愉悦。而在外部感觉中，视觉是最重要的，因为它最具有精神性，也更为敏锐。托马斯·阿奎那的视觉是和人的判断力和理解力联系在一起的，他认为视觉的基本要素是色彩，因而明晰成为美的三个条件之一。在内部感觉中，想象对于审美活动的意义至关重要，想象能使人将外部感官感知的印象通过改造和重组，以影像的方式保存下来，这种影像既是形象的，又是观念的，相对于理智来说，它就是形象的，而相对于感觉到的印象来说，它又是观念的。就像我们对红色的抽象，可以脱离红色的布料、红色的纸张，但是无法脱离具体的形状本身，我们无法设想没有任何形状大小的红色。人通过想象，可以实现从无到有的呈现，对上帝的认识也是通过这种方式进行的。例如我们可以想象一块金子的形状，也可以想象一座山的形状，而将二者联系起来，就产生了"金山"的形象，这种通过想象将不同的东西联系起来形成新的东西能力，是人才具备的，动物没有这种能力。

总的来说，托马斯·阿奎那的理论体系仍然是基督教神学的，但是他对"美"的相关阐述有了重视现世幸福的意味，可以说他是开启此岸美学的第一人。此岸美学的开启是当时欧洲社会资本主义萌芽、城市出现、市民阶层形成、近代知识传播等多重因素促成的结果，也预示着一个新的时代的到来。

### 三、文学语言的象征性问题

中世纪人们对自然有着天然的崇拜，因为上帝不仅创造了人，也创造了自然。自然就像一部待解的寓言，就像一部待阅读补白的书，自然作为上帝的作品，在其外在的意义之外，还有其内在的道德的、寓言的、神秘的意义。人的理性并不能完全认识上帝，因为上帝高于他的创造物，人既不能确切地描述上帝，也不能不确切地述说上帝，人需要在确定和不确定之间寻找认识上帝的途径，这就是象征或者隐喻。

托马斯·阿奎那继承并发展了奥古斯丁的关于语言的象征性的观点。他指出："凭诗的知识处理的事物，因诗本身欠缺真理，所以不能以理性掌握之；只用貌合神离的辞藻来蒙弄理性。相反地，凭神学处理的事物，则超于理性之上。所以，两者的讨论皆用同样的象征方式；两者皆不能以理性推求。"[①] 因为诗的语言欠缺真理，而神学语言超越了真理，所以解读诗和《圣经》都不能用理性的方式，而应该把握文学语言和神学语言所描述的形象背后的象征意义。

把语言当作一种神秘的象征体系，用隐喻的方式解读经典在古罗马时期就广泛存在，到了中世纪被系统阐发，发展出了具有宗教性质的"隐喻解经"学说。"隐喻"的本意是指用其他的言说方式，在古罗马时期被要求按照字面以外的意义来理解文本，这种学说被在奥古斯丁时期被发扬光大。奥古斯丁认为语言是个象征性符号体系，可以用来指代其他象征体系，但最终指向"上帝真理"，文学指向的是自然和社会事件，自然和社会事件指向的是上帝，因此文学是二次象征。一切文本都有待阐释，但真知识不依赖于语言，

---

① 马新国主编《西方文论史》，高等教育出版社，2008，第78页。

它需要的是人的直觉。托马斯·阿奎那在《神学大全》中也对"隐喻解经"进行了阐释，认为圣经中任何一个词语除了字面义，还有精神义，精神义又一分为三，分别是"隐喻义""道德义""神秘义"，他的这种一词四义说直接启发了但丁。

犹太教反对物化崇拜对象，摩西十诫中明确禁止为崇拜对象雕刻塑像，禁止跪拜和供奉雕像，在《旧约》中，人们只能听到耶和华的声音，但见不到他的形象。到了中世纪，绘画、雕像运动在希腊文化的影响下不断出现，以至于8世纪出现了毁坏圣像的运动。托马斯·阿奎那重视视觉和听觉的精神性，他并不反对通过影像去认识上帝，影像和声音虽然不是神圣的事物本身，但是人只有通过这种途径才能认识上帝之美。

**结语：**欧洲中世纪常常被认为是一个文化衰落甚至"黑暗"的时期，并且人们常常把造成这种"黑暗"的原因归咎于基督教会。而事实上，基督教是古希腊罗马文化的主要继承者和一种新文化的创造者，它为人们提供了另一种认识和把握世界及社会人生的方式。近代欧洲文明是从中世纪欧洲的土壤中成长起来的。这一时期人们独特的生活孕育了别样的文艺思想。

从奥古斯丁到托马斯·阿奎那，都以神学来统治文学，将文学理论纳入神学的整体框架，不同的是，奥古斯丁否定了文学艺术的价值，而托马斯·阿奎那则肯定了文学的地位。他们的理论虽然都是唯心主义的，但是其中蕴藏着丰富的内容，对后世文艺理论的发展有着复杂的影响。


**本章必读书目**
亨德里克·威廉·房龙：《圣经的故事》，张稷译，中华书局，2019。
**深度阅读推荐**
德国哲学家文德尔班的《哲学史教程》（罗达仁译，商务印书馆，2007）中对中世纪美学思潮有过独到的描述，可以参阅。
**思考与运用**
1.何为"寓意解经"？
2.理解托马斯·阿奎那实现了从彼岸美学到此岸美学转变的原因与表现。

# 第四章　文艺复兴时期文论

**本章的能力要素**

本章主要介绍文艺复兴时期文艺思想，要求能结合作品深入理解这一时期但丁、达·芬奇、塞万提斯等人人文主义的理论主张。具体要求包括：

1. 能在自学的基础上，小组合作探究但丁的《论俗语》、达·芬奇的《画论》、塞万提斯的《〈堂吉诃德〉前言》（节选）。

2. 能结合《神曲》对但丁作为"中世纪最后一位诗人，同时也是新世纪的最初一个诗人"的观点进行分析。

3. 能结合达·芬奇的绘画作品对达·芬奇的诗画区别的观点进行阐释。

4. 能结合《堂吉诃德》对塞万提斯追求趣味性和反对道德说教的小说理论进行阐释。

5. 能结合拉伯雷的《巨人传》对文艺复兴时期文艺理论的古典性、人文性、世俗性特点进行阐释。

**教学方法**

小组探究法、案例教学法、讲授法

**知识与能力结构**

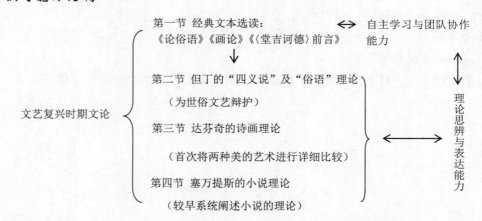

14—16 世纪的文艺复兴运动，是欧洲资产阶级登上历史舞台后发动的一次反对封建主义的文化运动。这场运动是被当时的人冠名的，而不是后来历史学家的创造。当时的意大利诗人彼特拉克将欧洲中世纪称为黑暗时代，同时，他敏锐地从但丁等意大利诗人身上看到了一种文化新气象，并且认为这种新气象与罗马时代的文化气质有相似之处，是对罗马文化的复兴和再生，提出了欧洲文明的演进历史是"光明—黑暗—光明"的三段式过程，于是就有了文艺复兴的概念。

文艺复兴首先在意大利出现，是因为意大利的佛罗伦萨、都灵、威尼斯、米兰等多地出现了资本主义生产关系，政治和经济的发展需要相应的文化来服务，社会产生了普遍的知识和教育的需求。但是长达千年的思想禁锢使得人们缺乏新文化的种子和资源，于是只能向古代寻求，加上东罗马灭亡后，大量的希腊罗马文稿被发现，为新兴的资产阶级反对基督教神学提供了思想武器。于是，希腊文化的光芒照耀了意大利，驱走了中世纪的幽灵。

文艺复兴运动的兴起在三个方面改变了人们的生活。第一，人们人生观和价值观的转变。人们不再向往来世的幸福和禁欲的生活，而是积极追求现世的快乐并投入忘我的工作。第二，古典文艺复兴和人文主义兴起。复古好古之风兴起，诗人们通过从古典作品中获取灵感来创造属于他们自己时代的文化，歌颂人、赞美人成为时代的主题。第三，民族文学与世俗文学繁荣。在但丁提倡俗语写作的推动下，出现了《神曲》《十日谈》《疯狂的罗兰》《堂吉诃德》等一大批俗语写作的优秀作品，民族文学走上了独立发展的道路。

文艺复兴时期文艺理论的首要问题是为世俗文学辩护。中世纪基督教神学笼罩了一切学科，文学的独立性和审美价值没有得到应有重视。到了文艺复兴时期，世俗文学作为人们争取现世幸福的一部分而蓬勃发展，文艺理论家的首要任务就在于发现世俗文学的审美价值和其对人生的意义。在为世俗文学进行辩护的同时，确立文学的新规则也是诗人们讨论的重要话题，例如俗语写作问题，三一律问题，文学作品的风格、情节、结构等问题。

这一时期的文艺理论家们大多缺乏对世界的宏观认识和本体论层面思考的兴趣，他们的理论往往是对自己创作过程中遇到的一些具体问题的讨论，是自己创作经验的总结，因而这些理论也大多不具有严密的系统性。文艺复兴时期的诗人们更加关注作品与观众的联系，而不是作品与世界的联系，这一时期影响最大的是贺拉斯的《诗艺》，而不是亚里士多德的《诗学》，人们往往用贺拉斯的理论来阐释亚里士多德的诗学，寓教于乐理论是这一时期批评家们普遍的主张，只是大多数人并不能有效区分艺术的教育功能与道德说教，也未能区分开审美愉悦与其他快感。

# 第一节　经典文本阅读

一、经典文本节选：《论俗语》《画论》及《堂吉诃德》前言

### 《论俗语》（但丁）

#### 卷　一

##### 第一章

在我们以前从来没有人讨论过俗语这门学问，而事实上我们看到这种语言对一切人都

是极为必要的，不只是男人，就是女人和小孩也需尽力就其所能掌握它。既然我们的愿望是给那些像瞎子一般在街上行走的人一些启示——他们总把其实在前面的东西，错想在后面——我们就在耶稣帮助下阐释俗语的重要；不只从我们自己的智慧中汲取清水供人一饮，还要掺入我们从别人那里取来或搜集来的最好的东西，好使我们能够提供最甜美的蜜水。但是由于每种学问的任务不是证明而是解释它的主题，好使人能知道和这门学问相关的究竟是什么，因此我们就直截了当地说所谓俗语就是小孩在刚一开始分辨语辞时就从他们周围的人学到的习用语言，或者更简短地说，我们所说的俗语就是我们摹仿自己的保姆不用什么规则就学到的那种语言。从这里面更产生了另外一种派生的言语，就是罗马人称作文学语言的。这种派生的言语，希腊人和其他民族也有，但不是一切民族都有。然而只有少数几个人会用这种言语，因为我们只有费了很多时间，刻苦学习才能学到它。而且这两种言语之中俗语是较高贵的，因为这是人类最初使用的，也同样因为全世界都使用它，虽然它在发音和词汇上分作许多不同的形式。它是二者之间较高贵的也因为对我们它是自然的，而另一种是人为的。我们所要讨论的就是我们的这种较高贵的言语。

### 第三章

既然人的行为不是受本能而是受理智支配的，而理智本身又在识别力、判断力与择别力等方面因人而异，因而几乎我们中间的每一个人都自成一类；既然如此，我们认为没有人能像兽性的动物那样从自己的行动与情欲中了解别人；也不会有一个人能像天使似的凭灵性就能了解别人那样的事，因为人类的灵性被肉体的粗鄙愚昧所拘牵。因此人类就需要某种为互相传达思想用的，既是理性的又是可感觉的信号，因为这种信号既然要从这个人的理智那里接受某些东西并把它传给另一个人的理智，就必须是理性的；既然除了通过感觉的媒介以外就不能把事情从一个（人的）理智传到另一个（人的）理智，因此它必须是可感觉的；因为如果它只是理性的，它就不能把一个人的理智传给另一个人的理智；如果它仅只是可感觉的，它就既不能从一个人的理智取得什么也不能在另外一个人的理智中存入什么。

这种信号就是我们所谈的高贵的题目本身；就它是声音而论，它是可感觉的，但就它随说话人的意愿传达某种意义而论，它是理性的。

但丁：《论俗语》，柳辉译，转引自伍蠡甫、胡经之主编《西方文艺理论名著选编（上）》，北京大学出版社，1985，第156—157页。

### 《画论》（达·芬奇）

鄙视绘画的人，既不爱哲学，也不爱自然，绘画是自然界一切可见事物的唯一的摹仿者。如果你藐视绘画，你势必藐视了一种深奥的发明，它以精深而富于哲理的态度专门研究各种被明暗所构成的形态（例如海洋、陆地、植物、动物、花草等等）。绘画的确是一门科学，并且是自然的合法的女儿，因为它是从自然产生的。为了更确切起见，我们应当称它为自然的孙儿，因为一切可见的事物一概由自然生养，这些自然的儿女又生育了绘画，所以我们可以公正地称绘画为自然的孙儿和上帝的家属。①

    ……………

诗画之区别：——"画是哑巴诗，诗是盲人画"。二者都各尽己能模仿自然，都能用来阐明各种道德风习，像阿培勒画《诽谤》时所作的那样。

    ……………

画家是所有人和万物的主人：——假如画家想见到能使他迷恋的美人，他有能力创造她们。假如他想看骇人的怪物，滑稽可笑的东西，或者动人恻隐之心的事物，他是他们的主宰与创造主。假如他愿意创造荒无人烟的地区，炎热气候中的浓荫之地或寒冷天气中的温暖场所，他也全能办到。要山谷，他可能创造山谷。要从高山之巅俯览大平原或瞭望海的水平线，他是主人；若想从深谷仰望高山或从高山俯视溪谷和海滨，他也是主人。事实上，由于本质、由于实在、由于想象力而存在于宇宙间的一切，画家都可先存之于心中，然后表之于手。他并且把他们表现得如此卓越，可以让人在一瞥间同时见到一幅和谐匀称的景象，如同自然本身一般。

    ……………

……美感完全建立在各部分之间神圣的比例关系上，各特征必须同时作用，才能产生使观者往往如醉如痴的和谐比例。

音乐家也以各声部组成流畅的旋律，安排在和谐的节奏之中，诗人却无力达到类似和声的和谐。虽则诗与音乐同样经由听觉抵达知觉中心，但诗人无法同时叙述不同的事物，因此也不能提供任何类似于音乐和声的东西。绘画的和谐比例，由各个部分在同一时间组合而成，却具有这种能力，并且它的优美不论是整体或是细部都可同时观看。从整体看，是看它的构图思想，从细部看，是看它组成整体的各部分之意图。由于这些原因，诗人在描写有形物体方面远不及画家，在描写无形物体方面又难望音乐家之项背。

    ……………

那些作画时单凭实践和肉眼的判断，而不运用理性的画家，就像一面镜子，只会抄袭摆在面前的一切东西，却对它们一无所知。

热衷于脱离科学而专搞实践的人，正如一个水手，登上了一条没有罗盘、没有舵的船，永远拿不准船的去向。实践必须永远建筑在坚实的理论之上。透视学乃是引向理论的向导和门径，少了它，在绘画上将一事无成。

    ……………

这些法则的目的在于使你养成灵活而良好的判断。因为良好的判断出自正确的理解，正确的理解来自以可靠的准则为依据的理性，而正确的准则又是可靠的经验，亦即一切科

---

① 参看但丁《神曲》《地狱》第十一章"艺术取法于自然，好比学生之于教师，所以你可以说艺术是上帝的孙儿。"（见王维克译本，作家出版社，1954年版，63页）。

学与艺术之母的女儿。因此，你记住我的法则之后，就能够凭着你改进了的判断识别一件作品中不论是透视、形象或其他方面的不协调之处。

⋯⋯⋯⋯⋯

我告诉画家们，谁也不该抄袭他人的风格，否则他在艺术上只配当自然的徒孙，不配作自然的儿子。自然事物无穷无尽，我们应当依靠自然，而不应该抄袭那些也是向自然学习的画家。我这席话不是对那些希望依靠艺术获得财富的人说的，而是向那些希望从艺术求得名望和荣誉的人说的。

不能超过师傅的徒弟是可怜的。

⋯⋯⋯⋯⋯

画家工作时应当虚心听取任何人的评语：——一个人作画的时候，当然不应该拒绝他人的忠告。因为我们知道，一个人尽管不是画家，但对他人的形象也有所了解。别人是不是驼背，是不是有一肩膀太高或太低，是不是有阔嘴、大鼻或其他缺陷，他都能够给予正确的判断。我们既然知道人们确实能够判断自然的创作，就更应当承认他们同样能够评判我们的差错。一个人最容易被自己的作品欺蒙，如果你在自己作品中看不出缺点，可到旁人的作品中寻找，从他人的错误中得益。

⋯⋯⋯⋯⋯

有那样一类画家，因为他们不学无术，不得不依赖黄金和翡翠的美丽以谋生。他们极其愚蠢地宣布，如果报酬微薄，他们就不用好材料作画，如果报酬丰厚，他们就可以像不论什么人一样干得出色。瞧，这些蠢货！⋯⋯

⋯⋯⋯⋯⋯

如果你根据论两类透视的著作进行学习，精心琢磨作品，你留下的作品将带给你远较金钱为多的荣誉。因为人们只为金钱而推崇金钱，不是为了它的占有者。金钱的占有者永远引人嫉忌，他的钱柜将成为强人窥伺之物，而终至失去了富豪的名声和生命，剩下的只是财富的声名而不是财主的声名。人的美德的荣誉比他财富的荣誉不知大多少倍。古今中外帝王公侯，可是却没在我们记忆中留下一丝痕迹，就因为他们只想用庄园和财富留名后世。岂不见多少人在钱财上一贫如洗，但在美德上却是豪富呢？

⋯⋯你不见财物本身不会给敛财者死后带来美名么？科学则不然，它始终不渝地为他创造者的名誉鼓吹，因为它是其创造者的亲生女儿，不同于钱财，是个养女。

⋯⋯⋯⋯⋯

绘画里最重要的问题，就是每一个人物的动作都应当表现它的精神状态，例如欲望、嘲笑、愤怒、怜悯等。

一个优秀的画家应描画两件主要的东西——人和他的思想意图。第一件容易，第二件难，因为他必须借助体态和四肢的动作来表现它。⋯⋯

在绘画里人物的动作在种种情形下都应当表现它们内心的意图。

⋯⋯⋯⋯⋯

除非一个人物形象显示了表达内心激情的动作，否则就不值一赞。一个用动作最完美地表达出激励了他的热情的人物，最值得赞许。

**达·芬奇：《画论》，戴勉译，转引自伍蠡甫、胡经之主编《西方文艺理论名著选编（上）》，北京大学出版社，1985，第162—165页。**

## 《堂吉诃德》前言

清闲的读者，这部书是我头脑的产儿，我当然指望它说不尽的美好、漂亮、聪明。可是按自然界的规律，物生其类，我也不能例外。世上一切不方便的事、一切烦心刺耳的声音，都聚集在监牢里，那里诞生的孩子，免不了皮肉干瘦，脾气古怪，心思别扭。我无才无学，我头脑里构想的故事，也正相仿佛。[1]如果生活安闲，居处幽静，面对清泉旷野，又值天气晴和，心情舒泰，那么，最艰于生育的文艺女神也会多产，而且生的孩子能使世人惊奇喜欢。有的爸爸溺爱不明，儿子又蠢又丑，他看来只觉韶秀聪明，津津向朋友们夸赞儿子的伶俐逗趣。我呢，虽然好像是《堂吉诃德》的爸爸，却是个后爹。亲爱的读者，我不愿随从时下的风气，像别人那样，简直含着眼泪。求你对我这个儿子大度包容，别揭他的短。你既不是亲戚，又不是朋友；你有自己的灵魂；你也像头等聪明人一样有自由意志；你是在自己家里，一切自主，好比帝王征税一样；你也知道这句老话："在自己的大衣掩盖下，可以随意杀死国王。"[2]所以你不受任何约束，也不担承任何义务。你对这个故事有什么意见，不妨直说：说它不好，没人会责怪；说它好，也不会得到酬谢。

我只想讲个朴素的故事，不用前言和开卷惯有的一大串十四行诗呀、俏皮短诗呀、赞词呀等等装点。我不妨告诉你，我写这部书虽然费心，却不像写目前这篇前言这样吃力。我好多次提起笔又放下，不知该写什么。一次我面前摊着纸，耳上夹着笔，胳膊支在书桌上，手托着腮，苦苦思索。忽然来了一位很有风趣、很有识见的朋友。他瞧我出神，问我想什么呢。我直言不讳，说我得要为堂吉诃德的传记写一篇前言，正在动脑筋，觉得真是一桩苦事，简直怕写，甚至连这位大勇士的传记也不想出版了。我这个故事干燥得像芦苇，没一点生发，文笔枯涩，思想贫薄，毫无学识，也不像别的书上那样书页的边上有引证，书尾有注释。我多少年来默默无闻，早已被人遗忘，现在年纪一大把，写了这样一部作品和大家见面；读者从古以来是对作者制定法律的人，想到他们的议论，怎不栗栗畏惧呢？别的书尽管满纸荒唐，却处处引证亚里士多德、柏拉图和大群的大哲学家，一看就知道作者是个博雅之士，令人肃然起敬。瞧他们引用《圣经》吧，谁不说他们可以跟圣·托

---

[1] 《堂吉诃德》第一部是否在监狱里写成，注释者所见不同。有的以为这里只是打个比喻，有的认为作者确是身在狱中（如马林）。

[2] 西班牙谚语；又一说："在自己的大衣掩盖下，可以对国王发号施令。"

马斯①一类的神学大家比美呢？他们非常巧妙，上一句写情人如醉如痴，下一句就宣扬基督教的宝训，绝不有伤风化，读来听来津津有味。我书上可什么都没有。书页的边上没有引证，书尾没有注释。人家书上参考了哪些作者，卷首都有一个按字母排列的名表，从亚理斯多德起，直到塞诺封，以至索伊洛或塞欧克西斯为止，尽管一个是爱骂人的批评家，一个是画家。②我压根儿不知道自己参考了哪几位作者，开不出这种名表。而且卷头也没有十四行诗；至少没有公爵、侯爵、伯爵、主教、贵夫人或著名诗人为我作诗。其实我有两三个朋友还是行家呢，如果我向他们求诗，他们准会答应，他们的诗决不输国内最著名的诗人。我接着说："总而言之，老哥啊，我决计还是让堂吉诃德先生埋没在拉·曼却的文献库里吧，等上天派人来把刚才讲的种种点缀品——补齐再说。我自己觉得才疏学浅，没这个本事。而且我生性懒惰，为这么几首自己也能做的诗奔走求人，觉得大可不必。③所以我刚才直在发呆。你听了我这番话，就知道我确有道理了。"

我的朋友听我讲完，在自己脑门上拍了一巴掌，哈哈大笑道："嘻，老哥啊，我认识你这么久，一直没看清你，今天才开了眼睛。我向来以为你干什么事都聪明伶俐，现在看来，你跟我料想的真是天悬地隔。你这么一副圆活的头脑，困难再大，你也能应付自如；这一点点不足道的细事，很容易办，怎么竟会把你难倒，弄得束手无策呢？说老实话，不是你没有本事，你太懒，太不动脑筋了。我这话也许你还不信吧？那么，你留心听我说。著名的堂吉诃德是游侠骑士的光辉和榜样，你写了他的故事却顾虑重重，说有许多缺点，竟不敢出版。可是你瞧吧，我一眨眼可以把你那些顾虑一扫而空，把你说的缺陷全补救过来。"

我说："你讲吧，你打算怎样弥补那些缺陷，扫除我的顾虑呢？"

他说："第一，你那部书的开头不是欠些十四行诗、俏皮短诗和赞词吗？作者不又得是达官贵人吗？这事好办。你只需费点儿心自己做几首，随意捏造个作者的名字，假借印度胡安长老④也行，假借特拉比松达⑤的皇帝也行；我听说他们都是有名的诗人。就算不是，有些学究或学士背后攻击，说你捣鬼，你可以只当耳边风。他们证明了你写的是谎话，也不能剁掉你写下这句谎话的手呀。

"至于引文并在书页边上注明出处，那也容易。你总记得些拉丁文的片言只语，反正书上一查就有，费不了多少事，你只要在适当的地方引上就行。比如你讲到自由和奴役，就可以引：

---

① 指圣·托马斯·阿奎那（1225—1274），基督教神学家。
② 亚理斯多德这个名字以第一个字母A起首，赛诺封是古希腊哲学家苏格拉底的学生，索伊洛是古希腊的批评家，以爱挑剔责骂著名，赛欧克西斯是古希腊画家，后二人的名字是以最后字母Z起首。
③ 塞万提斯以上一席话讥讽他同时的作家，尤其针对洛贝·台·维咖。
④ 胡安长老，中世纪传说里的人物。一说是土耳其东部一位信奉基督教的君王；一说是蒙古王；一说是阿比西尼亚王，古代阿比西尼亚王同时也是教会里的长老。
⑤ 特拉比松达，1220年古希腊帝国分裂成四个帝国，其中一个是特拉比松达帝国，京城临黑海口岸，亦名吕特拉比松达．这个帝国亡于1261年。骑士小说里常提到这个帝国和都城。

为黄金出卖自由，并非好事。①

然后在书页的边上注明这是霍拉斯或什么人的话。如果你讲到死神的权力就可以引：

> 死神践踏平民的茅屋，
> 照样也践踏帝王的城堡。②

如果讲到上帝命令我们对敌人也该友爱，你马上借重《圣经》，一翻就能找到上帝的金口圣旨供你引用：'我告诉你们，要爱你们的仇敌'③。如果你讲到恶念，就引用《福音》'从心里发出来的恶念'④。如果讲到朋友不可靠，那么加东的对句诗是现成的：

> 你交运的时候，总有许多朋友；
> 一旦天气阴霾，你就孤独了。⑤

你用了这类零星的拉丁诗文，人家至少也把你看成精通古典的学者。这个年头儿，做个精通古典的学者大可名利双收呢！

"至于书尾的注释，也有千稳万妥的办法。如果你书上讲到什么巨人，就说他是巨人歌理亚斯。这本来并不费事，可是借此就能有一大篇注解。你可以说：'据《列王记》，巨人歌理亚斯或歌里亚脱是斐利斯人，他是牧人大卫在泰瑞宾托山谷狠狠地掷了一枚石子打死的。'你查查出于哪一章，就注上。⑥

"你如要卖弄自己精通古典文学和世界地理，可以变着法儿在故事里提到塔霍河，你马上又有了呱呱叫的注解。你可以说：'塔霍河以西班牙的一位国王得名，发源某处，沿着里斯本名城的城墙，流入海洋，相传河底有金沙'⑦等等。如果你讲到窃贼，我熟悉加戈⑧的故事，可以讲给你听。如果你讲到妓女，咱们这里有个蒙铎涅都主教，他可以把拉

---

① 原文是拉丁文。出于《伊索寓言》"狼和狗的故事"。
② 原文是拉丁文。出于霍拉斯《颂歌集》第一卷第四首颂诗。
③ 原文是拉丁文。见《新约》《马太福音》第五章四十四节。
④ 原文是拉丁文。见《新约》《马太福音》第十五章十九节。
⑤ 原文是拉丁文。见奥维德《愁怨集》第一卷第六首。加东指古罗马纪元前2、3世纪的政治家加东。中世纪学校通用的教本《加东格言集》嫁名于他。但这两句诗不出《加东格言集》。
⑥ 见《旧约》《撒母耳记上》十七章。泰瑞宾托山谷应是伊拉山谷。
⑦ 据弗罗利安·自·欧冈博《西班牙编年史》，纪元前18世纪有个传说的塔霍王，塔霍河由他得名。塞万提斯这里是讽刺洛贝·台·维咖。洛贝《福地》的专门名词索引里有这样一段注释。
⑧ 希腊神话里火神的儿子，有名的窃贼。

米亚、拉依达和荻萝拉讲给你，①为你的注解生色不少。如果你讲到狠心的女人，奥维德诗里有个美狄亚②可用；如果讲到女魔术家和女巫，荷马有咖里普索，③维吉尔有西尔塞；④如果讲到英勇的将领，胡琉·凯撒在《戈尔之战和内战史的注释》⑤里，把他自己供你引用了，普鲁塔克⑥的书上还有上千个亚历山大呢。如果讲到爱情，你只需略懂土司咖纳语，可以参考雷翁·艾布雷欧，⑦随你要多少注释，他都能供应。如果你不愿到国外去找，那么国内冯塞咖《对上帝的爱》，⑧已把这方面的资料削繁提要，供你和其他大才子利用。反正你只要在故事里提到这些名字，或牵涉到刚才讲的那些事情，注释和引文不妨都归我包办。我向上帝发誓，一定把你书页边上的空白全都填满，书的末尾还要费掉四大张纸为你注释呢。

"咱们再瞧瞧人家有而你没有的那份作家姓名表吧。弥补这点缺陷很容易。你只要找一份详细的作家姓名表，像你说的那样按字母次序排列的。你就照单全抄。尽管你分明是弄玄虚，因为你无须参考那么多作者，可是你不必顾虑，说不定有人死心眼，真以为你这部朴质无文的故事里繁征博引了所有的作家呢。这一大张姓名表即使没有别的用，至少平白为你的书增添意想不到的声望。况且你究竟是否参考了这些作者，不干别人的事，谁也不会费心去考证。还有一层，你认为自己书上欠缺的种种点缀品，照我看来，全都没有必要。你这部书是攻击骑士小说的；这种小说，亚理斯多德没想到，圣巴西琉⑨也没说起，西赛罗也不懂得。你这部奇情异想的故事，不用精确的核实，不用天文学的观测，不用几何学的证明，不用修辞学的辩护，也不准备向谁说教，把文学和神学搅和在一起——一切虔信基督教的人都不该采用这种杂拌儿文体来表达思想。你只需做到一点：描写的时候摹仿真实：摹仿得愈亲切，作品就愈好。你这部作品的宗旨不是要消除骑士小说在社会上、在群众之间的声望和影响吗？那么，你不必借用哲学家的格言、《圣经》的教训、诗人捏造的故事、修辞学的演说、圣人的奇迹等等。你干脆只求一句句话说得响亮，说得有趣，文字要生动，要合适，要连缀得好；尽你的才力，把要讲的话讲出来，把自己的思想表达清楚，不乱不涩。你还须设法叫人家读了你的故事，能解闷开心，快乐的人愈加快乐，愚

---

① 蒙铎涅都主教名常安东尼欧·台·圭瓦拉，他的《书信集》里有声有色地讲这三个妓女的事。塞万提斯这里是讥刺他。

② 希腊神话里的女巫，因被丈夫遗弃，烹食自己的子女向丈夫报复。见奥维德《变形记》卷七。

③ 希腊神话里的女巫，曾把奥德修斯扣留了七年，答应保他长生不老。见荷马《奥德赛》卷十。

④ 希腊神话里的女巫，能把人变作猪。见维吉尔《伊尼德》卷七。

⑤ 古罗马恺撒大帝的著作。

⑥ 古希腊历史家，著有《希腊罗马名人传》。

⑦ 雷翁·艾布雷欧是葡萄牙犹太人，新柏拉图派的理论家，用意大利语——即土司咖纳语著《恋爱对话》，1535年出版。塞万提斯作此序时，已有三个西班牙文译本，分别于1568、1584、1590年出版。

⑧ 冯塞咖的这部书于1594年出版。

⑨ 巴西琉是第4世纪希腊教会的神学家。亚理斯多德、巴西琉、西赛罗这三个名字，就是按字首的A.B.C.举出的。

笨的不觉厌倦，聪明的爱它新奇，正经的不认为无聊，谨小慎微的也不吝称赞。总而言之，你只管抱定宗旨，把骑士小说的那一套扫除干净。那种小说并没有什么基础，可是厌恶的人虽多，喜欢的人更多呢。你如能贯彻自己的宗旨，功劳就不小了。"

我悄悄儿听着，他的议论句句中听，我一无争辩，完全赞成，决计照他的话来写前言。和蔼的读者，你从这篇前言里，可以看到我这位朋友多么聪明；我束手无策的时候，恰好找到这位军师，运气多好；你能读到这样一部直笔的信史，也大可庆幸。据蒙帖艾尔郊原的居民传说，鼎鼎大名的堂吉诃德·台·拉·曼却是多年来当地最纯洁的情人、最勇敢的骑士。可是我觉得他那位侍从桑丘·潘沙，把无聊的骑士小说里各个侍从的滑稽都会集在一身了。我向你介绍了那位超越凡俗、可敬可慕的骑士倒不想卖功，只希望你感谢我介绍了这位呱呱叫的侍从。我的话完了。希望上帝保佑你健康，也不忘了照顾我。再会吧！

**塞万提斯：《堂吉诃德》，杨绛译，人民文学出版社，1987，第 14 页—17 页。**

## 二、但丁、达·芬奇、堂吉诃德简介及选文导读

但丁（1265—1321），出生于佛罗伦萨一个贵族家庭，曾因拥护罗马皇帝，反对罗马教皇干涉佛罗伦萨而被教皇派终身放逐。他是现代意大利语的奠基者，欧洲文艺复兴时代的开拓人物之一，以作品《新生》《神曲》等而闻名，后者被诗人薄伽丘命名为"神圣的喜剧"。他被认为是意大利文艺复兴时期最伟大的诗人，也是西方最杰出的诗人之一，最伟大的作家之一。他是封建的中世纪的终结和现代资本主义纪元的开端的标志性人物，是中世纪的最后一位诗人，又是新时代的最初一位诗人。

选文为但丁《论俗语》的第一章和第三章。在选文中，但丁首先指出"俗语"与"文学语言"的分别，并且肯定了"俗语"的优越性："我们所说的俗语，就是婴儿在刚一开始分辨语词时就能从他们周围的人们学到的习用语言，或者更简短地说，我们所说的俗语就是我们摹仿自己的保姆不用什么规则就学到的那种语言。"[1]"文学语言"派生于俗语，这种派生的语言不是所有的民族都有，只有少数人才能掌握，因为要掌握它要花很多时间。在这两种语言之中，俗语更高尚，因为人类开始运用的就是它，而且全世界人都在使用它。俗语是自然的，"文学语言"是矫揉造作的。但丁这样抬高"俗语"的地位，就是要求文学更接近自然和接近人民。

同时，但丁在第三章指出俗语既是感性的，又是理性的，就声音而论它是可感觉的，就它传达的意义而论，它是理性的，是感性形式包裹着理性的内容。另外，他认为人无法从行动和性欲中了解别人，人的灵性被粗鄙愚昧的肉体所牵绊，这些观点带有明显的贬低性欲及肉体等感性事物的倾向，还带有明显的中世纪神学的痕迹。

达·芬奇（1452—1519），意大利天才科学家、发明家、画家。在文艺复兴时期造型艺术高度繁荣的时代氛围当中，达芬奇成为近乎完美的代表，他的杰作《蒙娜丽莎的微

---

[1] 但丁：《论俗语》，柳辉译，转引自伍蠡甫、胡经之主编《西方文艺理论名著选编（上）》，北京大学出版社，1985，第 156 页。

笑》《最后的晚餐》《岩间圣母》等作品，体现了他精湛的艺术造诣。他认为自然中最美的研究对象是人体，人体是大自然的奇妙之作品，画家应以人为绘画的核心。

达·芬奇在《画论》里明确了诗画的区别，"画是哑巴诗，诗是无声画"，在达芬奇看来诗画都属于形象的艺术，但是诗歌诉诸人的听觉，而绘画诉诸人的视觉，视觉比听觉重要，因而绘画也优于诗歌。不仅绘画优于诗歌，甚至音乐也优于诗歌，因为音乐可以做到和声的和谐。达·芬奇认为画家应该摹仿自然，是所有人和万物的主人，他反对画家抄袭他人作品。他还指出画家不应该为了金钱而创作，那样有损人的美德的荣誉，画家不仅应该画出人的形体，更应该表现出人的思想和激情。达·芬奇的论述涉及了审美艺术的许多本质特征。

塞万提斯（1547—1616），文艺复兴时期西班牙小说家、剧作家、诗人，曾在人文主义学校就读，写作、参加军团战斗、担任低级官吏几乎贯穿其一生，被誉为是西班牙文学世界里最伟大的作家。其所著的《堂吉诃德》是文学史上的第一部现代小说，也是世界文学史上的瑰宝之一。《堂吉诃德》是作者于 1605 年和 1615 年分两部分出版的长篇反骑士小说。故事发生时，骑士早已绝迹一个多世纪，但主人公堂吉诃德却因为沉迷于骑士小说，时常幻想自己是个中世纪骑士，拉着邻居桑丘·潘沙做自己的仆人，行侠仗义、解救苦难，结果大战风车和羊群，迎头痛击被他当作武士的理发师，将一群在押的罪犯当作被迫害的绅士并释放。在吃尽苦头之后最终从梦幻中苏醒过来，认识到骑士小说都是骗人的，回到家乡后死去。

在《堂吉诃德》前言里，作者提出了小说创作的几个原则。第一，小说不需要精确求证，不必传达宗教的教义。塞万提斯明确提出了小说与宗教与科学的区别，小说是虚构的，是作家想象出来的，不需要用科学的办法来证明，同时，小说也不准备向谁说教，不能把它和宗教混在一起。

第二，小说是作家的摹仿行为，摹仿必须真实亲切。作家只需做到一点：描写的时候摹仿真实。摹仿得愈亲切，作品就愈好。真实亲切是要求作品合情合理，这与虚构并不矛盾。

第三，小说应该给人带来快乐。作家还必须设法叫人家读了你的故事，能解闷开心，快乐的人愈加快乐，愚笨的不觉厌倦，聪明的爱它新奇，正经的不认为无聊，谨小慎微的也不吝称赞。塞万提斯反复强调的小说的趣味性，实质上仍然是想以此去破除中世纪官方文学将文学作为传达教会思想的工具的做法。

## 第二节　但丁的语言"四义说"及"俗语"理论

但丁不仅是文艺复兴时期的重要诗人，也是这一时期文学理论方面的代表人物之一。他的文论观点主要保存在《致斯加拉亲王书》和《论俗语》中，在这两篇著作当中，他提出了诗歌语言的"四义说"和诗歌创作应该使用"俗语"的著名观点。

## 一、四义说

但丁在《致斯加拉亲王书》中提出，《圣经》的语言有四种含义，分别是字面义、譬喻义、道德义、寓言义。他说："为了进一步阐述我们的意见，必须说明这部作品的意义并不简单，相反，可以说它具有多种意义，因为我们通过文字得到的是一种意义，而通过文字所表示的事物本身得到的则是另一种意义。头一种意义可以叫作字面的意义，而第二种意义则可称为譬喻的或者神秘的意义。为了更好地阐明它的意义，这种处理方式可以就下面这行诗考虑一下：'当以色列逃出埃及，雅各的家族逃出说外国语言的异族时，犹太就变成他的圣城，以色列就变成他的权力。'假如你就字面而论，出现于我们面前的只是以色列的子孙在摩西时代离开埃及这一件事情；可是如果作为譬喻看，它就表示基督替我们所做的赎罪；如果就道德意义论，我们看到的就是灵魂从罪恶的苦难到天恩的圣境的转变；如果作为寓言看，那是圣灵从腐朽的奴役状态转向永恒的光荣的自由的意思。虽然这些神秘意义都有各自特殊的名称，但总起来都可以叫作寓意，因为它们同字面的历史的意义不同。"[①]

但丁在这里以《圣经》为例，提出了文学的四义，在提高文学作品地位的同时，也可以看出其明显受到了中世纪解经传统的影响。但丁一个重要的贡献在于他指出除了字面义，其他的意义都可以叫作寓意，这大大简化了语言分析的操作性，在文学的创作与分析中更具有指导意义了。而且，事实上但丁也并没有把主要的精力用在了解经上，而是用在了世俗文学的解释上。他认为《神曲》既有字面义，又有寓言义。从字面义来看，《神曲》讲述的是亡灵的境遇问题，即人死后灵魂根据生前作恶和为善情况在地狱、净界、天堂的归所。他强调《神曲》的全部和部分的主角是人，自己创作的目的，就是要使人们摆脱悲惨的境地，引导人们走向幸福的生活。

但丁指出，《神曲》的字面意义是不值得详加叙说的，他关注的是人的幸福而不是教会的利益，《神曲》的主角是人，在《神曲》中，他通过诗人游历三界的描写，赞美了人的才能与智慧，批判了教会的罪恶。但丁指出，他是依照爱情的鼓动写下了这部作品，而不是要显现神的光辉与伟大。《神曲》的第二层意义即寓言义，是指人凭借自由意志行善或者作恶，将得到善报或者恶报。这实质上是鼓励个性解放和个性自由，而这正是文艺复兴最核心的内容，但丁将一些为非作歹的主教放在了地狱，而将一些进步的思想家放在了天堂，体现了他的人文主义思想。但丁关于诗歌语言的寓意说，也触及了文学话语的蕴藉问题，即反对文学语言的浅显直白与一览无余，推崇作品的韵味无穷之美，这对当代文艺理论都有启示意义。需要指出的是，寓言义并非所有文学作品的本质性和普遍性特征，以此作为解读文学作品的方法明显带有了中世纪神学色彩。

---

① 马新国主编《西方文论史》，高等教育出版社，2008，第 82 页。

## 二、论俗语

如果说但丁的"四义说"还带有中世纪的痕迹，那么他的"论俗语"则明显属于新时代了。

但丁所说的俗语，是指自然的口语，而非人为加工过的文言。即婴儿从一开始就能从周围人习得的语言，是我们摹仿自己的保姆就能学到的那种语言。但丁要用自己作品，向人民大众传达时代新气象，这样的作品必须让人们看得懂，但是中世纪以来的官方语言为拉丁语，其在贵族阶层的垄断下已经僵化，这样的语言只会阻碍新思想和新知识的传播，于是但丁提倡俗语写作，并且预言俗语像旭日一样升起，必将代替暮气沉沉的拉丁语。

但丁生活的时代意大利还未统一，各地俗语都不相同，但丁认为应该对不同的俗语加以提炼，建立新的民族语言。他进一步提出了建立民族语言的四条标准：光辉的、基本的、宫廷的、法庭的。"光辉的"是指这种语言应该去除粗俗错误繁杂的成分，成为优雅正确简洁的语言。"基本的"是指这种语言应该是意大利全民族使用的标准语言。"宫廷的"是指它应该是官方的语言。"法庭的"是指其在语音词汇语法等方面具有规范性和准确性。同时，但丁还认为，内容决定语言的运用，诗中最伟大的主题，应该使用最伟大的俗语来表现。最伟大的主题包括安全、道德、爱情。但丁不仅提出了俗语创作的理论，而且自己也身体力行，他的《神曲》是第一部用近代俗语写成的宏伟诗篇，他也由此成为意大利民族语言的创始人。他对意大利文学方面的意义，正如荷马之于希腊，维吉尔之于罗马。

## 第三节 达·芬奇的诗画理论

在中世纪，造型艺术的地位并不高，它们被归在"机械艺术"名下，与制鞋、烹饪同列，不属于自由的艺术。到了文艺复兴时期，在人文主义兴起的背景下，直观表现人之美的造型艺术地位大大提高，其影响甚至超越了文学。绘画、雕刻领域出现了达·芬奇、米开朗琪罗、拉斐尔"三杰"。这时绘画、雕塑、建筑从"机械艺术"中分离出来，上升到了"自由艺术"的行列，出现了达·芬奇比较系统的"画论"。

达·芬奇诗画理论的最终目标是要论述绘画相较于诗歌的优越性。他主要从以下几个方面进行了论述。第一，就艺术类型来说，绘画属于视觉艺术，诗歌属于听觉艺术，眼睛是心灵的窗户，心灵依靠眼睛可以最广泛地考察大自然无尽的作品。视觉优于听觉，眼睛比耳朵更重要，瞎子要比哑巴受到的创伤大。绘画也比诗歌更直观，能将艺术家的意图展示给观众，就像自然创造的事物一样，给人高贵的感官以快感。

第二，诗歌诉诸想象，而绘画描摹真实的世界。想象的东西不及所见的东西，因为人们所见的是物体实在的形象，但想象则是虚构的。不要觉得诗人和画家反映了相同的世界，二者就可以分庭抗礼了，诗产生于诗人的心中或想象中，画家画出了真实的物体，而诗人则想象的是事物的影子，甚至连影子也算不上，因为影子人们还是能够看到的，而想象出来的形象无法看到，只能存在于黑暗的心中。在黑暗中想象一盏明灯，与在黑暗中真实地看到一盏明灯，是有着本质的区别的。

第三，在言词方面，诗胜于画，然而在表现事实方面，画胜于诗，绘画可以包罗一切，而诗歌除了事物的名称外一无所有，事物的名称并没有形象普遍，而且名称有变迁，而形象是除死亡之外不会变迁的。

第四，从形象的整体和谐来看，绘画产生的协调比例有更大的效果。由于诗歌是时间的艺术，不得不把整体协调的对象分成几部分分别加以叙述，其效果如同听音乐时只能在不同的时间听到不同的声部，毫无声部可言。又如同人的脸部一次只露出一点，每次只能看到一部分，从而缺乏协调的比例印象。通过听觉转化为心灵的形象是模糊的。绘画则不同，它可以同时间进入人的眼帘，观众感受到构成整体的各部分之间和谐匀称而愉快，视觉传递给观众的形象是明晰而且迅速的。

达·芬奇第一次将两种美的艺术进行了细致的比较，尽管他在造型艺术兴盛的背景下全面肯定了绘画的优点而贬低了文学的价值，但是他对文学一些特点的认识仍然有独到的价值，例如文学作为一门时间艺术带给人历时性感受的特征，文学与人们听觉方面的关联，文学虚构性而产生的形象模糊性等。

当然，达·芬奇的看法并不尽然合理。例如，文学形象确实具有模糊性，这既是文学的缺点，更是文学的优点，模糊性可以给人更大的想象空间和创造空间，所谓"沉鱼落雁闭月羞花"从来只存在于人们的心中。另外，达·芬奇认为绘画的题材丰富性远超诗歌，这也显得比较牵强，事实上，诗歌因为其虚构性的特点，其在取材方面的广泛性是绘画难以比拟的。再者，达·芬奇认为绘画在各主要方面都要优越于诗歌，其明显受到了中世纪把各种事物分成三六九等思维的影响，因而不能看到不同门类的艺术各美其美的特点。

# 第四节 塞万提斯的小说理论

与中国文学相似的是，西方小说理论的发展也相对晚熟和迟缓。在文艺复兴时期，如果说绘画与雕塑是显学的话，那么小说只是这一时期新兴的艺术形式。正如《堂吉诃德》是欧洲第一部长篇小说一样，西班牙小说家塞万提斯的小说理论同样具有开创意义，他提出了许多创建性的认识，大大提高了小说在文学史上的地位，他的小说理论主要保存在他的《堂吉诃德》前言和第 47、48 章中。

## 一、小说应该"摹仿真实"

塞万提斯在《堂吉诃德》前言中提到，自己小说创作的宗旨就是要把骑士小说的那一套扫除干净。骑士小说是流行于中世纪的一种文学体裁，其以宣扬"忠君""护教"为目的，以骑士的行侠仗义和爱情为主要内容，情节荒诞离奇，千篇一律，主要供人们消遣，无关世道人心。塞万提斯认为这样的作品虽然对人有消遣作用，但是由于通篇胡说八道，因而也就失去了趣味，是有害的。真正的好作品，应该是完美无瑕的，既有益，又有趣。小说应该摹仿自然，以自然为唯一范本，摹仿得越真实越让人觉得亲切。小说家无须从哲学家、神学家、诗人、修辞学家那里获得灵感，他只要忠于现实，做到主旨明白晓畅，表述简洁朴素，语言和谐悦耳，就能提高作品的兴味，使读者破涕为笑，从而摧毁骑士小说的地盘了。

塞万提斯提倡作品要真实，但是他并不反对虚构，他认为凭空捏造越逼真越好，编造的内容不能背离读者的理性和情感，小说家应该把不可能的事情写得仿佛是可能的，把非常的事情写成平常的，这样才能吸引读者。他同时强调小说家应该做到历史真实与细节真实。他的《堂吉诃德》就是实践他小说理论的巅峰之作，作品真实反映了当时西班牙社会的实际境况，但是其主要内容大多是虚构的，读者在巨大的乐趣之中获得了教益。同时，塞万提斯认为，文艺源于生活的真实，又高于生活的真实，而要做到这些，就必须在塑造人物时走类型化或者典型化的路子。写英雄可以将英雄的品质集中在一个人身上，也可以分散在许多人身上，与主人公尊严关系密切的内容可以写，枝枝叶叶的东西和不真实的东西干脆略去不要写了。

## 二、作家与才情

塞万提斯认为，小说要摆脱庸俗肤浅状态，小说家就必须有才情，有才情首先要避免摹仿和抄袭。他很自豪地说自己是西班牙语写小说的第一人，自己既没有摹仿。也没有剽窃，是自己的聪明才智、生花妙笔、经验素养孕育了这部作品，自己写的这部攻击骑士的小说，亚里士多德没有想到、巴西琉没有说起、西塞罗也不懂得。他指出，小说不必借用哲学家的格言、《圣经》的教训、诗人捏造的故事、修辞学家的演说、圣人的奇迹，即小说不需要引经据典，它不是说教的工具，也不需要追求精确，小说需要的是想象，需要的是以新奇的情节让人开心，小说的语言需要生动有趣、准确合适。

他还指出，编写任何著作，都必须有清晰的思想和高明的见识，天赋和人工缺一不可，但是人工的技巧不如天赋的才情。有天赋的作品才会有警句和风趣。到底何谓才情呢，塞万提斯看来，才情就是作家特有的天赋和艺术创造力。不仅作家应该有才情，作品中的人物也应该有才情，他批评骑士小说中的人物武艺是虚假的，爱情是矫揉造作的，文雅是虚伪的，这样的人物形象"毫无才情"，这实际上也是要求人物塑造方面要有创新，要具有生活的气息。在文艺复兴时代，整个社会都以希腊罗马文化为尊，塞万提斯提出的这些观点是相当有创造力的。

## 三、小说要有鉴戒和娱乐作用

塞万提斯在短篇小说集《警世典范小说集》的序言中指出："我把书名叫作《警世典范小说集》，你若好好看一遍，那么，无论从哪一篇小说，你都能找出一些有用的鉴戒范例。若不是为了不过多地议论这个题目，也许我会从全书或书中的每篇故事中摘出一颗美味可口的诚实之果供你品尝。我写这些小说就像在我们这个社会的广场上摆下一个台球台子。每一个玩球者都可以从中得到乐趣，而不为球棒所伤，就是说，对你的心灵与躯体都无操作，因为诚实而愉快的游戏会使你得益而不受伤害。是的，人不是在神殿里，不是总守着教堂，不是总在从事崇高的事业。人也要有娱乐的时间，使忧愁的心情得到安宁。为了达到这一目的，人们种上白杨，去寻找泉水，去平整陡坡，在花园里精心栽培花草树木。我斗胆告诉你一件事：如果这些作品中的教训通过某种方式会引起读者的某种邪念歹意，那就宁可砍掉那只写书之手，也不要出版这些作品。"①

塞万提斯在这里提出了小说的两个作用：鉴戒和娱乐。文学的娱乐要求是整个文艺复兴时期整个社会环境决定的，这一时期中世纪的禁欲主义的禁令被打破，人对各种欲望包括快乐的追求成了天经地义的事情，文学的娱乐性成为时代的需求，就像一张弓不能永远弯着一样，适当放松娱乐才能使脆弱的心灵坚持下去。但是娱乐不能违背理性的要求，小说应该把不可能的事情写得像真的，使读者产生惊奇感和愉悦感，但是仍需做到合情合理，正是根据这一思想，塞万提斯痛斥了当时文坛流行的"破坏真实""违背历史"的骑士小说，他认为这些小说叙述的奇谈怪论和邪说迷惑了许多愚蠢的人，对国家是有害的，好的小说应该是对人有教益的。塞万提斯在这里较好处理了娱乐与教益之间的关系，使小说避免走向浮华肤浅庸俗虚假的流弊，在他身上我们能看到他对贺拉斯的"寓教于乐"观点的继承和发展，这在当时是有进步意义的。

**结语：**文艺复兴时期知识分子举起希腊罗马文化的大旗，去对抗中世纪神学对人的全面压抑。但是由于他们用来对抗基督教神学的武器是从已经被中世纪淘汰的故纸堆里刨出来的，加之他们并没有在希腊罗马文化的基础上形成自己成体系的理论，因此，他们反基督教神学是不彻底的，也注定了他们无法完成这样的历史使命，文艺复兴时期只是西方从古代向近代转变的过渡时期。

反映在文学理论方面，这一时期最主要的贡献是打破了基督教禁欲主义的禁令和对世俗文艺的攻击，复活了古希腊罗马文化，促进了以人为中心的文艺的大发展。这一时期作家、文艺理论家们对俗语写作、文学的虚构性、天才的作用、不同艺术门类的比较分析，反映了文艺复兴时代精神中创新、充满活力的特征，这一内外诉求成为开启西方近代社会的钥匙。

**本章必读书目**

拉伯雷：《巨人传》，鲍文蔚译，人民文学出版社，2019。

塞万提斯：《堂吉诃德》，杨绛译，人民文学出版社，2015。

但丁：《神曲》，田旺德译，人民文学出版社，2015。

莎士比亚：《哈姆雷特》（中英双语），朱生豪译，译林出版社，2018。

① 朱立元主编《西方文论教程》，高等教育出版社，2010，106 页。

**深度阅读推荐**

瑞士历史学家雅各布·布克哈特的《意大利文艺复兴时期的文化》（何新译，商务印书馆，1997）对文艺复兴时期各种美学思潮的发展态势有详细介绍，可以参阅。

**思考与运用**

1. 文艺复兴时期文艺理论所面对和解决的主要问题是什么？

2. 文艺复兴时期理论家们为何要为诗辩护，他们是如何辩护的？

3. 塞万提斯小说理论的开创性表现在哪里？

# 第五章　新古典主义文论

**本章的能力要素**

本章主要介绍新古典主义文艺思想，要求能结合作品深入理解布瓦洛、屈莱顿的以封建王权理性为核心的理论主张。具体要求包括：

1. 能在自学的基础上，小组合作探究布瓦洛的《诗的艺术》（节选）。

2. 能结合法兰西学院对高乃依作品《熙德》的批判，对布瓦洛的以"理性"为核心的理论主张进行阐释。

3. 能结合弥尔顿的《失乐园》，对屈莱顿的温和古典主义观点进行阐释。

4. 能结合拉伯雷的《巨人传》、巴洛克文艺分析 17 世纪新古典主义"理性"要求的进步意义。

**教学方法**

小组探究法、案例教学法、讲授法

**知识与能力结构**

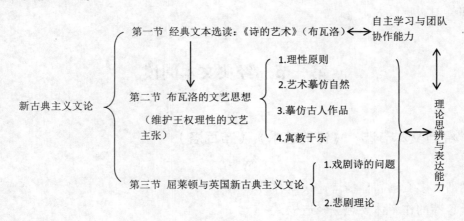

新古典主义文论是指产生于 17、18 世纪的法国，后来波及整个欧洲的文艺理论思潮。这一时期欧洲社会正在由封建主义向资本主义转变，新兴的资产阶级与封建势力取得了某种均衡态势，双方互有所求，达成妥协。特别是 17 世纪的法国，资本主义进一步发展，资产阶级成长壮大，但同时君主集权制确立，王权也得到了进一步强化，封建贵族为了维护自己的统治，需要资产阶级的金钱，而资产阶级想得到进一步的发展，也需要开明君主提供发展条件。双方既互相斗争，又互相妥协，但政权掌握在封建贵族手里，所以这一时期意识形态的主调仍然是维护封建王权，强调理性与秩序，上流社会高雅之风盛行，也推动了古典主义的深化和发展。

古典有三层基本的含义：一是服从权威，以权威为指引创作的作品才是好作品，二是以古希腊罗马艺术作为范本，三是经典的作品。贺拉斯在《诗艺》中最早提出了以古希腊文艺作品为典范的主张，开了古典主义先河。文艺复兴本身就是希腊罗马文化的复兴，因此向古希腊罗马文艺学习成为这一时期文艺理论的一条基本规则，而且这一时期虽然个别理论家也偶有创新，但是整体上仍未突破亚里士多德和贺拉斯的体系，这为其继续发展提供了准备。同时，文艺复兴时期的文学家和文艺理论家们在反基督教神学的论调下各自为战，造成了后期的混乱局面，对人的价值、地位、尊严的不断强调，引发了人欲泛滥的危险，这些都需进一步发扬希腊罗马文化中的理性成分，用理性为文艺立法。这一时期欧洲封建主义取得的均衡态势，也需要理性规则来维持社会的稳定和发展。加之唯理主义在欧洲兴起，为17世纪的古典主义呼唤理性提供了哲学支撑。

唯理主义的核心是重视理性，推崇秩序和规则，轻视人的情感，主张依从理性认识宇宙万像，用人的天赋良知进行道德建设。理性主义的旗手笛卡尔的名言"我思故我在"成为一个时代的标志。理性主义有赖于欧洲民族国家的建立和君主专制完成后发挥理性制定一系列社会规则的需要，反过来也推动了这一历史进程。可以说，16世纪的人文主义，加上17世纪的唯理主义，促生了法国新古典主义。

新古典主义美学的基本特征是追求条理、秩序、均衡、对称、明晰、简洁，认为只有真的事物才是美的。这一时期文论的主流是以沙坡兰、布瓦洛为代表的官方立场和观点，在法国和英国影响最大。

# 第一节　经典文本阅读

## 一、经典文本节选：《诗的艺术》（布瓦洛）

### 第一章

巴纳斯①多么崇高！精诗艺谈何容易！
一个鲁莽的作者休妄想登峰造极：
如果他感觉不到吟咏的神秘异秉，
如果星宿不使他生下来就是诗人，

---

① 巴纳斯和赫利宫是古希腊佛西德地方的两座山；又有一条河，名白美斯发源于赫利宫。据希腊神话，两山是诗神阿波罗新居；阿波罗手下有九个缪司，各司一种文艺，徜徉于两山与白美斯河之间。自此巴纳斯、赫利宫和白美斯都代表诗坛，缪司有时亦代表某一诗人的诗才或风格。

则他永远锢闭在他那褊小才具里，
飞碧①既不听呼吁，天马②上也不听指挥。

　　因此你呀，纵然你激于冒进的热情，
向往着文艺生涯，要走这艰难途径，
还是不要自苦吧，强学诗终会失败，
莫认为你爱吟咏③就认为你有天才，
也该怕学诗不成，到头落得空欢喜，
你应该久久衡量你的才华和实力。

　　大自然钟灵毓秀，盛产着卓越诗人，
它会把各样才华分配给每人一份④：
这一个能用诗句描绘着爱火情丝⑤，
那一个磨炼箴铭含着诙谐的芒刺⑥；
马来伯歌咏英雄，能铺陈丰功伟烈⑦；
拉干⑧能歌咏翡丽⑨、牧羊人、山林、原野。
但往往一个诗人由于自矜和自命，
错认了自家才调，失掉了自知之明：
比方，往日某诗人⑩曾和法莱⑪在一起，
用木炭题着诗歌，涂满了酒楼墙壁⑫，
他居然不识高低，冒昧地放开声调，

---

① 飞碧，诗神阿波罗的别称。
② 天马，是希腊神话中的飞马。赫利宫山里供奉缪司的马泉就是它一脚踏出来的。
③ "吟咏"，亦可译"凑韵"，"凑韵者"即"诗匠"。作者把写诗与凑韵，诗人与诗匠显然分开，其区别在于有无"诗意或诗境"。
④ 意谓诗人往往只能工于一体，应有自知之明，用非所长便会失败。
⑤ 指抒写爱情的悲歌，参阅第二章第41—43句。
⑥ 指箴铭体，参阅第二章第103句。
⑦ 马来伯，第131句后有专论，这里是说他也能写歌咏战功的颂歌。关于颂歌，参阅第二章第58—81句。
⑧ 拉干，法国诗人，牧歌及牧人恋爱剧作者，颇受意大利影响；但尚能独出心裁，善于描写景物，抒情亦能自然流露，常借牧歌暴露当时宫廷的淫靡之风。
⑨ 翡丽，牧歌中的传统女角。
⑩ 指圣阿曼，《得救的摩西》的作者（波瓦洛原注。）圣阿曼（1594—1661）善写醉歌，歌颂酒德，颇见才调。作者讥评微嫌过当。
⑪ 法莱（约1596—1646），法国散文家，法兰西学院院章起草人，时人及作者称其嗜酒，言过其实。
⑫ 诗人好酒，古今中外都是一样的。拉丁诗人马霞尔（43—104）就曾描写"一个酒醉的诗人用黑炭或白垩在熏黑的酒楼墙上题写着诗篇"。法国17世纪诗人坐酒楼的风气特盛，拉辛的笑剧杰作《讼迷》就是在酒楼里写成的。所以这句诗不一定实指圣阿曼一人。

大唱其希伯来人胜利地跨海而逃<sup>①</sup>，

穿越着重重沙漠拼命地追赶摩西，

结果和埃及昏君一同淹死在海里<sup>②</sup>。

不管写什么题目，或庄严或是谐谑，

都要情理和音韵永远地互相配合，

二者似乎是仇敌却并非不能相容；

音韵不过是奴隶，其职责只是服从。

如果我们为找韵肯先用一番工夫，

习惯很容易养成，韵自然一找就有；

在义理的控制下韵不难低头听命，

韵不能束缚义理，义理得韵而愈明。

但是你忽于义理，韵就会不如人意；

你越想以理就韵就越会以韵害义。

因此，首须爱义理：愿你的一切文章，

永远只凭着义理获得价值和光芒。

…………

## 第三章

绝对没有一条蛇或一个狰狞怪物

经艺术摹拟出来而不能供人悦目：

一枝精细的画笔引人入胜的妙技

将能最惨的对象变成有趣的东西。

比方，为我们娱乐，那悲剧涕泪纵横，

替血腥的俄狄浦斯<sup>③</sup>发出惨痛的呼声，

替弑母的俄瑞斯忒斯<sup>④</sup>表演出惊惶震骇，

它迫使我们流泪却为着我们遣怀。

因此你对于戏剧既具有高度热诚，

既拿着炫赫诗篇来这里争优赌胜<sup>⑤</sup>，

---

① 指圣阿曼写的《得救的摩西》。据《圣经》，摩西率领希伯来人从埃及逃到天启的乐国，所到之处，
海水自动分开；希伯来人过后，海水复合。

② 这两句诗是讥笑圣阿曼描写埃及王追赶摩西，其失败之惨和埃及王完全一样。

③ 指古希腊索福克勒斯的悲剧《俄狄浦斯王》。俄狄浦斯杀父娶母，自己发现罪恶之后，便挖掉自己的双眼，
血淋淋地跑出台来。观众一面惊骇，一面欣赏他的悲痛和忏悔的歌词。

④ 古希腊的三大悲剧家埃斯库罗斯、索福克勒斯、欧里庇得斯，都曾写过有关瑞斯忒斯的剧本，这里可
能是指欧里庇得斯写的俄瑞斯忒斯替他的父亲阿伽门农报仇的故事。他杀了他的母亲克吕泰墨斯特拉
之后因悔恨而发狂，到处被神灵追逼着。

⑤ 这里是用古希腊的典故。古希腊有定期的戏剧会演，是一种热烈的竞赛。

你既然想舞台上一演出你的作品

便能得巴黎群众全场一致的欢心，

你既想你的作品叫人越看越鲜妍，

在十年、二十年后还有人要求上演，

那么，你的文词里就要有热情激荡，

直钻进人的胸臆、燃烧、震撼着心房。

倘若戏剧动作里出现的那感人的冲激，

不能使我们心头充满甘美的"恐惧"，

或在我们灵魂里不能激起"怜悯"的快感，

则你尽管摆场面、耍手法，都是枉然：

你那些枯燥议论只令人心冷如冰，

观众老不肯捧场，因为你叫他扫兴，

你费尽平生之力只卖弄修辞技巧，

观众当然厌倦了，不讥评就是睡觉。

因此第一要诀是动人心、讨人欢喜：

望你发明些情节能使人看了入迷。

　　头几句诗就应该把剧情准备得宜，

以便能早早入题，不费力、平平易易。

我讨厌那种演员不爽利、点题太慢①，

本当开宗明义的却叫我听了茫然；

剧情既纠缠费解，说来又拖拖拉拉，

听戏本来是乐事，它反而使我疲乏。

我宁愿他一出场就自报姓名身份，

就说我是俄瑞斯忒斯或者是阿伽门农②，

而不愿他堆宝塔、啰嗦得一塌糊涂，

说的话毫无内容反使人震坏耳鼓：

此所以题要早点，起手就解释分明。

　　剧情发生的地点也需要固定，说清。

比利牛斯山那边诗匠能随随便便③，

---

① 以下四句诗，有人说是影射高乃依的悲剧《西娜》。但是伏尔泰和拉·哈卜（1739—1803）认为是指高乃依的悲剧《伊拉克利》；这篇悲剧不但点题慢，剧情也复杂，观众有时不易掌握里面的线索。

② 阿伽门农是荷马史诗《伊利亚特》里希腊方面的主要英雄之一，悲剧演他的故事很多。有些注释家说这句诗是指拉辛的悲剧《依菲日妮》，因为这篇悲剧一开始就由阿伽门农出场点题。

③ 比利牛斯是西班牙和法国的分界山脉，"山那边"是指西班牙。"诗匠"是指西班牙两大剧作家罗伯·德·维伽和加尔台隆（1600—1681），两人都是丰产作家。他们对剧情的时间、地点是任意支配的，不过他们善于布置剧情，使观众不感到内容散漫。布瓦洛则目之为"诗匠"。

一天演完的戏里可以包括许多年：
在粗糙的演出里时常有剧中英雄
开场是黄口小儿，终场是白发老翁①
但是我们，对理性要服从它的规范，
我们要求艺术地布置着剧情发展；
要用一地、一天内完成的一个故事
从开头直到末尾维持着舞台充实②。
　切莫演出一件事使观众难以置信：
有时候真实的事演出来可能并不逼真③。
我绝对不能欣赏一个背理的神奇，
感动人的绝不是人所不信的东西。
不便演给人看的宜用叙述来说清④，
当然，眼睛看到了真象会格外分明；
然而，却有些事物，那讲分寸的艺术
只应该供之于耳而不能陈之于目⑤
剧情的纠结必须逐场继长增高，
发展到最高度时轻巧地一下解掉。
要纠结得难解难分，把主题重重封裹，
然后再说明真象，把秘密突然揭破⑥，
使一切顿改旧观，一切都出人意表，
这样才能使观众热烈地惊奇叫好。
悲剧在滥觞时代形式粗俗而模糊⑦，
它只是简单合唱，一面唱一面跳舞，
人人对葡萄之神高呼着许多歌颂，

---

① 这是专指罗伯·德·维伽的一篇戏剧，里面有两个人物在第一幕出生，到最后一幕都衰老了。这种事在法国古典主义者看来是绝对不应该的。

② 这两行诗，简括地说出古典主义戏剧的"三整一律"。

③ 作者认为，"真实的事"是个别的真，"逼真"是一般的真，文艺是应该以一般的真为对象的，即文艺须注重真实性，这里其实是指生活真实与艺术真实的区别。像真情的事实只能使观众感到不像真情。

④ 这句诗说明为什么在法国古典主义戏剧里长篇叙述是那么多，而这种长篇叙述往往使剧情进展迟缓，甚至于丧失逼真之感。

⑤ 贺拉斯在他的《诗艺》第188节中也认为目见比耳闻深刻，但是他还是不容许在舞台上表演过于激烈的灾祸。

⑥ 以揭破秘密作结，可以以用莎芙克尔的《哀狄普登极记》和拉辛的《依菲日妮》两剧作为典型。但这并不是结束剧情的唯一的、最好的办法。

⑦ 以下关于希腊戏剧史的一段都跟贺拉斯的意见相同。

希望用这种努力使葡萄收获能丰。
大家都饮酒作乐，刺激得欣喜若狂，
唱的人谁最工巧便奖谁一匹公羊①。
台庇斯②是第一人把脸上满涂糟粕，
引着这狂欢队伍打郊外村庄走过③；
他载上一车演员装饰得马马虎虎，
拿一种新的玩艺供给过路人悦目。
厄什尔④在合唱里又加上许多人物，
改用较雅的面具给演员复面蒙头⑤，
高高地对着大众用木板搭起剧场，
叫演员穿着短靴登上去公开演唱。
最后是莎芙克尔⑥凭着他天才奔放，
既提高唱做和谐又增加台面风光，
他在全部剧情里把合唱穿插均匀⑦，
又把粗糙的台词琢磨得十分圆润，
因而使悲剧一门在希腊登峰造极，
罗马人拼命摹仿也终于无力攀跻⑧。
…………

　　我们不能像小说，写英雄渺小可怜⑨，

---

① 事实上这公羊是祭酒神（亦即前面所说的"葡萄之神"）巴居斯用的，不是歌者的奖品。布瓦洛沿袭着贺拉斯的错误。

② 台庇斯，公元前6世纪的希腊人，据传说，是他开始从合唱队里抽出一个人来连唱带做与合唱队对话，因而创始了悲剧。贺拉斯也是这样说，布瓦洛沿袭着贺拉斯。据近人考证，载着一车演员、面涂糟粕、穿村过镇的不是台庇斯而是徐萨里昂。

③ 雅典村镇。——布瓦洛原注。

④ 厄什尔应该被认为是真正的希腊悲剧之父，他发明了对话，将合唱队分为两半，伴随着两个人物。他写了七十种悲剧，其中有七本保存到现在，每本都雄壮而朴质，堪称杰作。

⑤ 希腊面具是整个罩在头上的，所以说"复面蒙头"。

⑥ 莎芙克尔（495—405），古希腊的最大悲剧作家，活到九十岁时，诗才不衰，还能在悲剧会演中竞赛得胜。他写的剧本很多，现在也和厄什尔一样，只保留下来七本，都是杰作，以《哀狄普登极记》最为著名。莎芙克尔之后还有欧里庇德，在古希腊悲剧中一向被认为与厄什尔、莎芙克尔鼎足而三，他的作品的感动力还超过莎芙克尔，不知道为什么布瓦洛把欧氏丢掉不谈。

⑦ 莎芙克尔使合唱队的作用不止于歌唱，还参加到剧情的动作里。他从合唱队里又抽出一个人来扮演，因此扮演人就有了三个了。

⑧ "见千迪连X，I。"（布瓦洛原注。）千迪连很称赞拉丁作家阿迪于斯、巴古维于斯和瓦里于斯的悲剧，不过三人的作品都失传了，因此很难判断拉丁悲剧的高度。

⑨ 指斯居德里小姐的小说《阿尔塔门》和《克莱梨》。

不过，伟大的心灵也要有一些弱点。

阿什尔不急不躁便不能得人欣赏；

我倒很爱看见他受了气眼泪汪汪①。

人们在他肖像里发现了这种微疵，

便感到自然本色，转觉其别饶风致。

你要描写阿什尔就该用这种方式；

写阿伽曼侬就该写他骄蹇而自私；

写伊尼②就该写他对天神畏敬之情。

凡是写古代英雄都该保存其本性。

你对各国、各时期还要研究其习俗：

往往风土的差异便形成性格特殊。

　　因此你千万不要像那小说《克莱梨》③，

把我们风度精神加给古代意大利④；

借罗马人的姓名写我们自家面目，

写加陀⑤殷勤妩媚，白鲁都⑥粉面油头。

开玩笑的小说里一切还情有可原，

它不过供人浏览，用虚构使人消遣；

若过于严格要求反而是小题大做⑦；

但是戏剧则必需与义理完全相合⑧，

一切要恰如其分，保持着严密尺度。

　　你打算单凭自己创造出新的人物？

那么，你那人物要处处符合他自己，

---

① 在《伊里亚特》第一章里，荷马就写阿什尔"离开他的战友们在一旁坐着流泪"。

② 伊尼，特洛亚的王子之一，安什斯与维纳丝所生。特洛亚灭亡时，他逃到海上，漂流到了意大利，所以古罗马人说他们是伊尼的后裔。伊尼对天神极端虔敬，所以天神保佑他的子孙昌隆。维吉尔的《伊尼特》就是咏伊尼故事。

③ 《克莱梨》也是斯居德里小姐著的十本头的小说，以法国人的风俗习惯写古罗马人的故事。

④ 古代意大利即罗马。古罗马人又称拉丁人，因古罗马文明滥觞于拉丁姆地区。

⑤ 加陀（公元前232—147），古罗马元老，以爱国、公正、严肃著称，是刚健之德的典型。在《克莱梨》小说里并没有写加陀。

⑥ 白鲁都（生期不详，卒在公元前508），古罗马的反暴君的革命领袖，执政时，因其子背叛革命，处以死刑，并亲自临场监斩。在《克莱梨》小说里，老白鲁都也和其他人物一样，讲求修饰，对妇女表现殷勤。

⑦ 当时斯居德里小姐还健在，她的小说正风行，所以这几句诗批评得很委婉。在布瓦洛另一个作品《小说中人物的对话》里，作者就露骨地表示对这种小说不满了，他说："他们（小说家）把最著名的英雄人物写成了轻佻的牧羊人，及至写成了现代小市民……"

⑧ 这句诗是拿戏剧与小说对比，依照布瓦洛的看法戏剧是生活的摹拟，小说是幻想的产儿，所以戏剧必需比小说更注重象真性。

从开始直到终场表现得始终如一。

常常不知不觉地作者太风流自赏，
创造出来的英雄便个个和他一样：
自己是嘎斯干①人，一切就嘎斯干气；
卡卜来德和于巴②语调上竟无差异。

大自然在人心里就比较明敏善变；
每种情感都说着一个不同的语言：
愤怒之情最激扬，要用高亢的话语，
颓丧之情就要用比较低沉的词句。
…………

因此，你们，作家啊，若想以喜剧成名
你们唯一钻研的就应该是自然人性③，
谁能善于观察人，并且能鉴识精审，
对种种人情衷曲能一眼洞彻幽深，
谁能知道什么是风流浪子、守财奴，
什么是老实、荒唐，什么是糊涂、嫉妒，
那他就能成功地把他们搬上剧场，
使他们言、动、周旋，给我们妙呈色相。
搬上台的各种人处处要天然形态，
每个人像画出时都要用鲜明的色彩。
人性本陆离光怪，表现为各种容颜，
它在每个灵魂里都有不同的特点
一个轻微的动作就泄漏个中消息，
虽然人人都有眼，却少能识破玄机。

光阴改变着一切，也改变我们的性情：
每个年龄都有其好尚、精神与行径。

青年人经常总是浮动中见其躁急，
他接受坏的影响既迅速而又容易，
说话则海阔天空，欲望则瞬息万变，

---

① 嘎斯干，法国古代省名。下句的卡卜来德是嘎斯干省人。
② "于巴，卡卜来德的小说《克勒奥巴特尔》里的英雄。"（布瓦洛原注。）卡卜来德是当时丰产的所
　谓历史小说作家之一，《克勒奥巴特尔》是一部十卷二十三本头的小说；于巴是古代莫里唐国国王，
　于公元前46年败于恺撒。
③ 贺拉斯，《诗艺》第322节，劝告作家从生活中寻找模型，吸取语言，把人物写得合情合理。《诗艺》
　第317节认为研究生活中的人物类型和性格，才能工巧地描写自然。贺氏和布氏所谓"自然"，主要
　是指"人的自然"，即所谓"自然人性"或"人性"。

听批评不肯低头，乐起来有似疯癫。

中年人比较成熟，精神就比较平稳，
他经常想往上爬，好钻谋也能审慎，
他对于人世风波想法子居于不败，
把脚跟抵住现实，远远地望着将来。

老年人经常抑郁，不断地贪财谋利，
他守住他的积蓄，却不是为着自己，
进行计划慢吞吞，脚步僵冷而连蹇；
老是抱怨着现在，一味夸说着当年，
青年沉迷的乐事，对于他已不相宜，
他不怪老迈无能，反而骂行乐无谓。
你教演员们说话万不能随随便便，
使青年像个老者，使老者像个青年。

好好地认识都市，好好地研究宫廷，
二者都是同样地经常充满着模型。
就是这样，莫里哀琢磨着他的作品，
他在那行艺术里，也许能冠绝古今，
可惜他太爱平民，常把精湛的画面
用来演出那些扭捏难堪的嘴脸，
可惜他专爱滑稽，丢开风雅与细致，
无聊地把塔巴兰硬结合上太伦斯：
史嘉本①在那可笑的袋里把他装下，
他哪还像是一个写《恨世者》②的作家！

喜剧性在本质上与哀叹不能相容，
它的诗里绝不能写悲剧性的苦痛；
但是喜剧的任务也不是跑到街口，
运用下流的词句博取众庶的欢呼。
它的演员们应当高尚地调侃诙谐；
剧情要善于纠结，还要能轻巧解开，
情节的进行、发展要受理性的指挥，
绝不要让冗赘的场面淹没了剧本的主题；
它的谦和的文笔要能适时奋起；
它的台词要处处都能有妙语解颐，

---

① 指莫里哀的喜剧《史嘉本的诡计》中的主人公。
② 莫里哀的剧本名。

要处处充满热情，并经过精细剪裁；

场与场间的联系要永远紧凑不懈。

切不可乱开玩笑，损害着常情常理：

我们永远也不能和自然寸步相离。

你看太伦斯①写的是怎样一个严父②，

看见儿子讲恋爱，痛骂着小子糊涂；

小情郎听着严训，又怎样恭敬有加，

一跑到情妹身边就忘了那些废话。

这不仅是一幅图，一个近似的小影，

却是真正的情郎，真正的父子真形。

　　在剧坛上我喜欢富有风趣的作家，

能在观众的眼中不甘失他的身价，

并专以情理娱人，永远不稍涉荒诞。

而那种无聊笑匠则专爱鄙语双关，

他为着逗人发笑，满口是猥亵之言，

这种人该让他去用木板搭台唱演，

让他去七扯八拉迎合新桥的口味，

对那些贩夫走卒耍他的低级滑稽。

…………

**布瓦洛：《诗的艺术》，任典译，转引自伍蠡甫、胡经之主编《西方文艺理论名著选编（上）》，北京大学出版社，1985，第 177—206 页。**

## 二、布瓦洛简介

　　布瓦洛（1636—1711）出生于巴黎法院书记官家庭，两岁丧母，十二岁时因结石开刀，手术失误导致终身不娶。早年攻读神学，后改学法律，二十岁当上律师，继承父产后放弃律师职业，专心从事文学创作。年轻时和莫里哀、拉辛等自由派文人交往密切，写了许多讽刺诗，对当时的一些权贵有讽刺和挖苦。中年时经人引荐，得以觐见太阳王路易十四并受到赏识，从此文风转变，自觉维护王权，成为国王的史官，1684 年当选法兰西院士。他以自己的创作被称为古典主义的立法者，其最重要的文艺理论专著是 1674 年的《诗的艺术》，这部作品集中表现了他的哲学与美学思想，成为古典主义的法典。

　　《诗的艺术》全文一千多行，是一部向封建王权妥协、按照王权的政治需求和审美趣味制定文艺规则的理论著作，路易十四曾称赞布瓦洛是他鞭挞二流诗人的鞭子，而《诗的

---

① 布瓦洛极口推崇太伦斯，而对莫里哀则颇多贬词，这正是崇古派的本色。实则太伦斯以摹拟为主，莫里哀则多所创新，远在太伦斯之上。

② 如《安得丽嫣娜》的西蒙，《阿尔代夫一家》里的德迈。——布瓦洛原注。

艺术》实质上就是布瓦洛手中的鞭子。

### 三、选文导读

《诗的艺术》是布瓦洛的代表作，全书用匀整的亚历山大诗体（每句 12 音缀）写成，共分四章。第一章是关于文学创作的一般性原则，例如诗人必须有灵感；要热爱理性，明畅晓达是达到完美的条件；写文章要讲求意法，接受批评等，但是布瓦洛的核心观点仍然是理性，他认为文章应该只凭借理性获得价值和光芒，情理和音韵必须互相配合，但是音韵也必须服从情理，音韵就是情理的奴隶，音韵不能束缚情理，情理可以凭借音韵而更加鲜明。第三章主要的诗体，包括悲剧、喜剧和史诗等体裁的创作规律，反对悲剧用浪漫主义的格调，反对喜剧油腔滑调，也反对在作品中追求十全十美的英雄人物；他重视观察人、描绘人，在此，布瓦洛明显受到贺拉斯的影响，持人物类型说和人物定型说的观点，并且他提出了"三一律"的著名主张。整体而言，布瓦洛认为"理性"是一切的准绳，也是文艺创作的根本原则。从亚里士多德开始就强调艺术创作是一种理性的生产；贺拉斯认为，判断力是文学创作的开端和源泉；中世纪用神学理性来压抑人的情感欲望以接近上帝；文艺复兴时期感性重要性得到重视，成为人们挑战神学理性的武器；布瓦洛认为，文艺复兴时期的情欲主张导致文学走上了歧路，因此，他再次举起了理性主义的旗帜。

## 第二节　布瓦洛的文艺思想

在布瓦洛之前，法兰西学院院士沙坡兰曾代表法兰西学院，对高乃依的《熙德》上演后引发的爱情与义务之争进行了评价，起草了《法兰西学院关于悲喜剧〈熙德〉对某方面所提意见的感想》，由此确立了新古典主义的逻辑框架和批评原则。沙坡兰认为，批评的目的在于赞美优点，谴责缺点，从而让真理得以阐明。批评需要把握好分寸，指出别人的缺点，要鼓励他反省和改正，因此批评不能过分抬高自己而贬损别人。批评要遵从一定的规则，比如教条、理性、分析。所谓教条是指批评要有一套评比优劣的标准；所谓理性是指批评应该以理性为最高原则；所谓分析是指批评要通过分析每一局部的价值，认知整体的价值。沙坡兰正是依据上述原则，批评《熙德》没有将理性的原则贯彻到底，女主人公不仅嫁给了杀父仇人，而且过上了幸福生活，这是不可思议的。同时，他从理性主义原则出发，认为戏剧表现生活应该努力做到"尽情尽理"，而不是完全与事实相符。尽情尽理有两种表现，一是寻常事物的尽情尽理，例如商人追逐利润，儿童做事毛躁，挥霍无度的人陷入贫困，胆怯的人退缩不前；一是不寻常事物的尽情尽理，例如聪明反被聪明误，强大的暴君被击败。前一种尽情尽理是平淡无奇的，后一种尽情尽理才是戏剧家应该着力表现的，创作中的困难并不在于化平淡为神奇，而在于使神奇合情合理。

沙坡兰的理论奠定了新古典主义文论的基础，布瓦洛则通过自己的特殊地位和对新古典主义理论的发展，使他的《诗的艺术》成为新古典主义的理论法典，使自己成为新古典主义的立法者。如果说布瓦洛是了解法国新古典主义文论的钥匙，那么他在《诗的艺术》中提出的"理性"原则则是了解他全部文艺思想的钥匙。在他之前，许多新古典主义作家们已经提出了不少以理性为导向的创作原则，但是这些原则是零散的。布瓦洛的《诗的艺术》则系统地阐述了以理性为核心的理论主张，成为引领文学发展的一面旗帜。

## 一、理性原则

《诗的艺术》最显著的特点就是理性原则贯穿始终。笛卡尔和高乃依以及拉辛，都主张文学要有条理性、优雅性，这与当时整个法兰西上流社会所追求的优雅生活是内在一致的。因而布瓦洛的理性主张也是法兰西民族审美精神的特征。

西方的"理性"概念有三层意思，一是进行逻辑推理的能力和过程，与感性、性感、欲望相对，主要强调用概念和范畴的方式去认识世界的能力；二是人的行为的约束力、控制力、指引力，这种能力是以善为目的的人的实践能力，它是认知理性的基础；三是追求节制、秩序、规则、条理，合适、合度、不过分。

《诗的艺术》开宗明义，"首须爱义理：愿你的一切文章永远只凭着义理获得价值和光芒。"① 从文体方面来讲，最能体现理性原则的有悲剧、史诗、喜剧三种体裁，次之则是牧歌、悲歌、颂歌、讽刺诗等。布瓦洛之所以做出这样的划分，主要是因为当时法国文坛除了占主流地位的古典主义文学，还有沙龙文学和市民文学，后两种文学阵营里，有些人矫揉造作无病呻吟，有些人哗众取宠粗制滥造，他们迷惑于一种无理的偏激，远离常理去寻找文思，这些人已经堕落难以自救，唯有回到理性的道路上来才能走出歧途。艺术真实不等于生活真实，生活中真实的事情演出来并不逼真，不要演出令人难以置信的事情，即艺术应该追求观众信以为真的效果。虽然情感具有独立的价值，但是理性才代表了"永恒的人性"，情感比理性低一个层次，用情感与打动读者只是艺术创作的手段，不是目的，让读者在欣赏中接受启迪和教育才是艺术崇高的目的。

布瓦洛提出形式要符合内容的理性要求，也必须符合情与理。他要求艺术形式必须一切布置得宜，开头、结尾、中间相配，段落间要匀称，把不同部分组成一个整体，但反对以辞害意。另外，他还强调了文学语言的多样性问题，认为诗人不应该只有一副笔墨，文辞或沉重或柔和或诙谐或严肃，应该根据内容变化。他对形式方面的要求集中体现在他的"三一律"主张当中。"我们要求艺术地布置着剧情发展；要用一地、一天内完成一个故事，从开头直到末尾维持着舞台充实。"②

关于三一律问题最早可以溯源到亚里士多德，亚里士多德在《诗学》中提出悲剧的行动、时间、地点要一致，但是并没有进一步解释要如何一致，只是提到了演出时间要以太

---

① 布瓦洛：《诗的艺术》，任典译，转引自伍蠡甫、胡经之主编《西方文艺理论名著选编（上）》，北京大学出版社，1985，第 179 页。

② 布瓦洛：《诗的艺术》，任典译，转引自伍蠡甫、胡经之主编《西方文艺理论名著选编（上）》，北京大学出版社，1985，第 193 页。

阳一周为限。文艺复兴时期意大利学者卡斯特尔维屈罗对此做了进一步解释，他认为故事时间要与演出时间一致，事件时间不要超过一天，地点要在一处。卡斯特尔维屈罗的解释在当时就有许多反对者。到了布瓦洛的时候，他把这条规则写进了《诗的艺术》，从此成为一条诗人必须遵从的律法。三一律在当时提出来有一定的合理性，它促进了戏剧创作的规范化和戏剧矛盾冲突的集中化，但是也制约了作家的创作自由，阻碍了文艺创新。直到18世纪浪漫主义兴起的时候，雨果在《〈克伦威尔〉序言》中对其进行了批判，才逐步失去了权威性。

### 二、艺术摹仿自然

布瓦洛继承了亚里士多德和贺拉斯艺术摹仿自然的主张，他告诫诗人们不要乱开玩笑，损害情理，必须与自然寸步不离。亚里士多德和贺拉斯所说的自然，主要指人们的现实生活，而布瓦洛所说的自然，主要指符合情理的人性和事物。这一时期的笛卡尔认为，人的良知、理性，即正确判断和辨别真假的能力是人人生而有之且天然均等的，这种能力是人正确把握外在世界、获得真理和知识的天然依据，这种天赋的理性能力就是自然（人的本性）。艺术家必须捕捉和传达这种自然人性，而这种捕捉和传达需要规则。自然的也就是理性的，理性的也就是自然的。万物既来自自然，又属于自然，自然是以法则为基础的，自然是使一事物成为其本身的原因，也是其本质。对于人来说，天赋理性，即人生而有之的判断真假善恶的能力就是理性，人的自然就是人性，也就是理性。艺术摹仿自然的就是要摹仿自然的法则和人的本性。

一切都需要经过理性的选择才能付诸笔端，现实中真实的事情，如果有悖于情理，就不属于自然，人们也不会相信。这里的情理，主要指符合封建贵族生活的情与理，例如在生活中父母可以直呼自己子女的名字，但是在舞台上，父亲必须称儿子为先生，母亲必须称女儿为小姐。布瓦洛强调的这种情与理，有利于反拨当时法国戏剧创作中荒诞离奇的倾向，但是另一方面也容易导致僵化的结果。

艺术摹仿自然要求在人物塑造方面要写出人物的定性和共性。例如写阿伽门农就要写他骄横自私，写伊尼就要写他对天神敬畏。同时，人物的性格也应该与其年龄相匹配。"每个年龄都有其好尚、精神与行径，青年人经常总是浮动中见其躁急，他接受坏的影响既迅速而又容易，说话则海阔天空，欲望则瞬息万变，听批评不肯低头，乐起来有似疯癫。中年人比较成熟，精神就比较平稳，他经常想往上爬，好钻谋也能审慎，他对于人世风波想法子居于不败，把脚跟抵住现实，远远地望着将来。老年人经常抑郁，不断地贪财谋利；他守住他的积蓄，却不是为着自己，进行计划慢吞吞，脚步僵冷而连蹇；老是抱怨着现在，一味夸说着当年，青年沉迷的乐事，对于他已不相宜，他不怪老迈无能，反而骂行乐无谓。你教演员们说话万不能随随便便，使青年像个老者，使老者像个青年。"[1]

---

① 布瓦洛：《诗的艺术》，任典译，转引自伍蠡甫、胡经之主编《西方文艺理论名著选编（上）》，北京大学出版社，1985，第204页。

布瓦洛认为，不同年龄阶段的人有着不同的性格特征。他的人物定型说与人物类型说明显继承了贺拉斯的观点。他对贺拉斯理论的重要发展在于他提出表现人物性格主要方面的同时，认为加入一些次要方面的描写会增强人物的艺术魅力。伟大的心灵也要有一些弱点，阿什儿毛毛躁躁让人欣赏，他的眼泪汪汪更让人喜欢，因为性格上微微的瑕疵，让人感到本色而饶有风趣。同时，布瓦洛还提出要研究各个国家，各个时期的习俗，风土的差异也会形成性格的差异，不能把法国的风度精神强加给意大利人，也不能用罗马人写法国人的面目。

他主张文学表现高贵人物，歌颂封建王权。那些像恺撒、亚历山大、路易十四的英雄，勇武天下无敌，道德众美兼备，即使有弱点也能显现出英雄气概，这样的作品才能有长久的艺术魅力。他明确提出要赞颂路易十四，"我们有贤明的君主，他那样深谋远虑，使世间一切人才都不受任何困苦。发动讴歌吧，缪斯！让诗人齐声赞美。"[1]

布瓦洛虽然认为诗人应该好好认识都市，好好研究宫廷，但是在具体论述的时候他更倾向于对宫廷的关注。同时，他反对表现市井村俗，认为市井村俗的内容是粗鄙的，而莫里哀作品的缺点就在于离底层平民距离太近，用精湛的画面表现了扭捏难堪的嘴脸。

### 三、摹仿古人作品

布瓦洛非常推崇古希腊古罗马作品，认为荷马是"众妙之门，并且取之不尽：不论他拈到什么，他都能点石成金。一经到他手里臭腐也变为神奇，他处处叫人欣赏，永远不使人疲惫。"[2]又认为维吉尔的作品都是神到之作。在布瓦洛看来，古希腊古罗马诗人从神那里得到了启示，代表了摹仿自然的最高成就，因此，诗人要想取得成功，就必须摹仿古希腊古罗马的优秀作品。其次，布瓦洛并非主张摹仿一切古代作品，而是要求摹仿经受住了时间考验的古代优秀作品。例如荷马、柏拉图、维吉尔、贺拉斯、泰伦斯等人的作品都是优秀的，因为他们的作品在长久的时间里得到了人们的赞赏，而不是因为他们的作品流传得长久一点。再次，布瓦洛还认为，法国优秀的作品都是摹仿古希腊古罗马作品的结果，拉辛摹仿的是索福克勒斯和欧里庇得斯，莫里哀摹仿的是普图劳斯和泰伦斯，而高乃依则从提特李维、第欧卡苏斯、普陀塔克、留庚等人那里汲取了营养。

布瓦洛以古希腊古罗马为宗，并不是完全是对其进行机械抄袭，他并不反对高乃依创造出亚里士多德不知道的悲剧，他在法国诗人心目中树立起古典的权威，目的仍然是要创造出与伟大的法兰西路易十四王朝相匹配的辉煌文艺。

### 四、寓教于乐

布瓦洛高度重视文学的社会功用，在这方面他同样继承贺拉斯寓教于乐的观点。贺拉

---

[1] 马新国主编《西方文论史》，高等教育出版社，2008，第105页。

[2] 布瓦洛：《诗的艺术》，任典译，转引自伍蠡甫、胡经之主编《西方文艺理论名著选编（上）》，北京大学出版社，1985，第200页。

斯曾经以荷马等诗人为例，认为神将他的旨意通过诗人传达给观众，诗歌为人们指示了生活的道路。布瓦洛也指出，上天通过诗传达旨意，著名的作品承载着阿波罗的真言，悦人之耳然后深入人心，可见二人的观点异曲同工。布瓦洛认为"倘若戏剧动作里出现的那感人的冲激，不能使我们心头充满甘美的'恐惧'，或在我们灵魂里不能激起'怜悯'的快感，则你尽管摆场面、耍手法，都是枉然：你那些枯燥议论只令人心冷如冰，观众老不肯捧场，因为你叫他扫兴，你费尽平生之力只卖弄修辞的技巧，观众当然厌倦了，不讥评就是睡觉。因此第一要诀是动人心、讨人欢喜：望你发明些情节能使人看了入迷。"[1]

可见，在具体论述悲剧的社会功用的时候，布瓦洛又明显受到了亚里士多德的影响，认为悲剧应该引发观众的怜悯与恐惧，而且他指出这种恐惧是充满甘美的，怜悯也是一种快感，实质上是认为悲剧所产生的怜悯与恐惧并不是人的一种生理反应，而是人的审美情感。作品使人心动、让人欢喜是第一要诀，布瓦洛更加注重从观众角度来探讨作品的成功之道。同时，要创作成功的作品，作家必须重视自己的道德修养，自己要做一个有崇高理性的人。

实际上，在布瓦洛《诗的艺术》诞生之前，高乃依、拉辛、莫里哀都各自进入了创作高潮，同时，围绕高乃依《熙德》产生的大讨论中，已经产生了关于古典主义的许多主张，布瓦洛只是汇聚大家思想而制定文艺律法的人。另外，布瓦洛的许多观点都来自亚里士多德和贺拉斯，甚至他的《诗的艺术》的形式也摹仿了贺拉斯的韵文表现方式，其中部分内容直接就是贺拉斯著作翻译成法文的。他的主要贡献在他以理性为基石，联系路易十四时代法国文坛的实际情况，对新古典主义文论做了总结，成为这一时期古典主义的集大成者。

## 第三节　屈莱顿与英国新古典主义文论

屈莱顿（1630—1700）出生于英国一个清教徒家庭，受过严格的拉丁文训练，曾在剑桥大学三一学院学习，早年对克伦威尔领导的资产阶级革命持拥护态度，后来政治立场变化，改投复辟的查理二世阵营，任王室史官，专心为贵族写作，1670年获得"桂冠诗人"称号。

在屈莱顿生活的时代，英国也进入了新古典主义文论时期。英国新古典主义文论的许多内容都是从法国引进的，但是英国有着莎士比亚遗留下来的伟大文学传统，加上屈莱顿、蒲伯、约翰逊等人的阐发，英国的新古典主义文论显现自己的鲜明特色，英国的新古典主义文论比法国的更灵活，更宽容。屈莱顿是英国新古典主义文论的创始人，被称为英国文学批评之父，他所处的时代也被称为英国的屈莱顿时代。屈莱顿在对法国的新古典主

---

[1] 布瓦洛：《诗的艺术》，任典译，转引自伍蠡甫、胡经之主编《西方文艺理论名著选编（上）》，北京大学出版社，1985，第192页。

义进行反思之后，认为英国不必崇拜法国，法国戏剧缺乏灵魂、个性和激情，英国戏剧更加变化多端、规模宏大。屈莱顿不仅否定了崇法论，还否定了崇古论，认为今人可以超越古人。当然，屈莱顿仍然是一个温和的新古典主义者，他在《悲剧批评的基础》里，以古希腊古罗马悲剧理论为基础，强调人的理性、以技术规范天才、悲剧的教化功能等。屈莱顿一生写了 27 部戏剧，代表作有《格林纳达的征服》《沃伦—蔡比》等，他的《一切为了爱情》改编自莎士比亚的《安东尼和克里奥佩特拉》，是一部严格按照三一律写成的优秀悲剧作品。他的文艺理论著作除了《悲剧批评的基础》，还有《论戏剧诗》《论英雄剧》等。

## 一、戏剧诗的问题

16 世纪与 17 世纪之交，英国文艺复兴时期的戏剧还相当鼎盛，伦敦地区剧场林立，然而英国是一个清教徒国家，清教徒们视戏剧为洪水猛兽，认为剧场是万恶之源。1642年英国内战爆发，伦敦剧院被关闭，文艺复兴时期戏剧终结，同时戏剧良好的社会氛围也结束了。之后查理二世复辟，共和体制失败，然而清教徒的观点依然有强大影响，这时候英国戏剧演出寥寥，多数人已经对戏剧演出不感兴趣，伦敦剧场由全盛时期的二十多家减少为两家，这两家还是查理二世上台后下令重建的皇家剧场和公爵剧场，这两家剧场也因为观众稀少而经营困难。

屈莱顿作为宫廷文人，为重建英国戏剧而努力。这一时期英国戏剧面临许多问题，例如古典戏剧与现代戏剧的选择问题，法国戏剧与英国孰优孰劣问题，怎么面对三一律问题等等都需要回答。在 1663 年，一位法国人出访英国，回国后对英国戏剧提出了许多批评之词，认为英国戏剧俗不可耐，完全没有遵守三一律，戏剧里人物刚刚结婚，紧接着就建功立业了，这样的演出是粗糙的演出。法国人的批评惹恼了英国人，屈莱顿写了《论剧体诗》作为回应。

在这部对话体著作里，屈莱顿虚构了四位人物的对话来讨论关于戏剧的问题。参与对话的是尤金尼阿斯、李西底阿斯、克里蒂斯、尼安德，其中尼安德代表屈莱顿自己。克里蒂斯对法国古典主义的三一律原则做了阐释，认为戏剧时间应该保持在 24 小时之内，这样的摹仿最接近自然；地点整一也合乎自然，舞台演出不适合多变的地点；情节整一更是合理，如果有两个情节那就是两个剧本了。伟大的作家都是摹仿古希腊古罗马优秀作品的结果。

尤金尼阿斯的观点则与克里蒂斯相反，他批评古人对爱情这种最常见的情欲弃置不顾，认为科学的进步可以使诗歌更加完美。关于英国戏剧与法国戏剧孰优孰劣的问题，李西底阿斯支持法国古典主义戏剧，认为法国有伟大的黎什留对文学的支持，其戏剧已经超过了英国，而且超过了整个欧洲，法国的戏剧遵从规则，悲喜剧不相杂糅，语言优美、有韵，不像英国戏剧那样荒唐地将悲喜剧相混杂，而且在舞台上表演凶杀的场面，戏剧语言也无韵。

最后尼安德指出，法国的戏剧规则的确可以使完美的事物再现完美，但是并不能给予不完美的事物以完美。悲剧中有喜剧因素的调剂可以使悲剧更悲，悲喜交错能给观众带来更多乐趣。屈莱顿基本的主张是对于古代的法则既要努力追随，也要跟随时代而有所变化，即使法国最伟大的新古典主义作品，也并不比莎士比亚的作品高明。

屈莱顿最具创新性的观点是对三一律的突破，他认为，许多事件需要两三天才能完成，如果勉强安排在 24 小时之内是不合适的。关于一个地点的要求，既限制了内容，也会产生荒谬。至于语言，重要的不是有韵还是无韵，而是其是否明快而有气势。

屈莱顿从英国戏剧创作的角度来谈戏剧原则，对法国古典主义原则既尊重又有创新，他想把法国古典主义引入英国，但是他又对英国自莎士比亚以来的戏剧成就深怀感情，他热爱莎士比亚，认为莎士比亚本身就是自然，莎士比亚并不需要那么多的规则。

## 二、悲剧理论

屈莱顿在《悲剧批评的基础》里，论述了悲剧人物性格问题。他继承了亚里士多德的观点，认为情节对于悲剧来说是最基础、最重要的，但是情节并不如性格、思想和表情那么醒目。在此，屈莱顿提高了性格在戏剧中的地位和作用。他指出，是性格将人们区分了开来，性格在戏剧中有极为重要的作用。那么，作家应该如何塑造成功的性格呢？他提出了四条原则。一是性格要鲜明，人物的言行必须表现出他们的思想、品质、感情等方面的倾向；二是性格要与人物的年龄、性别、身份、地位等相符合；三是相似性，即悲剧人物的性格要与历史上、传说中相关人物的性格相似，至少要做到不矛盾，例如不能将阿喀琉斯塑造成一个耐心细致的人；第四，性格要保持前后连贯，首尾一致。以上可以看出，屈莱顿的观点基本沿袭了古希腊古罗马的人物类型化、整体性等观点，但同时，屈莱顿也指出一个人身上可能同时存在几种并不矛盾的因素，一个人可以既大方又勇敢，但不能既大方又贪财。但一个人可以既是骗子，又是懦夫、贪婪者、滑稽的人。不论是好人还是恶人，都不要好到完美无缺，或者恶到超出必要的限度。这说明屈莱顿已经注意到了性格的复杂性问题，主张人物性格的塑造不能单一化和脸谱化。

悲剧人物应该既具有高尚的德行，又具有缺点的伟大。悲剧人物是伟大的，喜剧人物是卑贱的，悲剧人物的行动是崇高的，喜剧人物的行动是琐屑的。悲剧人物的美德应该胜过恶行，其行动体现了他们的高尚品质，这样才能引起观众的怜悯。有美德的人才会受观众的喜爱，观众是不会去关心恶人的，恶人不会激起观众的怜悯与恐惧。

悲剧人物应该充分体现出激情与个性，激情也是人物性格的一部分，激情就包含在性格当中，诗人要表现出人物的激情，首先自己必须有激情，同时激情的表现也不能过分，不能在不需要激情的地方表现激情。

在悲剧效果方面，屈莱顿继承了亚里士多德的净化说和贺拉斯的寓教于乐说，认为使观众从愉悦中得到教益是悲剧的目标。戏剧通过生动的形象，表现人的思想、情感、生命变化，目的在于娱乐和教导人类。悲剧应该改正或消除我们的恐惧和怜悯。与哲学教益相比，悲剧可以通过事件给人带来愉快，可以医治人的骄傲和缺乏同情的毛病。

**结语**：新古典主义文论是欧洲君主专制体制确立，掌权的封建贵族势力与不断成长壮大的资产阶级达成妥协，维护王权理性成为时代需求的背景下出现的。随着资产阶级进一步发展，启蒙运动兴起，新古典主义的存在逐步失去了社会土壤并衰落，并在浪漫主义的打击下退出了历史舞台。新古典主义所倡导的理性规则对于纠正文艺复兴以来人欲泛滥、道德无序的社会状况起到了积极作用；同时，新古典主义对于改变无聊的宗教神迹剧和低级趣味的市民剧盛行状况也有重要贡献。然而由于过分重视形式法则，新古典主义文论也制约了文学创作的自由，其被取代也成为一种必然的趋势。

**本章必读书目**

高乃依、拉辛：《高乃依拉辛戏剧选·熙德》，张秋红译，人民文学出版社，2001。

**深度阅读推荐**

沙坡兰：《法兰西学院关于悲剧〈熙德〉对某方面所提意见的感想》，载《古典文艺理论译丛》（5），人民文学出版社，1963。

**思考与运用**

1.布瓦洛提出的理性主义的主要内涵是什么？

2.评析"三一律"。

3.屈莱顿的悲剧理论对亚里士多德悲剧理论的发展主要体现在哪些方面？

近代文论

西方近代文论从18世纪资产阶级革命开始，到19世纪中后期资产阶级革命完成结束，其间跨越了一百多年，它的发展伴随着资产阶级革命的全过程，包括启蒙主义文论，浪漫主义文论，现实主义文论，自然主义、唯美主义、象征主义文论四个大的阶段。如果说古代文论偏重于对世界的思考与认识，那么近代的文论则倾向于对人的发现与表现。笛卡尔的"我思故我在"推动了西方哲学从本体论向认识论的转变，从此人成为世界的主体，人开始站在世界的对面去认识世界，思维的主体和客体逐渐分离，对"人是什么"的思考成为时代的主题，不同的文论思想只是参与了这个问题回答的结果。启蒙主义文论认为人是理性的动物，浪漫主义文论认为人是感情的动物，现实主义文论认为人是复杂的社会的动物。自然主义是现实主义的延续，唯美主义和象征主义则可以看作浪漫主义的继续发展。

近代文论的第一阶段是启蒙主义文论。启蒙运动是西方资产阶级发动的反对封建主义的思想文化运动，它直接为即将到来的资产阶级革命做好了舆论准备。启蒙主义者把文艺当作改造社会的工具，提出了一系列符合资产阶级社会理想的主张。狄德罗的思想代表了这一时期文艺理论的主流，他提出了建立市民剧和民族文学的主张，反对新古典主义所提倡的三一律等束缚文艺发展的清规戒律。卢梭则对资产阶级知识分子所欢呼的科学和艺术的种种弊端进行了反思和批判，提出了科学和艺术会使人伤风败俗的论断，提出了"回到自然"的口号。这一时期的文艺理论家们大多同时是优秀的作家，他们不断在自己的创作中进行理论归纳，同时也将自己的理论运用到创作实践当中，无论是对文艺的发展还是社会的变革，都起到了至关重要的作用。

近代文论的第二个阶段是浪漫主义文论。浪漫主义是资产阶级革命进入高潮阶段的文艺思想。它的主要目标是批判新古典主义的教条思想，为全新的自由文学做准备。这一时期，华兹华斯提出了抒写人性和自然，表现真感情的文学主张；雪莱、雨果、海涅提出了以民族觉醒为主要内容的富有革命激情的浪漫主义文学主张；夏多布里昂则提出了基督教浪漫主义的主张。这一时期文艺理论家们的主张各有不同，但是比较一致的是大家都强调天才的作用，注重情感的表达，重视想象的作用。

近代文论的第三个阶段是现实主义文论。现实主义文论是资产阶级革命相继在英国、法国等国家取得了胜利，新的社会矛盾逐渐显露时的文艺思想。在俄国，人们对农奴制统治日益不满；在英法，人们发现资产阶级革命并没有带来民主自由的生活。人们对浪漫主义夸大英雄，虚饰生活甚至逃避生活的做法越来越不满，许多作家直面社会问题，思考社会人生的本质，对现实中的丑恶现象进行揭露与批判。这一时期文艺理论家们共同主张以人道主义为基础，通过塑造典型人物，对生活进行深入而全面的认识。

近代文论的第四个阶段是自然主义、唯美主义、象征主义文论。19世纪最重要的文艺思潮是浪漫主义和现实主义，在19世纪后期，文学理论继续沿着浪漫主义和现实主义的道路向前发展，现实主义演进导致了自然主义的诞生，浪漫主义的演进则推动了唯美主义和象征主义的到来。自然主义代表人物是左拉，他反对浪漫主义文论的主观倾向，也反对现实主义文论中渗透作者主观评价的做法。他主张将文学纳入科学范畴，以生物学、病理学、遗传学等科学手段为指导，用科学实验的方法进行写作，认为文学就是这种实验结果的真实记录。唯美主义以"为艺术而艺术"的口号为标志，主张艺术的无功利性，以艺术的唯美为目的，反对将艺术与道德等其他因素相联系。而象征主义将文学的内容从呈现客观世界转向关注超验世界，变文学的再现方法为象征与暗示。自然主义、唯美主义、象征主义是 19 世纪文论发展的高峰，也是这一时期文论的终结。此后，现代主义文论登场，一个完全不同于以往的新时代也就此开启。

# 第六章　启蒙主义文论

**本章的能力要素**

本章主要介绍启蒙主义文艺思想，要求能结合作品深入理解狄德罗、卢梭、维科以资产阶级理性启蒙为核心的理论主张。具体要求包括：

1. 能在小组自学的基础上，合作探究狄德罗的《论戏剧诗》（节选）。
2. 能结合狄德罗《关于〈私生子〉的谈话》理解狄德罗的"严肃剧"理论。
3. 能结合卢梭的《爱弥儿》，阐释其"返回自然"的主张。
4. 能对维科提出的"三个"时代的观点进行辨析。
5. 能结合以上知识，分析启蒙主义文论的时代特征。

**教学方法**

小组探究法、案例教学法、讲授法

**知识与能力结构**

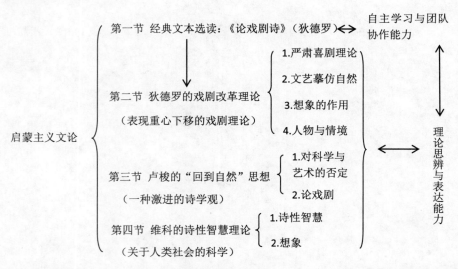

"启蒙"一词的原意为"启迪""照亮"的意思，"启蒙运动"即照亮人的思想，启迪人心的运动，或者称思想解放运动。康德在《答复这个问题："什么是启蒙运动？"》中对启蒙运动作了这样的定义："启蒙运动就是人类脱离自己所加之于自己的不成熟状态……

要敢于认识，要有勇气运用你自己的理智！这就是启蒙运动的口号。"①福柯针对康德的回答，也对"启蒙"做出了自己的分析，他认为："'启蒙'因此不仅是个人用来保证自己思想自由的过程。当对理性的普遍使用、自由使用和公开使用相互重叠时，便有了启蒙。"②

17世纪末到18世纪，欧洲各国资本主义取得了快速发展，新兴的资产阶级知识分子们高扬人性，以理性反对宗教蒙昧和封建专制，相信理性和知识是照亮思想和改造社会的根本力量。资产阶级倡导的"理性原则"主要包括人的自由、平等、博爱等内容，强调以自然规律作为人的行为准则，具有鲜明的时代进步性。

文学理论方面，狄德罗的严肃剧理论，卢梭的"返回自然"观点，维科对原始思维的阐释，等等，都是具有代表性的启蒙思想。启蒙运动最早发生于荷兰，高潮在法国，后来又由法国传到了德国，继而波及了更多国家，形成了全欧洲的思想文化运动。启蒙主义文论作为启蒙运动的一部分，为即将到来的资本主义新文学做好了准备。

## 第一节 经典文本阅读

### 一、经典文本节选：《论戏剧诗》（狄德罗）

#### 一 戏剧的体裁

假如一个民族从来只有一种诙谐而愉快的戏剧，却有人向他们建议增添一种严肃而感人的戏剧；朋友，你知道他们会做何感想？也许是我想得不对，我认为通达世故的人们在考虑这样的可能性之后一定会说出这样的话："要这种体裁的戏剧做什么？生活给我们带来的实际痛苦还不够吗，还要让人们再为我们制造些想象的痛苦？为什么要把忧郁的成分带到我们的娱乐中来呢？"他们这样说话，仿佛从未领略过那种感动得热泪纵横的乐趣似的。

传统习惯把我们束缚住了。一个略有天才的人出现了，发表了一部作品；最初他引起那些思想家的注意，但是思想家们对他的看法有分歧；渐渐地他把他们的意见统一起来；不久就有一批人去摹仿他；供人摹仿的榜样越来越多，人们积累了观察经验，设下了诸般法则，艺术产生了，人们又限定它的范围；人们宣布一切不在这个已划定的狭小圈子之内的东西都是古怪而不好的：这是赫拉克勒斯之山③，人们绝对不能超越，否则就要迷路。

但是任何东西都敌不过真实。不管愚蠢的人对它如何赞颂，坏的东西总要消逝；不管无知对它如何怀疑，嫉妒对它如何狂吠，好的东西总会存在下去。所应引为憾事的是，人

---

① 朱志荣：《西方文论史》，北京大学出版社，2007，第131页。
② 朱立元：《西方文论教程》，高等教育出版社，2010，第148页。
③ 据希腊神话，英雄赫拉克勒斯曾劈开原来联结欧非大陆的山岩，形成了今日位于直布罗陀海峡两侧的加尔贝和亚皮拉两座山。这两座山就叫"赫拉克勒斯之山"。

们必须待到他们去世以后，才能得到公正的评价。总是把他们在生前折磨得够了，然后才在他们的坟头撒下一些失却芬芳的花朵。那怎么办呢？要不就休息，要不就忍受比我们杰出的人尚且服从的那种法则。如果有这么一个人，他忙忙碌碌，但工作并不能给他带来最甘美的时刻，而他又不满足于少数人对他的欣赏，那么他真是太不幸了！公正的评判人是有限的。啊，朋友！待我发表了一些东西，或是一个剧本的初稿，或是一点哲学思想，或是关于道德或文学的一个片段——因为要有些变化，才能使我的精神得到调剂，我会去看你的。假使我走到你面前，你不感到讨厌，还用高兴的神气来接待我，那么我就会耐心等候，让时间和迟早会来临的公道来评断我的作品罢。

如果已经有一种戏剧体裁存在，就难以再引进另一种新的体裁。万一引进了，又会产生一种定见：人们不久就会以为这两种体裁是类似的、相近的东西。

芝诺否认运动的真实性[①]。为了给他一个答复，他的对手[②]站起来走了几步；其实即使他只像瘸子那样拐一下，也足以回答这个问题了。

我试图在《私生子》中给一种介乎喜剧和悲剧之间的戏剧以一个概念。

我早先应承要写，由于没完没了的杂务而迟迟未能完成的《家长》，就是介乎《私生子》这样的严肃戏剧和喜剧之间的剧本。

假使我有余暇和勇气，我还希望能写一部介乎严肃戏剧和悲剧之间的剧本。

不管人们认为这些作品有无可取之处，它们仍然足以证明，在已有的两种体裁的戏剧之间，我所发现的距离确实存在，并不是幻想。

## 二 严肃的喜剧

戏剧系统在它整个范围内是这样划分的：轻松的喜剧，以人的缺点和可笑之处为对象；严肃的喜剧，以人的美德和责任为对象；悲剧一向以大众的灾难和大人物的不幸为对象，但也会有以家庭的不幸事件为对象的。

然而，将由谁为我们有力地描写人的责任呢？承担这个任务的诗人又应该具备怎样的条件呢？

他应该是一个哲学家，深入研究过自己的内心，从而看到人的本性，他还必须深入地了解社会上的各种行业，明了它们的作用和价值，其麻烦和便利之处，

"但是，如何把与一个人的身份地位有关的一切方面都容纳在剧本的狭小范围之内呢？能够达到这个目的的情节何在呢？像这种戏剧，人们只能写些所谓插曲式的剧本，插曲式的场景前后相继而毫不连贯，或者至多只有一点微不足道的情节蜿蜒曲折地贯串在分散的插曲之间：缺乏统一，很少剧情，毫无趣味。每一场中都有贺拉斯所再三叮咛的那两点，但是毫无整体可言，全剧于是成为松懈无力的东西。"

假使人的身份地位所提供的题材产生了如同莫里哀的《讨厌鬼》那样的剧本，这已经是很不错了。但是我相信还可以做出更好的成绩。每一种身份地位所包含的职责和麻烦并

---

① 芝诺，公元前 5 世纪的古希腊唯心主义哲学家，曾提出"飞矢不动"的论点。

② 指狄奥瑞纳（公元前 413—323），古希腊犬儒派哲学家，曾就"飞矢不动"的论点与芝诺的弟子辩论。

不都是同等重要的。我以为可以着力于那些主要的，以此作为作品的基础，而把余下的作为枝节看待。这正是我在《家长》中想要达到的目标。在这部剧本中，儿子和女儿的婚事是剧中两大关键。财产、门第、教育、父亲对儿女的责任、儿女对父母的责任、婚姻、独身生活，一切属于家长这一地位的东西都厌对白引出。如果让别人来做这件工作，即使他具有我所缺少的天才，你倒看看他的剧本将会成为什么样子吧。

人们反对这种体裁的戏剧只说明了一点，就是这样的剧本是难以处理的；这不是一个孩子所能做的工作；它需要更多的技巧、知识、严肃性和思想力量，而这些往往不是人们在开始从事戏剧工作时就具备的。

为了好好地评判一种作品，不该拿它和另一部作品去比较。这正是我们某位第一流批评家的错误所在。他说："古人从未有过歌剧，因此歌剧是一种不好的体裁。"他如果态度慎重一些，或者知识更多一些，也许会说："古人只有一种歌剧，因此我们的悲剧是一点也不好的。"如果他稍讲点逻辑，上面那两句话他就一句也不会说了。到底有没有现成的规范，这无关紧要。在一切东西之先，都有一个规律。当还没有诗人的时候，就有诗的原理，否则人们怎样去评论第一首诗篇？到底是因为它悦人，所以才是好诗呢？还是因为它是好诗，所以才悦人呢？

人们的职责可以为戏剧诗人提供丰富的题材，不亚于人们的可笑之处和德性的缺点；正派的严肃剧到处都会获得成功，而且在风俗败坏的民族中间的成功将必然超过其他任何地方。他们只有在观剧的时候才得以摆脱坏人的包围；在这里，他们将找到他们愿意与之相处的同伴；在这里，他们将看到人类应该是什么样子，而与之同声相应，同气相求。好人是少有的，但终究还有。谁要是不这样想：他就是在进行自我谴责，而无论同他的妻子、父母、朋友还是相识者在一起，都会显得多么不幸。有一个人在津津有味地读完一部正派的作品之后对我说："我觉得我以前一直是孤立于世的。"那本著作该受这个称赞，然而他的朋友们却不该受这个讥刺。

当人们写作的时候，心目中应该总是想到道德观念和有德行的人。当我提起笔来的时候，我想到的正是你，我的朋友；当我写作的时候，在我眼前的也正是你。我要使莎菲①高兴。若是你对我微微一笑，或是她为我洒一滴眼泪，若是你们俩都能由此而更爱我些，我就获得报偿了。

当我听《虚伪的慷慨者》②剧中有关农民那些场景的时候，我就说：这会取悦全世界，而且世世代代都将如此；这会使人泪下沾襟。演出的效果证实了我的判断。这个插曲完全是属于正派和严肃这一体裁的。

有人会说："仅仅一个成功的插曲并不能说明什么。假使你不像所有其他作家那样，把一些可笑的甚至有点夸张的人物的喧哗吵嚷来打断你那单调乏味的道德说教，那么任凭你怎么说你那种正派严肃的戏剧，我还是担心你只能写出一些冷漠而毫无色彩的场景，令人厌烦而沉闷的道德教训和编成对白的说教。"

---

① 莎菲·伏朗，狄德罗的女友。

② 《虚伪的慷慨者》，安东·勃雷的五幕诗剧，于 1785 年上演。

让我们考察一部正剧的各个部分，看是怎么回事。评定一部正剧是不是应该根据它的主题呢？在正派严肃的戏剧里，主题并非不如在轻松愉快的喜剧里重要，而且还应该用更真实的方法去处理它。是不是应该根据人物性格来评定呢？在正剧里，人物性格仍然可能是多种多样、新颖独特的，而作者还应该更有力地去刻画他们。是不是应该根据激情来评定呢？在正剧里，激情表现得越强烈，剧本的趣味就越浓。是不是应该根据风格来评定呢？在正剧里，风格应是更有力，更庄严，更高尚，更激烈，更富于我们叫做感情的东西。没有感情这个因素，任何风格都不可能打动人心。是不是应该根据它是否去掉了可笑的成分来评定呢？你难道不认为，由一种被误解的兴味或一时的热情所引起的疯狂举动和言词，才是人类及生活中的真正可笑之处吗？

…………

### 三　道德剧

…………

看完戏以后，我要带回去的不是一些词句而是印象。如果一个剧本里有很多互不相关的思想被人引用，而有人说这个剧本是平凡的，那么，这个人大致没有说错。效果长期存留在我们心上的诗人，才是卓越的诗人。

啊，戏剧诗人哟！你们所要争取的真正的喝彩不是一句漂亮的诗句以后陡然发出的掌声，而是长时间静默的抑压以后发自内心的一声深沉的叹息，待它发出之后心灵才松一口气。还有一种更强烈的印象，假使你生来就有艺术天才，假使你能预感到它的全部魔力，你就可以设想得出的：那就是使全国人民因严肃地考虑问题而坐卧不安。那时人们的思想将激动起来，踌躇不决，摇摆不定，茫然不知所措；你的观众将和地震区的居民一样，看到房屋的墙壁在摇晃，觉得土地在他们的足下陷裂。

### 十　悲剧的布局和喜剧的布局

要是有一部作品，它的布局竟没有人能表示任何反对意见，那是多么难得呀！这样的布局会有吗？布局越复杂，就越不真实。但是人们会问：在喜剧的布局和悲剧的布局之间，哪一个更难些？

有三种东西。一是历史，其内容都是已经发生的事；二是悲剧，诗人在这里可以凭个人想象在历史以外加上他认为可以提高兴趣的东西；三是喜剧，可以完全出于诗人的创造。

由此可见，喜剧诗人是最地道的诗人。他有权创造。他在他的领域中的地位就跟全能的上帝在自然界中的地位一样。从事创造的是他，他可以无中生有。所不同的是我们在自然现象中只依稀看见一连串的后果，对它们的原因则茫然无所知，而剧情的发展却不能是晦暗的。虽然诗人有时把相当多的关节瞒着我们，给我们来一个出其不意，可是总得让我们看到足够的关节，使我们得到满足。

"那么，喜剧的各部分既然是对自然的摹仿，诗人在计划布局的时候是否就没有一个据以摹仿的范本呢？"

当然有的。

"那么，这个范本是怎样的呢？"

在回答这个问题之前，我要问一问：什么是布局？

"布局就是按照戏剧体裁的规则安排在剧中的令人惊奇的故事；对悲剧诗人来说，他可以部分地创造这个故事；而对喜剧诗人来说，则可以创造它的全部。"

很好。那么戏剧艺术的基础又是什么呢？

"历史的艺术。"

没有比这更确切的了。人们曾把诗和绘画相比；这做得很对；但是把历史和诗相比可能更有益、更富有真实性。人们可以由此得出"真实""逼真""可能"的正确的含义；同时确定"奇异"一词的明确意义，这是各种诗体的共同用语，可是只有少数诗人能给予恰当的定义。

并不是一切历史事件都适合于编成悲剧；同样，也不是一切家庭变故都适合于作为喜剧的题材。古人把悲剧这种体裁限于描写阿尔克迈翁、俄狄浦斯、俄瑞斯忒斯、墨勒阿革洛斯、提厄斯忒斯、忒勒福斯、赫拉克勒斯这几个家族。①

贺拉斯不愿意人们在舞台上表演一个人从拉米的脏腑里掏出一个活生生的婴儿来②。假使人们把类似的情景表现给他看，他既不会轻信这种事情的可能性，也不能忍受这样的景象。但是事件的荒谬性中止，而逼真性开始的界线在哪里呢？诗人如何去体会哪些是可以放胆去做的事情呢？

有时候在事物的自然秩序里也有一连串的异常事件。区分奇异和奇迹的标准就是这个自然秩序。罕见的情况是奇异；天然不可能的情况是奇迹；戏剧艺术摒弃奇迹。

假使大自然从来不以异常的方式把事件组合起来，那么诗人超出一般事物简单平淡的一致性而想象出来的一切就会是不可信的了。但是事实并不如此。诗人怎么办呢？他或者是采纳这些异常的组合，或者自己想象些类似的组合。不过，在自然界中我们往往不能发觉事件之间的联系，同时由于我们不认识事物的整体，我们只在事实中看到命定的相随关系，而诗人却要在他的作品的整个结构中贯串一个明显而容易觉察的联系。所以比起历史学家来，他的真实性虽少些，而逼真性却多些。

…………

由此可见，用散文写的悲剧，跟用韵文写的悲剧完全一样，也是诗篇；喜剧和小说也是一样；不过诗的目的比历史的目的更广泛。人们在历史中读到一个具有亨利四世性格的人的作为和苦难。可是有多少历史不能提供而诗歌可以想象的景况啊！在这些景况中，他可以按照不但符合他的性格，而且更为奇异的方式行动和受苦。

---

① 都是希腊神话中的人物。

② 见贺拉斯《诗艺》第339—340行，"但，任何心中所想念的事，勿让自己轻信，也莫把拉米吞下的孩子活生生地从它的肚里掏出。"拉米是女身驴子蹄的妖怪，专门吞噬小孩。

想象①，这是一种素质，没有它，人既不能成为诗人，也不能成为哲学家、有思想的人、有理性的生物，甚至不能算是一个人。

"那么，想象是什么呢？"你或许要问我。

唔，我的朋友，你这是给跟你谈戏剧艺术的人设下一个怎样的陷阱啊！假使他转而谈哲学，他就离题了。

想象是人们追忆形象的机能。一个完全失去这种机能的人是一个愚昧的人，他的全部知识功能将限于发出他在儿时学会组合的声音，机械地在生活中应用。

这是人民可悲的处境，有时也是哲学家的可悲处境。当他为会话的速度所驱使，来不及找到适于表达形象的字眼时，除了追忆声音，把它们在一定的顺序之中组合起来，他还能做什么别的事情呢？唉，即使最会思考的人也还是十分机械的啊！

那么，在什么时候才停止应用记忆而开始运用想象呢？那是当你以一个接一个的问题迫使他想象的时候；也就是说由抽象的、一般的声音转化为比较不抽象的、比较不一般的声音，一直到他获得某一种明显的形象表现，也就是到达理智的最后一个阶段，即理智休息的阶段。到这时候，他成了什么呢？他就成了画家或者诗人。

............

## 十三 人物性格

假使作品布局得好，诗人把开场的时机选得好，由剧情的中心单刀直入，把人物性格刻画得好，他怎么会不获得成功？可是，人物性格要根据情境来决定。

剧本的布局可能已经完成并且完成得很好，但诗人还不知道应该赋予他的人物以什么性格。每天都有许多不同性格的人遭遇同样的事件。把女儿当作牺牲品的可能是个野心家，也可能是个弱者，也可能是个残暴的人，丧失钱财的可能是个财主，也可能是个穷人。资产者或英雄，温柔的或嫉妒的，亲王或随从都可能为情妇担心。

人物的境遇愈棘手愈不幸，他们的性格就愈容易确定。考虑到你的人物所要度过的二十四小时是他们一生中最动荡最严酷的时刻，你就可以把他们安置在尽可能大的困境之中。情境要有力地激动人心，并使之与人物的性格发生冲突，同时使人物的利害互相冲突。应该使一个人不破坏别人的意图就不能达到自己的目的；或者使大家关心同一件事，然而每个人希望这件事按照他的打算进展。

真正的对比是人物性格和情境之间的对比，是不同的利害之间的对比。假使你写阿尔赛斯特恋爱，就让他爱上一个风流的女子，如果是阿尔巴贡，就让他爱上一个贫苦的女子。

"但是为什么不再在这两种对比之外再加上性格之间的对比呢？这个方法对诗人是多么方便啊！"

你还可以说，画家常把作为衬托的东西放在画景前面，这种手法也是很普遍的呀！

我要求人物的性格各有不同；但是我坦白告诉你，我并不喜欢性格之间的对比。且听我申述理由，然后再下评断吧。

_____

① 狄德罗所说的"想象"，相当于我们今天所说的形象思维。

首先我发觉对比的使用在笔调方面并不好。你想使伟大的、高贵的、简朴的思想化为乌有吗？那你只要让这些思想相互对比，或者在表达上进行对比就行了。

你想叫你的乐曲毫无情调和才华吗？你只要把对比加进去，那你就只有一连串强弱高低相互交替的声音了。

你想叫一幅画变成惹人讨厌，矫揉造作的东西吗？那你就蔑视拉斐尔的智慧，把你要画的景象互相对比吧。

建筑学崇尚宏伟和简朴；我不说建筑学摒除对比；它根本不容许对比。

你倒说说看，既然在一切摹仿性的艺术中，对比是这样一个不高明的东西，怎么唯独在戏剧艺术中会是例外呢？

如果说有什么最可靠的方法来损害剧本，使它在一切有高尚趣味的人心目中成为不堪入目的东西，那就是在其中大量加入对比。

…………

社会的一般情况是怎样的呢？人们的性格是各有不同，还是截然对立？生活中也许有那么一回，性格的对比表现得如人们要求于诗人的那样分明，可是却有千万回，性格只是各有不同而已。

性格和情境间的对比，利害和利害间的对比，却是随时都存在的。

…………

**狄德罗：《论戏剧诗》，徐继曾、陆达成译，转引自伍蠡甫、胡经之主编《西方文艺理论名著选编（上）》，北京大学出版社，1985，第222—244页。**

## 二、狄德罗简介

狄德罗（1713—1784），18世纪启蒙运动中杰出思想家，百科全书派卓越领导人。出生于法国一个富裕的制刀匠家庭，年轻时按照父亲愿望一直接受神学教育，之后改学哲学和文学，与父亲闹翻。没有资助来源的他长期忍受贫穷，刻苦钻研，最终成为一个精通希腊文、意大利文、英文，掌握当时各类知识的全才式人物，是继亚里士多德之后西方世界又一位具有综合精神的学者。

1746年，狄德罗发表第一部著作《哲学沉思录》，崇尚理性，引起了很大轰动，但因为书中批评宗教和教会，巴黎法院判令烧毁其书。1749年出版《盲人书简》，又因冒犯上帝和宣传无神论思想被监禁了三个多月。获释后，于1750年他开始组织编撰《科学、艺术与手工业百科全书》，亲自担任主编，并为该书撰写了一千多个条目。从1751年至1772年，该书共出28卷，形成了影响深广的百科全书学派。他们宣扬资产阶级理性和自然科学技术，破除宗教信仰对人的蒙蔽，以改革国家，解放创造力。1752年，该书被查禁，狄德罗也备受攻击。1784年，狄德罗去世。狄德罗的主要文论著作有《论戏剧诗》《画论》《演员奇谈》《关于〈私生子〉的谈话》等。

### 三、选文导读

《论戏剧诗》原是狄德罗写给当时德国批评家格里姆的，后来作为剧本《一家之长》的附录出版，这个附录超出了剧本本身的价值。狄德罗与布瓦洛生活的年代接近，但二人思想和理论范畴却大异其趣，狄德罗通向的是现代欧洲戏剧理论。《论戏剧诗》的重点在于对自己所倡导的"严肃喜剧"的阐述。

狄德罗认为戏剧只有悲剧和喜剧两种，并不符合生活实际，因为人不总在痛苦之中，也不总在喜悦之中，应该还有一种接近家常现实生活的戏剧，可以叫作"严肃喜剧"或"家庭悲剧"，这是传统的悲剧和喜剧之外的第三种戏。在狄德罗之前，剧作家乔叟曾提出过"流泪喜剧"的概念，没有获得太大成功，因为乔叟仅在体裁上尝试突破和创新。狄德罗则敏锐地感觉到新戏剧是时代的需要，他提出这种戏剧应该遵循现实和自然原则，这似乎与布瓦洛的主张一脉相承，然而狄德罗在旧瓶中装进了新酒，他关注的兴趣不再是封建贵族的生活，而是城市市民的生活，他认为一个文明的民族反而缺乏诗意，因为他们会因为温和而失掉了力量，他呼唤巨大、野蛮、粗犷的气魄，这是对资产阶级革命的呼唤，也是对新文艺的呼唤。

和狄德罗新时代新社会理想对应的是，他主张严肃剧在形式方面应该打破一切既有的规则，谴责那些败坏人们的可恶成规，认为戏剧艺术中普遍的规律是很少的。如果说布瓦洛以封建贵族理性为原则的文艺理论逐步走向僵化而受到人们的诟病，启蒙主义文论则是用全新的资产阶级的理性主义去反封建贵族的理性主义的。狄德罗明确反对新古典主义的戒律，认为新古典主义所提倡的美是一种奴隶的美。但狄德罗异于同时代知识分子的地方在于，他重视理性的同时并不忽视感性。他极力推崇想象的作用，认为没有想象，就没有诗人，甚至缺乏想象力的人就不是一个真正的人。狄德罗不仅想借助想象为新文艺开掘出一条新的道路，也希望以想象作为新时代开路的武器。

## 第二节　狄德罗的戏剧改革理论

### 一、严肃喜剧理论

西方自古希腊以来，戏剧只有两种形式：要么是悲剧，要么是喜剧，没有第三种道路可言。然而无论是悲剧还是喜剧，都是为贵族服务的。悲剧表现的是贵族的高尚情操，用以愚弄百姓，喜剧则描写下层人的滑稽可笑，借此供贵族们消遣。悲剧与喜剧之间，有着严格的不可逾越的界限。

狄德罗站在新兴资产阶级的立场上，提出严肃喜剧的主张，目的在于为下层民众特别是市民阶层疾呼，为他们走向时代的前台摇旗呐喊。这相比于布瓦洛要求诗人关注城市和宫廷，重视宫廷生活和贵族社会的主张是一个明显的进步。

　　狄德罗认为在悲剧与喜剧之外，还应该有第三种戏剧存在，如果说悲剧是以大众的灾难和大人物的不幸为对象，喜剧是以人的缺点和可笑之处为对象，那么，严肃剧则是以人的责任和美德为对象的。狄德罗顺应了启蒙运动时期的社会需求，要建立一种符合资产阶级审美理想的新戏剧，剧中人物由以往新古典主义的王公贵族转变为新兴的资产阶级，这些在以往只能充当喜剧中被人嘲弄、受人耻笑的角色，现在却取代了帝王将相的地位站在了舞台上，这样的构思是具有巨大的勇气和非凡的远见的。

　　"让我们考察正剧的各个部分，看是怎么回事。评定一部正剧是不是应该根据它的主题呢？在正派严肃的戏剧里，主题并非不如在轻松愉快的喜剧里重要，而且还应该用更真实的方法去处理它。是不是应该根据人物性格来评定呢？在正剧里，人物性格仍然可能是多种多样、新颖独特的，而且作者还应该更有力地去刻画他们。是不是应该根据激情来评定呢？在正剧里，激情表现得越强烈，剧本的趣味就越浓。是不是应该根据风格来评定呢？在正剧里，风格应是更有力，更庄严，更高尚，更激烈，更富于我们叫做感情的东西。没有感情这个因素，任何风格都不可能打动人心。是不是应该根据它是否去掉了可笑的成分来评定呢？你难道不认为，由一种被误解的兴味或一时的热情所引起的疯狂举动和言词，才是人类及生活中的真正可笑之处吗？"①

　　在狄德罗看来，严肃喜剧主要有以下三个特征：其一，严肃喜剧主题不如传统喜剧轻松愉快，其主题更严肃，有道德教化的作用；其二，人物不如传统悲剧和喜剧那样处在高位和底层的两端，其人物更加多样，新颖，独特，更有激情和感情，重在反映新兴资产阶级的日常生活；其三，兼有传统悲剧和喜剧的优点，既有严肃的场面，也有令人发笑的成分，但是它不是借用误解、疯狂的动作引人发笑，而是一种含泪的笑，是悲剧与喜剧的混合体。

　　狄德罗十分重视戏剧的教化功能，试图使戏剧承担改造社会人心的作用。他认为戏剧的目的引起人们对道德的爱和对恶行的憎恶，文学作品的宗旨在于使德行更显可爱，使恶行更显可憎，使荒唐的事情更显触目，他的观点明显继承了贺拉斯的"寓教于乐"的主张。同时，他认为每个民族都应该有自己的戏剧，政府可以通过戏剧来移风易俗，甚至戏剧可以起到补充法律之不足的作用，在某些场合，戏剧可以替代法律。例如阿里斯托芬的喜剧就可以代替法律对罪犯的惩罚，为此他主张政府在修改法律和改变习俗的时候，善于利用戏剧的作用，广建剧院，扩大戏剧演出。

　　为此，作家的修养和人格就显得十分重要，真理和美德是艺术的两个朋友，作家必须让自己成为一个有德行的人，如果作家道德败坏，他创作的作品也必然会令人堕落，作家只有自己伟大，才可能创造出伟大的作品来，才能通过美德和真理感动人心。

---

① 狄德罗：《论戏剧诗》，徐继曾、陆达成译，转引自伍蠡甫、胡经之主编《西方文艺理论名著选编（上）》，北京大学出版社，1985，第227页。

## 二、文艺摹仿自然

狄德罗继承了亚里士多德的观点，认为一切艺术都是摹仿。艺术如同人的感官，每一种感官都用特有的方式去感知对象，每一种艺术也有特有的方式去摹仿。这里所说的摹仿，主要指摹仿自然。狄德罗认为自然是艺术的第一模特，艺术应该忠实地摹仿自然，最好是按照事物的原样去摹仿，摹仿要周全、要符合因果关系，艺术家的任务就是服从自然和表现自然。创作需要天才和技巧，但是天才和技巧必须统一于摹仿自然之中。艺术的真实性就是通过摹仿自然，忠实地表现自然实现的。他所说的自然，是指客观存在的世界，既包括物质世界，也包括精神世界和社会的历史与现实，特别是下层人民的生活现实，而不再是都市、宫廷和贵族社会，也不是抽象的人性。一切存在的现象都有其产生和存在的理由，自然存在的各种现象之间有一种隐秘的关系和必然的配合，自然的这种性质决定了艺术摹仿自然的合理性，艺术如果不能严格摹仿自然，它将是平庸的。

然而，优秀的艺术所摹仿的自然并非所有的客观存在，诗人需要的不是未经雕琢的自然，而是加过工的自然；不是平静的自然，而还是动荡的自然；不是纯净肃穆的白昼的美，而是狂风阵阵，是低沉而连续的雷声，是闪电所照亮的上空中黑夜的恐怖；不是波平如镜的海景，而是汹涌的波涛；不是宫殿的冷落静默，而是漫步在废墟之中；不是人工建筑的大厦，人工栽种的园地，而是茂密的古森林和荒岩间的野穴；不是平静的湖水、池塘、清泉，而是下泻奔腾澎湃的瀑布。诗需要的是巨大的、野蛮的、粗犷的气魄。"正是国内自相残杀的战争或对于宗教的狂热使人们揭竿而起、血流遍地的时候，阿波罗头上的桂冠才生气勃勃，碧绿青翠。它需要以血滋润。在和平时期，在安闲时期，它就要萎谢了。黄金时代可能会产生一首歌曲，或者一首哀歌。史诗和戏剧却需要别的风尚。"[①]

狄德罗呼唤的不再是新古典主义时代的优雅气质，那种父亲称儿子为先生，母亲称女儿为小姐的做法既不动人，也不诚挚可信，这种萎靡、琐屑、造作的风气会消磨掉诗人的创造精神，狄德罗呼唤的是革命所需要的风云激荡，他认为一个民族太过文明，就会缺乏诗意，温和的氛围会吞噬掉力量。同样，在经历了大灾难大忧患之后，困乏的人民开始喘息的时候，惊心动魄的景象就会激发出无穷的想象力。

文艺需要天才，天才任何时代都有，然而天才常常英雄无用武之地，除非有非常的事变振奋起群众的精神，这时候情感在胸中积聚酝酿，让人感到有表达的迫切需要，必欲一吐为快，于是好的作品就出现了。

## 三、想象的作用

狄德罗重视想象的作用，他认为想象是诗人的基本素质。想象是一种基本素质，没有想象，就不能成为诗人，甚至不能成为一个人。在狄德罗看来只有拥有想象力，人才是一

---

① 狄德罗：《论戏剧体诗》，徐继曾、陆达成译，转引自伍蠡甫、胡经之主编《西方文艺理论名著选编（上）》，北京大学出版社，1985，第 251 页。

个有思想的人，一个有理性的人，而缺乏想象，也就不是一个正常的人。他认为，"想象是人们追忆形象的机能"。[1]诗人擅长想象，哲学家擅长推理，一个想象力不足的诗人只会有把声音组合起来的机械习惯。

在创作过程中，想象就是虚构，想象应该与激情融合在一起，想象力活跃了，热情迸发了，人们就会不断为之惊奇、感动、气愤、恼怒。艺术比历史更感人，因为历史只记录已经发生的事情；比哲学更逼真，因为哲学是揭示对象的真理。艺术是对自然中美的描绘，可以做到对事物的描绘与事物本身相吻合。没有想象就没有逼真，因为想象可以揭示事物之间的联系。

当然诗人的想象并非毫无约束的天马行空，"诗人不能完全听任想象力的狂热摆布，诗人有他一定的范围。诗人在事物的一般秩序的罕见情况中，取得他行动的范本。这就是他的规律。"[2]然而自然在什么时候为艺术提供范本呢？"是在这样一些情景发生的时候：当儿女在垂死的父亲床边扯发哀号；当母亲敞开胸怀，指着哺育过他的双乳恳求她的儿子；当一个人剪下自己的头发，把他撒在他朋友的尸体上；当他托着朋友尸体的头部，把尸体扛到柴堆上，然后搜集骨灰装进瓦罐，每逢忌日用自己的眼泪去浇奠……"[3]狄德罗所指出的这些"范本"具有朗加纳斯的"崇高"的意味，也已经带有明显的浪漫主义气息了。诗人需要使用技巧使罕见和奇异之处恰如其分，使幻象具有基础。如果历史事实还不够奇异，就需要用非常事件来加强它，如果历史事件太过奇异了，就需要用普通事件来冲淡它。

狄德罗反对为文艺制定清规戒律，认为这些文艺规则制定者恰恰是不懂艺术的人，应该谴责那些败坏人们的可恶陈规，天才可以随意打破清规戒律。对于新古典主义倡导的"三一律"，他认为"三一律"不应该妨碍创新，不应该妨碍反映真实生活。

## 四、人物与情境

狄德罗反对根据人物性格组织情节的做法，他继承了亚里士多德的观点，认为情节和性格相比，情节是首要的。他认为古典主义戏剧描写夸张的性格，为表现性格设置情节，安排与之相对比的人物，结果远离人们真正面临的社会环境，脱离情境的性格只会成为一种抽象的观念。人物渲染过分，观众就会认为这个人物不是自己，和自己没什么关系。戏剧的要素中，情境是最重要的，作家要真实地反映社会现实。着眼于情境就是着眼于一定社会境况中某个具体处境中的个体面临的普遍性的矛盾冲突，例如父子冲突、夫妻冲突等，这样观众就可以联系到自己的家庭，进而受到教育。

---

[1] 狄德罗：《论戏剧体诗》，徐继曾、陆达成译，转引自伍蠡甫、胡经之主编《西方文艺理论名著选编（上）》，北京大学出版社，1985，第237页。

[2] 狄德罗：《论戏剧体诗》，徐继曾、陆达成译，转引自伍蠡甫、胡经之主编《西方文艺理论名著选编（上）》，北京大学出版社，1985，第239页。

[3] 狄德罗：《论戏剧体诗》，徐继曾、陆达成译，转引自伍蠡甫、胡经之主编《西方文艺理论名著选编（上）》，北京大学出版社，1985，第250页。

狄德罗也反对以人为的性格对比来突出某种性格的做法。他认为这种孤立、静止塑造人物的做法会使性格简单化，而且为了突出某种性格而增加的情节会分散观众的注意力。人物性格是由其所处的情境决定的，人物的性格也应该在情境关系中去表现，应突出性格与情境的对比，使人们利害相冲突，这样就会造成人物与人物之间的矛盾与纠纷。

当人物处在尖锐的矛盾冲突当中的时候，他们的性格也就会获得充分的表现。因此，人物处境越是棘手和不幸，性格就越容易确定。狄德罗的这一主张已经相当接近典型环境理论了，他的这一主张也在黑格尔那里得到了呼应。

另外，狄德罗还对当时作家的狂妄与自命不凡进行了批评，他推崇群众的意见，认为群众不会看错，群众是作品优劣的鉴定者，这一观点揭示了艺术和群众的关系，将群众作为文学作品的最高裁定者，有鲜明的时代进步意义。

狄德罗的严肃剧实践算不上十分成功，但他的理论却产生了极大的影响。法国著名戏剧家博马舍的《费加罗的婚礼》问世之后，成为严肃剧走向成功的重要标志。在这部戏剧里，荒淫腐朽的大封建地主的代表阿勒玛维华伯爵试图恢复他已经放弃的领主初夜权，第三等级的代表费加罗和他的未婚妻苏珊娜以卓越的智慧和非凡的勇气与之斗争。全剧以费加罗的胜利和伯爵的惨败告终。该剧被改编为歌剧，在全世界广为流传，费加罗也成为世界文学中下层人物的典型。

## 第三节　卢梭的"回到自然"思想

让－雅克·卢梭（1712—1778），法国18世纪启蒙思想家和浪漫主义文学流派的开创者，启蒙运动代表人物之一。卢梭出身于瑞士日内瓦的一个贫苦家庭，当过学徒、仆役、私人秘书、乐谱抄写员。一生颠沛流离，历尽艰辛。1749年卢梭曾以《论科学与艺术》一文而闻名，之后为狄德罗、达朗贝尔主编的《百科全书》撰写了部分内容。1752年，歌剧《乡村卜师》成功上演，路易十五打算接见他并赐给他一项年金，然而卢梭顾虑会因此而失去自由，没有接受。

1753年，卢梭为应征第戎学院征文而写了《论人类不平等的起源和基础》，1754年，出版了《社会契约论》。1757年，与狄德罗等人闹翻。1762年，因出版《爱弥儿》，遭法国法院发出逮捕令。之后长达八年的时间，卢梭一直在逃难。在各种迫害、谴责、监视下生活，卢梭变得敏感多疑。卢梭曾与伏尔泰、达朗贝尔、狄德罗、伯克、休谟等人闹翻，休谟评价卢梭的敏感达到了未见任何先例的高度，而且这种敏感给予他的是一种痛苦甚于快乐的感觉。晚年的卢梭避居瑞士、普鲁士、英国等地，1778年在巴黎孤独逝世。

相比之下，这一时期启蒙思想家诸如狄德罗、伏尔泰等人更加重视理性，而卢梭则更加重视灵魂和情感，主张天赋人权，要求回到自然。

### 一、对科学与艺术的否定

卢梭在《论科学与艺术》中，回答了法国第戎科学院的征文——"科学与艺术的复兴是否有助于敦化风俗"这个问题。卢梭继承了柏拉图对文艺的批评，认为科学和艺术的作用是伤风败俗。卢梭从历史经验和科学与艺术自身特征两个方面论证了这个问题。

一方面，从历史经验来看，科学与艺术会使人伤风败俗。从文艺复兴以来，科学与艺术只起到了消极的巩固奴役的作用。科学与艺术的发展，带来了灵魂的腐败。科学与艺术的光芒升起的同时，人的德行也就消失了。人为自由而生，科学和艺术只是重重枷锁，窒息了人的自由，使人奴化为快乐的奴隶。卢梭认为，在古代社会，艺术尚且没有塑造完美的性格，那时社会风尚是粗朴的、自然的，人们互相了解，没有罪恶的产生。后来，在科学研究和艺术的熏陶下，人们的天性被扭曲，社会风尚里流行一种邪恶而虚伪的共同性，在礼仪的虚伪面目下，隐藏着人们疑虑、猜忌、恐怖、冷酷、仇恨、奸诈等不健康的心理，自从学者出现后，好人就不见了，自从有了科学家与艺术家，就没有公民了。他的这一观点与中国道家推崇自然和无为而治的思想有相似之处，所谓"圣人不死，大盗不止"，科学与艺术只会令人心不古，从而毁坏人的德行。难怪苏格拉底认为诗人不懂真善美，是没有智慧的人，也难怪柏拉图要将诗人赶出理想国了。

另一方面，从自身特征来看，科学和艺术会使人伤风败俗。首先，科学与艺术诞生于人类的罪恶。例如天文学诞生于迷信，论辩术诞生于野心、仇恨谄媚和谎言，几何学诞生于贪婪，物理学诞生于虚荣的好奇心。其次，在科学研究中所经历的错误对人有害。第三，科学与艺术目的是虚幻的，结果是危险的，科学与艺术产生于懒惰和虚荣，反过来又滋长了懒惰与虚荣。第四，科学与艺术会虚饰精神，腐蚀判断。

卢梭的这一观点是激进的，也是深刻的，特别是在启蒙运动时期，大多数学者都认识到了知识就是力量，认为掌握了知识就掌握了话语权，许多知识分子投入编纂百科全书的工作当中，试图用新知识去传播新思想，用新知识去构建新社会。而卢梭作为底层社会出来的知识分子，他看到了贵族们垄断知识后愚弄人民造成的社会堕落，因而提出了科学与艺术会使人伤风败俗的观点。卢梭作为启蒙运动时期伟大的思想家和文学家，他不可能否定一切科学与艺术，卢梭曾明确表示，他并非否定科学本身，而是要保卫德行，即文章的出发点是要捍卫德行。他认为罗马人是安心践行道德的，从他们开始研究道德起，一切都完了。他反对的主要是为封建贵族服务的科学与艺术，反对的是被封建贵族和资产阶级拿来为自己谋取垄断利益，从而造成更加不平等和道德腐败的社会现状的科学与艺术。

正是出于对当时社会风气的不满，卢梭在《论科学与艺术》中提出"回到自然"的口号，并在《论人类不平等的起源与基础》中进一步做了论述。卢梭认为人类原始社会是最好的，那时人们思想纯朴，人人平等，没有奴役和恶行。自从进入阶级社会以后，人与人之间出现了奴役和不平等，有了善恶相斗，也有了虚伪与罪恶。因此人们应该"回到自然"，他所说的自然，主要是指人的本性，这种本性同外在的自然一样是最正常的、最"自然"的存在，古代社会人们原始古朴的生活有助于自然人性的成长，人应该回到原始古朴的古代社会。卢梭的这一观点是他对现实社会不满产生的一种理想，说明他还未找到医治社会疾病的正确办法。他的"回到自然"的口号掀起了感性崇拜的风潮，提倡文学的自我表现功能，开启了浪漫主义文学思潮，被后世称为"浪漫主义文学之父"。人类进入20世纪以后，科学技术的迅速发展带来了环境破坏、霸权主义、人的异化等一系列问题，卢梭的"回到自然"的口号也再次受到人们的重视，引发了人们对改造现实，追求理想生活的新思考。

### 二、论戏剧

1758年，卢梭发表了《关于戏剧演出给达朗贝尔的信》（简称《论戏剧》），在这封信里，卢梭批评了百科全书副主编达朗贝尔提出应在日内瓦建立剧院、伏尔泰提出在日内瓦组织戏剧演出的主张。

卢梭提出了关于戏剧的三条罪状。第一，戏剧会使劳动松弛。他希望人们珍惜时间，热爱劳动，而戏剧会使人不再有心思去操心工作，只有抑制戏剧演出，人们才能专心劳动。当劳动变成习惯了，懒惰就会失去容身之所，纯洁的良心可以抑制轻佻的娱乐欲念。

第二，戏剧与美德不兼容。在戏剧的社会效果方面，卢梭同样受柏拉图的影响，认为戏剧中人物的行为会成为观众的摹仿对象，最终会践踏日内瓦的古老风俗。他认为悲剧中的凶恶事件会使人恐怖因而无益，喜剧建立在人的缺陷的基础上，因而愈是成功愈会对道德起到坏的影响。他甚至认为，莫里哀的戏剧就是一所教唆人干坏事和败坏风俗的学校，其比宣传恶德的书还要危险，因为在那里善良和憨直会被嘲笑，而狡猾和谎言却会被同情。当人心都沉迷于舞台的时候，就好像灵魂出了窍。

第四，在日内瓦建立剧院是浪费时间和金钱。对于观众而言，观看戏剧只是在浪费时间和金钱。另一方面，戏剧会成为阴谋家和政党的武器，还会成为个人报复的工具，甚至会危及国家的存在。卢梭拥护柏拉图驱逐荷马，对日内瓦容忍莫里哀感到不安。他甚至歧视演员这一职业，认为演员摹仿他人的性格必然导致自身的卑贱和奴性，特别是女演员粗野无礼，丑化自己，堕落不可避免。

卢梭继承了柏拉图和奥古斯丁对文艺进行批评的立场，他在人们普遍对文艺保持狂热的时候提示人们去思考文艺的负面作用，引发了激烈的论争，也对当时及后世都产生了重要影响，特别是在现代社会，环境污染、霸权主义、保护主义等问题的存在，卢梭的意义再次受到重视。卢梭的故乡日内瓦在是否建立剧院的问题上采纳了他的观点。

卢梭认为人生而自由，但无往而不在枷锁当中，人自以为是其他一切的主人，反而做了其他一切的奴隶，卢梭渴望自由，他以崭新的视角试图将人们从"习俗"与"理性"中解放出来，在《论科学与艺术》发表成名之后，卢梭按照自己的理想过着素朴的生活，他卖掉了手表，认为时间是个人自由的束缚，1756—1762年，卢梭隐居在乡下，1760年，他出版了《新爱洛绮斯》，讲述了贵族少女尤丽爱上家庭教师圣·普乐，遭到父亲反对，被迫嫁给俄国贵族沃尔马。婚后，尤丽用宗教和道德观念克制自己，最后因病去世。临终，她将子女托付给圣·普乐，并向他坦露"去天国团聚"的心愿。这段神圣而疯狂的情感，对浪漫主义运动产生了巨大影响。1762 年他出版了《爱弥儿》，该书是一本夹叙夹议的教育小说，书中以富家孤儿爱弥儿为主人公，提出新教育的原则和理想，反映了自然主义教育思想，阐述性善论，进一步倡导人回归自然，按照自己的本性去生活。卢梭在死前，写下了《一个孤独漫步者的遐想》，其中说道，"我就这样在这世上落得孤单一人，再也没有兄弟、邻人、朋友，没有任何人可以往来。人类最亲善、最深情的一个啊，竟然遭到大家一致的摒弃。"[①]1778 年，卢梭逝世，临终遗言是"今天多么纯净、安宁啊！大自然是多么伟大啊！"他的墓碑上写着："睡在这里的是一个热爱自然和真理的人"。

## 第四节　维科的诗性智慧理论

维科（1668—1744），意大利著名法学家、历史学家，近代社会科学创始人，人类文化学的先驱。维科出生于小书商家庭，家庭贫困，幼年受过天主教会的小学教育，之后辍学，大部分时间在自学，当过家庭教师，一直喜欢罗马法和拉丁文学，后来在那不勒斯大学学习罗马法和修辞术，做了修辞学讲师，薪金低微，一生穷苦。1725 年《新科学》（全称为《关于民族共同性的新科学》）出版后获得好评，受到那不勒斯领主西班牙皇帝的赏识，任那不勒斯的皇家历史编纂，但薪俸仅有 100 个荷兰盾。他之所以在后世引起广泛关注，是因为在科学理性获得思想界霸权的当时，他强调人文学科的价值。他认为人只能认知人创造的东西，而人类世界就是人自己创造的，他把自然界留给了神，这在当时简直是石破天惊的发现了。后现代主义思潮兴起后，西方出现了维科研究热，维科也得到了历史的公正评价。维科并非文论家，他也没有一本专门的文学理论著作，但是他的《新科学》中有许多关于诗的独特观点对后世产生了深刻影响。

### 一、诗性智慧

"新科学"的名称在维科之前已经存在，伽利略即写过《新科学的对话录》，不过伽利略的"新科学"主要指自然科学，维科则立志要创建人类社会的科学。维科的《新科学》下分五卷：一些原则的界定，诗性的智慧，发现真正的荷马，诸民族所经历的历史进程，各民族复兴时所经历的各种人类制度的复归历程。由此可见，他要研究的是人类社会的科学。

维科接受埃及人的观点，将人类历史分为神的时代、英雄时代、人的时代三个时期。每个时代人类都有不同的心理、性格、语言和诗等。在神的时代，人类处于野蛮状态，过着野兽一样的生活，人类既没有语言也没有自我意识，人靠本能生活，有较强的感觉力和想象力，但是理性不足，他们把无法解释的事物的原因，都想象为神，这种想象就是诗，诗与宗教同源，其动力来自原始人的想象，也正是在这个时代，人的"诗性智慧"开始

① 陈太胜：《西方文论研究专题》，北京大学出版社，2010，第 70 页。

萌发和发展起来。在英雄时代，人类的英雄取代了神，荷马时代即为英雄时代，《伊利亚特》中的赫克托耳、阿喀琉斯就是代表理想的勇猛的英雄，《奥德赛》中的尤利西斯则是代表理想的智谋的英雄。英雄时代的特点在于以物拟人，并采用歌唱的表达方式。在人的时代，人的推理能力增强，出现了哲学和散文，当人的时代发展到一定程度，人就会充满私欲，社会出现罪恶，人类再回到野蛮时代，人类的历史就是这三个时代的循环。

维科所提出的"诗性智慧"与柏拉图以来的"理性智慧"不同，它是想象的智慧，是人类通过想象认识世界的创造性活动，是"新科学"的钥匙。诗性智慧是一种原始思维，也是人类最初的形象思维，这种思维本身就表现了诗意。维科从诗性智慧的发端去寻找诗歌的起源，认为异教民族最初创始人浑身都充满了强烈的感觉力和广阔的想象力，而这正是诗赖以存在的基础。他把想象力与理性推理的能力对立起来，认为只有在推理能力最薄弱的人群那里才能找到真正的诗句，诗句必须表达最强烈的热情，具有崇高的风格，能够引起人们的惊奇感。诗人凭借感觉可以知道哲学家凭借理性所知道的一切。

维科认为在人类的童年，人们有强烈的感受力和想象力，他们说出来的话都是诗性的语句，诗性智慧是人类最初的智慧，一切艺术源于诗，诗性智慧也是一种粗糙的智慧，人们最初也是凭借自然本性成为诗人的，而不是凭借技巧。维科从根本上否定了古人具有什么玄奥的智慧，他认为自己发现了真正的荷马。所谓"真正的荷马"并不是一个具体的诗人，而是指创作《荷马史诗》的集体，是整个希腊民族。"荷马"的本意是"盲人"，荷马史诗是歌唱的盲人根据民间传说整理的，它是很长时间内大家集体参与创作的结果。在荷马时代，全民族都是诗人，荷马只是其中的代表，是英雄时代的英雄诗人，也是一切崇高诗人的父亲和国王。"真正的荷马"是真正的诗人，而不是一个哲学家，诗的创作与理性无关。

## 二、想象

维科从原始民族心理特征出发研究诗的起源，认为原始民族相当于人类的儿童，在思维方面，他们擅长的是想象而不是抽象，在行动方面他们擅长的是摹仿，他们常常摹仿自己能懂的事物取乐，这种摹仿就产生了诗，诗的真实是一种想象的不可能。人类最初的文化都是想象的产物。

维科认为，想象力属于人肉体方面的能力，是感性和自然的能力，原始人虽然无知，却因为强壮而能通过想象力去创造事物，因为能通过想象力来创造，所以他们被称为诗人，在希腊语里，诗人就是创造者。想象的重要功能之一就是比喻，人类最初的比喻采用以己度物的方式，将自己的本性转移到外物上，例如用头表示开端，以眼表示针孔，麦"须"海"角"，风"吹"浪"打"等都是此类。

与想象有关的另一个概念是"典型"，维科在《新科学》里强调的"典型"概念仍然属于类型的范畴。他认为，原始人对同类事物缺乏抽象，但由于人受到本性的驱遣，喜欢一致性，于是用形象鲜明的个体来代表同类事物。儿童会根据他们最初的关于男人、女人、事物的印象，去称呼同类的其他对象。他们见到年长的男性会叫爸爸或叔叔，见到年长的女性叫妈妈或阿姨。

维科重视典型的理想性和普遍性，这与亚里士多德和贺拉斯的观点一脉相承。例如《伊利亚特》中的英雄阿喀琉斯是这部作品的主角，希腊人便将英雄的一切勇敢的属性以及这个属性所产生的一切情感和习俗，例如暴躁、容易恼怒、凭借武力僭夺一切权力等都归到他身上。维科对典型的认识可以归结为以下几点：典型是想象的产物，是诗性的谎言；典型是想象性的共性；典型不是抽象化的人物性格，而是一种诗性人物性格；典型具有整体和谐的特征。

维科诗学观的突出特点是采用了宏观的历史比较研究，他不仅从哲学、心理学、美学等多个方面研究诗学问题，而且也注重纵向的历史比较研究，维科的视野是广阔的，也是具有创见性的。关于诗性智慧的探讨是他对文学理论建设最有价值的部分，虽然他的诗性智慧仍然是抽象的，他对人类社会三个阶段的划分也陷入了简单循环论的圈子，但这是西方最早对艺术创造性思维的探讨，他提出的诗性智慧早于科学思维也逐渐被历史所证实。

**结语：**启蒙主义文论是资产阶级向封建贵族宣战的一部分，阶级矛盾尖锐对立的社会现实决定了这一时期的文论具有鲜明的时代感。启蒙主义文论家们高扬资产阶级理性和人道主义旗帜，要求文艺宣传启蒙思想，参与社会的改造，使得这一时期的文艺理论具有了鲜明的阶级立场。同时，启蒙主义文论家们高扬批判的旗帜，全面批判了为封建贵族服务的新古典主义原则，主张文艺为第三等级服务，市民剧的出现和繁荣，成为这一时期文艺的主潮。正因为这一时期的文艺理论往往参与了封建主义与资本主义两大意识形态的论战，因此文艺理论也大多比较偏激，狄德罗认为戏剧的教化作用在某些时候可以代替法庭和监狱，卢梭从反对新古典主义出发否定全部科学与艺术，都是这一时期特有的时代印记。

**本章必读书目**
卢梭：《爱弥儿》，李平沤译，商务印书馆，1978。
狄德罗：《修女拉摩的侄儿》，陆元昶译，译林出版社，2003。

**深度阅读推荐**
狄德罗：《关于〈私生子〉的谈话》，张冠尧、桂裕芳译，见《狄德罗美学论文选》，人民文学出版社，1984。
卢梭：《论科学与艺术》，王子野译，生活·读书·新知三联书店，1991。

**思考与运用**
1. 启蒙运动为什么首先在法国兴起？
2. 如何理解卢梭关于科学与艺术及其关系的思想？
3. 狄德罗为什么要提倡严肃剧？
4. 维科的"新科学"新在哪里？

# 第七章 浪漫主义文论

**本章的能力要素**

本章主要介绍浪漫主义文艺思想，要求能结合作品深入理解华兹华斯、席勒、史达尔夫人的浪漫主义理论主张。具体要求包括：

1. 能在自学的基础上，小组合作探究华兹华斯的《〈抒情歌谣集〉1800年序言》（节选）。
2. 能结合《抒情歌谣集》对华兹华斯的浪漫主义诗学进行阐释。
3. 能对席勒的"素朴的诗"与"感伤的诗"理论进行辨析。
4. 能对史达尔夫人的"南方文学"与"北方文学"的观点进行辨析。

**教学方法**

小组探究法、案例教学法、讲授法

**知识与能力结构**

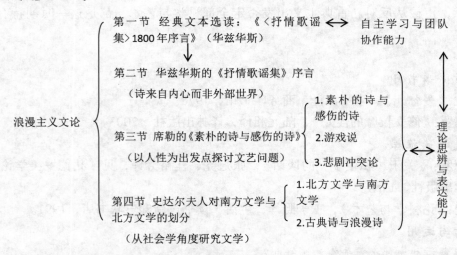

18世纪后期到19世纪三四十年代，欧洲兴起了浪漫主义文学思潮。浪漫主义与现实主义相对而言，广义的浪漫主义是指一种侧重抒情的文学类型或要素，甚至指一种生活态度，这种意义上的浪漫主义从古到今都有。狭义的浪漫主义则特指兴起于18世纪后期的德国，其影响遍及欧美，席卷了人类整个精神世界的潮流，它在哲学、文学、历史等各个领域，都留下了深深的印记。浪漫主义强调人的主观世界的表达，推崇感情的力量，反对理性主义。

浪漫主义的兴起有着深刻的社会原因，它是资产阶级革命以及民族独立与解放运动在文化上的反映。1789 年的法国资产阶级大革命之后，资产阶级革命和民族解放运动在欧洲风起云涌，封建制度在遭到不断打击下走向末路。然而，人们在革命前所向往的自由、平等、博爱的社会并没有出现，启蒙主义现代性的理性神话、进步神话、科技神话受到怀疑，于是有人开始憧憬未来，有人则缅怀过去，还有人走到湖光山色之间逃避，这给浪漫主义的兴起提供了土壤。

在哲学方面，德国古典哲学中康德对想象力、天才、审美判断力的论述，费希特对"自我"的重视与肯定，黑格尔对浪漫型艺术的论述，为浪漫主义的兴起提供了理论基础。而法国圣西门、傅立叶，英国的欧文等人关于对未来社会的空想与实践都推动了浪漫主义的到来。

作为一种文艺思潮，浪漫主义追求理想的表现，重视想象与情感在文学活动中的作用，鼓吹天才和个性解放，追求内心自由和精神创造，崇尚自然，向往人的自然状态，反对现代文学对人性的扼杀。

浪漫主义文学的代表人物有德国的诺瓦利斯、施莱格尔、海涅、席勒等，有英国的华兹华斯、柯勒律治、雪莱等，有法国的史达尔夫人、夏多布里昂、雨果等。浪漫主义文论与浪漫主义文学是密切联系的，这一时期重要的理论都是作家提出来的，他们一方面用理论来指导自己的创作，另一方面也用理论为自己的创作进行辩护。

# 第一节　经典文本阅读

## 一、经典文本节选：《〈抒情歌谣集〉1800 年序言》（华兹华斯）

…………

这些诗的主要目的，是在选择日常生活里的事件和情节，自始至终竭力采用人们真正使用的语言来加以叙述或描写，同时在这些事件和情节上加上一种想象的光彩，使日常的东西在不平常的状态下呈现在心灵面前；最重要的是从这些事件和情节中真实地而非虚浮地探索我们的天性的根本规律——主要是关于我们在心情振奋的时候如何把各个观念联系起来的方式，这样就使这些事件和情节显得富有趣味。我通常都选择微贱的田园生活作题材，因为在这种生活里，人们心中主要的热情找着了更好的土壤，能够达到成熟境地，少受一些拘束，并且说出一种更纯朴和有力的语言；因为在这种生活里，我们的各种基本情感共同存在于一种更单纯的状态之下，因此能让我们更确切地对它们加以思考，更有力地把它们表达出来；因为田园生活的各种习俗是从这些基本情感萌芽的，并且由于田园工作的必要性，这些习俗更容易为人了解，更能持久；最后，因为在这种生活里，人们的热情是与自然的美而永久的形式合而为一的。我又采用这些人所使用的语言（实际上去掉了它的真正缺点，去掉了一切可能经常引起不快或反感的因素），因为这些人时时刻刻是与最好的外界东西相通的，而最好的语言本来就是从这些最好的外界东西得来的；因为他们在社会上处于那样的地位，他们的交际范围狭小而又没有变化，很少受到社会上虚荣心的影响，他们表达情感和思想都很单纯而不矫揉造作。因此，这样的语言从屡次的经验和正常的情感产生出来，比起一般诗人通常用来代替它的语言，是更永久、更富有哲学意味的。一般诗人认为自己愈是远离人们的同情，沉溺于武断和任性的表现方法，以满足自己所制造的反复无常的趣味和欲望，就愈能给自己和自己的艺术带来光荣①。

但是，我也知道，现在有几个作家偶尔在自己的诗中采用了一些琐碎而又鄙陋的思想和语言，因而遭到了一致的反对；我也承认，这种缺点只要存在，比起矫揉造作或生硬改革，更使作家丧失名誉，可是同时我认为，这种缺点就全部看来并不是那样有害。这本集子里的诗至少有一点和这些诗不同，即是，这本集子里每一首诗都有一个有价值的目的。这不是说，我通常作诗，开始就正式有一个清楚的目的在脑子里；可是我相信，这是沉思的习惯加强了和调整了我的情感，因而当我描写那些强烈地激起我的情感的东西的时候，作品本身自然就带有着一个目的。如果这个意见是错误的，那我就没有权利享受诗人的称号了，一切好诗都是强烈情感的自然流露。这个说法虽然是正确的，可是凡有价值的诗，不论题材如何不同，都是由于作者具有非常的感受性，而且又深思了很久。因为我们的思想改变着和指导着我们的情感的不断流注，我们的思想事实上是我们已往一切情感的代表；我们思考这些代表的相互关系，我们就发现什么是人们真正重要的东西；如果我们重复和继续这种动作，我们的情感就会和重要的题材联系起来。久而久之，如果我们本来具有强烈的感受性，我们就会养成这样的心理习惯，只要盲目地和机械地服从这种习惯的引导，我们的描写事物和表露情感在性质上和彼此联系上都必定会使读者的理解力有某种程度的提高，他的情感也必定会因之增强和纯化。

我也说过，这本集子里的诗每首都有一个目的。另外我还须说明，这些诗与现在一般流行的诗有一个不同之点，即是，在这些诗中，是情感给予动作和情节以重要性，而不是动作和情节给予情感以重要性。②

---

① 这里值得注意的是，乔叟的动人的诗篇差不多都是使用纯粹的语言，甚至到今天普遍都能懂得。——作者原注。

② 这一段见1845年版。1800年版是这样：我曾经说过，这本集子里的诗每首都有一个目的。我也曾告诉读者，这个目的主要是什么。就是说明我们的情感和思想在兴奋状态下互相结合的方式。但是，用不大普通的语言（1802—1836年版是：用稍微更加适当的语言）来说，这是跟随我们的心灵在被天性中的伟大和朴素的情感所激动的时候的一起一落。这个目的，我在这些短文里曾经竭力用各种办法去实现，而这些办法就是：通过母爱的许多更加微妙曲折的地方去探索这种情感，如在《小白痴》和《一个发狂的母亲》两首诗中；伴随一个濒于死亡但还孤独地依恋着生命和一社会的人的最后挣扎，如在《一个被遗弃的印第安人》这首诗中；表明童年时期我们关于死亡的观念所常有的混乱和模糊，或者是我们之完全没有能力接受这种观念，如在《我们是七个》这首诗中；显示出在早期同大自然的伟大和优美的对象结合的时候那种友爱的依恋的力量，或者说得更哲学些，那种道德的依恋的力量，如在《兄弟们》这首诗中；或者使我的读者从普通的道德感中获得另一种比我们所习惯于获得的更加有益的印象；如从西蒙·李的事件中所获得的那样。在我的总的目的当中，有一部分是力图描画一些受到不很热烈的情感的影响的人物，如在《一个旅行的老人》和《两个贼人》中那样，这些人物的成分是单纯的，是属于大自然而不是属于习俗的，这些成分现在存在着，将来也会永远存在，这些成分由于自己的构成是可以明确地和有益地加以思考的。我不想滥用读者的宽容，再多谈这个问题；但是我应该提到另一个情况……情感。读者只要看一看《可怜的苏桑》和《没有孩子的父亲》这两首诗，尤其是第二首诗的最后一节，我的意思就可以完全理解。1836年版也是如此，但是用第三人称代替了第一人称。——原编者塞林科特注。

　　我决不为着虚伪的客气而不说出，我要读者注意这个显著的特点，与其说是为了这本集子里的诗，还远不如说是为了题材的一般重要性。题材的确非常重要！因为人的心灵，不用巨大猛烈的刺激，也能够兴奋起来；如果一个人不知道这一点，如果他进而不知道一个人愈具有这种能力就愈比另一个人优越，那么他一定不能充分体会人的心灵的优美和高贵。因此，在我看来，竭力使这种能力产生或增大，是各个时代的作家所能从事的一个最好的任务；这种任务，虽然在任何时期都很重大，可是现在特别是这样。许多的原因从前是没有的，现在则系合在一起，把人们分辨的能力弄得迟钝起来，使人的头脑不能运用自如，蜕化到野蛮人的麻木状态。这些原因中间影响最大的，就是日常发生的国家事件，以及城市里人口的增加。在城市里，工作的千篇一律，使人渴望非常的事件。这种渴望，只有迅速传达的新闻能时时刻刻予以满足。这种生活和习俗的趋势，我国的文学和戏剧曾力求与之适应。所以，已往作家的非常珍贵的作品（我指的几乎就是莎士比亚和弥尔顿的作品）已经被抛弃了，代替它们的是许多疯狂的小说，许多病态而又愚蠢的德国悲剧，以及像洪水一样泛滥的用韵文写的夸张而无价值的故事。当我想到这种对于狂暴刺激的下流追求，我就不好意思说到我想在这些诗里反对这种坏处的微弱努力。当我想到这种普遍存在的坏处的严重情况，我就几乎被一种并非可耻的忧郁所压倒，好在我还深深觉得人的心灵具有着一些天生的不可毁灭的品质，一切影响人的心灵的、伟大和永久的事物具有着一些天生的不能消灭的力量，好在除此之外我又相信，这样的时代快到了，能力更强大的人们会一致起来系统地反对这种坏处，并且会得到更显著的成功。

　　关于这些诗的题材和目的，我已说了这么多，现在我请求读者让我告诉他一些有关这些诗的风格的情形，免得他格外责备我不曾做我决不想做的事情。读者会看出，这本集子里很少把抽象观念比拟作人，这种用以增高风格而使之高于散文的拟人法，我完全加以摒弃。我的目的是摹仿，并且在可能范围内，采用人们常用的语言；拟人法的确不是这种语言的自然的或常有的部分。拟人法事实上只是偶尔由于热情的激发而产生的辞藻，我曾经把它当作这样的辞藻来使用；但是我反对把它当作某种风格的人为的手法，或者把它当作韵文作家按照某种特权所享有的一种自己的语言，我希望读者得到有血有肉的作品作为伴侣，使他相信我这样做，会使他感到兴趣。别的人走着不同的途径，也同样会使读者感到兴趣；我决不干涉他们的主张，但是我希望提出我自己的主张。在这本集子里，也很少看见通常所称为的诗的词汇；我费了很多力气避免这种词汇，正如普通作者费很多力气去制造这种词汇；我所以要这样做，理由已经在上面讲过了，因为我想使我的语言接近人们的语言，并且我要表达的愉快又与许多人认为是诗的正当目的的那种愉快十分不同。既然不能分外地仔细，我就无法让读者对于我所要创造的风格有着更确切的了解，我只能告诉他我时常都是全神贯注地考察我的题材；所以，我希望这些诗里没有虚假的描写，而且我表现种种思想时所使用的语言，都分别适合于每一思想的重要性。这样的尝试必然会获得一些东西，因为这样做有利于一切好诗的一个共同点，就是合情合理。然而要这样做，我就必须丢掉许多历来认为是诗人们应该继承的词句和词藻。我又认为最好是进一步约束自己，不去使用某些词句，因为这些词句虽然是很适合而且优美的，可是被劣等诗人愚蠢地滥用以后，便使人十分讨厌，以致任何联想的艺术都无法加以征服。

如果在一首诗里，有一串句子，或者甚至单独一个句子，其中文字安排得很自然，但据严格的韵律的法则看来，与散文没有什么区别，于是许多批评家，一看到这种他们所谓散文化的东西，便以为有了很大的发现，极力奚落这个诗人，以为他对自己的职业简直一窍不通。这些批评家会创立一种批评标准，读者将从而得出这样的结论：如果喜欢这些诗，就必须坚决否认这一标准。我以为很容易向读者证明，不仅每首好诗的很大部分，甚至那种最高贵的诗的很大部分，除了韵律之外，它们与好散文的语言是没有什么区别的，而且最好的诗中最有趣味的部分的语言也完全是那写得很好的散文的语言。……

…………

……现在我们可以更进一步。我们可以毫无错误地说，散文的语言和韵文的语言并没有也不能有任何本质上的区别。我们喜欢探索诗和绘画的相似之点，因而把它们叫作两姊妹。但是对于韵文和散文，我们从哪里找到充分紧密的联系，足以说明两者是一致的特征呢？韵文和散文都是用同一的器官说话，而且都向着同一的器官说话，两者的本体可以说是同一个东西，感动力也很相似，差不多是同样的，甚至于毫无差别；诗①的眼泪，"并不是天使的眼泪"②，而是人们自然的眼泪；诗并不拥有天上的流动于诸神血管中的灵液，足以使自己的生命汁液与散文的判然不同；人们的同样的血液在两者的血管里循环着。

如果认为韵脚和韵律是一种特点，可以推翻刚才所讲的散文和韵文是一致的说法，并且又引起人的头脑所乐于承认的其他种种人为的③特点，那么我只有回答说④，这本集子里的诗所用的语言，是尽可能地从人们真正使用的语言中选择出来的。这种选择，只要是出于真正的兴趣和情感，自身就形成一种最初想象不到的特点，并且会使文章完全免掉日常生活的庸俗和鄙陋。即使再加上音节，我相信所产生的不同之处也不至于使头脑清楚的人感到不满意。我们究竟还有别的什么特点呢？这些特点是从什么地方来的呢？又存在于什么地方呢？不，就是在诗人通过他的人物讲话的地方，也没有别的特点。就是为着文体的高贵，或者为着它的任何拟定的装饰，别的特点也是不必要的。只要诗人把题材选得很恰当，在适当的时候他自然就会有热情，而由热情产生的语言，只要选择得很正确和恰当，也必定很高贵而且丰富多彩，由于隐喻和比喻而充满生气。假如诗人把自己所制造的一套外加的华丽与热情所自然激发的优美杂糅在一起，那么这种不协调一定会使明智的读者感到震惊，这里我就不仔细谈了。我只须说这种杂糅是不必要的。倘若热情并不强烈，文体也相当平和，那么，一些适当地充满隐喻和比喻的诗行，仍会取得应有的效果，这种情况

---

① 我在这里使用诗这个名词（虽然违反了我的意思），是把它看作与散文对立的，而且是与韵文同义的。但是，不把诗和事实或科学看作在哲学上更加对立的，而把诗和散文看作对立的，这曾经给批评界带来许多混乱。唯一与散文严格对立的是韵律，不过事实上这不是严格的对立，因为在写散文当中，自然而然出现一些含有韵律的句子和段落，即使想避免，也几乎是不可能的。——作者原注。

② 见弥尔顿《失乐园》，第一卷，第619行。——原编者注。

③ 1800年版没有"人为的"这个字眼。——原编者注。

④ 从"我只有回答说"到往下第九段中的"读者要记住"，都是在1802年版中加上的。——原编者注。

的确是很可能的。

…………

……诗人这个字眼是什么意思呢？诗人是什么呢？他是向谁讲话呢？我们从他那里得到什么语言呢？——诗人是以一个人的身份向人们讲话。他是一个人，比一般人具有更敏锐的感受性，具有更多的热忱和温情，他更了解人的本性，而且有着更开阔的灵魂；他喜欢自己的热情和意志，内在的活力使他比别人快乐得多，他高兴观察宇宙现象中的相似的热情和意志，并且习惯于在没有找到它们的地方自己去创造。除了这些特点以外，他还有一种气质，比别人更容易被不在眼前的事物所感动，仿佛这些事物都在他的面前似的；他有一种能力，能从自己心中唤起热情，这种热情与现实事件所激起的很不一样，但是（特别是在令人高兴和愉快的一般同情心范围内），比起别人只由于心灵活动而感到的热情，则更像现实事件所激起的热情。他由于经常这样实践，就获得一种能力，能更敏捷地表达自己的思想和感情，特别是那样的一些思想和感情，它们的发生并非由于直接的外在刺激，而是出于他的选择，或者是他的心灵的构造。

不论我们以为最伟大的诗人具有多少这种能力，我们总不能不承认这种能力给诗人所提示的语言在生动上和真实上总常常比不过实际生活中的人们的语言，实际生活中的人们是处于热情的实际紧压之下，而诗人则在自己心中只是创造了或自以为创造了这些热情的影子。

不管我们怎样赞美诗人的禀赋，我们总看得出，当他描写或摹仿热情的时候，他的工作比起人们实在的动作和感受中所有的自由和力量，总是多少有些机械。所以，诗人希望把自己的情感接近他所描写的人们的情感，并且暂时完全陷入一种幻觉，竭力把他的情感和那些人的情感混在一起，并且合而为一；因为想到他的描写有一个特殊的目的，即使人愉快的目的，有时才把这样得来的语言稍为改动一下。于是，他就实行我所主张的选择原则了。他依据这种选择原则，抛弃热情中使人厌恶不快的东西；他觉得无须去装饰自然或增高自然；他愈加积极地实行这个原则，他就愈加深信，他的从想象或幻想得来的文字是不能同从现实和真实里产生的文字相比的。

但是，那些不反对这些话的总的精神的人们也许会说，诗人既然不能时常创造十分适合于热情的语言，像从真实的热情里得来的语言一样，那么他就可以把自己当作一个翻译者，可以随便把另一种优点来代替那种他不能得到的优点；他有时竭力想超过他原来的优点，以便补偿他觉得自己不能不犯的一般缺点。但是这种说法却会赞助懒惰，鼓励懦怯的失望。还有，这些人说出这种话，都是因为他们不懂得他们谈论的东西，他们把诗当作取乐和消遣的东西来谈论，他们十分严肃地向我们说他们爱好诗，而实际上他们就像他们爱好跳绳或喝酒一样，把这当作无关利害的事情。我记得亚里斯多德曾经说过，诗是一切文章中最富有哲学意味的。的确是这样。诗的目的是在真理，不是个别的和局部的真理，而是普遍的和有效的真理；这种真理不是以外在的证据作依靠，而是凭借热情深入人心；[①]这种真理就是它自身的证据，给予它所呈诉的法庭以承认和信赖，而又从这个法庭得到承认和信赖。诗是人和自然的表象，传记家和历史家都必须忠于事实而且要顾到实际用处，他们所遇到的困难，比起诗人所遇到的就大得不知多少，因为诗人了解他自己的艺术的高贵性。诗人作诗只有一个限制，即是，他必须直接给一个人以愉快，这个人只须具有一个人的知识就够了，用不着具有律师、医生、航海家、天文学家或自然哲学家的知识。除了这一个限制以外，诗人与事物表象之间就没有什么障碍；而在事物表象与传记家和历史家之间却有成千上万的障碍。

…………

**华兹华斯：《抒情歌谣集》，曹葆华译，转引自转伍蠡甫、胡经之主编《西方文艺理论名著选编（中）》，北京大学出版社，1986，第42—55页。**

## 二、华兹华斯简介

华兹华斯（1770—1850），英国浪漫主义诗人，文论家，湖畔诗派代表诗人，自幼失去父母，性格孤僻，和弟兄们由舅父照管，妹妹多萝西与他最为亲近。他对法国革命怀有热情，认为革命表现了人性的完美。由于舅父对其政治立场不满，不愿再接济他。1795年他与多萝西迁居乡间，实现接近自然并探讨人生意义的夙愿，多萝西为了陪伴他，终身未嫁。

这段时间，华兹华斯写了许多以歌颂自然为主题的诗歌，1798年他和柯勒律治合作出版了《抒情歌谣集》，从法国革命的拥护者转变为反对者，华兹华斯寄情山水，在大自然里寻找慰藉，写下了许多歌咏自然山水的诗作；柯勒律治则神游异域和古代，以梦境为归宿，写下了《古舟子咏》《克里斯特贝尔》和《忽必烈汗》等表现超自然的、神圣的、浪漫的内容的作品。《抒情歌谣集》的出版宣告了浪漫主义新诗的诞生。1800年再版时，华兹华斯加了一个序言，1815年，他去掉诗集中柯勒律治的诗，单独编印了自己的作品，又写了一篇序言，前后两篇序言成为英国浪漫主义文学的纲领和宣言。

## 三、选文导读

在1800年《抒情歌谣集》序言中，华兹华斯提出了"诗是强烈感情的自然流露"这一著名的观点，他认为我们的思想指导着情感的流注，思想实际上也是情感的代表，情感给予动作和情节以重要性，而不是相反。华兹华斯的这一观点将文学关注的对象由外部世界拉回到了内心世界，如果说柏拉图以来文学的传统是以摹仿论为主的，认为文学就是反映现实的一面镜子，那么华兹华斯则将人的心灵看作文学的出处，心灵就像一盏明灯光照

---

① 参看达维南的在《刚底贝尔》中当作序言的信："叙述的和过去的真理是历史家们的偶像（他们崇拜死的东西）；行动的和由于效果而不断活着的真理，是诗人们的主妇。"——原编者注。达维南（1606—1668）：英国诗人、剧作家，写有史诗《刚底贝尔》。

万物，文学中反映的对象都是心灵的外化。

华兹华斯极其看重诗的地位，认为诗是一切知识的菁华，诗人是捍卫人类天性的磐石，是随处都带着友谊和爱情的支持者和拥护者，诗是一切知识的起源和终结，它像人的心灵一样不朽。华兹华斯推崇诗的地位，与诗歌擅长抒情的体裁特征有关，他试图用抒情的诗歌去挑战和对抗虚伪的资本主义理性。

华兹华斯强调诗歌应该取材于微贱的田园生活，从那里得到激情和淳朴自然的语言，如果说布瓦洛关注的是宫廷生活，狄德罗关注的是市民生活，那么华兹华斯则关注的是微贱田园生活中的普通人的生活，这是文学表现的重心不断下移，也是文学观念的不断进步。

# 第二节　华兹华斯的《抒情歌谣集》序言

华兹华斯在《抒情歌谣集》中提出的"诗是强烈感情的自然流露"成为浪漫主义文论的宣言。诗人有感而发，心动于中，而见之于诗，诗人天生具有更强烈的感受力和更多的热情。然而，强烈的情感必须在平静的时候予以表达，即情感为山水激荡起来之后，平静数日，等平缓下来，然后再写成诗，这样的诗才是自然的。华兹华斯将情感作为诗的本质，与将理性作为本质的文学有着显著的区别。

古典主义强调理性而贬低情感，主张情感服从理性。华兹华斯则认为人的天性和自然之美才是普遍和有力的真理，诗的目的就是表现真理，就是要抒发情感，歌颂自然和人的本性。诗人表现的感情必须是真挚的，诗人自己的感情应该接近所要描写的人的感情，甚至暂时陷入一种幻觉，竭力把他自己的感情和所要表现的人的感情混合在一起，合二为一。

诗人和一般人相比，有更敏锐的感受力和更多热情，更了解人的本性，有更开阔的灵魂，诗人由于喜欢自己的热情和意志，内在活力使他比其他人更容易快乐，他也更习惯于创造。除此之外，诗人更容易被不在眼前的东西感动，仿佛这些东西就在他的眼前，他能从自己心中唤起热情。经常性的实践使诗人能更敏捷地表达自己的思想和情感，特别是那些并非由于直接的外在刺激，而是出于他自己的选择，或者出自他心灵的构造。在华兹华斯看来，诗人不仅有丰富的感情，而且能够唤起和自由表达自己内心的感情。

在诗歌的题材方面，华兹华斯用微贱的田园生活否定宫廷生活的虚伪，他认为诗歌的主要对象是平凡生活的变故和际遇，诗人要接近美丽而永恒的大自然生活，接近朴素的乡村生活。他认为在微贱的田园生活中，人们心中的热情可以找到更好的土壤，能够达到成熟的境地，能说出质朴有力的语言；在微贱的田园生活中，人们的各种情感处于更单纯的状态下，我们能够确切地对其进行思考，能够有力地将其表达出来；由于田园生活的必要性，人们对其中的习俗更了解，情感也更持久；在这种生活里，人们的热情与自然的美合而为一。

诗歌所使用的语言应该是田园生活中人们所使用的语言，因为这种语言时时刻刻与外界最好的东西相通，最好的语言就是从这些外界最好的东西得来的。田园生活中人们的交际范围很小而且没有变化，也较少受到社会上虚荣心的影响，人们表达的思想和情感单纯而不矫揉造作，人们所使用的语言从经验和正常的情感中产生出来，它更持久，也更具有哲学意味，这种自然的语言可以把平凡的事情描写得不平凡。华兹华斯主张的乡村语言是对但丁"俗语"的发展，然而但丁的俗语的实质是高贵的民族语言，华兹华斯的乡村语言则是乡村野言。

华兹华斯强调人们单纯甚至原始的生活状态，对于反对宫廷理性和城市理性而言，具有进步意义，但是也不可避免地具有逃避现实、回避矛盾的消极性，这与他的生活经历有内在一致性。

华兹华斯非常重视想象与幻想，他在《抒情歌谣集》1815年序言中对想象问题做了详细的论述。他认为想象和联想都具有创造性，都以创造性的活动潜入对象的中心。"想象力是一种描绘的能力，幻想力是一种唤起和结合的能力。想象力是由耐心的观察所组成的；幻想力是由改变心中情景的自愿活动所组成的。"[①]想象力和存在于我们大脑中的现成的意象无关，想象是心灵在外在的事物上活动，通过通感和移情，人们将视觉印象转化为听觉印象，使没有生命的东西变得栩栩如生。幻想的作用主要在于激发和诱导我们天性的暂时部分，想象则激发和支持了我们天性中的永久部分。在华兹华斯看来，想象是表现我们内在的永恒天性的能力，而幻想则是表现外部世界的轮廓和特性的能力。诗是我们永恒的自然天性的表现，因而，想象是创作的基本动力。

## 第三节　席勒的《论素朴的诗与感伤的诗》

席勒（1759—1805），德国18世纪著名诗人，"狂飙突进运动"的代表人物，席勒出生于德国一个贫穷市民家庭，父亲是军医，母亲是面包师的女儿。席勒童年时代对诗歌、戏剧有浓厚的兴趣。但13岁时被公爵强制选入他所创办的军事学校，使他体验到了封建专制的残酷，形成了追求自由的理想。1781年创作剧本《强盗》，作品中蕴涵的反专制思想契合了当时德国青年的心理，上演后引起了巨大反响。1784年创作的《阴谋与爱情》与歌德的《少年维特之烦恼》是狂飙突进运动最杰出的成果，剧本揭露了上层统治阶级的腐败生活与尔虞我诈，质问等级制度，具有乌托邦色彩。诗剧《唐·卡洛斯》以16世纪西班牙的宫闱故事为背景，表达了作者通过开明君主施行社会改良的理想，表明他将激进革命精神转化为温和的改良思想。此后，席勒专事历史和美学的研究，法国大革命时期，发表了《审美教育书简》表达了席勒对资产阶级暴力革命的抵触。他主张通过培养品格完

---

① 华兹华斯：《抒情歌谣集》，曹葆华译，转引自转伍蠡甫、胡经之主编《西方文艺理论名著选编（中）》，北京大学出版社，1986，第57页。

善、境界崇高的人来进行彻底的社会变革。在《审美教育书简》出版的第二年，席勒写了《论素朴的诗与感伤的诗》，他在书中对文艺的发展做了历史的考察，书中的观点与《审美教育书简》一脉相承。

## 一、素朴的诗与感伤的诗

席勒以人性为根本出发点探讨了文艺问题。他认为"诗的精神是不朽的，它绝不会从人性中消失；它只能同人性本身一起消失，或者是同人的感受的能力一起消失。"①现代和古代的人性不同，诗的类型也不同。在古希腊古罗马时期，人一方面与外在的自然和谐一致，另一方面自身内部也协调同一，因此人性是统一的，人与自然是和谐的，人就是自然，自然也就是人。"只要人继续是纯粹的（当然不是粗糙的）自然，他就会作为一个不可分割的感性的统一体、一个谐和的整体发生作用。感觉和理智，接受的能力和主动的能力，在它实现它们的功能上还没有互相分离，更是没有彼此对抗。"②

到了近代社会，人类开始接受艺术的熏陶，现代文明的压抑使人性走向分裂，一方面人试图用理性的扩张去支配自然，自然与人处在对立紧张之中；另一方面人的感性与理性发生了分离，人只能追求道德的统一，并且作为道德的统一来表现自己。人性的和谐在现实中只是一个神话和人们追求的理想，它概念性地存在于我们的内心之中。从古代到近代，社会的变化引起文学随之变化。在古代，由于人性统一，人通过自然就能表现人性，文学诗人按照天性尽可能完善地摹仿现实，这种摹仿的结果就是素朴的诗。而在近代，天性和谐只是一个观念，诗人的任务就是将现实提高到理想，表现现实中不存在的完美人性，这种对于失落东西的向往与追求，充满了感伤的情绪，于是就成了"感伤的诗"。

"诗人或者是自然，或者寻求自然。前者使他成为素朴的诗人，后者使他成为感伤的诗人。"③素朴的诗与感伤的诗的主要区别在于：第一，素朴的诗再现现实，摹仿外在的世界；感伤的诗则描绘理想，表现现实世界在诗人内心引起的主观感受和情感波动。第二，素朴的诗侧重对现实做冷静客观的描写，诗人并不站出来发表意见；感伤的诗侧重对现实的情感评价，诗人往往直接站出来发表意见和表达理想。第三，素朴的诗给人的印象是愉快的、纯洁的、平静的；感伤的诗给人的印象是严肃的和紧张的。

素朴的诗是不分类的，因为人性和谐决定了人感受世界的方式是一致的。由于近代人性的分裂，感伤的诗人需要关心两种相反的力量，也产生了表现客观事物和感受他们的两种方式。当诗人把理想作为向往的对象时，他可能怀着哀伤的心情歌唱逝去的完美人性，就产生了"哀挽诗"；当诗人把现实当作憎恨的对象时，就会在批判中寄托自己的理想，

① 席勒：《论素朴的诗与感伤的诗》，曹葆华译，转引自转伍蠡甫、胡经之主编《西方文艺理论名著选编（上）》，北京大学出版社，1985，第470页。

② 席勒：《论素朴的诗与感伤的诗》，曹葆华译，转引自转伍蠡甫、胡经之主编《西方文艺理论名著选编（上）》，北京大学出版社，1985，第471页。

③ 席勒：《论素朴的诗与感伤的诗》，曹葆华译，转引自转伍蠡甫、胡经之主编《西方文艺理论名著选编（上）》，北京大学出版社，1985，第470页。

就产生了"讽刺诗"。

可贵的是，席勒克服了早期文论家们的等级观念，他并没有指出素朴的诗与感伤的诗孰优孰劣，而是认为二者各有短长。"如果古代诗人以素朴的形式，以从感觉上描绘的具体的对象占有上风，那么近代诗人则以丰富的内容，以超出造型艺术和感性表现的界限的对象，总之，以称为艺术作品的精神的东西胜过了古代诗人。"①素朴的诗是为眼睛创作的作品，可以在有限中找到自己的完美，而感伤的诗则是为想象力创造的作品，可以通过无限获得自己的完美。素朴的诗如果过度纠缠于感性表面，则可能沦为虚假的自然主义，感伤的诗如果过度沉湎于主观世界就会限于空想和荒诞。不论是素朴的性格还是感伤的性格，都不是完美的人性，只有二者结合起来才能产生完美的人性。同样，未来真正的文学应该是素朴的诗与感伤的诗的统一。

## 二、游戏说

席勒从完美人性出发，认为古希腊古罗马时期人性是完整的，到了近代社会人性分裂，人片面地发展，成了一些碎片。如何摆脱人性分裂的异化状态？席勒认为艺术的自由游戏状态可以恢复人性的完整。

席勒之所以将拯救人类的希望寄托在自由游戏之上，是因为他反对法国资产阶级大革命的暴力方式。席勒与黑格尔、歌德、谢林等德国思想家一样，在法国大革命初期对革命持欢迎态度，但是随着革命的深入，雅各宾派上台专政，日趋暴力的革命让席勒等人转变态度，他们从拥护革命转而为猛烈抨击革命。他们试图找到一种革命的替代方式，既不摧毁现存社会，又能恢复完美人性，使人摆脱异化状态。席勒认为艺术可以通达人的理性，从而实现政治自由。席勒所说的游戏，并非日常生活中的嬉戏玩耍，而是一种超功利性、超目的性的自由的精神性活动。席勒看来，近代社会人性中的感性与理性是对立的，人只有在游戏中才能解决二者的冲突。

在此基础上，席勒提出艺术起源于游戏的观点，认为过剩精力是人从事艺术活动的根本动力。席勒强调，人的审美游戏不同于动物由于物质剩余而引发的本能性游戏，它是由精神方面的剩余引起的，这种游戏在想象力和理性的作用下，创造出将人的主体力量对象化的艺术作品。当人的想象力试图用自由形式将自己表达出来的时候，物质性的游戏就转变为审美性的游戏了。审美性的游戏摆脱了物质需求的束缚，美本身成为人追求的对象。审美性的游戏使人追求美本身，人对美的追求发生了由外到内的变化，因而产生了各种艺术。人在艺术活动中摆脱了外在和内在束缚，获得全面自由。

席勒将文艺的起源与人的需要相联系，认为人不满足安于自然和其欲求的事物，必然要求物质的盈余和审美的补充，以便使享受超出欲求。这种观点将文艺的起源问题简单化和心理化了，有唯心主义倾向。然而必须看到，席勒对文艺的探讨是与人性解放联系在一

---

① 席勒:《论素朴的诗与感伤的诗》，曹葆华译，转引自转伍蠡甫、胡经之主编《西方文艺理论名著选编(上)》，北京大学出版社，1985，第 474 页。

起的。在他看来，文艺是人改造社会的唯一手段，也是一种需要想象的主观性自由活动。他的观点为后来的浪漫主义文论所吸收，对浪漫主义文论产生了深刻而直接的影响。

### 三、悲剧冲突论

席勒继承了柏拉图的摹仿说以及文艺复兴时代的镜子说，认为戏剧是人类生活的一面坦诚的镜子，他特别强调了戏剧这面镜子的坦诚性。他认为戏剧表演是人诗意的游戏，人们期待通过富有想象力的艺术超越现实事物的限制，戏剧为平庸的人构建了想象的空间，人们也愿意为可能的事物而高兴。

在戏剧的社会功能方面，席勒继承了狄德罗的观点，他在《好的常设剧院究竟能够起什么作用？》一文中对这个问题进行了全面阐释。他认为剧院可以实现教育人、教育民族的作用，而且在这方面，戏剧比其他艺术更具有优越性。剧院能对人的心灵进行全面的塑造，能给渴望活动的精神提供无限的空间，能为每种精神提供食粮，能使理性教育、心灵教育、娱乐结合起来，而且还不会使个别的精神感到过度紧张。

戏剧可以与政治、法律、道德、宗教的教益互相补充，在法律终止的地方，戏剧的裁判就开始了，当正义为金钱迷惑时，当人们对强权的畏惧束缚了官府的手脚时，戏剧可以撕碎罪恶，可以让我们自行与谬误做斗争。戏剧让我们注意人物的性格和命运，教给我们忍受命运的艺术，由此我们不仅可以了解人类的命运，还可以从容对抗不幸。

在戏剧的类型方面，席勒主要讨论了悲剧问题。他一生创作了许多悲剧，也集中论述了悲剧问题，鲜有论述喜剧的，不过他也曾认为喜剧在主体性方面比悲剧的地位要高，喜剧是优美心灵的表现，悲剧是崇高心灵的表现，这些都对后来的文学风格理论的形成产生了影响。

席勒在《论悲剧艺术》《论悲剧对象产生快感的原因》《论悲剧中合唱队的运用》等文中阐释了他的悲剧理论。在席勒之前，西方的悲剧理论基本沿袭了亚里士多德的观点，席勒也认为"悲剧是对一系列彼此联系的事故（一个完整无缺的行动）进行的诗意的摹拟，这些事故把身在痛苦之中的人们显示给我们，目的在于激起我们的同情。"[①] 这里涉及的"一系列彼此联系的事故""摹拟""同情"都带有明显的亚里士多德的影子。

然而席勒的悲剧理论是对亚里士多德的极大发展，亚里士多德以来的"神力"命运观被席勒的"冲突论"所代替。在黑格尔之前，席勒较早地阐明了悲剧冲突论。在《论悲剧对象产生快感的原因》中，席勒指出道德原则只有在冲突中，才能表现出来，道德的合目的性，在与其他的合目的性发生冲突并且占据上风的时候，才生动地显现出来。其他的合目的性是指各种非道德的合目的性，例如感觉、冲动、情绪、激情、命运，等等。道德与各种非道德因素斗争中，显现着自身的合理性，最高的道德的快感，必与痛苦相随。

这种冲突有可能表现为一个自然的合目的性屈从于一个道德的合目的性，也可能表现为一个道德的合目的性屈从于另一个更高的道德合目的性。这种相互对立的斗争，对于当事人来说是痛苦的，但对观众来说是愉快的。观众怀着高涨的情绪，关注这种痛苦的

---

① 朱志荣，《西方文论史》，北京大学出版社，2007，第 177 页。

发展，看着不幸者陷入深渊。悲剧让人们看到了肉体的痛苦，也看到了精神痛苦的肉体表现，使人恐惧，这种感情，使人们通过对精神痛苦的同情，感到超越的甜美与快乐。

席勒认为，一切艺术都会给人带来快乐和幸福，悲剧也不例外。艺术引起人们自由的快感，是以道德为基础的，在悲剧里，人的道德本性被激发出来，这个时候，人就通过道德而获得了快乐。悲剧在肉体上也许会使人痛苦，但是他在精神上、道德上则会使人快乐，这种快乐是自由的快乐，是理性的快乐。因此，悲剧的冲突也可以说是合目的性和反目的性的冲突，冲突的结果是人的道德得到了表现和凸显，完美的人性得到了实现。

## 第四节 史达尔夫人对南方文学与北方文学的划分

史达尔夫人（1766—1817），法国著名女作家、文学批评家、法国浪漫主义文学运动的先驱。史达尔夫人出生于金融巨头之家，祖上是爱尔兰血统，15岁开始文学创作，崇拜卢梭，20岁嫁给了瑞典驻巴黎公使史达尔。史达尔夫人善于交际，热情充沛，思想活跃，经常在自己的沙龙上接待社会名流。1789年法国大革命爆发初期，对革命者持支持态度，雅各宾派上台后，她逃往瑞士和英国，批评雅各宾派的专政，1795年回到巴黎，重开沙龙并成为政界的一个中心。她曾经崇拜拿破仑，后因反对独裁，呼吁自由被拿破仑驱逐出境。她的思想中具有浓厚的宗教情结，也未能摆脱封建的影响，其文艺思想具有文学社会学的特点。理论著作主要有《论文学》《德国的文学与艺术》。

### 一、北方文学与南方文学

史达尔夫人在《论文学》中着重考察了宗教、社会风尚、法律等对文学的影响，以及文学对宗教、社会风尚和法律的影响，在此基础上，她第一次提出了南方文学和北方文学的概念。"我觉得有两种完全不同的文学存在着，一种来自南方，一种源出于北方；前者以荷马为鼻祖，后者以莪相为渊源。希腊人、意大利人、西班牙人和路易十四时代的法兰西人属于我称之为南方文学的这一类型。英国作品、德国作品、丹麦和瑞典的某些作品应该列入由苏格兰行吟诗人、冰岛寓言和斯堪的纳维亚诗歌肇始的北方文学。"[①]

史达尔夫人认为，北方文学与南方文学在五个方面表现出明显的区别。

第一，北方文学更关心的是痛苦，想象更丰富；而南方文学更关心逸乐。产生这种差别最主要的原因是气候因素，因为南方清新的空气、茂密的丛林、清澈的溪流这样的形象与诗人情操结合起来，活泼的自然界引起更多逸乐；北方天气总是阴霾而黯淡，使趋于忧郁的气质产生种种变化。

第二，北方文学比南方文学更适宜自由的民族精神。对艺术的热爱和气候的美，使得

---

① 史达尔夫人：《从社会制度与文学的关系论文学》，徐继曾译，转引自转伍蠡甫、胡经之主编《西方文艺理论名著选编（中）》，北京大学出版社，1986，第13页。

南方文学更能忍受奴役，而北方土壤的硗瘠和天气的阴沉而产生的自豪感和乐趣的缺乏，使北方文学更加不能忍受奴役。

第三，北方文学更多理性成分，而南方文学则宗教迷信多一些。

第四，北方文学一直有尊重妇女的美德，而南方文学没有。因而北方文学比南方文学多了一种少女的敏感性。

第五，北方文学因为新教的原因，更具有哲学精神，而南方文学则缺乏哲学思考。

由于北方与南方气候、环境不同，导致人性不同，因而北方文学要优于南方文学。史达尔夫人强调地理环境对文学发展的重要影响，其观点具有开创意义，并对后来的实证主义产生了影响，但是将地理环境看作文学发展的决定因素，则是将文学发展问题简单化和机械化了。

### 二、古典诗与浪漫诗

在《德国的文学与艺术》当中，史达尔夫人将浪漫诗与古典诗分别与北方文学与南方文学建立了联系。"'浪漫的'这个名称最近传入德国，用来指以中世纪行吟诗人的诗歌为根源，由骑士精神及基督教义产生的诗歌。如果我们不承认在文学这个领域中曾有异教和基督教、北方和南方、古代和中世纪、骑士精神和希腊罗马制度的对立，就绝不可能从哲学的观点来评判古代趣味和现代趣味。人们有时把"古典"这个词作"完美"的同义词。我在这里是在另一涵义中使用这个字眼的。我认为古典诗就是古人的诗。浪漫诗就是多少是由骑士传统产生的诗。这一区分同时也相应于世界历史的两个时代：基督教兴起以前的时代和基督教兴起以后的时代。"[①]

史达尔夫人在明确古典诗与浪漫诗的基础上，对二者进行了全面的比较。第一，古典诗重视情节，事件本身就是一切；浪漫诗中性格与据更多地位。第二，古典诗形象完整，因为古人有一个有形的心灵，一切动作都是强烈而前后一致的；浪漫诗倾向自省，因为现代人在基督教的忏悔中养成了不断自省的习惯。第三，古典诗比较单纯，浪漫诗更为复杂。第四，古典诗是一种移植的文学，浪漫诗则是在我们的宗教和一切社会情况中土生土长的文学。

史达尔夫人旗帜鲜明地否定古典诗而提倡浪漫诗。她认为拟古的作家受制于严格趣味规则的限制，既无法参照自己的性格，也无法参照自己的回忆进行创作，只好按照我们的趣味去改编古人的作品，也不管那些作品得以产生的政治和宗教环境已经发生了改变。因此，拟古的作品是不可能受到大众的欢迎的，它们与任何具有民族性质的东西都毫无关联。"浪漫主义的文学是唯一还有可能充实完美的文学，因为它生根于我们自己的土壤，是唯一可以生长和不断更新的文学；它表现我们自己的宗教；它引起我们对我们历史的回

---

① 史达尔夫人：《从社会制度与文学的关系论文学》，徐继曾译，转引自转伍蠡甫、胡经之主编《西方文艺理论名著选编（中）》，北京大学出版社，1986，第38页。

忆；它的根源是老而不古。"[1] 她批评法国的诗在现代诗中最富古典色彩，不能像意大利的塔索、英国的莎士比亚、德国的歌德等人的作品那样被民众反复吟唱。

史达尔夫人在《德国的文学与艺术》中，对诗的各方面特征进行了论述。关于诗歌的本质，她认为诗是诗人情感的自由表达，情感根源于人的灵魂，客观世界只是情感表现的象征性存在。诗中的情感应该是诗人亲身感受和独特体验的情感，具有强烈的个体色彩和独创性。这种情感不能是个人感性冲动的盲目发泄，而是信仰、思考、道德等共同作用下的高贵情感。人们通过这种情感获得心灵的净化和道德的升华，并增强追求理想的信心。诗歌是天才的事业，天才是一种内在气质，通过强烈感情才能感觉到。抒情诗是情感的神化，可以通达生命的无限之境。

史达尔夫人将诗中情感与神和宗教相联系，认为这种情感是人在内心中感受到神的存在的宗教感情，由此将文学问题神秘化和唯心化了。但是她对文学的发展仍然起到了至关重要的作用，她对古典主义的批评和对浪漫主义的提倡，为法国浪漫主义的发展开辟了道路，她从地理气候等因素出发将文学划分为北方文学和南方文学的做法，对后来文学社会学和比较文学的发展提供了重要的启示意义。

**结语：**浪漫主义是对新古典主义的一次清算，它是资产阶级反对封建制度的产物。浪漫主义在不同国家有着不同的内容，甚至在同一个国家不同的浪漫主义者的主张也大异其趣，但是大家都不满于当时的社会现实，试图通过高扬内心情感和个性创造实现诗人内心的平衡。浪漫主义文论主张清除文艺创作中的清规戒律，强调创新而非摹仿古人，主张诗人积极抒写内心情感，重视个别性与奇异性，推崇想象的作用，呼唤时代天才的出现。浪漫主义是一种包容性极强的思潮，其中既包含了古希腊以来，由文艺复兴、启蒙运动一脉传承下来的人文主义思想，也包含了柏拉图的唯心主义和中世纪基督教神学的非理性因素，这种包容性与复杂性也决定了它孕育着后世文学的多种基因，例如唯美主义、象征主义等都可以在此找到回响，对于人性的思考和理想社会的追求也影响了后世人们的精神生活和道德实践。

**本章必读书目**

华兹华斯：《华兹华斯诗选》，杨德豫译，外语教学与研究出版社，2016。

**深度阅读推荐**

艾布拉姆斯：《镜与灯——浪漫主义文论及批评传统》，郦稚牛、张照进、童庆生译，北京大学出版社，2004。

华兹华斯：《〈抒情歌谣集〉序言》，缪灵珠译，载《缪灵珠美学译文集》，中国人民大学出版社，1998。

**思考与运用**

1.浪漫主义思潮兴起的背景是怎样的？

---

[1] 史达尔夫人：《从社会制度与文学的关系论文学》，徐继曾译，转引自转伍蠡甫、胡经之主编《西方文艺理论名著选编（中）》，北京大学出版社，1986，第41页。

2.浪漫主义文论与文学创作关系如何？文论在多大程度上影响了文学创作和文学接受？试以具体作家进行说明。

# 第八章　现实主义文论

**本章的能力要素**

本章主要介绍现实主义文艺思想，要求能结合作品深入理解法国巴尔扎克，俄国别林斯基、车尔尼雪夫斯基、杜勃罗留波夫的现实主义理论主张。具体要求包括：

1. 能在自学的基础上，小组合作探究巴尔扎克的《〈人间喜剧〉前言》（节选）。

2. 能结合《高老头》对巴尔扎克的现实主义原则进行阐释。

3. 能结合车尔尼雪夫斯基的《怎么办？》对俄国别林斯基、车尔尼雪夫斯基、杜勃罗留波夫关于文学的人民性和艺术典型的观点进行阐释。

**教学方法**

小组探究法、案例教学法、讲授法

**知识与能力结构**

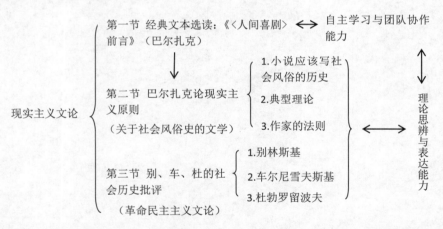

19 世纪 30 年代，欧洲现实主义思潮兴起。现实主义同样有广义现实主义和狭义现实主义，前者指侧重再现现实的文学类型或要素，其以真实为追求，以再现为手段，古希腊时期的摹仿论、文艺复兴时期的镜子说就是典型的广义现实主义。狭义的现实主义是指发生在 19 世纪的欧洲，以关注现实生活为特征的文学思潮和文学运动，司汤达、福楼拜、列夫托尔斯泰等人的作品都属于典型的狭义现实主义作品。

现实主义在 19 世纪 30 年代的欧洲兴起有深刻的社会历史原因。这一时期英国和法国资产阶级取得了决定性胜利，资本主义经济得以快速发展，但是社会矛盾也日益暴露，特别是金钱至上的价值观造成了人与人之间赤裸裸的利害关系和冷酷无情的利益交换，使人们对这种社会深感失望。而此时的俄国还处在农奴制时代，生产非常落后，人们生活极端困苦，各种社会矛盾也异常尖锐。反映在文学方面，这一时期的作家主张冷静看待人与人之间的复杂关系，真实揭露社会中的黑暗和丑恶。

现实主义的兴起还与社会思潮有关。这一时期科技的进步极大地推动了生产力的提高，科学技术受到重视。在科学主义思潮的冲击下，建立在宗教信仰基础上的价值观念动摇了，人们希望用客观务实的眼光重新看待社会人生，这为现实主义的兴起奠定了基础。

现实主义的兴起也有文学自身发展的原因。浪漫主义日益远离现实生活的创作原则越来越引起人们的不满，无论是缅怀过去、憧憬未来还是回到自然，都无法解决实际问题，于是浪漫主义阵营内部发生分化，部分人主张以冷静的目光来观察现实，客观地描写日常生活，从人物与环境的关系入手，揭示种种社会矛盾产生的根源。由于这一时期的现实主义充满了批判精神，因此也被称为批判现实主义。

# 第一节 经典文本阅读

## 一、经典文本节选：《〈人间喜剧〉前言》（巴尔扎克）

当我把一部命笔快有十三年的作品命名为《人间喜剧》的时候，必须说出它的思想，讲述它的起源，简略说明它的计划，尽力使自己像是局外人那样谈这些事情。这件事不像读者想象的那么困难。作品不多使人自视甚高，大量劳动使人虚怀若谷。这种见解说明了高乃依、莫里哀①和别的大作家为什么那样估价他们的作品；要比美他们的精心杰构虽不可能，但在这种感情上效法他们是可以的。

《人间喜剧》这个意念在我心里起先像一个美梦，像一种无法实现的计划，我对它反复思量，又让它飘然远引；又像一个幻影，它微笑，露出一副女性的脸庞，又马上展翼振翅，飞回奇幻的太空。可是这个幻影，也如许多幻影一样，却变为现实，它有它的戒律和专横的强制手段，非听从它不可。

这个意念是从比较人类和兽类得来的。

如果以为前些日子轰动一时的居维埃和饶夫华·圣伊莱尔②的论争是以一种新的科学理论为依据的话，那就错了。"统一类型"曾以别的名目成为过去二百年间最伟大的思想

---

① 高乃依（1606—1684）是法国17世纪杰出的悲剧作家，他奠定了法国古典戏剧的基础。莫里哀（原名约翰—巴提特·包克兰，1622—1673），法国最伟大的喜剧作家。

② 居维埃（1769—1832），法国动物学家和古生物学家，比较解剖学和古生物学的奠基人。饶夫华·圣伊莱尔(1772—1844)，法国博物学家。他第一次在法国讲授动物学。他还建立了胚胎学。他的"统一图案"对巴尔扎克有很大影响。

家探索的对象。当我重读像斯维登堡、圣马丹①……等探讨科学与无限的关系的神秘论作家多么不平凡的著作，和像莱卜尼兹、贝丰、夏尔·波奈②……等自然科学界奇才的著作的时候，在莱卜尼兹的原子论、贝丰的有机分子论、尼特海姆③的生命机能力说，在1760年写过"动物和植物一样生长"的思想颇为奇拔的夏尔·波奈的类似部分接合说里面，找到了"统一类型"所依据的"同类相求"这个美好法则的初步概念。只有一种动物。造物主只使用了单独一个同样的模子来创造一切有机存在物。动物是在他生长的环境中形成它的外形，或者说得确切些，形成它的外形的种种差异的一种根源。动物类别就由于这些差异而产生。再说，这种学说与我们对神力的想法相一致，提出这种学说并予以支持正是在那门高深的科学这个问题上战胜了居维埃的饶夫华·圣伊莱尔不朽的荣誉，这次胜利曾博得伟大的歌德在他最后的一篇文章里面的称誉。

这种学说在尚未引起上述论争很久以前，早已深入我心，我注意到，在这个问题，社会和自然相似。社会不是按照人展开活动的环境，使人类成为无数不同的人，如同动物之有千殊万类么？士兵、工人、行政人员、律师、有闲者、科学家、政治家、商人、水手、诗人、穷人、教士之间的差异，虽然比较难于辨别，却和把狼、狮子、驴、乌鸦、鲨鱼、海豹、绵羊区别开来的差异，都是同样巨大的。因此，古往今来，如同有动物类别一样，也有过社会类别，而且将来还有。贝丰想写一部书讲述全体动物，他写了一部卓越的著作，我们不是也该替社会写一部这类的作品么？但自然给形形色色的动物安设了一些界限，社会却不能囿于这些界限。当贝丰描写狮子的时候，他三言两语就把母狮讲完了，女人不一定总是公的母。一对夫妻里面，可能有两个完全不相同的人。商人的妻子有时堪作国王的妃子，而国王的妃子往往比不上艺术家的妻子。社会环境有一些自然界不能有的偶然事件，因为社会环境是自然加上社会。单拿两性来说，社会类别的描写应当比动物类别的描写多一倍。总之，动物彼此之间，惨剧很少，混乱也不常发生：它们只是互相角逐，没有别的。人们也互相角逐；可是他们多少不等的智慧使战斗变得特别复杂。虽然有些科学家还不承认兽性借一道浩瀚的生命之流涌进人性里面，不过杂货商人肯定可以成为法国元老，而贵族有时沦落到社会的最底层。再说，贝丰认为动物的生活非常简单。动物家具少，既无艺术，也无科学；同时人却根据一种尚待探讨的法则，习于把他们的品行、思想和生活都表现在一切为了满足自己需要而设的东西里面。吕文奥厄克、斯万迈尔潭、斯巴

---

① 斯维登堡（1688—1772），瑞典神秘论者。圣马丹（1743—1803），法国神秘论者，他们对巴尔扎克的思想有一定的影响。

② 莱卜尼兹（1646—1716），德国著名哲学家和数学家。贝丰（1707—1788）法国著名博物学家。查尔·波奈（1720—1793），瑞士博物学家。

③ 尼特海姆（1713—1781），英国物理学家。

兰查尼、莱奥缪尔、查尔·波奈、穆勒尔、哈莱尔[①]，以及其他孜孜不倦的动物志家虽然证明过动物的风习是非常有意思的，不过，每只动物的习惯，至少在我们看来，在任何时代都经常是一样的；可是，国王、银行家、艺术家、资产者、教士和穷人的习惯、服装、言语、住宅，却是完全不相同的，并且随着每个社会文明程度的高下而改变。

因此，我要写的作品必须从三方面着笔：男人、女人和事物，也就是个人和他们思想的物质表现；总之，就是人与生活，因为生活是我们的衣服。

当我们阅读那些称为历史的罗列事实的枯燥无味的目录时，有谁没有注意到，在各个时代埃及、波斯、希腊、罗马的作家都忘记了给我们写风俗史。贝特洛纳[②]讲罗马人私生活的片断只能激起我们的好奇心，没有使它得到满足。巴特吕米神甫[③]注意到了历史方面这个巨大的缺陷之后，用毕生的精力在《小阿那卡尔西示希腊游记》里面缕述希腊的人情风俗。

可是如何能够使一个社会有三四千个人物出场的戏剧引人入胜呢？如何能够用警策动人的形象表达的诗情和哲理同时使诗人、哲学家和群众喜欢呢？我虽然想象得到这部描写人类感情的历史的重要和情趣，却看不出有任何办法可以把它写出来；因为直到当代为止，最出名的故事作者使用了他们的才华来塑造一两个典型人物，描绘生活的一个面貌。我怀着这种思想读了司各特[④]的作品。司各特这个近代的行吟诗人，当时曾赋予一种被人不公平地称为二流文体一种浩瀚的气势。塑造出达甫尼示与克劳厄、罗兰、亚马的示、巴奈兹、堂·吉诃德、曼侬·摄实戈、克拉莉斯、勒甫莱斯、鲁滨逊·克劳梭、吉尔·布拉斯、奥西昂、玉莉·代唐日、道比叔叔、维特、勒奈、柯琳娜、阿道尔夫、保尔与维尔吉妮、贞妮·丁纳、克里伐豪斯、爱芬豪、曼佛莱德、送娘[⑤]等人物来跟社会身份争衡，比之将各民族里几乎千篇一律的事实加以整理，探讨废弃不用的法律的精神，修订愚弄人民的理论，

---

① 吕文奥厄克（1632—1723），荷兰解剖学家。斯万迈尔潭（1637—1680），荷兰博物学家。斯巴兰查尼（1729—1799），意大利生物学家，他在有关血液循环、消化等方面的研究都有很大的成就。莱奥缪尔（1683—1757），法国物理学家，在博物学方面，尤其是对于无脊椎动物和昆虫的研究，也有很大贡献。穆勒尔（1730—1784）丹麦博物学家。哈莱尔（1708—1777），瑞士植物学家。

② 贝特洛纳，拉丁作家和诗人。他的作品"沙提里孔"里面有有关罗马风俗的描写。

③ 巴特吕米（1716—1795），法国学者，他的作品《小阿那卡尔西示希腊游记》，描写了公元前4世纪希腊公共的和私人的生活。

④ 司各特（1771—1832），英国小说家，他的作品对19世纪初叶法国作家有很大影响。

⑤ 达甫尼示与克劳厄，4世纪希腊作家郎古斯同一名字的牧歌小说中的主人公。罗兰，12世纪法国纪功诗《罗兰之歌》中的主角。亚马的示，16世纪西班牙骑士小说《高卢的亚马的示》里面的主人公。巴奈兹，16世纪法国大作家拉伯雷的小说"巨人传"中的人物。曼侬·摄实戈，普里浮神父同一名字的小说中的主人公。克拉莉斯和勒甫莱斯，18世纪英国小说家李查孙（1689—1761）的小说《克拉里斯·哈劳》中的主角。吉尔·布拉斯，18世纪法国小说吕夏兹同一名字的小说的主人公。奥西昂，3世纪苏格兰传说中的行吟诗人，18世纪英国马弗逊曾假托奥西昂的名义发表了一个《奥西昂诗集》。玉莉·代唐日，18世纪法国大作家卢骚的小说《新爱罗绮思》中的主人公。道比叔叔，18世纪英国作家斯泰纳（1713—1768）的小说《特丽斯丹·山地》中的主角。勒奈，19世纪法国作家沙多伯里昂（1758—1848）同一名字的小说的主人公。柯琳娜，19世纪法国作家斯达尔夫人（1756—1817）同一名字的小说的主人公。阿道尔夫，19世纪法国作家班日曼·龚斯当（1757—1830）同一名字的小说的主人公。保尔与维尔吉妮，18世纪法国作家贝尔纳丹·德。圣彼得（1737—1814）同一名字的小说的主人公。贞妮·丁纳，司各特的小说《密得罗西恩的中心》中的人物。爱芬豪，司各特同一名字的小说中的主角。曼佛莱德，19世纪英国大诗人拜伦（1788—1824）同一名字的长诗中的主角。迷娘，哥德的小说《威廉·迈斯特》中的人物。

不然就像某些形而上学者那样，对存在加以阐释，不是确实更困难吗？首先，这些人物的寿命，变得比在他们中间诞生的当代的人寿命更长，更为真凿，他们差不多总是必须作为反映现在的伟大形象，才具有生命。这些人物是从他们时代的五脏六腑孕育出来的，全部人的感情都在他们的皮囊下栗动，其中往往隐藏着一套完整的哲学。司各特因而把小说提高到历史的哲学规范，这种文体每百年间把一些不朽的金刚石镶嵌在修文习艺之邦的诗的王冠上面。他在小说里面表现了古代的精神，他把戏剧、对话、画像、风景、描写结合在一起；他把奇妙和真实这些史诗的元素掺到小说里面，使穷室陋巷亲切的语言接触到诗情。可是，由于司各特在火热的工作中，或是由于这种工作必然的结果，没有想象出一个系统，只找到了自己的写作方法；他没有想到把他的作品联系起来，协调成为一部完整的历史，其中每章都是一部小说，每部小说都描写一个时代。再说，这位苏格兰作家不会因为这种缺陷而失其为伟大，但看到这种缺陷，使我同时发现了有利于完成我的作品的方案和完成这部作品的可能性。司各特始终保存着自己的本色，但又始终能独创新意，他的惊人的丰产虽然使我击节赞叹，不过我并没有感到绝望，因为我在人性的千殊万类中发现产生这种才能的原因。机遇是世上最伟大的小说家：若想文思不竭，只要研究机遇就行。法国社会将写它的历史，我只能当它的书记。编制恶习和德行的清册、搜集情欲的主要事实、刻画性格、选择社会的主要事件、结合几个本质相同的人的特点揉成典型人物，这样我也许能写出许多历史家没有想起写的那种历史，即风俗史。持之以恒、百折不挠，我也许能完成一部众人瞩望已久的描写 19 世纪法国的作品，罗马、雅典、推罗①、曼菲斯、波斯、印度，不幸没有给我们留下这样一部讲述他们的文明的作品。那位勇敢和耐心的蒙泰依②，效法巴特吕米神甫，试图为中世纪写一部这样的著作，但是他的笔墨却没有什么魅力。

　　这种工作还不算什么。只限于严格摹写现实，一个作家可以成为多少忠实的、多少成功的、耐心的或勇敢的描绘人类典型的画家、讲述私生活戏剧的人、社会动产的考古学家、职业名册的编纂者、善与恶的登记员；可是，为了博得凡是艺术家都渴望得到的赞扬，不应该进一步研究产生这些社会现象的多种原因或那种原因，寻出隐藏在无数人物、情欲和事件总汇底下的意义么？在寻找了（我没有说：寻到了）这个原因，这种社会动力之后，不是还需要对自然里面的根源加以思索，看看各个社会在什么地方离开了永恒的法则，离开了真，离开了美，或者在什么地方同它们接近么？这些前因虽然牵涉甚广，单独它们就可以成一巨帙，不过要使这部作品完整，要有一个结论。这样描绘的社会，其本身就怀有它嬗变的道理。

　　作家的法则，作家所以成为作家，作家（我不怕这样说）能够与政治家分庭抗礼，或者比政治家还要杰出的法则，就是他对于人类事务的某种抉择，就是他对于一些原则的绝

---

①　推罗，古代腓尼基的城市。曼菲斯，古代的埃及城市。
②　蒙泰依（1769—1850），曾任军事学校历史教官，著有《近五百年各种等级的法国人的历史》。

对忠诚。马基雅弗利、哈布士、博须埃、莱卜尼兹、康德、孟德斯鸠①的著作就是政治家付诸实施的学问。圣彼得和圣保罗②的教义就是教宗们执行的系统思想。波纳尔说过："一个作家在道德上和在政治上应该持有坚定不移的见解，他应该把自己看作教育人群的教师；因为人们怀疑是用不着导师的。"我早就把这些名言奉为准则，它们是保王派作家的法则，也是共和派作家的法则。因此，当人想拿我的话来反诘我的时候，他不过歪曲了我的一句讽刺话，或者颠倒黑白，拿我的一个人物的话来反驳我，这是造谣中伤的人特有的惯技……

……………………

在摹写整个社会，在刻画出这个社会的车马喧嚣、群情鼎沸的时候，就会出现，而且必然出现某部作品恶多于善，壁画某一部分表现一群有罪的人，而批评界就斥责为不道德，却没有使读者注意到作为一个完美的对照的另一部分所含的教训。因为批评界不知道总的计划，况且也无法压制批评，正如我们无法阻止人家使用视觉、语言和评判一样，因此我更易于体谅他们。其次，对我不偏不倚的时代还没有来到。再说，作家没有决心冒批评界的火力就不要动笔写作，正如出门的人不该期望永远不会刮风下雨一样。在这个问题上，我还想让读者知道，那些最认真的道德学家十分怀疑社会使人看到的善能与恶相等，而在我为它所作的画图里面，有德的人物却多于应受谴责的人物。值得非难的行为、过失、罪恶，从最轻微的到最严重的，在这幅画图里面总是受到人间或神明的、显著或隐秘的惩罚。我比历史家做得好，因为我比较自由。克伦威尔③在世间除了那位思想家④给他的定谳之外，就没有受过别的惩罚。关于这一点，学派之间还有争论⑤。博须埃本人对这个弑君之凶也很宽大。篡位者威廉，另一个篡位者休格·卡贝⑥，去世时都在高龄，他们同亨利四世或查理一世⑦相比，并没有感到更多的忧虑和恐惧。卡特琳二世的一生和路易十六⑧的一生，相形之下，会使人鄙薄一切道德，如果用平民的道德准则去判断他的话；因为拿破仑说得好，对于国王、对于达官显宦，有大德与小德之分。政治生活场景就以这个精辟的见解作为基础。历史的规律，同小说的规律不一样，并非以美好的理想为目标。历史所记载的是，或应该是，过去发生的事实；而"小说却应该描写一个更美满的世界"，上世纪最杰出的思想家之一奈克尔夫人⑨说。可是如果在这种庄严的谎话里，小说

---

① 马基雅弗利（1469—1527），意大利政治家和作家。哈布士（1588—1679），英国哲学家。博须埃（1627—1704），17世纪法国僧侣和作家。孟德斯鸠（1689—1755），18世纪法国大作家。

② 圣彼得，耶稣的门徒；圣保罗，基督教最早的传播者之一。

③ 克伦威尔（1599—1658），17世纪英国政治家。

④ 指18世纪英国哲学家休谟。

⑤ 19世纪英国思想家嘉莱尔和历史家柯林不同意休谟的看法。

⑥ 威廉（1650—1702），荷兰总督及英国国王。休格·卡贝（938—996年间），法国国王。

⑦ 亨利四世（1553—1610），法国国王。查理一世（又称查理大帝，724—814，）法国国王和西罗马帝国皇帝。

⑧ 卡特琳二世（1729—1796），俄国女王。路易十六（1754—1793），法国国王。

⑨ 奈克尔夫人（1739—1794），法国作家，史达尔夫人的母亲。

在细节上不是真实的话，它就毫无足取了。司各特因为不得不符合一个本质上虚伪的国家的思想，他所写的女人在人性方面是不真实的，因为这些女人的模型是分立派教徒。信奉新教的女人没有理想。她可能是贞节的、纯洁的、有德行的；但是她那永不外露的爱情总是安静的、像是分所当然那样规矩的。仿佛圣母玛利亚把诡辩家变得冷酷无情，他们将她连同大慈大悲都一起从天上赶走。在新教里，女人在失足之后就没有任何指望；但是在天主教教会里面，希望得到宽恕却使她高尚纯洁。因此，在新教徒作家看来，女人只有单独一个，可是天主教作家在每个新的环境里面，都发现一个新的女人。如果司各特信奉天主教的话，如果他立志要给在苏格兰先后出现的不同的社会作一种真实的描写的话，那个描绘了厄菲夫和阿丽思（他在晚年还后悔自己刻画了这两个人物）的画家许会承认有情欲，和情欲使人犯错误及受惩罚、承认有悔恨指点给他们的德行。人性不外情欲。没有情欲，宗教、历史、小说、艺术都是无用的了。

有些人士看见我搜罗了许多事实，又以情欲作为元素，将这些事实如实地摹写出来，他们就不加细察，想象我是感觉论派和唯物论派，这是同一事实——泛神论——的两面。但是人们也许可能想错了，一定想错了。说到社会，我不相信有一种无止境的进步；我相信一个人自己的进步。因此，那些想在我的作品里面找到把人看作一个完美的造物的意图的人就大错特错了。《赛拉菲达》[①]，这个基督教佛陀现身说法的学说，我看来是对于这种再说也是信口开河的指责的一个充分的答复。

…………

**巴尔扎克：《〈人间喜剧〉前言》，陈占元译，转引自伍蠡甫、胡经之主编《西方文艺理论名著选编（中）》，北京大学出版社，1986，第 106—121 页。**

### 二、巴尔扎克简介

巴尔扎克（1799—1850），生于法国中部一个中产者家庭。17 岁进入法律学校学习，并旁听文科，毕业后曾做过律师助手，后来不顾父母反对，走上文学创作道路，但是第一部作品《克伦威尔》却完全失败，20 岁从事滑稽小说和神怪小说的创作，没有引起读者注意，1828 年开始经营出版业，最终以债台高筑结束。此后重回文坛，转向社会历史题材，逐步获得成功，之后 20 年间，共写出了 91 部小说，合称《人间喜剧》。巴尔扎克是19 世纪伟大的批判现实主义作家，又是一位具有浪漫情调的作家，他一边因奢华生活而负债累累，一边又创作出博大精深的文学巨著。巨额债务像噩梦一样缠绕着巴尔扎克的一生，但他一直雄心不减，在书房一座拿破仑的小像旁写下了自己的座右铭："我要用笔完成他用剑所未能完成的事业。"巴尔扎克每天写作至少 18 个小时，为保证写作时清醒，巴尔扎克嗜浓咖啡如命，他曾说过："我将死于 3 万杯咖啡。"1850 年 8 月 18 日，由于写作的艰辛，巴尔扎克与世长辞，慢性咖啡中毒是他的死因之一。《人间喜剧》被称为"社会百科全书"，真实地反映了当时的社会生活，在《〈人间喜剧〉前言》中，巴尔扎克集中

---

① 《赛拉菲达》，巴尔扎克的小说，宣传神秘主义的作品。

论述了他的创作主张。

### 三、选文导读

在《〈人间喜剧〉前言》中，巴尔扎克明确了自己的创作动机：要做法国社会的书记员，要写出许多历史学家忘记的那部分历史，也就是"风俗史"。在这部风俗史里，他要把自己对社会的观察和分析的结果也写进去，巴尔扎克这个书记员，并不满足于仅仅记录社会现象的责任，他还要做历史的裁判员。他认为，一部作品应该同时包括社会的历史和对它的批评，以及对它的利害的分析和原则的讨论。正是在这种创作原则的指导下，巴尔扎克在他的《人间喜剧》里，真实再现了处在上升期的资产阶级日甚一日地对封建贵族产生的冲击。

巴尔扎克将作家看作神圣的职业，因为作家拥有把社会现实用艺术手段记录下来的职责和义务，为此，作家必须严格地摹写现实，这是作家的创作准则。他将作品分为私人生活、外省生活、巴黎生活、政治生活、军事生活、乡间生活六个部分，并且认为这六个部分是全部社会活动的集成，六个部分各有侧重又互相呼应，放在一起，可以使人认识法国锦绣河山的不同地域。"我的作品有它的地理，正如它有它的谱系和家族，它的地区和物产，它的人物和它的事实一样；正如它有它的盾徽，有它的贵族和市民，有它的手艺人和农民，有它的政治家和花花公子，有它的军队一样，总之，它的整个社会就是！"①一部作品反映社会的一个方面，放在一起就是一座关于现实社会的大厦，可以让读者看到这个社会的各个方面。

巴尔扎克认为作家要有自己的法则，作家的法则不同于政治家的法则，作家的法则要比政治家的法则更杰出，他要有对人类事务的抉择，要对一些原则绝对忠诚。历史记载的是已经发生的事情，作家则应该创造一个美满的世界，他的作品应该表现历史前进的趋势。真实而深刻，奠定了巴尔扎克批判现实主义大师的历史地位。

## 第二节　巴尔扎克论现实主义原则

巴尔扎克的文论著作主要有 1842 年写的《〈人间喜剧〉前言》，其他作品的二十多篇序和跋，以及部分评论和书简。

### 一、小说应该书写社会风俗的历史

巴尔扎克受到 19 世纪进化论等自然科学研究成果的影响，他认为社会和自然是相似的，自然环境影响了动物的进化史，同样，社会环境也会把人陶冶成各种不同类型，造就

---

① 巴尔扎克：《〈人间喜剧〉前言》，陈占元译，转引自五蠹甫、胡经之主编《西方文艺理论名著选编（中）》，北京大学出版社，1986，第 120 页。

不同的社会类别。工人、士兵、科学家、诗人、商人等之间的差异，和狼、狮子、驴子、乌鸦、鲨鱼之间的差异，都同样是巨大的。古往今来，动物有类别，社会也应该有类别。当贝丰想写一部讲述全体动物的书的时候，我们也应该为社会写一部这类的作品。巴尔扎克的《人间喜剧》就是他为人类社会写下的这种类型的作品，他要通过描写环境对人的影响来塑造数千个各自不同的人物。

但是社会环境要比自然环境复杂得多，社会环境有一些自然界所没有的偶然事件。例如贝丰描写狮子的时候三言两语就写完了，自然给动物设置了界限，狮子不是公的就是母的，但是人类的社会环境有自然界不存在的偶变因素，社会环境是自然加上社会的总和，因此，描写人要比描写动物复杂得多，人不总是公的和母的这么简单，商人的妻子可能堪比国王的妃子，国王的妃子也可能不及艺术家的妻子。动物的习惯在各个时代都是一样的，而人的习惯、服饰、言语、住宅会随着社会文明程度的高下而变化。

"因此，我要写的作品必须从三个方面着笔：男人、女人和事物，也就是个人和他们思想的物质表现；总之，就是人与生活，因为生活就是我们的衣服"① 文学就不能不从人与生活的关系入手去展现社会的面貌，描绘社会的风俗历史了。

在巴尔扎克看来，要表现整个社会的风俗历史，必须描写许多人物和场面。而包括历史上最会讲故事的人在内，也往往只塑造了一两个典型人物，描绘了一两个生活场景。英国作家司各特虽然显示出小说在再现社会风俗历史方面的巨大优势，然而他没有将自己的作品连缀成一部完整的历史。巴尔扎克要当法国社会的书记，他要"编制恶习和德行的清册、搜集情欲的主要事实、刻画性格、选择社会的主要事件、结合几个本质相同的人的特点揉成典型人物，这样我也许能写出许多历史家没有想起写的那种历史，即风俗史。"②

巴尔扎克认为小说要真实描写社会的风俗历史，必须做到细节真实，如果一部小说细节不真实的话，它就毫不足取了，细节的真实既要求作品描写的风俗与它反映的时代相符，也要求人物活动的细节与其性格相符。但是仅仅严格摹写现实是不够的，作家还必须进一步研究产生这些社会现象的原因，寻找隐藏在人物、情欲和事件底下的意义，对自然里的根源进行思考，看看社会在什么地方遵守或背离了真、美等永恒的法则。这样描绘的社会，其本身就显现它变化的道理。

## 二、典型理论

巴尔扎克指出，为了使人物具有生命力，存在得更悠久，它必须称为反映时代的伟大形象，即典型。他认为，典型指的是作品中人物的身上所有那些跟它相似的人们最鲜明的性格特征，典型也就是类的样板，在典型身上可以看到同时代人的特点，但是典型又必须

---

① 巴尔扎克：《〈人间喜剧〉前言》，陈占元译，转引自伍蠡甫、胡经之主编《西方文艺理论名著选编（中）》，北京大学出版社，1986年版，第109页。

② 巴尔扎克：《〈人间喜剧〉前言》，陈占元译，转引自伍蠡甫、胡经之主编《西方文艺理论名著选编（中）》，北京大学出版社，1986，第111页。

有自己的个性，如果典型都弄得一模一样，那就是对作家毁灭性的判决了。巴尔扎克一方面看到了典型的共性特征，同时也注意到了典型的个性差异。为了强调典型的个性差异，巴尔扎克要求作家认真研究社会的偶然性因素。他指出，世界上最伟大的作家要取得丰硕的成果，就必须仔细研究偶然性。

典型不仅仅指人物，还包括事迹和环境，如果一些情境人人都经历过，那么它也就是典型的，正是在典型事件中，在特定的环境中，典型人物才得到充分的刻画显现。巴尔扎克的这一论述，已经与后来恩格斯提出的塑造典型环境中的典型人物相当接近了。巴尔扎克同时认为，塑造典型必须从现实出发，而不是从观念出发，同现实毫无联系的作品大多成了没有生命的死的东西。作家应该根据事实，根据观察，根据亲眼看到的生活场景，根据从生活中得来的结论去完成自己的作品。巴尔扎克重视亲身体验而塑造的典型，认为这样的作品才更有感染力。

巴尔扎克认为，艺术的真实不等于生活的真实，艺术的真实更典型，更美满，也更理想。艺术的使命是将处于散乱状态的生活现象，经过典型化的处理，组成一幅统一完整的生活画面。历史的规律与小说的规律不同，历史记载的是过去发生的事情，艺术描写的是美满的世界。为了塑造一个美丽的形象，就要取这个模特儿的手，那个模特儿的脚，取这个的胸，那个的肩。艺术家要把生命关注到形象上去，要把描绘的对象变成真实的东西。巴尔扎克所说的，正是典型化的过程。

### 三、作家的法则

巴尔扎克在《〈人间喜剧〉前言》里提出了作家的不同于政治家的法则，他认为作家的法则可以与政治家的法则分庭抗礼，甚至比政治家的法则更杰出。作家的法则应该既是保皇党作家的法则，又是民主党作家的法则，作家的法则是超越党派和集团利益的，作家应该把自己看作教育人群的教师，站在人类的立场上思考问题。作家应该超越个人的政治见解去写作，应该成为公平正义的代言人和宣传者。

巴尔扎克指出，他是在两种永恒真理的照耀下写作的，那就是宗教和君主政体，并且认为当代发生的故事都要强调这二者，凡是有良知的作家都应该把自己的国家引到这两条大路上去。在这里，他明确强调了自己的宗教和王权思想。但是，出于对更完美世界的反映的要求，而这个更完美的世界，绝不是那腐朽、没落、行将灭亡的封建贵族的世界。他认清时代前进的趋势，公开赞扬推动历史前进的人们，而嘲讽那些试图阻挡时代潮流的人。

巴尔扎克作为政治上的正统派，同情没落的贵族，但是在作品里却讽刺和嘲笑贵族，认为他们不配得到好的命运，同时他同情和赞赏他在政治上的对头——共和主义者，这超越了自己的政治立场，体现了他的"作家的法则"，这是现实主义的伟大胜利。

## 第三节　别林斯基、车尔尼雪夫斯基、杜勃罗留波夫的社会历史批评

俄国的别林斯基、车尔尼雪夫斯基、杜勃罗留波夫代表了俄国革命民主主义文论，他们密切关注俄国当时的社会情况，以文艺为武器，向以沙皇为代表的专制黑暗的农奴制度宣战。他们主张艺术要为社会服务，而不是成为休闲娱乐的东西，成为无所事事的人的玩物。拯救、批判、斗争成为这一时期文艺和文艺批评的使命，别、车、杜等人的文论，主要探讨文艺的社会历史效果和意义，强调文学的人民性，重视艺术规律和典型创造，他们的文论承载了他们对国家和人民的深挚感情，也承载了他们对现实痛苦而深切的感受与关怀，把现实主义文论发展到新的高度。

### 一、别林斯基

别林斯基（1811—1848），俄国革命民主主义者、文学评论家。他不仅通过著作宣传了革命民主主义的政治纲领，而且第一个系统地总结了俄国文学发展的历史，科学阐述了艺术创作的规律，提出了一系列重要的文学观点，成为俄国文学批评与文学理论的奠基人。他的文学评论在俄国文学史上起过巨大的作用，推动了俄国现实主义文学的发展，并对车尔尼雪夫斯基、杜勃罗留波夫文学观的形成有直接的影响。

别林斯基的文论主张带有明显的革命民主主义者的斗争精神，他首先旗帜鲜明地扛起了现实主义的大旗，强调文学要真实地反映现实。他在《论俄国中篇小说和果戈理中篇小说（《小品集》）和《密尔格拉得》中指出，现实诗歌中构思的朴素是真正的诗歌，他赞扬果戈理小说反映了十足的真实生活，"他对生活既不阿谀，不也诽谤；他愿意把里面所包含的一切的美、人性的东西展露出来，但同时也不隐蔽他的丑恶。在前后两种情况下，他都极度忠实于生活。"[①]

别林斯基这里所说的"现实"，包括可见的世界和精神实际，事实的世界和概念的世界，即我们所能见到、感受到、思维到的一切东西。它是历史，也所生活，是我们理性能够把握的一切。现实是动态的而非静止的，是具有普遍意义和必然性的，而不是个别的和偶然的。文学作品并不虚构现实中没有到东西，它只是将现实到现象进行理想化的处理，将其提高到普遍意义上来。文学要逼真再现现实生活，从人物的表情到他脸上的雀斑。但是这不意味着作家可以复制和抄袭生活现象。作家必须深刻观察生活和理解生活，并在此基础上揭示生活规律，表现生活理想，作家应该将自己的主体思想和精神灌注到对象上去。诗应该表现的是可能的现实，这种现实既源于生活，又高于生活，它是理想的生活，

---

① 别林斯基：《艺术的概念》，满涛译，转引自伍蠡甫、胡经之主编《西方文艺理论名著选编（中）》，北京大学出版社，1986，第 277 页。

代表了生活发展的必然。每一部作品都有自己到生命，诗人不要摹仿自然，而是要与自然竞赛，要把自己的精神理想实现到文学外部来。由此可见，别林斯基以浪漫主义精神突破了机械现实主义的束缚。

而诗人在作品中所表现的精神并不是他一个人的精神，而是一种普遍的精神。伟大的诗人在谈论某一个具体的人的时候，也是在谈论大家，谈论人类，我们从诗人的悲哀里可以看到自己的悲哀，从诗人的心灵里看到自己的心灵，我们在认识到诗人高于自己的时候，也同时认识到自己和他是类似的。相反，如果一个诗人主观因素占据了优势，如果他脱离群体而单独呈现，那就永远是局限的。在别林斯基看来，个别的东西也是通过普遍性存在的，普遍性是它的内容，个别性是它的表现形式。

艺术要实现个别性和普遍性的统一，就必须创造典型。典型就是作家的纹章和印记，真正有才能的作家笔下的每一个人物都是一个典型，对于读者来说，每一个典型就是一个熟悉的陌生人。即"一个人"同时又是许多人，在典型身上，体现着同一类型到无数人。典型并不是将散落在各个具体对象上到特征集合在一起，而是对对象进行理想化的处理，从而在个别的对象中体现出一般和无限。因此，典型化是剔除了偶然性的现实必然性，体现着普遍性的同时又有着丰满的血肉的个体。

别林斯基还指出，文学应该具有民族性，这几乎是一个无须言说的规则。"果戈理君的中篇小说是极度民族性的；可是我不想对它们的民族性多加赘述，因为民族性算不得优点，而是真正艺术作品的必备条件，假使我们应该把民族性理解作对于一个民族、某一个国家的风俗、习惯和特色的忠实描绘的话。"[1]民族性是这个时代美学的基本东西，是用来测量一切诗歌作品价值的最高标准，脱离民族欣赏习惯、一味摹仿外国作品的东西只是游戏之作罢了。作品民族性的根基在于人民性，每个民族的诗都是人民意识的体现，文学反映的是人民的精神和生活，可以看到人民的使命。

别林斯基要求文艺为社会利益服务，他反对文艺"为艺术而艺术"的观点，认为剥夺了文艺为社会服务的功能是对文艺的贬低，只会使文艺沦为休闲娱乐之物，这等于对文艺的绞杀。纯粹的、超然的、无条件的艺术在任何时候、任何地方都是不存在的。别林斯基强调，追求社会所有成员的幸福是崇高而神圣的事业，而在当时，俄国的最迫切的任务就是废除农奴制，对广大民众进行思想启蒙，文艺则要承担起这种职责。赋予文艺以民主主义革命的职能，是这一时期俄国现实主义文论的特色。但是，别林斯基也强调了文艺审美原则的优先性，认为文艺只有在不违背艺术规律的前提下，才能更好地服务于社会利益。

另外，别林斯基还第一次提出了艺术的形象思维问题，他重视文学活动中想象的作用，认为文艺创作、欣赏等环节都离不开想象，这无疑是深刻的。然而，他并没有将文艺和科学反映的对象区别开来，认为二者的不同只在于思维方式方面，这种观点是不科学的。

---

[1] 别林斯基：《艺术的概念》，满涛译，转引自伍蠡甫、胡经之主编《西方文艺理论名著选编（中）》，北京大学出版社，1986，第280页。

## 二、车尔尼雪夫斯基

车尔尼雪夫斯基（1828—1889），俄国著名作家和文艺批评家，人本主义的代表人物。他的文艺理论著作主要有：《艺术与现实的审美关系》《俄国文学果戈理时期概观》《生活与美学》以及小说《怎么办？》等。其中长篇小说《怎么办？》被誉为"生活教科书"。1853年，车尔尼雪夫斯发表论文《艺术与现实的审美关系》，提出了"美是生活"的主张，以激进的战斗姿态登上文坛，并逐步参与革命活动。1862年，他活动的重要阵地《现代人》杂志被迫停刊，车尔尼雪夫斯基被捕入狱。此后长达21年里，他都在牢狱、苦役、流放中度过，但他一直坚持写作，直至去世。车尔尼雪夫斯基把俄国革命民主主义思想推向了空前的高度，成为俄国进步青年景仰的英雄人物，对俄国革命运动产生了巨大的影响。他是继贵族革命家之后登上历史舞台的第二代俄国革命战士、平民知识分子革命家中最杰出的代表。列宁把他誉为"未来风暴中的年轻舵手"，普列汉诺夫把他比作俄国的普罗米修斯。

在19世纪上半叶，俄国的现实主义尚处于与浪漫主义斗争的时期，而文论斗争的背后，是一场反对农奴制的社会斗争，因此，文艺理论同时肩负着建立民族自信心和构建民族审美趣味的重任。

车尔尼雪夫斯基生活的时代，黑格尔关于"美是理念的感性显现"的美学观点在俄国大行其道，车尔尼雪夫斯基在《艺术与现实的审美关系》中首先批判了这一观点，他针锋相对地提出了"美是生活"的著名论断。"美是生活，任何事物，凡是我们在那里看得见依照我们的理解应当如此生活，那就是美的；任何东西，凡是显示出生活或使我们想起生活的，那就是美的。"[①] 这个观点是一个巨大的转变。

车尔尼雪夫斯基认为"美是理念的感性显现""世间万物都是观念的体现""万物皆美"的观点是孩子气的，也是可笑的，只有生活才是美的源泉，美的存在有三种不同的形式：现实中的美、艺术中的美、想象中的美。最高的美是现实中的美，而不是艺术美。艺术在内容和形式上的美既不足以与现实相抗衡，更不用说高于现实了。大海是美的，欣赏海本身也比欣赏画好得多，但是人并不总是住在海边的，许多人终生也无缘看到海，于是就出现了关于海的图画。"当一个人得不到最好的东西的时候，就会以较差的为满足，得不到原物的时候，就以代替物为满足。就是那些有可能欣赏到真正大海的人，也不能随时随刻看到它，——他们只好回想它；但是想象是脆弱的，它需要支持，需要提示；于是，为了加强他们对大海的回忆，在他们的想象里更清晰地看到它，他们就看海的图画。"[②] 艺术不能和活生生的现实相比，艺术缺乏现实的那种生命力。

但是在现实中，艺术却处于更加有利的地位，往往会让人觉得艺术作品要比活生生的

① 别林斯基：《艺术与现实的审美关系》，周扬译，转引自伍蠡甫、胡经之主编《西方文艺理论名著选编（中）》，北京大学出版社，1986，第344页。

② 别林斯基：《艺术与现实的审美关系》，周扬译，转引自伍蠡甫、胡经之主编《西方文艺理论名著选编（中）》，北京大学出版社，1986，第357页。

现实所起的作用还要大。这是因为人们在现实中往往忽略了现实中的美，而当人们欣赏艺术的时候，就是冲着艺术的美去的。就像我们在赶路的时候，即使路上撒满金币我们也可能视而不见，或者即使看见了不会将它捡起来；而当人们在驿站寂寞地等待马匹的时候，一块小小的洋铁牌也会引起我们的注意。

艺术的第一个目的是再现现实，再现现实不仅仅是一条形式的原则，还有内容上的要求。古典美学认为美的东西才是艺术的内容，车尔尼雪夫斯基认为，现实中的一切能使人发生兴趣的事物，生活中普遍引人兴趣的事物就是艺术的内容。而使人发生兴趣的事物包括自然和生活，当然也包括想象在内。

艺术的另一个作用是说明生活，当人对自然和社会发生兴趣的时候，免不了会对它作一些判断和说明，艺术家会被现实中的问题所激发，在作品中为同样有思想的人提出或者解决现实中的问题，这样艺术家就成了思想家，艺术作品也就具有了科学的意义，或者说有了思想的意义。车尔尼雪夫斯基同时强调，生活高于艺术并不意味着对艺术的贬低，就像科学也从来不夸耀自己高于生活，艺术也不应该宣称自己高于生活。

车尔尼雪夫斯基的"美是生活""现实高于艺术"的观点降低了艺术的独立性和丰富性，但他从朴素唯物主义出发，为现实主义找到了更为坚实的基础。

### 三、杜勃罗留波夫

杜勃罗留波夫（1836—1861），19 世纪俄国著名的革命民主主义者和文艺批评家。生于一个神父家庭，曾在彼得堡中央师范学院学习，1857 年从中央师范学院毕业后参加《现代人》杂志的编辑工作，在这个杂志上发表了《俄国文学发展中人民性渗透的程度》《黑暗的王国》《什么是奥勃洛莫夫性格》等一系列才华横溢的优秀论文，坚持别林斯基的战斗传统，主张文学的人民性，其理论产生了深刻影响。为了祖国和人民，他夜以继日地工作，积劳成疾，逝世时年仅二十五岁。

1856 年，杜勃罗留波夫的论文《俄罗斯文学爱好者的谈话良伴》在《现代人》发表时，车尔尼雪夫斯基正在《现代人》工作，因此，杜勃罗留波夫的文学主张也明显受到了车尔尼雪夫斯基的影响。不久杜勃罗留波夫就在《现代人》主持评论栏，之后，他以此为阵地，发表了一系列重要的文章，直到去世。

杜勃罗留波夫认为伟大的艺术应该是俄国社会生活的产物和时代的征兆。艺术应该通过个别和形象的事实表现完整、普遍、持久的规律。艺术家必须解释生活、说明生活，真实性是文学的首要要求，失去了真实性，文学就不仅失去了意义，而且变得有害了，因为它不仅不能启迪人们的认识，而且会把人弄糊涂了。真实并非要忠于表面的事实，而是要遵循逻辑的真实，即作家应该反映生活现象背后的普遍规律和必然性。绝对虚假的作品是不存在的，一部作品或多或少包含着现象的真实，"然而真实是必要的条件，还不是作品的价值。说到价值，我们要根据作者看法的广度，对于他所接触的那些现象的理解是否正确，描写是否生动来判断。"① 文学如何才能把握现实的普遍性和必然性呢？作家需要努力把在他面前一闪而过的偶然现象提高到典型的地位，赋予它普遍而持久的意义。

艺术要反映俄国社会生活和时代征兆，要坚持人民的立场。杜勃罗留波夫在《俄国文学发展中人民性渗透程度》一文中，提出了文学"人民性"的主张。他说："我们（不仅）把人民性了解为一种描写当地自然的美丽，运用从民众那里听到的鞭辟入里的词汇，忠实地表现其仪式、风习等等的本领……可是要真正成为人民的诗人，还需要更多的东西：必须渗透着人民的精神，体验着他们的生活，跟他们站在同一水平，丢弃等级的一切偏见，丢弃脱离实际的学识等等，去感受人民所拥有的一切质朴的感情。"② 可见，人民性不仅仅要求作家运用人民的语言表现人民的生活环境、仪式、习俗等，更要表现出人民的精神，即在作品中表达人民的思想感情。

与别林斯基不同的是，杜勃罗留波夫将"民族"的概念发展为"人民"的概念，别林斯基强调的"有教养的阶层""上流社会"被杜勃罗留波夫去除了。因为别林斯基与杜勃罗留波夫面临的时代使命不同，别林斯基时期，俄国文学取得独立发展，形成民族独创性是当务之急，因此，他比较重视本民族中的"有教养的阶层"的作用，而在杜勃罗留波夫时期，主要任务是用文学唤起广大民族参与人民解放运动，因此他更加重视文学的"人民性"问题。

文学怎样才能渗透出人民性呢？第一，文学要表现人民的生活和人民的愿望，真实反映人民的生活状况，写出他们的贫困和烦忧，表现人民的美好力量。第二，文学家要在思想上和感情上同人民保持一致，丢弃阶级偏见，克服虚伪教育和传统观念的影响，同人民站在一起，以人民的思想情感去观察、解释、反映一切。文学人民性的关键是作家与人民的思想感情保持一致，人民的精神趣味与我们是大相径庭的，作家要和人民接近，就不能以高高在上的贵族态度去描写人民，没有和人民思想情感的沟通，作品也就不会被人民所接受，这正是俄国文学存在的问题。

要坚持文学的人民性，作家就必须摆脱统治阶级思想对文学接近现实的束缚，作家不能为了少数人、小圈子的利益服务，文学脱离了人民也就脱离了现实，作家也就发现不了什么深刻的社会问题了。相反，如果文学摆脱了阶级偏见的束缚，表现了人民的观点和利益时，也就接近了现实，作品人民性的渗透程度标志着现实主义的发展水平。将现实主义与人民性同一起来，是杜勃罗留波夫的重要贡献，也是俄国现实主义的重要特点。

**结语**：19 世纪批判现实主义作家的重要贡献就是在新的历史条件下对文艺复兴以来的人道主义理想的发展，他们重视人的尊严和价值，反对资本主义对人性的压抑和分裂，要求革除社会弊端，改善人民生活。在文论方面，他们主张文学忠于现实，追求文学作品

---

① 杜勃罗留波夫：《黑暗王国中的一线光明》，辛未艾译，转引自伍蠡甫、胡经之主编《西方文艺理论名著选编（中）》，北京大学出版社，1986，第 403 页。

② 杜勃罗留波夫：《俄国文学发展中人民性渗透的程度》，辛未艾译，转引自伍蠡甫、胡经之主编《西方文艺理论名著选编（中）》，北京大学出版社，1986，第 389 页。

的真实性，塑造典型环境中的典型人物，力图对社会进行解释、说明，找到解决问题的办法。批判现实主义使文学从天空回到了地面，也使文学第一次赢得了人民，成为人民的文艺。

**本章必读书目**

巴尔扎克：《高老头欧也妮·葛朗台》，张冠尧译，人民文学出版社，2015。

车尔尼雪夫斯：《怎么办》，蒋路译，人民文学出版社，2020。

**深度阅读推荐**

巴尔扎克：《巴尔扎克论文艺》，艾珉、黄凯晋选编，人民文学出版社，2003。

别林斯基：《论俄国中篇小说和果戈理君的中篇小说》，满涛、辛未艾译，载《别林斯基论文学》，上海译文出版社，1999。

**思考与运用**

1. 为什么现实主义思潮兴起于法国？

2. 现实主义文论与文学创作关系如何？文论在多大程度上影响了文学创作和文学接受？试以具体作家进行说明。

# 第九章 自然主义、唯美主义与象征主义文论

**本章的能力要素**

本章主要介绍自然主义、唯美主义、象征主义文艺思想，要求能结合作品深入理解左拉的自然主义、王尔德的唯美主义、波德莱尔的象征主义理论主张。具体要求包括：

1. 能在自学的基础上，小组合作探究左拉的《戏剧中的自然主义》（节选）。
2. 能结合《小酒店》对左拉的实验小说的观点进行阐释。
3. 能结合《快乐王子》对王尔德的自然摹仿艺术的观点进行阐释。
4. 能结合《恶之花》对波德莱尔"大自然是座象征的森林"的观点进行阐释。

**教学方法**

小组探究法、案例教学法、讲授法

**知识与能力结构**

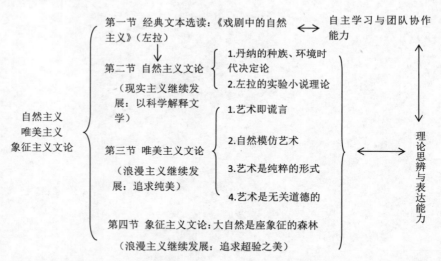

自然主义、唯美主义与象征主义文论是19世纪的浪漫主义和现实主义发展的自然结果，现实主义的继续发展导致了自然主义的出现，而浪漫主义的推进则导致了唯美主义和象征主义的诞生。

这几种文艺思潮的出现，与19世纪中后期的社会状况有密切的关系。这一时期西方社会更加复杂，一方面各种矛盾日益暴露，掠夺、丑恶、贫穷现象进一步显现，另一方面资本主义工业文明的发展突飞猛进。达尔文的进化论和孔德的实证哲学，都推动了崇尚科

学的社会思潮的出现。人们不再寻求对事物本质和规律的把握，而是从自然环境、社会条件、作家生活经历等具体事实当中寻找文学的原因，文学也不再固守与自然的关系，其与社会的关系成为关注的重点。随着医学、生物学等学科的发展，以及拉美特利"人是机器"著名论断的提出，人更是被认为是没有形式、没有意义、没有思想、没有道德的化学存在，人的性格和行为，仅仅受到遗传和环境的影响，文学创作与科学家做实验没有区别。

唯美主义充满了对社会的反叛情绪。现实令人压抑，理想却很匮乏，一些青年怀着绝望的情绪，得了消沉的世纪病，甚至有许多人为此而轻生。另有一些青年愤世嫉俗，将自己的热情投向了艺术活动，他们以离经叛道来挑战社会现实，艺术上追求纯美来映照生活的丑陋和庸俗。象征主义与唯美主义同样否定现实主义和自然主义，但它也反对浪漫主义的直抒胸臆，认为文学应该从外部的客观世界转向内部的精神世界，主张文学应该用暗示的方法去追寻超验世界的至美。

这一时期的文学理论，大多是由作家们自己提出来的，属于诗人的诗学，因而文艺理论与文艺创作之间的互动关系比较明显。而且，这几种理论既可以看作是19世纪文学理论发展的高峰，也可以看作这一时期文学理论的终结，这几种理论的复杂性和丰富性，引发了其后现代主义文论的登场。

# 第一节　经典文本阅读

## 一、经典文本节选：《戏剧中的自然主义》（左拉）

一

首先，我是否有必要解释一下，我所理解的"自然主义"一词是什么意思呢？关于这一名词，人们曾对我提出过很多指责，人们假装仍然不懂得这个词的意思。在这些问题上，讥讽嘲笑是容易的。然而我倒很愿意回答一下这个问题，因为人们看来并不懂得怎样把文学批评写得清楚明白些。

我的弥天大罪似乎是发明并抛出了一个新的名词，用以指出同世界一样古老的文学流派。第一，我相信这个词并非是我自己发明的，因为在某些外国文学中已经使用了这个词；我至多不过是把它应用在我们自己的民族文学的当前的发展中罢了。其次，有人断言，自然主义可以追溯到最早撰写的一些作品中。唉！难道还有谁提出过相反的说法吗？这只不过是证明，自然主义来自人类脏腑的本身。人们还认为，全部文学批评，从亚里士多德直到布瓦洛[①]，都已提出了这个原则，即一部作品应该以真实为基础。这种看法鼓舞了我，并给我提供了新的论据。自然主义流派，甚至连那些揶揄和攻击它的人也承认，是存在于无可摧毁的基础之上的。它不是哪个人的一时喜好，或哪个集团的一阵

---

① 布瓦洛（1636—1711）法国诗人，文学理论家。

狂热，它产生于事物的永恒内核，产生于每位作家所感到的以自然为立足点的必要性。好吧，既已讲明白了这点，让我们就从这里出发吧。

于是，人们对我说，为什么要这么大事宣扬；为什么您要自封为革新者和启示者呢？误会就是从这里开始的。我只不过是一个查考事实的观察者罢了。只有经验论者才发明公式。学者们只满足于一步一个脚印地前进，只依靠实验的方法。我的口袋里的确没有装着一门新的宗教。我根本不作什么启示，因为我不相信启示；我也根本不作什么发明，因为我认为更有益的还是服从人类的进步，服从带引我们继续不断前进的进化。所以，我的批评的全部使命是研究我们来自何处，我们目前处于何处。在我冒险想预测我们将走向何处时，对我说来，这纯然是一种推测，一种合乎逻辑的结论。通过已存在过的情况以及现在仍存在着的情况，我自信能说出未来的情况将是如何。我的整个工作就在于此。要给我赋予另一种使命，让我高踞于一块岩石之上，摆起权威的架势，预卜未来，以流派首领的身份自居，好与上帝作平起平坐的对话，那是可笑的。

但是新的名词，自然主义这个可怕的名词呢？人们无疑是希望看到我沿用亚里士多德的一些词语的。他曾经讲到过艺术中真实的问题，他的话应当使我满足。只要我接受事物的永恒内核，而不企图再度去创造世界，我就不需要一个新的术语。其实，人家不是在嘲笑我吗？难道事物的永恒内核，不是随着不同的时代和不同的文明而采取不同的形式吗？难道六千年来，每个民族不都是以其自己的方式来解释和称呼出自同一渊源的事物吗？我暂且承认荷马是位自然主义的诗人；但我们的小说家却不是具有荷马方式的自然主义者，在两个文学时代的中间，存在着一道鸿沟。这是在绝对中来作评判，一下子抹掉了历史，搅乱了一切，一点也没有考虑到人类精神的不断进化。确实，一部作品永远只是透过某种气质所看到的自然界的一角。不过，我们倘若只停留在这一步上，我们就不会继续向前。我们一经接触了文学的历史，就必然要涉及许多外围的因素，涉及旧俗、事件、知识文化的运动发展，它们改变着、阻碍或促进文学的进步。我个人的意见是，自然主义从人类刚开始写作第一行字起就开始存在了。从那一天起，真实的问题就已经提出了。如果我们把人类设想成一支军队，在穿过各个历史时代行军，在种种灾难和种种缺陷中奋勇前进，努力去征服真理，人们就应该把学者和作家们置于这支部队的最前列。应该从这个观点出发来写一部文学通史，而不应该以绝对理想的观点，以极其可笑的一般的美学尺度的观点来写。但是，大家都懂得，我是不可能一直追溯到那里、着手去做一项如此庞大的工作，考证一切民族的作家们的前进和倒退、考证他们经历了怎样的黑暗和怎样的光明的。我必须把自己的研究工作限制在、停留在上一世纪，在那里，智慧绽放出绚丽的花朵，形成巨大的运动，从而产生了我们当代的社会。恰恰在那里，我看到自然主义被胜利地肯定下来，也是在那里，我找到自然主义这个名词。自然主义这条脉络，一直深入到往古的一连串时代之中，但却已模糊不清；只须指出我们是在 18 世纪将它把握，然后便随其踪迹，直至今天，这就足够说明问题了。让我们撇开亚里士多德，撇开布瓦洛不谈吧；为了指明这样一种进化，它显然是从世界之初出发，在最有利于它的环境里终于达到了决定性的发展，确实是必须有一个特别的名词的。

因此，让我们停止在 18 世纪吧。这是个壮丽的百花齐放的时代。统御一切的一件事实是，某种方法在当时已经创立起来了。直到此前，学者们都想像诗人那样，只凭个人的奇思异想，只凭天才的灵感触发来行事。有些人碰运气找到了真理，但这些都是彼此互不相关的真理，没有任何联系来把他们连结起来，它们同最粗劣的错误鱼龙混杂。人们像吟诗一样，要借灵感来创造一门完整的科学；人们要用经验主义的公式，用今天会使我们觉得惊愕的形而上学的理由来把该门科学强加给自然。接着，一个小小的情况扰乱了这寸草不长的贫瘠的土地。有一天，一位学者忽然发现在下结论之前应当去实验一番，他抛开了所谓既得真理，回到最初的原因，重新回到对物体的研究，回到对事实的观察。像上学的孩子一样，他甘愿自表谦卑，在能流利阅读之前，先将自然主义这个词按字母来逐个拼读一番。这是一个革命，科学从经验主义中摆脱出来，方法就是从已知向未知迈进。人们从一项已被观察到的事实出发，就这样从观察到观察逐步前进，在取得必要的元素之前，避免先下结论。一句话，不是从综合开始，而是从分析入手；人们不再希望借某种占卜或启示向自然索取真理；人们长时间地、耐心地研究自然，从简单而至于复杂，直到认识它的内在联系。工具既已找到，方法就将加强并扩展各门科学。

果真，人们不久就看见了这件工具。由于细致入微和精确的观察，各门自然科学就被逐步确立下来。光就解剖学来说吧，它开辟了整整一个全新的世界，它每天都揭示着生命的一些奥秘。其他各门科学，如化学、物理，也都相继创立，直到今天，它们依然是十分年轻的，它们逐渐成长，以有时会令人担忧的高速带领我们奔向真理。我无法详述各门科学，我只要指出宇宙学和地质学就够了，它们给宗教神话带来如此可怕的一击。科学已经遍地开花，并且在继续发展着。

但是，人类文明中的一切都是互相联系着的。在人类知识文化的某一边上发生了震动的时候，这震撼就会逐渐扩散，不久就会引起一场全局性的进化。科学，直到那时还是从文学那里借取部分想象的，此时就初次从奇思异想中摆脱出来，以便回到自然，人们看到文学接下来也紧跟科学，而采取实验的方法。18 世纪伟大的哲学运动是一场广泛的、往往还在摸索的调查研究，可是它的坚定不移的目的是要重新弄清人类的一切问题，并加以解决。在史学里，在文学批评里，对事实及环境的研究取代了经院哲学的旧法则。在纯文学作品中，自然起而干涉，不久就同卢梭①及其学派一起占了统治地位；树木，山川和森林成了客观存在的事物，在世界的统一体中恢复了它们的地位；人类不再是智慧的抽象物，自然决定并补足着人类。狄德罗②是 18 世纪首屈一指的伟大人物，他察见了一切真理，跑到了他的时代的前头，对传统习俗和陈旧法则的破烂大厦发动了连续的进攻。这是一个时代的宏伟的飞跃和巨大成就，我们的社会就是从那里脱胎而出；这是标志着一些世纪开始的新纪元，人类就是以自然为基础，以实验方法为工具而进入这些新世纪的。

行了！这就是我所称之为自然主义的进化，我估量人们不能用更恰当的字眼来称呼它

---

① 卢梭（1712—1778）法国思想家。
② 狄德罗（1713—1784）法国思想家。

了。自然主义就是回到自然，就是当学者们一旦发觉应当从研究物体和现象出发，以实验为基础，以分析为手段的时候所创立的做法。文学中的自然主义同样是回到人和自然，是直接的观察、精确的解剖以及对世上所存在的事物的接受和描写。对作家和学者来说，两者的工作一直是相同的，他们都必须以现实来代替抽象，以严格的分析来代替单凭经验的公式。这样一来，作品中就没有抽象的人物，不再有谎言式的说明，不再有绝对的事物，而只有真实的人物，每个人物的真实的故事，日常生活中的相对事物。一切都必须从头重新开始，在像那些发明典型人物的理想主义者那样地作出结论之前，必须先从人的存在的本源去认识人；作家们今后只须从根本上来重新把握结构，提供尽可能多的有关人的文献，按这些文献的逻辑的顺序来展现它们。这就是自然主义，它起源于第一个在思考着的头脑，如果你愿意这么说的话，但它的最大进展之一，无疑也是决定性的进展，则发生在上一世纪。

人类知识文化的这样重大的进展，若没有社会的动乱，那是不可能出现的。法国大革命就是这种社会动乱，这场暴风雨确实扫除了旧世界，使之老老实实地让位于新世界。我们开始了这个新世界，我们在一切事物方面，无论在政治上还是哲学上，无论在科学上还是文学艺术上，都是自然主义的嫡传子孙。我把自然主义这个名词作了扩展，因为它真正代表了整个时代，代表了当代智慧的运动发展。它是推动我们前进并为未来的时代开辟天地的力量。最近一百五十年来的历史可以证明这一点，而最典型的现象之一，则是卢梭和夏多布里昂①之后出现的人类才智的短暂的偏移，即浪漫主义异军崛起的怪现象，这类奇花异草竟然会开放在科学时代的门槛上……

············

二

············

现代小说的渊源在上面已经说得很明白了：在前面，巴尔扎克和司汤达，一位生理学家和一位心理学家，摆脱了浪漫主义的浮华词藻，而浪漫主义至多不过是修辞学家们的一场暴动而已。接着，在我们同这两位开山鼻祖之间，一边有居斯达夫·福楼拜先生，另一边有龚古尔兄弟爱德蒙和于勒，他们带来了文风的学问，以新的修饰法确立了公式。自然主义小说就在于此。我不拟谈论它目前的代表人物了。我将仅限于指出这种小说结构上的特点。

我已经说过，自然主义小说不过是对自然、种种存在和事物的一种调查研究。因此它不再把兴趣放在按某些规则来精巧地构思并展开的一个寓言方面。想象不再有用武之地，情节对小说家来说也无关紧要了，他不再去操心故事的编排、前后承接和结局；我的意思是说，自然主义小说家并不插手对现实进行增删，他也不服从一个事先构思好的观念的需要来制造用以构筑一个屋架的种种部件。我们的出发点是，自然即是一切需要；必须按本来的面目去接受自然，既不对它作任何改变，也不对它作任何缩减；对于以它本身来提供

---

① 夏多布里昂（1768—1848）法国作家。

一个开端、一个中段和一个结尾来说，它已是足够优美、足够宏伟的了。我们无须去想象一段惊险故事，把它复杂化，以戏剧手段来一场接一场地进行安排，把它引向一个最终的结局；我们只须在现实生活中取出一个人或一群人的故事，忠实地记载这个人或这群人的行为即可。作品成了一篇记录，再没有什么别的东西；它只有准确的观察，或多或少地深刻透彻的分析，合乎逻辑地连贯起来的事实等优点。有时，你叙述的甚至还不是有头有尾的整个生活，而仅仅是吸引一位小说家去记述的生活的一个片段，一个男人或者一个女人一生的若干岁月，人生传记的一页而已，正如化学家受到对某物质的一项特别研究的诱惑一样。所以小说不再有框框，它渗入并占领了其他文学门类。它同科学一样，成了世界的主人；它涉及一切题材，记录历史，论述生理学和心理学，一直登上最高的诗词的巅峰，研究最为多种多样的问题：政治、社会经济、宗教、习俗无不成了它所研究的对象。整个自然界都是它的领域。它在其中自由活动，采纳它所喜爱的形式，使用它所认为最动听的声调，它不再受任何界限的束缚。我们在这里已经远离了我们的父辈们所理解的小说：一种纯然是想象的作品，其目的只限于取悦和吸引读者。在过去的修辞学里，小说被置于最低的地位，处于寓言和轻松的诗歌之间。正经人都鄙视小说，把它扔给女流之辈，作为无聊的、有碍身价的消遣。这种观点如今在外省和某些学院环境中依然存在着。事实是，当代小说的杰作在关于人和自然方面所耗费的笔墨，要比哲学、历史和批评等严肃的作品来得更多。现代的工具就在这里。

接着我要谈谈自然主义小说的另一个特点。它是与个人无关的，我的意思是说，小说家只是一名记录员，他不准自己作评判、下结论。一名学者的任务，严格说来，只是陈述事实，一直分析到它的终端，而不冒险去作综合；事实就是这些，在这些条件下所作的实验，就会得出这样一些结果；他就到这里戛然而止，因为他如果要超越现实而前进，他就得进入假设；这就是或然的了，这就不是科学的了。好吧！小说家同样应当停留在已经观察到的事实上，停留在对自然的细心的研究上，倘若他不愿意迷失在欺人之谈的结论上的话。所以他本人就消失了，他把他的情绪留给自己，他仅仅陈述他所见到的东西。现实就是如此，您在这现实面前可以颤抖，可以欢笑，也可以从中得出随便怎样的一个教训，作家的唯一工作是把真实的文献放在您的眼前。此外，对于作品在道德上的这种与个人无关性，还有艺术的理由呢。作家的激烈或温和的干涉会缩减小说的内容，打断其明晰的线条，给事实带进不相干的因素，从而破坏了这些事实的科学价值。人们无法设想一位化学家会因为氮这种物质不适于生物的生存而对它怒目而视，也不会因相反的理由而对氧青睐相加。一位感到有需要对邪恶表示愤怒，对美德大加赞赏的小说家同样破坏了他所提供的文献，因为他的干涉也是既有碍又无益的；作品失掉了它的力量，它不再是从现实的大石块中截下的一方大理石，而成了一种加工过的、由作者的情绪来加以再造的物质，而这种情绪则是易于沾染上种种偏见和种种错误的。一部真实的作品将是不朽的，而一件感人的作品却只能迎合一个时代的情感。

故而自然主义小说家对于小说永远不加干涉，正如学者对他的研究一样。对作品中的道德抱与个人无关的态度成了一件至关重要的事，因为这种与个人无关性导致了作品中的道德观的问题。人们强烈地谴责我们，说我们不讲道德，因为我们不加主观评价地将坏蛋和老实人一视同仁地放在同一场景里，既不偏向这个，也不鄙薄那个。全部争论的焦点就在这里。写坏蛋是可以的，但是到了结尾时必须让他们受到惩罚，或者至少让他们在我们的怒火和鄙恶之下被压得粉身碎骨；至于老实人，他们应当在这里或那里受到几行赞颂和表扬。作为分析者，我们在善和恶的面前完全无动于衷和麻木不仁完全是有罪的。当我们的叙述变得太真实时，人们末了总要说我们是撒谎。怎么！永远是没完没了的坏蛋们，难道就没有一个值得同情的人物？写值得同情的人物的理论就在这里冒出来了。必须写值得同情的人物，哪怕要冒歪曲自然的危险。人们不但要我们对美德表示偏爱，而且要求我们对美德加以美化，使之变得惹人喜爱；这样，对于一个人物的塑造，我们就得作这样的抉择，即保留他的种种优点，偷偷地把他的缺点掩饰过去；更有甚者，如果我们创作出一个完美的人物，如果我们按约定的举止高雅、行为体面的模子来把他铸造出来，我们就是更为值得赞许的了。为此，人们就可以毫不费力地把一些典型的人物引入某一情节中去。这就是那些值得同情的人物，男男女女的理想概念，用于弥补那些取自自然的真实人物的不良印象的不足。正如大家所看到的，在这一切之中，我们唯一的错误是只接受自然，而不愿按理应的面貌来改变本来就是的面貌。绝对的诚实，正如十足的健康一样并不存在。在所有人的身上都有人的兽性的根子，正如人人身上都有疾病的根子一样。故某些小说中的那些如此纯洁无瑕的少女，那些如此忠贞不渝的少年们都是压根儿站不住脚的；要使他们站得住，就必须无所不言。我们就是无所不言的，我们不作取舍，我们不加以理想化：这就是为什么人们要指责我们喜欢在垃圾堆里行走。总之，小说中的道德观的问题，可以这样归结为两种观点：理想主义者的诡辩，为了合于道德，就必须撒谎；自然主义者们则断言，脱离了真实就不会有道德可言。然而，没有什么比浪漫蒂克的幻想家更危险的了；这样的作品，以虚假的色彩来描绘世界，扰乱想象，让想象投入历险故事中去；我一点也不想谈论应该有怎样的伪善，以及人们掩埋在花坛底下而使之成为可爱的种种可憎的事物。这些危险在我们这里消失了。我们教育人们的是生活的痛苦的学问，我们提供的是现实的高尚的教训。这就是现存的情况，请你们设法把这些情况整理一下吧。我再说一遍，我们只是学者，分析者和解剖者，我们的作品具有科学著作的准确性、踏实性和实际应用价值。我不知道还有什么比这更道德、更严肃的派别了。

这就是自然主义小说的现状。它已经取得了胜利，所有的小说家们都投奔到它这里来了，即使是当初企图把它扼杀在摇篮里的那些人。这是永恒的胜利。人们首先是发怒，冷嘲热讽，最后却终于模仿它了。成功就足以决定一个潮流了。况且，现在这个运动一经发动，你就会看见它日益发展壮大。这就是它所开辟的一个新的文学时代。

**左拉：《戏剧中的自然主义》，毕修勺、洪丕柱译，转引自伍蠡甫、胡经之主编《西方文艺理论名著选编（中）》，北京大学出版社，1986，第187—201页。**

## 二、左拉简介

左拉（1840—1902），法国著名作家，自然主义文学流派创始人与领袖。1840年，左拉诞生于法国巴黎一个工程师家庭，7 岁时父亲去世，家境日趋贫困，童年亲身体验了被债主不断威逼的痛苦，之后靠助学金读完了中学。当过海关职员、出版社雇工和记者，经常靠一个面包或一个苹果充饥，对下层社会十分熟悉，充满正义感，曾同情巴黎公社运动。1898 年，犹太军官"德雷福斯"被诬告向德国出卖情报被判终身监禁，两年后被发现此事牵连军方高层，但政府拒绝重审，使得真凶逍遥法外，朝野震动，左拉经过调查，发表了揭露事情真相的《致共和国总统的公开信》而得罪高层，之后被捕，后逃亡英国一年，在德雷福斯案件真相大白之后作为英雄回到巴黎，1902 年因煤气中毒去世。

他的主要作品有家族小说《卢贡马卡尔家族》，该作品包括 20 部长篇小说，登场人物达 1000 多人，表现了一个家族的两个分支在遗传学法则的支配下，所发生的种种事实，用以支持他的实验小说的主张。《戏剧上的自然主义》《实验小说论》等是他这种自然主义文艺理论的集中表现，他在接受达尔文的进化论、孔德的实证哲学、泰纳的文艺理论、吕卡斯医生的《自然遗传导论》和贝尔纳的实验医学影响的基础上，形成了自然主义文学创作理论。

### 三、选文导读

在《戏剧中的自然主义》一文中，左拉认为，从亚里士多德到布瓦洛，文学都以真实为基础，以情节整一性为原则并发展出全部技巧，这正是他需要颠覆的目标。左拉提出文学中自然主义要回到自然和人，要直接观察、精确剖析各种事物。自然主义代表了整个时代，代表了智慧的运动发展，成为开天辟地的力量。狄德罗、巴尔扎克、司汤达、福楼拜、龚古尔兄弟的创作都体现了自然主义的特点。对于自然主义小说来说，想象不再有用武之地，情节也无关紧要，自然就是一切需要，按照事物的本来面目去接受它，不需要做任何改变，也不需要做任何的增减，作品忠实记录事实就可以了。小说家也只是一名记录员，他不要在作品里作任何评判。应该按照事物本来的面貌去写而不是按照应该有的面貌去写。

小说家不应该为了迎合某种道德而去撒谎，脱离了真实也就没有所谓的道德。作品因为真实性而具有实际应用价值，这本身就是道德的。左拉认为自然主义在小说创作中已经取得了胜利，但是在戏剧创作中还处于酝酿状态（因为戏剧是传统习俗的最后堡垒，戏剧要迎合聚集在一起的观众的口味，任何的改变都显得更加不易）。

左拉的观点是超前和偏激的，他的观点违反了艺术的基本规律，因为艺术是社会生活在作家心中的反映，对艺术作纯客观的记录是不可取的，也是做不到的，事实上，文学的倾向性和真实性也并不矛盾。正因为如此，左拉在文学创作领域的影响十分有限，他的意义更多的是对后来各种文艺思潮带来的许多启发，可以说，在现代的各种文艺思潮当中，已经很少有人能够超脱于科学思维的影响而置身事外了。

# 第二节　自然主义文论

在实证主义和科学主义思潮下，先后出现的实证主义文论和自然主义文论实质上都是现实主义发展的结果，对现实生活做真实的反映是他们的共同追求，只是在如何理解"真实地反映生活"方面，它们出现了分歧。现实主义主张在典型环境中塑造典型人物，以把握生活的规律，反映内蕴的真实；实证主义将现象与本质对立起来，主张通过科学实证来把握事实，以便发现现象的规律。自然主义是实证主义发展的自然结果，它们比实证主义走得更远，将生物学、病理学等自然科学的知识引入文学，甚至将二者等同起来，试图为文学找到确凿的自然科学的依据。

丹纳首先在《英国文学史》中尝试从种族、环境、时代角度研究文学，将文学纳入科学的范畴。法国的第一个专业评论家圣伯夫用自然科学的方法研究文学，把实证主义用于文学批评领域，他主张从作家的个人境况解释文学作品，认为文学是作家性格、气质、心理、习惯等因素的反映，反对把文学当作特殊的社会意识形态。圣伯夫的文学批评就是把作家的传记、心理等因素的事实，编成文学的自然史，而作品本身显示的意义却被弃之不顾了。丹纳和圣伯夫对文学的科学化追求为自然主义大师左拉的理论做了准备，左拉在此基础上提出了对文学进行生理学和遗传学的研究，把自然主义文论的科学化推向了极端，也使得自然主义文论的道路越走越窄，最终衰落了下去。

## 一、丹纳的种族、环境、时代决定论

丹纳（1828—1893），丹纳出生于一个律师家庭，自幼聪明好学，博闻强识，精通多国语言，在巴黎高等师范学校毕业后，当过中学教员、大学教师，1878 年当选法兰西学院院士，为法国著名的文艺理论家和史学家，历史文化学派的奠基者和领袖人物，被称为"批评家心目中的拿破仑"。他的艺术哲学理论对 19 世纪的文艺研究产生了深远的影响。

他的主要文论著作有《拉·封丹及寓言诗》《英国文学史》《评论集》《评论续集》《评论后集》《意大利游记》《艺术哲学》。《艺术哲学》是丹纳在巴黎美术学校讲课时讲稿辑录，也是丹纳最重要的文艺理论著作。

丹纳受到自然科学的影响，对达尔文进化论推崇备至，孔德的实证哲学也对他产生了影响。他认为，一切事物的发展都是有规律的，都和环境有关，主张以科学的态度来研究艺术，剖析事实，揭示文学发展过程。他在《评论集》中提出了文学上自然主义的含义，要求按照科学的方式描写生活，他的理论可以看作早期的自然主义。

丹纳在《艺术哲学》中指出，对文学的研究可以像对植物的研究一样，都是可以采取科学化的方式进行的。从这种纯客观的态度出发，他试图从"种族""环境""时代"三个方面来解释文艺形成的原因。

丹纳在《〈英国文学史〉序言》中，集中阐释了这一理论。他指出，"我们所谓的种族，是天生的和遗传的那些倾向，人带着它们来到这个世界上，而且它们通常更和身体的气质与结构所含的明显差别相结合。这些倾向因民族的不同而不同。"①种族因素属于内部根源，是一个民族先天具有的东西，它隐藏在这个种族的语言、宗教、文学和哲学当中。人就像牛马一样，有着不同的天性，有些人勇敢而聪明，有些人胆小而存有依赖心，正如这一类狗会追逐，那一类狗会战斗。一个种族先天而具有的东西就是一个巨大的标记，也是一个民族特有的生命力量和原始冲动，是不变的印记，即使经历许多历史变迁，我们仍能清晰辨识出来。种族特征体现在民族的精神文化上，也进一步体现在艺术中，构成了艺术发展的原始动力。

"环境"属于外部压力，人不能脱离环境而存在，环境既包括地理、气候等自然环境，也包括社会观念、国家政策等社会环境。例如日耳曼人居住在寒冷潮湿地带，深入崎岖的森林或濒临惊涛骇浪的海岸，他们为忧郁和过激的感觉缠绕，表现出狂醉、贪食、喜欢流血战斗的性格；希腊人居住在可爱的风景区，站在光明愉快的海岸上，他们倾向于社会的事物，有固定的国家组织，他们相应地发展了雄辩术、科学、文学、艺术。再如古罗马时期的意大利，倾向于行动、征服、政治、立法，这是由于要保卫罗马城、边境大市场和贵族政权，贵族们训练了两支互相敌对的军队，于是经常发生战争；而在文艺复兴时期的意大利，各个城邦稳定的政权、教皇的地位、邻国的武装干涉，没有统一的政治局面和巨大的野心，这种文明受到高尚和谐的精神的指导，趋向于对快乐和美的崇拜。同样，希腊的悲剧繁荣的时代，也是希腊人战胜波斯人的时代，希腊人以自己的努力获得了巨大的胜利，在光明的世界中取得了领袖地位。而随着马其顿人入侵，希腊被异族统治，希腊民族独立精神也随之消失，悲剧因而衰落。人类精神文化的兴衰，都可以在自然环境和社会环境中找到根据。今天的环境会产生今天的作品，正如过去的环境产生了过去的作品。

"时代"是另一个后天的动量，丹纳这里所说的时代，包括精神文化、社会制度、政治经济状况等广泛的内容。在这些因素影响下，形成了当时的时代精神和风俗习惯，形成了一个时代的精神气候。自然气候影响着生物的生长，对生物起着自然淘汰的作用，在荒僻的山峰、怪石嶙峋的山脊，陡峭的山坡，只有坚韧的松树才能生存，狂风吹不断，寒冷冻不死。精神气候同样对人也起着选择的作用，必须有某种精神气候，某种才干才能发展，气候改变了，才干的种类也随着改变。精神气候决定着艺术类型的此起彼伏，时代的趋向总是占据统治地位，群众思想和社会风气的压力，会给艺术家确定一条发展的道路，悲观绝望的精神状态就会产生悲哀的艺术。苦难使群众悲伤，艺术家作为群众的一分子，也必然分担这种悲伤。在苦难的时代，艺术家自己、他的亲人朋友同样遭受着苦难，这必然影响到他的气质，本性抑郁的人会更抑郁，本性快乐的人会变得不快乐。加上艺术家比普通人有着更敏锐的洞察力，更夸张的表现力，他就会将这种悲伤推向极端。"时代"因

---

① 丹纳：《〈英国文学史〉序言》，杨烈译，转引自伍蠡甫、胡经之主编《西方文艺理论名著选编（中）》，北京大学出版社，1986，第150页。

素对人有着更直接的塑造作用，它使艺术家在某些方面成熟，以便种族和环境的影响能落到实处。当"种族"和"环境"发生作用以后，时代不是影响一张白纸，而是影响一个已经印有标记的底子，印记不同，整个效果也会不同。

丹纳认为这三种要素对文学的创作和发展起决定作用，相比较而言，种族是内部根源，环境是外部压力，时代则是推动力量，这三者相互作用，决定了文学的发展走向。

在丹纳看来，艺术和科学一样，是人类控制万物的工具，科学要找出事物的基本原因和规律，文学则要把握事物的主要特征，主要特征是把握事物各种关系的枢纽。有些人是以野心为主的，有些是以吝啬为主的，表现的时候就要正确反映这些主要特征，为了突出主要特征，可以进行适当的夸张、强化和删减，以此反映作家的主要观念，现实不能充分表现特征，需要作家来补足。丹纳在此明确抛弃了摹仿说，他认为摹仿一方面不是艺术的普遍属性，另一方面也只表现了事物的表面特征，而非内在本质。特征本身的价值决定了作品的价值，完美的作品表现的是一个时代一个种族的主要特征，表现的是各个集团共有的感情与典型。

从整体来看，丹纳的文艺三要素理论仍属于典型的外部研究，没有看到艺术创作和发展的内在机制，对作品内容关注较多，对形式关注不足，不过他的理论对后期自然主义文论起到了铺垫作用，也对 20 世纪文艺社会学的发展带来了许多启发。

## 二、左拉的实验小说理论

左拉是自然主义文论中最重要的理论家和最具代表性的创作实践者，他的《实验小说论》和《戏剧中的自然主义》等著作，构成了自然主义的理论基础。除了前代作家和社会因素外，对左拉产生最直接影响的有两个人，一个是丹纳，另一个是医生克洛德·贝尔纳，丹纳的理论前面已有论述，贝尔纳是当时著名的生理学家和医生，他的《实验医学研究导论》是左拉撰写自己《实验小说论》的直接动因。

"我在这里所做的只不过是一项借鉴的工作，因为实验方式已由克洛德·贝尔纳在他的《实验医学研究导论》一书中非常有力而明晰地建立起来了。这本由一位拥有绝对权威的学者所撰写的著作将作为我坚实的基础。我觉得整个问题在那部书里都已阐述清楚，所以我仅限于引证我感到必要的内容，以作无可辩驳的论据。我的工作只是对若干原文做一番辑录而已，因为我打算在所有的论点上都把克洛德·贝尔纳作为我的掩护。在大多数情况下，我只须把'医生'两字换成'小说家'，就可以把我的想法说清楚，并让它带有科学真理的严密性。"[①]左拉认为，对生理学和医学的学习，可以实现对物质生活的认识，也可以实现对情感生活和知识生活的认识，因此只需要将医学改为小说，便可以成为一种新的创作方法。

左拉的自然主义文论是在现实主义文论的基础上发展而来的，他把巴尔扎克视为自然

---

① 左拉：《实验小说论》，毕修勺、洪丕柱译，转引自伍蠡甫、胡经之主编《西方文艺理论名著选编（中）》，北京大学出版社，1986，第 224 页。

主义小说之父，把福楼拜的《包法利夫人》看作是自然主义小说的典型代表。他认为真实性是小说的基本要求，而真实性要求作家如实地感受自然，如实地反映自然。小说家是一位观察家，也是一位实验家，观察家把他观察到的事实原样摆出来，提出出发点，展示具体环境，让人物在其中活动，事件在其中展开。接着，实验家出现并介绍实验，在某一故事中安排人物的活动，从而显现出事实的继续，即通过实验得出个人知识，用来证实遗传、生理、环境等因素对人的性格的决定作用。小说就是一份作家在观念面前的实验报告。

左拉认为，我们将进入一个无与伦比的时代，人类的能力足以驾驭自然界并利用自然界的规律，从而让最大的自由和最完美的正义主宰大地。这种对科学的乐观情绪使左拉将科学作为揭示人性秘密的武器，他将科学引入文学，用科学的手段去研究文学问题，他所说的自然主义可以看作科学主义的另一种说法。

左拉在《戏剧上的自然主义》中指出，"自然主义就是回到自然，就是当学者们一旦发觉应当从研究物体和现象出发，以实验为基础，以分析为手段的时候所创立的做法。"[①]自然主义是作家们自觉的追求和基于自然的必要，因为在最早的时候，人类还没有现象以外的任何知识，现象就是唯一的出发点，现象与现象的相继出现或者重复出现，反映着实际规律，现象之中就体现了真理。科学家们从物体和现象出发，以实验为基础，通过分析进行工作，这样的方式就是自然主义的。对于文学方面，它是直接的观察，精准的剖析，对存在事物的接受和描写，所以，自然主义小说实质上就是观察与分析的小说，文学创作和艺术加工不再重要，想象几乎遭到了排斥，情感也被限制到最低程度，文学已经成为近似机械的活动。

在左拉看来，科学才是真理，只有科学控制文学，文学才能回到自然，也才能反映真理。他所说的科学主要是指遗传学，他主张从遗传学的观点来认识人，并研究环境对人的影响，以及对人的作用。他认为作家必须研究人的大脑和情感究竟是健康的还是病态的，掌握这种情感的形成原因，以便对他进行约束和治疗。人的生理条件是内部环境，人的一切发展和变化都与生理条件有关，生理条件又和遗传有关。

左拉经过种种分析，对实验小说下了这样的判断，"我打算得出这样的结论：如果让我来给实验小说下个定义的话，我就不会同克洛德·贝尔纳一样，说一部文学作品彻头彻尾是浸泡在个人情感之中的，因为在我看来，个人情感不过是最初的冲动而已。其次，自然是自在之物，我们今天至少已经揭示了自然之一部分的秘密，对这一部分自然，我们就不再有撒谎的权利了。所以实验小说家是接受已被证明的事实的作家，他指出人和社会中已为科学所掌握的诸现象和机理，他只让他个人的感情参与决定论尚未被确定下来的那些现象，并尽量用观察和实验来检验这个人感情，这既存的观念。"[②]

①　左拉：《戏剧中的自然主义》，毕修勺、洪丕柱译，转引自伍蠡甫、胡经之主编《西方文艺理论名著选编（中）》，北京大学出版社，1986，第 191 页。
②　左拉：《实验小说论》，毕修勺、洪丕柱译，转引自伍蠡甫、胡经之主编《西方文艺理论名著选编（中）》，北京大学出版社，1986，第 258 页。

左拉的实验小说理论仅仅从生物学的视角研究文学，忽视了文学的社会属性，并且不顾文学的审美属性，违背了现实规律和艺术规律，不可能创造出真正的艺术来，因此它热闹了一阵子之后，很快就沉寂下去了。

相比现实主义，自然主义文论有以下几方面的特点。第一，现实主义与自然主义都要求描绘客观现实，但是对现实主义来说，描写的目的是为了叙述；而对自然主义来说，叙述的目的是为了描写。第二，左拉的理论有着先天的缺陷，关于人的科学并没有真正建立起来，更不要说关于情感和意志的科学了，况且实际的社会实验也是不可能进行的，小说家的实验只能是在已有结论的基础上在想象中进行的，这无异于把房子建在了沙滩上。第三，二者都要求对社会进行分析和描绘，但是现实主义强调的是在"典型环境"中塑造"典型性格"，以此对社会的发展进行形象化的说明和解释；而自然主义则倾向于从生理学和遗传学的角度解释人性，这不是社会的典型，而是病理学的典型。正是由于自然主义过分强调了文学的生理学和遗传学因素，抹杀了人的自由精神，它退出历史舞台也就不远了。

## 第三节　唯美主义文论

唯美主义首先在法国兴起，后来波及英国和美国，并产生了世界性影响。"为艺术而艺术"是唯美主义的理论旗帜，康德的"审美无利害"的观点对唯美主义有直接的启示。由于唯美主义被法国青年当做武器以对抗鄙俗的社会，他们头戴尖顶帽，身穿海盗服，鄙视恪守法规的良民，加上戈蒂耶的大加鼓吹，其迅速席卷了整个欧洲。

1836 年，法国的戈蒂耶发表了小说《莫班小姐》，在这部小说的序言中，戈蒂耶认为艺术是无功利性，艺术独立于道德之外，有用的东西都不是艺术，艺术有自己的目标，这个目标就是艺术本身；一切都是过眼烟云，唯有艺术是永恒的，艺术唯美永恒、唯美是求；艺术等于美，美等于形式；艺术意味着自由、享乐、放浪，因此，艺术超出了尘世的污浊和丑陋的束缚，进入了自由和光明的净土，追求艺术就是享受生命，享乐就是生活的目的。这篇序言被认为是唯美主义的理论宣言，标志着唯美主义运动的开始，戈蒂耶也成为唯美主义理论的奠基者。

唯美主义作为一种思潮，几乎出现在了各个艺术领域，随着王尔德的出现，唯美主义运动的中心也由法国转移到了英国，王尔德将唯美主义推向了高峰，他几乎就是唯美主义的代名词。王尔德从生活到艺术都是唯美的，他引领了当时的时代风气。1895 年，王尔德被判入狱，具有强烈批判精神的唯美主义在道德的审判之下低头，从此逐渐被公众抛弃。但它对之后的形式主义、直觉主义、象征主义产生了广泛影响。

奥斯卡·王尔德（1854—1900），生于爱尔兰都柏林的一个家世卓越的家庭，父亲威廉姆·王尔德爵士是一个外科医生，母亲爱好写诗而且小有名气，还经常举办文学沙龙，王尔德从小就受到了艺术的熏陶。小时候王尔德在学校钟情于花朵、落日与希腊文学，在男孩间并不特别受欢迎。1871 年，17 岁的王尔德就读于都柏林三一学院，1874 年进入牛津大学学习。在牛津，王尔德受到了大力宣传戈蒂耶思想的佩特的影响。此后，王尔德常以服装惹眼、谈吐机智、特立独行而在伦敦社交界小有名气，被称为"唯美狂"。1895 年被判入狱，1897 年获释，由于对英国失望透顶，动身前往巴黎。晚年风光不再，穷困潦倒，客死于巴黎一个小旅店中。王尔德的代表作有长篇小说《道连·葛雷的画像》、剧本《莎乐美》、理论著作《英国的文艺复兴》《谎言的衰落》《作为艺术家的批评家》等。20世纪末，在遭到毁誉近一个世纪以后，英国终于给了王尔德树立雕像的荣誉。1998 年 11月 30 日，王尔德雕像在伦敦特拉法尔加广场附近的阿德莱德街揭幕。雕像标题为"与奥斯卡·王尔德的对话"，同时刻有王尔德常被引用的语录："我们都在阴沟里，但仍有人仰望星空"。

## 一、艺术即谎言

王尔德的唯美主义观点明显受到了戈蒂耶的影响，并在此基础上作了进一步发挥。他首先提出了艺术即谎言的观点。他对艺术的基本看法是艺术就是谎言，因为人生是不完美的，不值得艺术去描写，艺术可以把生活当作一部分原料，但必须经过重新创造，使之成为新的、优美的、与生活无关的形式，文学的美妙之处，就在于它使不存在的人物存在，讲述美丽而不真实的事情就是艺术的目的。他认为这一观点来自柏拉图，因为柏拉图在《理想国》里也认为诗人是撒谎的人，他们远离真理。但是他的判断和柏拉图有着本质的区别，在柏拉图那里，诗人之所以是撒谎的人，是由于诗摹仿了现实中具体的东西而与理念世界隔着一层，也就与真理隔着一层，他们是不得已而撒谎的人，他们想接近真理，但是却得到了谎言。在王尔德这里，艺术之所以是谎言是因为艺术的创作离不开想象与虚构，想象与虚构无法得到证实，艺术家是故意撒谎的人，说谎就是艺术的目的。由于二人依据的理论不同，出发点不同，所以也得出了不同的结论。柏拉图认为诗人没有多大的用处，理想的国家应该将诗人驱逐出境。而王尔德则认为，艺术并非对现实的摹仿，艺术是现实的模本，现实应该摹仿艺术，因此艺术家都是对生活大有裨益的人。王尔德认为艺术需要想象，需要创造是有道理的，但是他将艺术与生活对立了起来，将创造与谎言等同起来，则是毫无道理的。

## 二、自然摹仿艺术

不是艺术摹仿自然，而是自然摹仿艺术，自然摹仿艺术远甚于艺术摹仿生活，这是王尔德文艺思想的主题。自然所以要摹仿艺术，是因为艺术要比自然更加完美。在《谎言的衰落》中，王尔德指出，自然是粗俗、单调和贫乏的，人在自然面前总是感觉到渺小，就像在山坡上吃草的牛或者开在山沟里的野花。自然有很多缺陷，即使看起来舒适的草地也常常是又湿又硬、凹凸不平、甚至还有许多黑色的虫子在里面。自然也是非理性的，即使有什么目的也无法充分表现出来。只有艺术才能为自然提供模本，艺术是完美无缺的，自然在摹仿艺术的过程中可以纠正自己的缺点，变得更美好。自然不是我们的母亲，而是我们的创造物，在我们的头脑中，自然才获得了生命，就像伦敦的雾存在了几个世纪了，但是人们一直视而不见，直到艺术发明了雾为止。莎士比亚的剧本里有些内容是粗鲁、庸俗、淫猥的，这是他过于喜欢直接走向生活的结果。王尔德颠倒了事物的客观存在和人的主体感受之间的关系，也将审美感受和一般感觉混为一谈，但是他强调艺术高于自然，强调人的主体能动性，以及审美对象对人的审美感觉的培养的作用，都是极为深刻的。

### 三、艺术是纯粹的形式

在王尔德看来，理想的艺术是纯粹的形式，形式就是一切，形式原则是艺术的最高原则。艺术应该追求美而不是真，形式是不包含内容的抽象的装饰。文学之所以给人们带来快感是因为它的节奏和韵律等形式因素，不是作品的思想主题，最高的形式是没有任何具体内容的抽象的装饰，虽然形式也借用了生活的素材，但是由于已经经过想象等加工改造而失去了生活的痕迹，成为新的、纯美的、与生活无涉的形式。那些写实的作品由于生活内容占据了上风而将美挤了出去，因而成为最差的作品。艺术史上伟大的时代并不是那些作品中热情高涨的时代，而是形式完美的时代。王尔德认为艺术发展经历了三个时代，第一个时代艺术是纯形式的，并不涉及现实，因而是理想性的；第二个时代现实侵入形式，但是艺术家努力对其加工改造，赋予其形式和风格，并与现实相区别；第三个时代生活内容对艺术形式占据了上风，艺术走向堕落，成为颓废时代的标志。王尔德的艺术抽去了生活内容，也就抽掉了艺术的真正生命，但是他对形式的重视，为后来形式主义文论的兴起提供了启示。

### 四、艺术是无关道德的

王尔德在《道连·葛雷的画像》序言中指出，艺术家是美的事物的创造者，他只追求美。一部作品能唤起人们的美感就是好的，反之就是不好的，作品只有好与不好之分，无关乎道德与不道德。艺术不应该为道德服务，也不应该为道德而存在。在这方面，他的观点和戈蒂耶比较接近，只是比戈蒂耶更加极端，他认为一切艺术都是不道德的，一切艺术也都是无用处的。艺术家必须超越于道德之上，没有伦理上的倾向与好恶。艺术唯一的目的就是追求美，只有美是不会随着时间而减损的，而各种哲学会像沙子一样垮掉，各种宗教会像树叶一样凋零，唯有美是四季皆宜的乐趣和永恒的财富。艺术也不表现时代，只表现自身，艺术有自己的生命力，它按照自己的路线发展，在现实主义时代，艺术不一定是现实的，在信仰的时代，艺术也不一定是精神的。艺术表现的，正好与时代精神相反，有时候重返过去的足迹，比如各种复古的运动，有时又走到了时代的前面，比如这个时代的作品往往到了下一个时代才能被人欣赏。因此，艺术既不是时代的产物，也不再现时代。要创造永恒的艺术，就要超越时代，不能被时代所纠缠。王尔德看到了艺术的独立性，这是有道理的，艺术可以维护一种道德，也可以反对一种道德，但是不能完全脱离道德。王尔德认为古希腊艺术是无关道德的，人们不问艺术里是否有弑父乱伦的内容，只问它美不美。这也是不对的，只不过古希腊人的道德观念与王尔德时代的英国人的道德观念不同而已。理想的艺术的美是不可能与道德的善相冲突的。同样，艺术也无法脱离时代，艺术可以复古，但复古也是为了传递新的讯息，艺术也可能超前，那也是因为优秀的艺术家对自己所处时代准确把握的基础上对新时代的呼唤，从根本上说，艺术仍是时代的产物。

唯美主义作为一种反叛的力量登上了文坛，以各种奇谈怪论惊骇了文学艺术界，对当时的丑陋的现实产生了冲击，在思想上有一定的进步意义，其强调的艺术独立性也促进了文学艺术自觉时代的到来，但是唯美主义之路越走越偏激，越走越极端，要求文学艺术完全与道德划开界限，要求形式与内容分疆而治，最终使文艺走进了死胡同，而且唯美主义理论也有着明显的享乐主义和颓废主义的倾向，不符合文艺发展的内在要求。

## 第四节　象征主义文论

19世纪后期，欧洲一部分知识分子对社会不满。他们不敢正视现实，不愿直接表述自己的思想，只能采用象征和寓意的手法，在幻想中虚构世界，这样就产生了近代象征性的艺术。1886年，诗人莫雷亚斯在《象征主义宣言》中首先提出这个名称。

象征主义反对现实主义和自然主义如实地描写客观现实，也反对浪漫主义的直抒胸臆和创造鲜明的视觉形象，象征主义是客观摹写的敌人，将文学表现的对象从外在物质世界转向了内在的精神世界，文学表现的内容从自然世界转向了超验世界，表现手法上由客观再现转变为暗示象征。

美国诗人爱伦坡为象征主义的先驱，他提出了创造属于彼岸世界的"神圣美"的主张，而达到神圣美的主要途径是象征，认为诗歌发展最广阔的领域是与音乐的结合。法国诗人波德莱尔继承和发展了爱伦坡的观点，提出了感应系统理论，认为万事万物之间存在一种感应关系，彼此沟通，互为象征，波德莱尔直接开启了象征主义文学运动，成为法国象征主义的始祖。

象征主义理论在19世纪70年代法国的魏尔伦、兰波和马拉美文论中臻于完善，象征主义诗歌也在他们的创作中趋于成熟。他们将客观世界看作主观世界的象征，着重表现直觉和幻想，发展了波德莱尔的"世界是一座象征的森林"的观点，他们也成了前期象征主义的代表人物。后象征主义出现于第一次大战后，20世纪20年代达到高潮，20世纪40年代接近尾声。它的主要特点是主张创造"病态美"，表现内心的"最高真实"，运用象征暗示，在幻觉中构筑意象，用音乐性增加冥想效应，代表人物有法国的瓦雷里、爱尔兰的叶芝、奥地利的里尔克、英国的艾略特。

波德莱尔（1821—1867），法国著名诗人，文艺批评家。6岁时父亲去世，母亲改嫁，与继父感情不和。波德莱尔力求挣脱资产阶级思想意识的枷锁，探索着在抒情诗的梦幻世界中求得精神的平衡，成为资产阶级的浪子。成年以后，波德莱尔继承了生父的遗产，和巴黎文人艺术家交游，过着波希米亚人式的浪荡生活。他的主要诗篇都是在这种内心矛盾和苦闷的气氛中创作的。1848年巴黎工人武装起义，波德莱尔登上街垒，参加战斗。波德莱尔喜欢巴尔扎克、雨果的小说，也喜欢戈蒂耶、拜伦、雪莱等人的诗，尤其推崇爱伦坡的作品，他的作品大多表现对现实生活的不满，对客观世界绝望的反抗态度。文学代表作有《恶之花》，文艺批评著作有《浪漫派的艺术》《美学珍玩》以及大量的书信。

波德莱尔同样将美作为艺术的最高追求，他所说的美，就是爱伦坡的"神圣美"。他并没有否定现实世界的客观存在，但是认为现实世界背后藏着一个更真实的超验世界。现实世界就是一部象形文字的字典，诗人要从这部字典里读出深刻而复杂的意蕴。1857 年，波德莱尔著名的十四行诗《感应》发表，这首诗被认为是"象征主义的宪章"。

> 自然是一座神殿，那里有活的柱子不时发出一些含糊不清的语音；
> 行人经过该处，穿过象征的森林，
> 森林露出亲切的眼光对人注视。
>
> 仿佛远远传来一些悠长的回音，
> 互相混成幽昧而深邃的统一体，
> 像黑夜又像光明一样茫无边际，
> 芳香、色彩、音响全在互相感应。
>
> 有些芳香新鲜得像儿童肌肤一样，
> 柔和得像双簧管，绿油油像牧场，
> ——另外一些，腐朽、丰富、得意扬扬，
>
> 具有一种无限物的扩展力量，
> 仿佛琥珀、麝香、安息香和乳香，
> 在歌唱着精神和感官的热狂。

在这首诗里，波德莱尔将大自然看作是"象征的森林"，认为象征是普遍的存在，物质与精神世界都是想通的，人的色香味触等官能也是交互感应的，声音可以让人感到色彩，色彩可以让人闻到气味，人的感觉也能传达情感，客观事物背后隐藏着理想形式的象征。

诗歌的目的，就是寻找一种漂浮于天堂的"最高的美"，波德莱尔认为摹仿自然是艺术的敌人，描绘已经存在的东西是无用而且乏味的，所谓的再现现实和摹仿自然只是对自然的抄袭。想象力才是各种能力的王后，诗人应该借助想象力去穿透事物的表面，洞悉其中的感应关系，发现精神上的含义，创造出"最高的美"，实现物质与精神的融合。

波德莱尔的另一个创举就是提出了"恶中之美"的观点。在他之前，文学艺术的表现对象一直是真善美，丑并没有受到关注，雨果在《克伦威尔》序言中提出了"美丑对照、善恶并存、光明与黑暗与共"的原则，但他也只是将丑和恶作为美与善的陪衬，丑和恶并没有因此变美变善，丑还是丑，恶还是恶。波德莱尔则在《恶之花》序言中明确提出要将善同美区别开来，要努力发掘恶中之美。

发掘恶中之美不是以丑为美，而是要在丑恶的现实中发掘和表现社会人生的本质内涵，传达诗人因丑恶而产生的忧郁、愁思、不幸的情感和叛逆的精神，要在丑恶的现实中发现审美精神，化腐朽为神奇。

波德莱尔认为，法国的现实生活，特别是巴黎的生活，充满着自身的美，具有英雄气概。但是这些美不存在于上流社会之中，而是存在于充满罪犯和妓女的底层社会，那里盛开着现代生活的"恶之花"。波德莱尔主张表现生活中的"恶之美"，显示了他正视现实人生的一面，他对生活中的丑恶、不幸和痛苦有着深切的体验和深刻的思考，思考过后流露出悲观的情绪。

波德莱尔通过对恶之美的发掘，表现了现代人与社会无法协调而产生的厌烦情绪，是当时时代感受的艺术体现，他提出的"以丑为美"原则，象征手法的运用，以及颓废主义情绪，对现代文论产生了复杂的影响。

象征主义文论摒弃了传统文学理论对现实世界的摹仿和逼真性的追求，转而寻求世界背后更高的真实，创造了追求启发意义的文学理论新模式，对现代主义文论带来了许多启发意义。

**结语：** 自然主义试图用自然科学的办法来解释文学发展的社会、历史、文化心理、自然环境的根源，这种文学研究的"科学化"追求，为后来的文学研究积累了丰富的文学史料，但是他们缺乏唯物主义的高度和社会意识形态的视野，使得他们追求的纯科学化变得不可能。他们以自然科学的规律去解释社会历史事件，把社会历史发展的原因归结为心理变态和生物遗传，无法揭示社会的本质规律，也损害了文学艺术的本质真实。

19世纪初，德国叔本华的意志哲学兴起，从此非理性的生存意志成为世界的本体，直观和直觉成为艺术活动的根本特征，非理性主义由此确立。在叔本华之后，丹麦思想家克尔凯郭尔强调作为个体人的当下生存体验，反对普遍性对个体性的压抑，开创了存在主义的先河。唯美主义、象征主义作为非理性哲学和存在主义思潮在文学领域的表现，它们强调文学艺术的独立性和纯洁性，认为艺术的本性在于对美和形式的追求，艺术家应该摆脱现实的道德使命。这种主张推动文学形式研究、促成文学研究从"作者中心"向"作品中心"范式转换的同时，也导致了艺术家脱离社会现实的颓废主义情绪的增长。

**本章必读书目**

左拉:《小酒店》，王了一译，上海三联书店，2013。
王尔德:《快乐王子》，巴金译，上海译文出版社，2010。
波德莱尔:《恶之花》，郭宏安译，商务印书馆，2018。

**深度阅读推荐**

金满城:《左拉》，黑龙江人民出版社，1983。
缪塞:《一个世纪儿的忏悔》，梁均译，人民文学出版社，1980。
波德莱尔:《波德莱尔美学论文集》，郭宏安译，人民文学出版社，1979。

**思考与运用**

1. 自然主义与现实主义有什么联系与区别？

2. 王尔德为什么认为生活摹仿艺术，而不是艺术摹仿生活？

3. 如何理解波德莱尔的"大自然是座象征的森林"？

现代文论

现代文论是指 19 世纪末到 20 世纪 60 年代伴随着非理性哲学的兴起和现代科学主义的发展而产生的文艺理论。

西方文论的现代转化是西方文化现代转型的一部分，西方现代文化的起点是文艺复兴，随着资本主义制度的确立，资产阶级的价值观和审美趣味逐渐成为社会的主流，但是资产阶级文化仍以延续古代传统文化为主，古希腊文明所孕育的理性和科学的传统和希伯来文明所孕育的神学传统依然此起彼伏。

文艺复兴用古希腊的理性传统对抗基督教的神学信仰，构成了近代文化的重要线索，这种趋势一直延续到了启蒙运动，近代文化的基本进程是科学和理性逐渐占据了主导地位。随着社会矛盾的不断暴露，19 世纪初期开始，西方文化进入了反思与批判的时期，浪漫主义、批判现实主义一直到自然主义、唯美主义、象征主义都流露出对现实的不满、批判和忧思。

19 世纪初，黑格尔把近代理性主义推向高峰的同时，非理性主义的思潮也在潜滋暗长。叔本华的意志哲学认为人是受"意志"这种非理性力量支配的，人生而痛苦，叔本华的思想在 19 世纪中期风靡一时。尼采在叔本华之后提出了"重估一切价值"的激进口号，对古希腊以来的理性和科学传统进行了全面清算，还将基督教看作虚无主义和颓废主义的罪魁祸首，进而提出了"上帝死了"的著名观点。在此之后，弗洛伊德寻找意识背后的无意识和"潜意识"，进一步瓦解了传统的理性精神。索绪尔将人与语言的关系颠倒了过来，不是人通过语言认识世界，而是语言通过人为世界立法，其提出的语言"任意性原则"对理性精神又造成了重重的一击。20 世纪的西方文论，语言成为主角。转向语言成为此后文学理论的主导趋势，语言逐渐代替了理性，对文学词语、形式、结构的分析逐渐取代了对思想、情感、意义的考量。人不断地被无情放逐，最终又无奈复归。

这种非理性的精神的产生是西方社会巨大变化的结果，非理性思潮发展期，正好处于两次世界大战期间。在第一次世界大战之前，虽然社会危机重重，但是时代思想的主流仍然是理性主义的，战争摧毁了人们既有的信仰体系，使人们的思想陷入空前的混乱之中。一战之后，经济的大萧条又把法西斯推向了历史的前台，人类走向更加疯狂的状态，大规模的人与人之间的相互残杀，理性与道德早被抛诸脑后，非理性思潮随着人的非理性状态集中爆发了出来。现代文论就是人在极端生存状态中对自己重新认识的一种结果。

一个值得注意的现象是现代文论大多是在城市发源的，因为现代城市有文学发展所需的条件，有激烈的思想文化冲突，是现代文明的风暴中心，现代文学作品也更倾向于表现人的城市经验。同时，现代文论也与各种学科的发展走向融合，哲学、语言学、心理学、政治学等领域的理论不断向文学领域延伸。这种现象在现代心理学文论、俄国形式主义、新批评、结构主义等文艺思想中都有鲜明的体现。现代文论主要是批评理论，创作理论并不占据主导地位。

心理分析文论是 20 世纪最具影响力的文艺理论之一，其主要代表人物是弗洛伊德和荣格。弗洛伊德将精神分析心理学的研究成果引入了文学艺术领域，他在个人无意识的基础上，建构了自己的理论，认为文学艺术是人的性欲的升华，是作家的白日梦，性欲被压抑是作家创造的动力。荣格在集体无意识的基础上形成了他的理论，认为作品实质上是原始人类遗传下来的集体无意识显现的结果，从作品中可以找到神话的原型，他的理论为神话原型批评理论奠定了重要基础。

俄国形式主义文论与现代心理学文论几乎同时出现，它认为，文学研究的对象不是哪个作家的作品，而是文学的"文学性"的问题，也就是一部作品何以成为文学作品的本质规定性。而"文学性"又是语言"陌生化"的结果，文学性就是形式性，它与文学的语言形式有关，而与文学的内容和材料无关，不是内容决定形式，而是形式自己会产生意义，文学史就是形式运动的历史。

新批评在 20 世纪四五十年代出现，更加突出文体的独立性。新批评理论家认为，陌生化的文学语言只有情感功能，已经失去了指示功能，诗是虚假的陈述，文本是独立于生活的存在。文本是一个活的机体，通过各个组成部分相互作用发挥功能，读者必须细读文本才能把握。他们反对将文本的意义与作家的意图或读者的感受等同起来，认为那样会引人步入歧途。

20 世纪 60 年代出现了结构主义文论，它以索绪尔的现代语言学理论为基础，继承了布拉格学派的思想，主张以语言的结构揭示文学的内在结构，是科学主义的结构理论在文学领域的运用的结果。相对于其他理论思潮来讲，结构主义不重视因果解释，而是认为要弄清楚一种现象，就必须首先弄清楚它的内部结构，并描述它与其他现象的关系，这些现象与现象之间构成了更大的结构。

# 第十章 心理分析文论

**本章的能力要素**

本章主要介绍心理分析文论的主要观点，要求能结合弗洛伊德和荣格的理论，阐释相关的理论文本，并能运用精神批评的方法对文学文本进行分析。具体要求包括：

1. 能在自学的基础上，小组合作探究弗洛伊德的《创作家与白日梦》（节选）。

2. 能结合弗洛伊德的理论主张，解读其《陀思妥耶夫斯基与弑父者》。

3. 能运用精神分析理论，对毕肖普的《在村庄》、莎士比亚的《李尔王》等作品进行分析。

**教学方法**

小组探究法、讨论法、讲授法

**知识与能力**

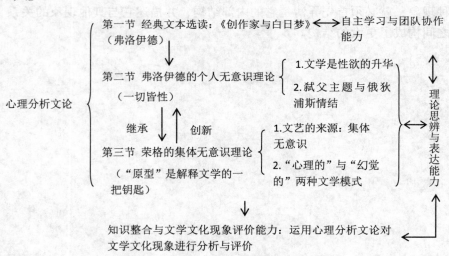

精神分析文论是随着现代西方心理学的进步而发展起来的，1879年德国心理学家冯特创立结构主义心理学之后，衍生出多个心理学的分支，它们对文艺学的发展都产生了或多或少的影响，其中，精神分析心理学将文学艺术作为研究对象，对文艺学产生了更大的影响。

作为文学批评流派的精神分析学派是对传统文学批评的一次反叛，它否定了实证主义以来过分强调环境、遗传对文学决定作用的观点，在弗洛伊德理论的影响下，人们日益接受了在我们内心深处存在一个深不可测的潜意识世界的观点，一个新的世界从此出现在人们的面前。精神分析文论的发展大体经过了弗洛伊德、荣格、拉康三个时期，三个人都以无意识为研究对象，但同时又各有侧重。

以弗洛伊德及其弟子的理论为中心，形成了精神分析文论的第一个阶段。在这一阶段，精神分析的理论家们往往在作品中寻找性意识的象征性符号，并把这种象征性符号与作家的创作动机联系起来，从而证明无意识理论的正确性；或者直接将文学作品当作心理学的病例来研究，通过研究人物形象、语言行动、故事结构等来寻找作家隐匿其中的心理倾向。

作为弗洛伊德的弟子，荣格在弗洛伊德理论的基础上，创立了集体无意识理论，进而提出了原型批评。此期还有一些批评家在弗洛伊德性本能理论的基础上，加入了人的社会性，认为文学作品将读者内心的潜意识欲望转化为可以被社会接受的内容，从而产生了阅读的乐趣，读者可以根据自己的愿望来阅读和解释作品。

法国的雅克·拉康将语言学理论引入了精神分析理论以矫正后者的过分客观性与随意性问题，他认为不是无意识先于语言，而是无意识在社会的语言网络中形成的，语言先于无意识，人是在社会网络中找到主体的自我的。拉康的理论将精神分析理论推向了更广阔的道路，对结构主义文论、女性主义文论都产生了积极影响。

## 第一节 经典文本阅读

### 一、经典文本节选：《创作家与白日梦》（弗洛伊德）

我们这些外行一直怀着强烈的好奇心——就像那位对阿里奥斯托提出了相同问题的主教[①]一样——想知道那种怪人的（即创作家的）素材是从哪里来的，他又是怎样利用这些材料来使我们产生了如此深刻的印象，而且激发起我们的情感。——也许我们还从来没想到自己竟能够产生这种情感呢！假如我们以此诘问作家，作家自己不会向我们作解释，或者不会给我们满意的解释；正是这一事实更引起了我们的兴趣。而且即使我们很清楚地了解他选择素材的决定因素，明了这种创造虚构形象的艺术的性质是什么，也还是不能帮助我们成为创作家；我们明白了这一点，兴趣也不会丝毫减弱。

如果我们至少能在我们自己或与我们相同的人们身上发现一种多少有些类似创作的活动，那该有多好！检视这种活动，就能使我们有希望对作家的作品开始作出解说。对于这种可能性，我们是抱一些希望的。说得彻底些，创作家们自己喜欢否定他们这种人和普通人之间的差距；他们一再要我们相信：每一个人在内心都是一个诗人，直到最后一个人死去，最后一个诗人才死去。

---

[①] 卢多维可·阿里奥斯托（1474—1533）：意大利作家、诗人。伊波里托·德埃斯特主教是阿里奥斯托的第一个保护人，阿里奥斯托的《疯狂的奥兰多》就是献给他的。诗人得到的唯一报酬是主教提出的问题："卢多维可，你从哪里找来这么多故事？"

难道我们不应当追溯到童年时代去寻找想象活动的最初踪迹么？孩子最喜爱、最热心的事情是他的玩耍或游戏。难道我们不能说，在游戏时每一个孩子的举止都像个创作家？因为在游戏时他创造了一个属于他自己的世界，或者说，他用一种新的方法重新安排他那个世界的事物，来使自己得到满足。如果认为他对待他那个世界的态度并不认真，那就错了；相反地，他做游戏时非常认真，他在游戏上面倾注了极大的热情。与游戏相反的，并不是"认真的事情"，而是"真实的事情"。尽管孩子聚精会神地将他的全部热情付给他的游戏世界，但他很清楚地将它和现实区别开来；他喜欢将他的假想的事物和情景与现实生活中可触摸到、可看到的东西联系起来。这种联系就是孩子的"游戏"和"幻想"之间的区别。

创作家所做的，就像游戏中的孩子一样。他以非常认真的态度——也就是说，怀着很大的热情——来创造一个幻想的世界，同时又明显地把它与现实世界分割开来。在语言中保留了儿童游戏和诗歌创作之间的这种关系。语言给那些充满想象力的创作形式起了个德文名字叫"Spiel"（"游戏"），这种创作要求与可触摸到的物体产生联系，要能表现它们。语言中讲到"Lustspiel"（"喜剧"）和"Trauerspiel"（"悲剧"），把从事这种表现的人称为"Schauspieler"（"演员"）。然而，作家那个充满想象的世界的虚构性，对于他的艺术技巧产生了十分重要的效果，因为有许多事物，假如是真实的，就不会产生乐趣，但在虚构的戏剧中却能给人乐趣；而有许多令人激动的事，本身在事实上是苦痛的，但是在一个作家的作品上演时，却成为听众和观众乐趣的来源。

由于考虑到另一个问题，我们将多花一些时间来讨论现实和游戏之间的这种对比。当一个孩子长大成人，不再做游戏了，他以相当严肃的态度面对生活现实，做了几十年工作之后，有一天他可能会发现自己处于一种重新消除了游戏和现实之间差别的精神状态之中。作为一个成年人，他可以回顾他在儿童时代做游戏时曾经怀有的那种热切认真的态度；他可以将今日外表上严肃认真的工作和他小时候做的游戏等同起来，丢掉生活强加在他身上的过分沉重的负担，而取得由幽默产生的高度的愉快。

那么，人们长大以后，停止了游戏，似乎他们要放弃那种从游戏中获得的快乐。但是，凡懂得人类心理的人都知道，要一个人放弃自己曾经经历过的快乐，比什么事情都更困难。事实上，我们从来不可能丢弃任何一件事情，只不过是把一件事转换成另一件事罢了。表面上看来抛弃了，其实是形成了一种替换物或代用品。对于长大的孩子也是同样情况，当他停止游戏时，他抛弃了的不是别的东西，而只是与真实事物之间的连结；他现在做的不是"游戏"了，而是"幻想"。他在虚渺的空中建造城堡，创造出那种我们叫做"白日梦"的东西来。我相信大多数人在他们的一生中时时会创造幻想，这是一个长期以来被忽略了的事实，因此人们也就没有充分地认识到它的重要性。

人们的幻想活动不如孩子的游戏那么容易观察。的确，一个孩子独自做游戏，或者和其他孩子一起为游戏的目的而组成了一个精神上的集体；但是虽然他可能不在成年人面前做游戏，从另一方面看，他并不在成年人面前掩饰他的游戏。相反，成年人却为自己的幻想感到害臊而把它们藏匿起来，不让人知道。他把自己的幻想当作个人内心最深处的所有物；一般说来，他宁愿坦白自己的过失行为，也不愿把他的幻想告诉任何人。于是可能产生这种情况：由于上述原因，他相信自己是唯一创造这种幻想的人，他并不知道这种创造其实是人类非常普遍的现象。游戏者和幻想者行为上的不同，在于这两种活动的动机，然而这两种动机却是互相附属的。

一个孩子的游戏是由他的愿望决定的：事实上是一种单一的愿望，希望自己是一个大人、一个成年人，这种愿望在他被养育成长的过程中很起作用。他总是以做"成年人"来作为自己的游戏，在游戏中他尽自己所知来摹仿比他年长的人们的生活。他没有理由要掩饰这种愿望。但对于成年人来说，情况就不同了。一方面，他知道他不应该继续做游戏或幻想，而应该在现实世界中行动；另一方面，某些引起他幻想的愿望是应该藏匿起来的。这样，他会因为自己产生孩子气的或不能容许的幻想而感到害臊。

…………

关于幻想还可以讲许许多多，但我将尽可能简明扼要地说明某些要点。如果幻想变得过于丰富，过分强烈，神经官能症和精神病发作的条件就成熟了。此外，幻想是我们的病人所称诉的苦恼症状在精神上的直接预兆。在这里，有一条宽阔的岔道，引入了病理学的领域。

幻想和梦的关系，我不能略去不谈。我们晚上所做的梦也就是幻想，我们可以从解释梦境来加以证实。语言早就以它无比的智慧对梦的实质问题作了定论，它给幻想的虚无缥缈的创造起了个名字，叫"白日梦"。如果我们不顾这一指示，觉得我们所做的梦的意思对我们来说通常是模糊不清的，那是因为有这种情况：在夜晚，我们也产生了一些我们羞于表达的愿望；我们自己要隐瞒这些愿望，于是它们受到了抑制，被推进无意识之中。这种受抑制的愿望和它们的衍生物，只被容许以一种很歪曲的形式表现出来。当科学研究成功地阐明了歪曲的梦境的这种因素时，我们不难认清，夜间的梦正和白日梦——我们都已十分了解的那种幻想——一样，是愿望的实现。

关于幻想，我就说这些。现在来谈谈创作家。我们是否真的可以试图将富于想象力的作家与"光天化日之下的梦幻者"相比较，将作家的作品与白日梦相比较？这里我们必须从二者的最初区别开始谈起。我们必须把以下两种作家区分开来：一种作家像写英雄史诗和悲剧的古代作家一样，接收现成的材料；另一种作家似乎创造他们自己的材料。我们要分析的是后一种，而且为了进行比较起见，我们也不选择那些在批评界享有很高声誉的作家，而选那些比较的不那么自负的写小说、传奇和短篇故事的作家，他们虽然声誉不那么高，却拥有最广泛、最热忱的男女读者。这些作家的作品中一个重要的特点不能不打动我们：每一部作品都有一个作为兴趣中心的主角，作家试图运用一切可能的手段来赢得我们对这主角的同情，他似乎还把这主角置于一个特殊的神的保护之下。如果在我的故事的某一章末尾，我让主角失去知觉，而且严重受伤，血流不止，我可以肯定在下一章开始时他得到了仔细的护理，正在渐渐复原。如果在第一卷结束时他所乘的船在海上的暴风雨中沉没，我可以肯定，在第二卷开始时会读到他奇迹般地遇救；没有这一遇救情节，故事就无法再讲下去。我带着一种安全感，跟随主角经历他那可怕的冒险；这种安全感，就像现实生活中一个英雄跳进水里去救一个快淹死的人，或在敌人的炮火下为了进行一次猛袭而挺身出来时的感觉一样。这是一种真正的英雄气概，这种英雄气概由一个出色的作家用一句无与伦比的话表达了出来："我不会出事情的！"①然而在我看来，通过这种启示性的特性或不会受伤害的性质，我们立即可以认出"自我陛下"，他是每一场白日梦和每一篇故事的主角。

这些自我中心的故事的其他典型特征显示出类似的性质。小说中所有的女人总是都爱上了主角，这种事情很难看作是对现实的描写，但是它是白日梦的一个必要成分，这是很容易理解的。同样地，故事中的其他人物很明显地分为好人和坏人，根本无视现实生活中所观察到的人类性格多样性的事实。"好人"都是帮助已成为故事主角的"自我"的，而"坏人"则是这个"自我"的敌人或对手之类。

我们很明白，许许多多虚构的作品与天真幼稚的白日梦的模特儿相距甚远；但是我仍然很难消除这种怀疑：即使与那个模特儿相比是偏离最最远的作品，也还是能通过一系列不间断的过渡的事例与它联系起来。我注意到，在许多以"心理小说"闻名的作品中，只有一个人物——仍然是主角——是从内部来描写的。作者仿佛是坐在主人公的大脑里，而对其余人物都是从外部来观察的。总的说来，心理小说的特殊性质无疑由现代作家的一种倾向所造成：作家用自我观察的方法将他的"自我"分裂成许多"部分的自我"，结果就使他自己精神生活中冲突的思想在几个主角身上得到体现。有一些小说——我们可以称之为"古怪"小说——看来同白日梦的类型形成很特殊的对比。在这些小说中，被当作主角介绍给读者的人物只起着很小的积极作用；他像一个旁观者一样，看着眼前经过的人们所进行的活动和遭受的痛苦。左拉的许多后期作品属于这一类。但是我们必须指出，我们对那些既非创作家、又在某些方面逸出所谓"规范"的个人作了精神分析，发现了同白日梦相似的变体：在这些作品中，自我以扮演旁观者的角色来满足自己。

如果我们将小说家和白日梦者、将诗歌创作和白日梦进行比较而要显出有什么价值的话，那么它首先必须用这种或那种方式表明自己是富有成效的。比如说，让我们试图把我们先前立下的论点——有关幻想和时间三个阶段之间的关系，和贯穿在这三个阶段中的愿望——运用到这些作家的作品上；并且让我们借助这种论点试行研究作家的生活和他的作品之间存在着的联系。一般说来，谁也不知道在研究这个问题时该抱什么期望；而人们又常常过于简单地来考察这种联系。我们本着从研究幻想而取得的见识，应该预期到下述情况。目前的强烈经验，唤起了创作家对早先经验的回忆（通常是孩提时代的经验），这种回忆在现在产生了一种愿望，这愿望在作品中得到了实现。作品本身包含两种成分：最近的诱发性的事件和旧事的回忆。

不要为这一公式的复杂而大惊小怪。我怀疑事实会证明这是一种非常罕见的格式。然而，它可能包含着研究真实状况的入门道路；根据我做过的一些实验，我倾向于认为这种看待作品的方法也许不会是没有结果的。你将不会忘记，强调作家生活中对幼年时的回

---

① 这是维也纳戏剧家安森格鲁伯的一句话，弗洛伊德很喜爱这句话。

忆——这种强调看来也许会使人感到迷惑——最终是由这样一种假设引出来的：一篇作品就像一场白日梦一样，是幼年时曾做过的游戏的继续，也是它的替代物。

然而，我们不能忘记回到上文去谈另一种作品：我们必须认清，这种作品不是作家自己的创作，而是现成的和熟悉的素材的再创造。即使在这种情况下，作家还保持着一定程度的独立性，这种独立性表现在素材的选择和改变上——这种改变往往是很广泛的。不过，就素材早已具备这点而言，它是从人民大众的神话、传说和民间故事宝库中取来的。对这一类民间心理结构的研究，还很不完全，但是像神话这样的东西，很可能是所有民族寄托愿望的幻想和人类年轻时代的长期梦想被歪曲之后所遗留的迹象。

你会说，虽然我在这篇论文的题目里把创作家放在前面，但是我对你论述到创作家比论述到幻想要少得多。我意识到这一点，但我必须指出，这是由于我们目前这方面所掌握的知识还很有限。至今我所能做的，只是抛出一些鼓励和建议；从研究幻想开始，谈到作家选择他的文学素材的问题。至于另一个问题——作家如何用他的作品来达到唤起我们的感情的效果——我们现在根本还没有触及到。但是我至少想向你指出一条路径，可以从我们对幻想的讨论通向诗的效果问题。

你会记得我叙述过，白日梦者小心地在别人面前掩藏起自己的幻想，因为他觉得他有理由为这些幻想感到害羞。现在我还想补充说一点：即使他把幻想告诉了我们，他这种泄露也不会给我们带来愉快。当我们知道这种幻想时，我们感到讨厌，或至少感到没意思。但是当一个作家把他创作的剧本摆在我们面前，或者把我们所认为是他个人的白日梦告诉我们时，我们感到很大的愉快，这种愉快也许是许多因素汇集起来而产生的。作家怎样会做到这一点，这属于他内心最深处的秘密；最根本的诗歌艺术就是用一种技巧来克服我们心中的厌恶感。这种厌恶感无疑与每一单个自我和许多其他自我之间的屏障相关联。我们可以猜测到这一技巧所运用的两种方法。作家通过改变和伪装来减弱他利己主义的白日梦的性质，并且在表达他的幻想时提供我们以纯粹形式的、也就是美的享受或乐趣，从而把我们收买了，我们给这样一种乐趣起了个名字叫"刺激品"，或者叫"预感快感"；向我们提供这种乐趣，是为了有可能得到那种来自更深的精神源泉的更大乐趣。我认为，一个创作家提供给我们的所有美的快感都具有这种"预感快感"的性质，实际上一种虚构的作品给予我们的享受，就是由于我们的精神紧张得到解除。甚至于这种效果有不小的一部分是由于作家使我们能从作品中享受我们自己的白日梦，而用不着自我责备或害羞。这就把我们带到了一系列新的、有趣的、复杂的探索研究的开端；但是至少在目前，它也把我们带到了我们的讨论的终结。

**弗洛伊德：《创作家与白日梦》，林骧华译，转引自伍蠡甫、胡经之主编《西方文艺理论名著选编（下）》，北京大学出版社，1986，第 1—10 页。**

## 二、弗洛伊德简介

西格蒙德·弗洛伊德（1856—1939），奥地利精神病医师、心理学家、精神分析学派创始人。弗洛伊德生于莫拉维亚的弗莱堡，父亲是个犹太族的小商人，4 岁时全家迁居维也纳，从此在那里度过了他的大部分时间。

1873 年弗洛伊德考入维也纳大学学习医学，1881 年获医学博士学位。毕业后当过医生，从事精神病研究和写作。1895 年提出了精神分析的概念。1899 年出版的《梦的解析》，成为弗洛伊德最伟大的著作之一，然而这本书出版后遭到大量批评，8 年间只售出了 600 册。之后弗洛伊德进入多产期，出版了多本与精神分析有关的著作，逐渐获得了国际声誉。1930 年，弗洛伊德获得歌德奖，1936 年成为英国皇家学会会员。1938 年 6 月，奥地利被德国侵占，由于屡遭纳粹的迫害，他被迫赴英国避难，1939 年在伦敦逝世。

弗洛伊德的主要著作有《梦的解析》《精神分析引论》《图腾与禁忌》《创作家与白日梦》等。他被誉为"精神分析之父"，也是 20 世纪最伟大的心理学家之一。

### 三、选文导读

在《创作家与白日梦》中，弗洛伊德认为作家和孩子一样，都游戏般创造了一个世界，孩子能很好地将游戏与现实区分开来，作家也能将自己创造的幻想世界与现实世界区分开来。作家的幻想与神经病患者的幻想是不同的，前者能够主宰自己的幻想，后者则被幻想迷住了心智不能自拔。弗洛伊德借此回答了艺术世界与现实世界的不同。

儿童的玩耍决定于他长大成人的愿望，并且他不会掩饰自己的愿望。成人幻想的动力是无法满足的野心勃勃的抱负或者爱欲，成人将幻想隐藏起来，因为他会为那些幼稚的不被允许的幻想而感到羞愧。我们都是生活的参与者，但是我们并不愿意看到自己的生活，个人生活可能是琐屑、渺小、平庸，甚至阴暗的，但是，在道德和审美的保护下，我们可以心安理得地看别人生活，从而使自己的愿望得到满足。

白日梦者会小心隐藏自己的幻想，因为他有理由为这些幻想感到害羞。性冲动在梦中会以扭曲或者变形的方式表现出来，作家在写作时，同样会通过改变或者伪装来减弱自己利己主义的白日梦。作家的一部作品就是一场白日梦，是我们幼年时期曾经做过的游戏的继续，也是它的替代物。弗洛伊德用性的压抑解释大部分作品的成因，于是写作就成了欲望的发泄，而阅读也就成为一个性幻想，从而使自己被压抑的性欲得到释放。

"白日梦"理论并不能成为批评一切作家作品的普遍标准，有些时候，创作的确是一种欲望的释放，但是也同样有许多作品的创作不是性冲动的结果。文学创作更多的是接受理智指导的结果。弗洛伊德将一切创作归结为"性本能"的升华，只求得性本能的象征性满足，这是不符合事实的。

## 第二节　弗洛伊德的"个人无意识"理论

弗洛伊德是一个具有哲学精神的精神病学家，但他首先是一个精神病学家，其次才是文学批评家。他从精神分析学出发研究文学现象，开辟了对人类精神进行研究的新领地，也为文学研究提供了新视角。

弗洛伊德的精神分析学主要有三方面的内容。

第一是无意识理论。弗洛伊德在《关于精神分析中的无意识》一文中将人的精神分为三个层次：无意识（或称潜意识）、前意识、意识。"无意识"是心理结构的最深层，它包括人的原始冲动和各种本能，其中最重要的是性本能，以及和本能有关的欲望，它是人一切活动最根本的动力。无意识具有动物性和野蛮性，受到压抑而在暗处活动，要求得到满足。无意识支配着人的心理和行为，是人的心灵的核心。"前意识"处在心理结构的中间层，它像一个检察官，阻止无意识进入意识，绝大部分本能冲动被它遏制，使其不能成为前意识，更不能进入意识。"意识"是心理结构的最表层，是人能察觉和感知的心理活动，清楚地感知外界的刺激和影响。

1923 年，弗洛伊德在《自我与本我》一文中进一步完善了他的"无意识"理论。将早期的"无意识""前意识""意识"的三层心理结构发展为"本我""自我""超我"的人格结构。"本我"处于心灵的最底层，是人与生俱来的具有动物性的本能冲动，其中最重要的是性冲动，它是混乱的、没有理性的，按照快乐原则行事，追求自我满足。"超我"处于最上层，是道德化了的自我，它以道德良心自居，限制和压抑"本我"的冲动，按照"至善"原则活动。"自我"从"本我"中分化出来，是受到现实熏陶而识时务的一部分，"自我"在"超我"的指导下约束"本我"的活动，它按照现实原则行动。

第二是泛性欲说。泛性欲说是弗洛伊德精神分析理论的另一个重要内容。弗洛伊德认为人的无意识最重要的是性本能，性意识潜藏在"本我"当中，是人一切活动的原动力。在弗洛伊德的理论中，"性"和"性欲"是一个宽泛的概念，既包括生殖活动，也包括各种器官的快感，甚至还包括一切欲望冲动，人的所有行为都带有性的因素。由于"自我"和"超我"的作用，在现实中，性欲往往以一种社会可以接受的方式替代性地得到满足。人格的发展过程实际上就是性心理的发展过程。

人从懂事起，便因性欲"力比多"（性力，泛指一切身体器官的快感）不能得到满足而在无意识中形成"情结"，所有的男孩子都有杀父娶母的倾向，即恋母情结，或者叫俄狄浦斯情结，所有的女孩子都有杀母嫁父的倾向，即恋父情结，也叫埃勒克特情结。每一个儿童还都有自恋倾向，自己是自己的第一个和最后一个爱的对象。"力比多"需要在机体外部找到释放的出口，最初找不到这个出口，就产生了"自恋"。俄狄浦斯情结、埃勒克特情结、自恋倾向如果得不到合理解决，就会导致精神失常。"力比多"有时候会以做梦、失言、笔误、开玩笑等方式得到宣泄，或者升华到物质和文化创造活动中。

第三是梦的学说。弗洛伊德认为梦是人的被压抑的欲望的满足，其中最主要的是人的性欲。人在清醒时这些欲望被道德压抑而处于无意识状态，在睡眠中，这些欲望就趁前意识处于松懈状态而戴着稀奇古怪的假面具，以伪装的方式进入意识领域，这就成了人的梦。人不仅晚上会做梦，白天精神疲倦、注意力分散的时候，一些幻想也会涌现出来，幻想和梦没有本质的区别，所以也叫"白日梦"。成人的梦是象征的和经过化装的，象征是为了逃避检查，梦中所见是梦的化装，不是梦的真面目。梦的化装也就是"梦的显像"，显像背后的真实欲望则是"梦的隐意"。从梦的显像寻找梦的隐意就叫做梦的解析。

梦的运作有四种方式，分别是凝缩、移置、特殊表现力、二级加工。凝缩是复杂的隐意通过简缩的方式表现出来。移置是通过增删、变更、组合，以隐意元素代替另一个隐意元素。特殊表现力是将思想变为意象，用幻觉的方式表现心理意识和观念。二级加工是指梦的润饰作用，使混乱的材料条理化，将梦发展为统一连贯的情节，梦境更加完整生动，梦的隐意则更加隐蔽。剥去梦的伪装，挖掘梦的深层象征意义，可以洞察人的心灵世界。

## 一、文学是性欲的升华

弗洛伊德认为，无意识是人类言行的决定力量，而人的行为最终决定于性本能的驱使。人的性本能的冲动有三条出路，第一是通过正常的性行为得到满足，第二是形成病态的情结或者过度压抑而引起精神疾病，第三是转移或升华到道德所容许的创造活动中去，例如文学艺术的创作活动。在文艺创作活动中，人们舍弃了性的目标，转而追求了更为高尚的社会目标。

文学艺术创作者都是性本能冲动非常强烈的人，这些人一方面有着强烈的本能需要，另一方面又有内向的性格，与精神病患者相似。但是文艺家们除此之外还具有巨大的升华能力，这使得文艺家们异乎精神病患者和常人。升华使人的原始冲动通过化装的方式得到了满足，艺术生产的目的不是为了艺术，而是发泄那些被压抑的冲动。

## 二、弑父主题与俄狄浦斯情结

性欲升华理论阐释了文艺的起源和本质问题，俄狄浦斯情节则进一步说明了文艺家从事创作的动机问题。弗洛伊德认为情结来源于被压抑的性本能冲动，它是个体在成长过程中，"力比多"由于被压抑而在无意识中形成的创伤性记忆。最为显著的就是"俄狄浦斯情结"（恋母情结）和"厄勒克特拉情结"（恋父情结）。

"俄狄浦斯情结"一词来源于古希腊悲剧作家索福克勒斯的《俄狄浦斯王》，弗洛伊德认为该剧作打动我们的并不是所谓的人面对不幸时，在神的意志面前所做着毫无结果的努力，而是我们每个人命中注定地把第一个性冲动指向母亲，把第一个仇恨和屠杀的对象指向父亲，俄狄浦斯杀父娶母只是实现了我们童年的愿望而已，俄狄浦斯的命运暗示了我们的命运。

弗洛伊德认为莎士比亚的悲剧《哈姆雷特》与《俄狄浦斯王》具有同源性。哈姆雷特在剧中面对杀死自己父亲的叔父克劳狄斯，一再延宕复仇的任务，是因为哈姆雷特本人也有杀父娶母的"俄狄浦斯情结"。克劳狄斯显示了哈姆雷特自己童年时代被压抑的愿望，这种复仇的敌意，就被自我良心的谴责所代替，因为克劳狄斯所做的事情，也是哈姆雷特想要做的事情，哈姆雷特并不比他要惩罚的罪犯好多少。

在《陀思妥耶夫斯基与弑父者》一文中，弗洛伊德认为陀思妥耶夫斯基在《卡拉马佐夫兄弟》中蕴含了同样的主题，即"俄狄浦斯情结"，弑父都是为了争夺一个女人。从《俄狄浦斯王》《哈姆雷特》到《卡拉马佐夫兄弟》，三部作品相隔两千年，但是都表达了同一个主题，即为了一个女人的情杀。弗洛伊德认为，这其实就是人"无意识"里潜藏着性本能冲动的结果。

在后来的研究中，弗洛伊德将俄狄浦斯情结不断拓展，试图说明艺术家的创作都是源于俄狄浦斯情结，到了《图腾与禁忌》一书当中，弗洛伊德甚至认为社会、宗教、艺术都起源于俄狄浦斯情结。而当弗洛伊德将俄狄浦斯情结极端泛化的时候，也就是这一理论走向终结的时候。

弗洛伊德的精神分析学说在文学领域的应用，极大地开拓了文学批评的领地，拓展了文艺描写的心理世界，促进了人们对人性的反思，拓展了文艺表现的空间，丰富了文艺的表现手法，他提出的无意识理论是文学理论从传统到现代的第一个转向。但是弗洛伊德理论的偏狭也是显而易见的，总体而言，他的理论具有鲜明的反历史倾向和强烈的主观随意性，他从生物本能出发，将无意识和性本能理论推广到解释人类的一切活动，包括所有的文艺问题，从而将文艺问题生物化了，尤其是其将性欲作为文学创作的根本动力，将性本能当作文学表现的不变主题，把对性欲的分析看作文学批评的首要任务，剥夺了文学作品的理性色彩，使文学走向了荒蛮之地。

## 第三节　荣格的"集体无意识"理论

卡尔·古斯塔夫·荣格（1875—1961），瑞士心理学家。父亲是一位虔诚的牧师，家里八个叔叔及外祖母都是神职人员，从小受到宗教思想的影响。荣格小时候性格忧郁，常常以幻想游戏自娱。多年以后回想起来，荣格认为自己有两重性格，一种性格表现在日常生活中他和其他小孩一样上学念书、认真学习；另一性格则如大人一般，多疑而不轻易相信别人。

1895 年荣格进入巴赛尔大学主修医学。1900 年在苏黎世大学任教，从事精神病研究和治疗工作。1907 年 3 月，荣格与弗洛伊德在维也纳会面，两人交谈了近 30 个小时。之后两人开始了长达 6 年的紧密交往与合作。

1908 年荣格任心理分析与精神病理研究年鉴编辑，1910 年被推选为国际心理分析学会会长，同时担任该协会心理分析期刊的主编。在此期间，荣格与弗洛伊德的观点分歧日益加剧，弗洛伊德父亲式的权威亦让荣格无法忍受。

1912 年荣格赴美在福德曼大学演讲中公开驳斥了弗洛伊德的性本能学说，同年 11 月两人在慕尼黑见面，商讨心理分析杂志事宜，讨论期间弗洛伊德突然昏倒。1912 年荣格出版《无意识心理学研究》，标志着他与弗洛伊德彻底决裂。

与弗洛伊德决裂之后，荣格学说遭到了严厉批评，他也陷入苦闷之中。在艰苦思索之后，他逐渐走出弗洛伊德的阴影，形成了自己的分析心理学理论体系，继续为现代人面临的精神问题找寻答案。

荣格的主要著作有《无意识心理学》《心理类型》《探索心灵奥秘的现代人》《原型和集体无意识》《心理学炼金术》《人及其象征》等。

荣格的分析心理学和弗洛伊德的精神分析学主要有两点不同。一是弗洛伊德把"力比多"主要理解为性爱，荣格则认为它是普遍的生命力。二是弗洛伊德认为无意识是个人童年生活中受压抑的性欲望，荣格则认为弗洛伊德对个人无意识的发现只是无意识的表层，在个人无意识之后还隐藏着更深的一层——集体无意识，个人无意识是由各种"情结"构成的，集体无意识则主要由"原型"构成。

原型是早期人类生活的遗存，人类的经验不断重复之后就会被深刻在心理结构之中，就构成原型。原型也是人类心理活动的基本范型，是一种先天的直觉形式，它决定着人类的情感、想象、知觉、判断等心理过程的一致性。人类有多少典型的情境就会有多少原型，比如出生原型、死亡原型、再生原型、英雄原型、魔鬼原型、大地母亲原型、巨人原型等等。原型普遍存在于原始人生活经验当中，保存在神话、传说和巫术中，神话是一切文学艺术的起源。而到了今天，原型变形为理性的概念，让人难以认出，造成了现代人灵魂丧失，人类必须借助神话才能返回精神家园。

荣格的集体无意识理论比弗洛伊德的个体无意识有着更为丰富的内容，也使心理学文论走向深入。

## 一、文艺的来源：集体无意识

荣格不同意弗洛伊德把个体无意识看作艺术的来源，他认为，文艺创作的根源和动机在于集体无意识。文学在本质上是作家超越了个人生活而与全人类的心灵对话，个人色彩对作品来说是一种局限和罪孽。艺术家并不拥有自由意志，他也不追求个人目的的实现，相反，艺术家不过是艺术实现传达人类无意识目的的工具，不是艺术家创造了艺术，而是艺术创造了艺术家，荣格的观点与柏拉图所说的神灵附体有相似之处，都强调了作家在创作中的被动地位。艺术如同人类的祖先预先埋藏在人们内心中的种子，艺术家的个人生活、时代环境仅仅是种子成长的土壤和气候条件，当种子遇到合适的土壤和条件时，它就会发芽和生长，否则它就会隐藏着等待时机。

集体无意识是与神话和宗教类似的原始意象，它是种族的、历史累积的结果，其主要内容是"原型"，这些原始意象潜藏于人的内心深处，一旦被唤醒，原型就会复活过来。荣格认为"伟大的诗篇从人类生活中汲取力量，假如我们认为它来源于个人因素，我们就是完全不懂它的意义。每当集体无意识变成一种活生生的经验，并且影响到一个时代的自觉意识观念，这一事件就是一种创造性行为，它对于每个生活在那一时代的人，就都具有重大意义。一部艺术作品被生产出来后，也就包含着那种可以说是世代相传的信息。因此，《浮士德》触及了每个德国人灵魂深处的某种东西。"[1] 可以说，《浮士德》表现了存在于德国人内心深处的原始意象，也可以说是表现了人类文化之初就潜藏于人类集体无意识

---

[1] 马新国主编《西方文论史》，高等教育出版社，2008，第369页。

之中的智者原型、救星原型和救世主原型，不是歌德创造了《浮士德》，而是《浮士德》创造了歌德。诗人是否意识到了他和自己的作品一起出生、一起生长直至成熟，他是否以为自己的作品是凭空虚构出来的，这些都无关紧要，重要的是他的作品超越了他，就像孩子超越母亲一样。

但是这并不意味着我们可以在作品里轻松领悟到起着决定作用的集体无意识，事实上，就像个人无意识受到压抑，艺术家同样会有意或者无意遮掩集体无意识，文艺创作中出现的词不达意、偏离主题就是这种遮掩的结果。

荣格还用集体无意识理论分析了乔伊斯的《尤利西斯》，他指出，《尤利西斯》这冗长得惊人、复杂得异样的一切似乎就是对人类生活本质的宣言，然而这一宣言却从来就没有把话说完过。它或许触及了事物的本质，但更为确切的是，它只反映了生活的各个侧面。那令人窒息的虚无让人难以忍耐，显示了彻底的空虚与无用。现代人普遍面临"重新积淀"问题，他们正在摆脱一个陈旧的世界。乔伊斯的炸药主要用来摧毁教堂以及由教堂产生和影响的精神堡垒。《尤利西斯》在对统领至今的那些美和意义的标准的摧毁中，完成了奇迹的创造。这本书的畅销显示了人们并没有感到这本书的难以忍耐的乏味，而是从中得到了帮助，受到了教益，清醒了头脑，改变了态度，进行"重新积淀"，他们突然被带进了某种求之已久的境界。乔伊斯就像所有的先知那样，是那个时代心灵秘密的代言人，然而他不是自觉的和有意识的，而是被时代精神推着向前走的人。

文学是集体无意识的表现，作家也就是"集体人"了。作为个人的艺术家可以有自己的喜怒哀乐和自由意志，在现实生活当中，艺术家可能是自私自利、凶恶虚伪的人。而作为艺术家的个人承担并且创造着人类无意识的精神生活，他往往需要牺牲普通人看来幸福生活所需要的一切东西。艺术家身上两种人格的冲突，使其注定成为一个不幸的人。对艺术家来说，创造力会汲取他的全部冲动，以致他为了维持生命的火花也会被全部耗尽，不得不形成各种不良的品行：残忍、自私、虚荣甚至罪恶。艺术家的自恋就像一个缺乏爱抚的孩子，为了保护自己免遭作践蹂躏，发展出各种不良品行。我们要了解一个艺术家，不能通过他在生活中的缺陷，而应该借助他的作品。作家从出生起就被召唤去从事一项伟大的使命，他在生命的另一面也相应地付出了代价。

## 二、"心理的"与"幻觉的"两种文学模式

荣格认为，人的意识受到外部现实和内心无意识心理现实的双重影响，文学也相应地可分为"心理的"和"幻觉的"两种类型。心理模式的作品素材来自意识经验的外部现实，我们所见的大多数作品属于心理模式，比如爱情小说、悬疑小说、社会小说等。这类作品的意图明确清楚，无须去研究补充。幻觉型的作品从无意识深处的原始意象寻找素材，它超出了人类日常理解力，需要作家用不同于日常经验的神秘内心体验和幻觉能力才能把握。幻觉是一种比日常情感更为深沉难忘的原始体验，这种幻觉体验与精神病人因精神错乱而产生的幻觉是不同的，后者是反常和病态的。幻觉是原始人曾经经历过、现在又

积淀在人们心中的真实体验，它是艺术的源泉，艺术创作的过程就是从无意识中激活原始意象或者原始幻觉，并将其加工成完整的作品。

艺术是原始意象或原始幻觉的象征，我们可以通过阅读艺术作品，回到某种原型的情境，艺术家是集体人，他用原始意象说话，艺术作品中也充斥着千万人的声音，伟大的艺术作品超越了个人和暂时的意义，而具有了永恒的意义，作品中个人的命运实际上就是人类的命运，艺术作品唤醒了我们身上仁慈的力量，借助这些力量，人类就可以战胜一切危难的时刻。在现代社会，意识压倒了无意识，理性排斥着想象，科学代替了神话，文学艺术有助于摆脱精神偏见、恢复心理平衡、维护完整人性。

乔伊斯的《尤利西斯》记录了这个时代，它充满了人文主义精神，这本书最复杂的方面好像是否定的、分裂的，但我们能够从这复杂的现象背后感觉到一种简单清澈的东西，感觉到赋予了这本书意义和价值的秘密的目的。流浪的尤利西斯，经历了种种磨难，也要返回到他的家园，返回到真正的自己。"尤利西斯是乔伊斯心中的创造神，他是一个真正摆脱了肉体与精神世界的繁杂纠纷而以超脱的意识将它们沉思凝想的造物之神。他之于乔伊斯，正如浮士德之于歌德，正如查拉图斯特拉之于尼采。他就是那个更高的自己，在轮回的盲目纷乱之后终于返回了他神圣的家园。"[①]尤利西斯也是作品中作为整体而出现的所有单个人物的象征——斯蒂芬、布隆先生、布隆太太，其余所有人，包括乔伊斯自己在内。乔伊斯的《尤利西斯》有着高度完整的真实性。

荣格的集体无意识理论比弗洛伊德的个体无意识理论有了更丰富的社会内容，也推动了现代心理学在文学领域内更为广阔的运用，对神话原型批评有着直接的影响，然而他将文学创作的动力和源泉归结为集体无意识，认为作家也不过是集体无意识控制下的工具，片面夸大了集体无意识的作用。

**结语：** 在荣格之后，美国学者弗洛姆从另一个角度解释了弗洛伊德的理论，他认为社会通过语言、理性等压抑人的心理，形成了社会无意识，文学创作就是作家表达自己的无意识体验，力图超越和突破社会压抑。加拿大的弗莱则以荣格的神话和原型理论为基础，形成了自己系统的"神话原型批评"。法国的拉康提出了"回归弗洛伊德"的口号，认为梦是隐喻和换喻的结合，无意识有语言结构，可以进行系统分析，他的基本假设是语言塑造了我，我们的意识——无意识心理，形成了自我认同，可以从主体、语言、欲望、他者之间的关系出发透视无意识的秘密。拉康之后，心理分析在文学领域的应用沿着两个方向发展，一是围绕文学、电影、女性展开，表现出深切的文化关怀；二是在全球化视野中表达文化抵抗的态度，形成后殖民主义的路向。

精神分析文论对于开拓文学研究的空间，推动现代文艺创作做出了巨大贡献，之后出现的文学思潮和文学流派几乎都受到它的影响，但是精神分析也显示出了它难以克服的弊端，首先是一些批评家将精神分析学说的个别前提过度泛化，比如挖空心思地寻找文本中的性欲形象，导致一切皆性，草木皆兵。其次，精神分析文论发现了语言的权力，但是语

---

① 马新国主编《西方文论史》，高等教育出版社，2008，第374页。

言只是成为一个支离破碎的主体，没有释放出应有的服务于解放主体的目标，这正是其发展的危机所在。

**本章必读书目**

弗洛伊德：《陀思妥耶夫斯基与弑父者》，张唤民译，载《弗洛伊德论美文选》，知识出版社，1987 年。

**深度阅读推荐**

弗洛伊德：《〈俄狄浦斯王〉与〈哈姆雷特〉》，张唤民译，载《弗洛伊德论美文选》，知识出版社，1987。

孟秋丽、高申春：《弗洛伊德精神分析无意识观念的理论性质》，《南京师范大学学报》（人文社会科学版），2007 年第 3 期。

宋焱：《百年精神分析理论的发展与剖析》，《吉林师范大学学报》（人文社会科学版），2005 年第 5 期。

**思考与运用**

1. 精神分析的产生具有鲜明的人文精神色彩，弗洛伊德和荣格的理论也在人文科学领域产生了巨大的效应，但时隔一个世纪我们再来反思这种理论的时候，你觉得它的局限性在哪里？

2. 试运用精神分析理论，对毕肖普的《在村庄》、莎士比亚的《李尔王》（或自选作品）进行分析。

# 第十一章  俄国形式主义文论

**本章的能力要素**

本章主要介绍俄国形式主义文论的主要观点，要求能结合什库洛夫斯基和雅各布森的理论主张，理解其他相关的理论文本，并能运用形式主义批评的方法对文学文本进行分析。具体要求包括：

1. 能在自学的基础上，小组合作探究什库洛夫斯基的《作为程序的艺术》（节选）。

2. 能结合雅各布森的理论主张，解读其《论艺术的现实主义》。

3. 能运用形式主义理论，对毕肖普的《麋鹿》《在渔屋》、莎士比亚的《李尔王》、余光中的《碧潭》等作品进行分析。

**教学方法**

小组探究法、讨论法、讲授法

**知识与能力结构**

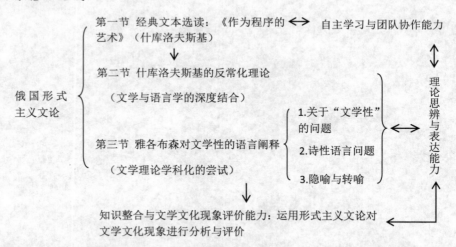

19 世纪末到 20 世纪初期，俄国国内矛盾重重，既有资产阶级革命不彻底留下的资产阶级与封建势力冲突的隐患，又有对外扩张引起的俄日战争，加上国内爆发经济危机，不久又被卷入第一次世界大战，1917 年，不堪忍受乱局之苦的俄国无产阶级发动了十月革命，建立了苏维埃政权，退出了一战，但是随即又遭到了资本主义各战胜国的联合武装干涉，俄国人民经过艰苦卓绝的斗争，终于稳定了国内局势，但是在这一过程中，俄国专制

主义和个人崇拜愈演愈烈，并且逐步扩展到了包括学术研究和文艺创作在内的各个方面，无所适从的知识分子想为文学觅得一块与世无争的桃花源般的试验田，于是宣称与政治无涉、仅仅关注文学作品形式因素的俄国形式主义文论兴起。同时，俄国形式主义文论的兴起也与俄国民族现代意识的觉醒促成的文学创作的繁荣，以及一批在莫斯科和彼得堡的青年大学生在尼采"重估一切价值"口号影响下为俄国民族文学探索新路的努力有关。

俄国形式主义文论是 1904 年至 1930 年在俄苏出现的文学理论流派。这个流派有两大分支，一个是以雅各布森为代表的"莫斯科语言学小组"，另外一个是以什库洛夫斯基为代表的"彼得堡诗歌语言研究会"。两个小组都从语言学角度研究文学，着重分析文学的形式特征及其发展历史。

俄国形式主义文论接受了瑞士语言学家索绪尔关于语言的符号系统、共时历时关系、能指与所指等观点，侧重研究文学的语言、风格、结构等形式要素，注重探讨文学的内部规律，反对对文学作考据式的批评，从根本上改变了俄国文学理论的现实主义发展方向。

俄国形式主义文论的主要主张有以下四点：第一，文学创作的宗旨不在于审美目的，而在于审美过程，过程就是目的，他们主张用陌生化的手段来延长人对文学审美过程的感知。第二，文学作品有其自在的自足性，它并不是各种意识的集合，对文学的研究与其作者和读者的心理和意识无关。第三，文学研究的对象就是"文学性"，即文学之所以为文学的特性，而这个问题的答案只能在文学的形式与结构内部去寻找。第四，文学是语言的艺术，语言学是切入文学研究的最合适的路径。

形式主义文论曾在 20 世纪 20 年代风光一时，但是很快受到了俄国国内文艺界的批评。从 1923 年托洛茨基在《文学与革命》中对其进行批判开始，形式主义一直饱受攻击，1930年，什库洛夫斯基发表了《给科学上的错误立个纪念碑》，在文中宣布放弃自己的观点，从此作为一个理论流派的形式主义很快沉寂下去。但是形式主义的生命并没有完全终结，而是在布拉格、巴黎继续着它的影响，并相继产生了布拉格学派和法国结构主义等批评流派。

# 第一节　经典文本阅读

## 一、经典文本节选：《作为程序的艺术》（什库洛夫斯基）

"艺术——就是用形象来思维"。一个中学生都能说出这句话。这句话对于在文学理论方面开始创立某种结构的语言学家来说，当然就是一个起点了。许多人都有这种思想，但必须认为波捷勃尼亚是首创者之一，他曾经说："没有形象就没有艺术，特别是诗歌。"[1]（c.85）他在另一个地方说："诗，和散文一样，首先并且主要是一种思维和认识的方式。"[2]

---

[1]　在这里和随后，作者摘录的一系列文章见书：A. A.波捷勃尼亚《语言学理论文选》哈尔科夫 1905 年。按这一出版物的页码指出在括号内。——编者注。

[2]　此处 A. A.波捷勃尼亚有这样的说法："如果看诗，首先并且主要是用某种思维方式的话，那么也应该同样用它来看待散文。"（第 97 页）——编者注。

诗歌是一种特殊的思维方式，一种用形象来思维的方式，这种方式是使智力高度节约，是"感觉过程的相对空灵性"，审美感就是这种节约的反射。如此理解和如此概述，想必是正确的，无疑奥夫霞尼科—库利科夫斯基院士仔细地读过自己导师的著作。波捷勃尼亚和他的人数众多的学派都认为，诗是一种独特的思维种类——借助于形象的思维，并且认定形象的任务在于借助形象把各种各样的对象和动作归于一类，并通过已知解释未知。或者用波捷勃尼亚的一句话来说："形象与被解释者的关系是：a）形象经常是相对于变化无常的主语来说的，它相当于吸引变化无常的统觉的不变的手段。……b）形象是一种比被解释的东西更为简单更为清楚的东西。……"（c.314）也就是"因为形象性的目的是使形象的意义接近我们的理解，还因为没有这个形象性，思想就会是贫乏的，即是说形象就应当是比被形象所解释的东西更为我们所知道。"（c.291）

把这个规则应用于丘特切夫闪光和既聋又哑的魔鬼的比较，应用于果戈理式的天空与太太服装的比较，这是很有意思的。

"没有形象就没有艺术。"艺术——就是用形象来思维，为了这些定义，人们制造了许多可怕的牵强附会，人们甚至力图把音乐、建筑、抒情诗都理解为用形象来思维。在经过四分之一世纪的努力后，院士奥夫霞尼科—库利科夫斯基最终不得不把抒情诗、建筑和音乐划入无形象艺术的特殊种类当中，——而把抒情诗、建筑和音乐定义为直接与情感有关的抒情诗的艺术。如此看来，存在着没有思维能力的广大艺术领域，虽然在这一领域中有作为艺术之一的抒情诗（在这个词的狭义上说）；也运用语言，更为重要的是——形象的艺术完全不显形迹地通过无形象的艺术来表现，像我们感受它那样。

但是艺术——用形象来思维这一定义，意味着（通过众所周知的等式这样一些中间环节）艺术首先是象征的创造者，——这一定义是站得住脚的，它经受了各种理论的进攻，并在此基础上使自己稳固。这一定义首先流行于象征主义时期，特别是在那些象征主义理论家当中。

这样看来，许多人依然考虑用形象来思维，"途径和影子"，"犁沟和田界"等等是诗歌的主要特征，因此，这些人想必是期望这一点，用他们的话来说，这种"形象"艺术的历史将是由形象改变的历史构成。但是他们哪知道，形象几乎是呆滞不动的，它在各个时代、各个地方、各个诗人那里流动，形象本身是不变的。形象——"无主的""上帝的"。你们越是认清了时代，就越是信服了形象，你们认为形象是被诗人所创造出来的，使用从其他诗人中为他所接受的东西，几乎是不发生变化。诗歌流派的全部著作归结到一点，就是以新程序研究语言资料，这一工作成果的积累与揭示，其中对形象的配制比对形象的创造要多得多。形象是被给予的，在诗歌中对形象的回忆要比对形象的思维要多得多。

在任何情况下，形象思维都不是能够统一艺术的一切种类的。或者甚至不能够只把语言艺术的一切种类统一起来，形象不是改变其某种东西就能够构成诗的运动的本质的。

我们知道，把一些未加思考所建立起来的现象当作诗的、为艺术鉴赏而创作的某种东西的感觉，这种情况是常有的。例如，安涅斯基论斯拉夫语言的特殊诗意就是如此，安德列·别雷对18世纪俄罗斯诗人的把形容词放在名词之后这一程序大加赞颂也是如此。别雷称赞这样做是艺术之作，或者准确地说，——这已为艺术家所公认——这是自觉的艺术。事实上，这是该语言的一般性质（斯拉夫教会语言的影响），因此，一事物可以是：1.作为被创造出来的散文却被当作诗歌来接受；2.作为被创造出来的诗却被作为散文来接受。这说明，艺术性以及使该事物成为诗的性质，都是我们感觉方式的结果。在狭义上说，我们将把那种被特殊程序创造出来的事物称为艺术作品，而所谓特殊程序的目的在于，要使这些事物尽可能地被人们作为艺术品来感受。

波捷勃尼亚的结论能够表示为：诗歌＝形象性。这个结论建立的全部理论就是：形象性＝象征性，形象的特性成为带有各种主语的固定谓语（由于思想的亲缘性，象征主义者——安德烈·别雷、梅列日科夫斯基与其"忠实的伙伴们"得出了这个孤芳自赏的结论，而这个结论是建立在象征主义理论基础之上的。）这一结论部分地源于波捷勃尼亚没把诗歌语言与散文语言加以区分的这一做法。因此，他没有注意到存在着两种形式的形象，一种形象是思维的实践手法，这种手法把事物归入一类之内；而另一种形象是诗歌形象——这是加强印象的一种手法。可以用例子来说明。我走在街道上，看见我前面走着一个戴着帽子的人，他失落了包裹，我大声喊："喂！戴帽子的，包裹丢了。"这是一个纯粹散文形式的形象比喻例子。再举一个例子：一些人站在队伍里，队长看到他们中的一个人站得不好，不是像别人那样，于是对他说："喂！饭桶！怎么站的。"这是一个诗的形象比喻的例子（在一种情况下，"帽子"一词是换喻，在另一种情况下——隐喻，但我的注意力不是集中在这一点上）。诗的形象——这是产生最强烈印象的方法之一。作为方法——它在使用上与其他的诗歌语言的程序相等，与比较、重复、对称、平行法相等，与一般称之为形体的那个东西相等，与所有这些加强对事物的感觉相等（指作品本身的语句或者甚至声音能够表达的那个东西），但是，诗歌形象只是外表上与寓言形象、思想形象相似。例如，（奥夫霞尼科·库利科夫斯基《语言与艺术》）还接近于小姑娘把圆球称为西瓜这种情况。诗歌形象是诗语手法之一。散文形象是一种抽象手法：西瓜代替圆灯罩，或者西瓜代替头，都仅仅是对于对象的性质之一的抽象，而和头＝球，西瓜＝球毫无区别。这当然——是思维，但与诗歌没有什么共同的东西。

…………

因此有必要不是在与散文类比规则的基础上，而是在其自身规则的基础上谈论诗学语言中的浪费与节约原则。

如果我们在感觉的一般规则基础上开始研究，那么我们就可以看到，动作在变为习惯的同时，也变成自动的。例如，离开，在我们大家的经验中是无意识的、自动的，如果谁去回味他曾经有过的感觉，即保存着第一次握笔或者第一次说外语的感觉，把这一感觉与他无数次重复体验过的东西相比较，那么就会赞同我们的意见。我们的散文语言与不完整的句子及其不完整的单词就解释了自动化的过程。以符号代替物的代数学是这个过程的完善的表现。在快速的实践语言中，不能说出单词来，而在意识中勉强能出现各词的第一个音。

……被人们称作艺术的东西之所以存在就是为了要重新去体验生活，感觉事物，为了使石头成为石头的。艺术的目的是提供作为一种幻象的事物的感觉，而不是作为一种认识；事物的"反常化"程序及增加了感觉的难度与范围的高难形式的程序，这就是艺术的程序，因为艺术中的接受过程是具有自我目的的，而且必须被强化；艺术是一种体验人造物的方式，而在艺术里所完成的东西是不重要的。

诗歌（艺术的）作品的生命——从幻象走向认识，从诗歌走向散文，从具体走向一般，从顿·基霍特（经院哲学家和贫乏的贵族、半有意半无意地忍受两个公爵的侮辱）到既宽广又空洞的顿·基霍特·屠格涅夫，从卡尔·维利基到《国王》这个名词；随着作品和艺术的更新，诗歌作品在扩展着。寓言比诗更有象征意义，而谚语又比寓言更有象征意义。因此波捷勃尼亚的理论极少与自己对寓言的评论相矛盾，波捷勃尼亚的对寓言的探究是自始至终坚持了自己的观点。但理论并不是通往艺术"物品"的创作，所以，波捷勃尼亚的著作并未完成。众所周知，《语言学理论札记》出版于1905年，已经是作者死后十三年的事情了。

波捷勃尼亚本人对这本书进行充分修改的仅仅是对其关于寓言的那部分[①]。

事物经过数次感觉，开始为认识所接受；事物摆在我们面前，我们知道这一点，但是对它视而不见[②]。所以我们不能对它谈论些什么。——从感觉的自动性中我们得出的事物的结论，是通过各种方式在艺术中完善化的；在这篇文章中，我想指出其中一个方法，它是托尔斯泰几乎经常使用的方法，托尔斯泰这个作家，虽然在梅列日科夫斯基看来，他是按照事物本身去描述事物，彻底地观察事物，而不改变事物。

托尔斯泰的反常化程序在于，他不用事物的名字来称呼事物，而是像第一次看到它一样对它加以描述，而偶然性——像第一次发生的那样，并且他在描述事物时，使用的不是已被接受的那一部分的名称，而是像在其他事物中称呼适当的部分那样来对其命名。

……陀思妥耶夫斯基没有把反常化程序加以专门化或固定下来，我对陀思妥耶夫斯基纯粹实际地考虑素材加以描述，完全因为这一素材是众所周知的。

现在，我们阐明这一程序的性质，是为了力求准确地确定其运用的范围。我个人认为，反常化是几乎到处都存在，只要那儿有形象。

这就是我们的观点与波捷勃尼亚的观点的区别，可以这样说明：形象不是变化着的谓语的固定主语，形象的目的不是使其意义与我们的理解更加接近，而是创造对客体的特殊感觉，创造对客体的一种"幻象"，而不是一种认识。

……研究诗学言语，不论是在发音和词汇结构上，还是在词的搭配性质上，及在由词所组成的意义构造性质上，我们到处都可发现艺术的特征：可以看出它是从感觉的自动性中引出并有意地创建起来的，也可以看出，其中的形象的幻象是创作者的目的，它是"艺术地"被创造出来，所以感觉被阻挡而达到自己力量的最大高度和最大延时性，并且事物不是在其空洞性上被感知到，而是应当说，是在自己的连续性上被感知到。"诗歌语言"

---

① A. A. 波捷勃尼亚：《语言学理论讲演选·寓言·谚语·俗语》哈尔科夫，1914年。
② B. 斯克洛夫斯基：《词的再生》，1914年。

满足于这些条件。按照亚里士多德的说法，诗歌语言应具有异国的、令人惊异的性质；实际上它又是完全异己的。……令人振奋的杰尔扎维的风格对普希金的同代人来说是惯常用的诗语，从自己的（当时的）陈腐性上看，普希金的风格对他们来说是出乎意外的困难的风格，由于他的表现是如此不体面，我们想起了普希金的同代人的恐惧。普希金所使用的作为引人注意的特殊程序的俗语，正如他的同代人在自己日常所说的法语中使用一般俄语单词一样（参看托尔斯泰的《战争与和平》中的许多例子）。

现在有一种更具有特征性的现象，俄罗斯的文学语言按其起源对俄国是异己的语言，可在人民中如此广为使用，以至可以和大量民间方言同等看待，但是文学开始对方言（列米左夫、克柳耶夫、叶赛宁等等，按才能是如此不平衡，而按语言的不同地方来说是如此接近）和对不纯正语言（北方学派出现的可能性）表示亲近。现在就是马克西姆·高尔基也从文学语言转到文学的"列斯科夫"方言。这样一来，俗语和文学语言互换了自己的位置（维亚切斯拉夫·依法诺夫和许多其他人）。终于出现了建立新的、专门化的诗学语言的强有力的趋势；众所周知，维列米尔·赫列普里克是此派的首领。这样我们便得出作为被阻挠的、变形的言语的诗之定义。诗学言语——建构言语；散文——通常的言语；经济、灵活、合理（散文的仙女——合理的、不困难的类型的仙女）。详细地谈制动、阻止像谈一般艺术规律一样，我将在关于情节——结构的文章中谈。
…………

**什库洛夫斯基：《作为程序的艺术》，方珊译，转引自伍蠡甫、胡经之主编《西方文艺理论名著选编（下）》，北京大学出版社，1986，第379—387页。**

## 二、什库洛夫斯基简介

什库洛夫斯基（1893—1984），俄国文学评论家和小说家，俄国形式主义批评流派的主要代言人。什克洛夫斯基生于普通的教师家庭，喜爱俄罗斯语言文学，彼得堡大学历史语言学系肄业。与未来派诗人赫列勃尼科夫、马雅可夫斯基交往甚密，是俄国"诗歌语言研究会"主要成员。1914年出版《词语的复活》，被认为是俄国形式主义诞生的宣言，之后与一批志同道合的学者一起创立了"诗歌语言研究会"，研究俄罗斯诗歌，1916年发表《作为程序的艺术》，成为形式主义运动的纲领性文件，在他的努力下，诗歌语言研究会成为俄国形式主义运动的中坚，受到批判以后，他于1930年发表了《给科学上的错误立个纪念碑》，宣布放弃了形式主义立场，之后转向社会主义现实主义的研究，撰写了有关高尔基、马雅可夫斯基、肖洛霍夫等多位作家的评论文章；对列夫·托尔斯泰也有较系统的研究，1984年逝世于莫斯科。主要著作有《散文理论》《关于俄国古典作家小说的札记》《维克托·什库洛夫斯基文集》《托尔斯泰的小说〈战争与和平〉中的材料与风格》等。

## 三、选文导读

《作为程序的艺术》是什库洛夫斯基1929年写的一篇论文，后来被收进《散文理论》

一书中。在这篇论文中，什库洛夫斯基重点提出了"反常化"，即"陌生化"的概念，这个概念对当时及后世的文学批评都产生了重要影响。

在《作为程序的艺术》中，什库洛夫斯基首先对波捷勃尼亚和他的学生库里科夫斯基提出的"艺术就是用形象来思维"的观点提出了批评。他列举了他们的观点。比如，"形象是一种比被解释的东西更为简单更为清楚的东西。"[①] "形象性的目的是使形象的意义接近我们的理解，还因为没有这个形象性，思想就会是贫乏的，即是说形象就应当是比形象所解释的东西更为我们知道。"[②] 波捷勃尼亚的意思是，假如我们想让一个孩子知道什么椅子，从字典里寻找答案还不如拿一把椅子给孩子看着直观。人们由此出发引申出没有形象就没有艺术的观点，并制造出可怕的牵强附会，甚至认为建筑、音乐、抒情诗也是用形象来思维的。

什克洛夫斯基并不完全赞同波捷勃尼亚的观点。他认为波捷勃尼亚把诗的形象性和一般语言形象性混同起来了。诗的形象是使事物被感受为艺术性事物的手法之一，这是加强印象的一种手法。而一般的语言形象只是抽象的手段，是把事物的许多品质之一抽象出来。比如，我们在街上看见一个戴着帽子的人在前面走着，他遗失了包裹，我们会大声喊："喂！戴帽子的，包裹丢了"，用帽子代替一个戴帽子的人，这就是一般语言的抽象。而如果一个人站在队伍里，他站得不好，我们可能喊："喂！饭桶，怎么站的。"把人比作饭桶，这就是诗歌的形象性。

接下来的内容，什库洛夫斯基探讨了节约创造力的规律。他先列出了亚历山大·维谢洛夫斯基、安德列·别雷等人对这个问题的观点。他们认为：在确定选择和使用词的各项规则的基础上，我们找到了那种主要的要求：保存注意力……把智力引到所希望的概念上是最简易的方法，在许多情况下是唯一的目的，而在各种情况下都是主要目的。什库洛夫斯基认为这种思想只适用于日常语言。日常语言追求的是表意的清楚直接，直达目的，但这样恰恰使我们对过于熟悉的事物视而不见了。艺术则不同，艺术的存在则就是为了"恢复对生活的体验，感觉到事物的存在，为了使石头成为石头"。艺术要增加对事物感受的难度并且延长感受的过程。由此他提出了"反常化"，即"陌生化"的手法。列夫·托尔斯泰的反常化手法在于他不说出事物的名称，而是把它当作第一次看见的事物来描写，描写一件事则好像它是第一次发生。

① 什库洛夫斯基：《作为程序的艺术》，方珊译，转引自伍蠡甫、胡经之主编《西方文艺理论名著选编（下）》，北京大学出版社，1986，第 380 页。

② 什库洛夫斯基：《作为程序的艺术》，方珊译，转引自伍蠡甫、胡经之主编《西方文艺理论名著选编（下）》，北京大学出版社，1986，第 380 页。

## 第二节　什库洛夫斯基的"反常化"理论

什库洛夫斯基以《词语的复活》，宣告了俄国形式主义的诞生，又以《给科学上的错误立个纪念碑》，宣告了俄国形式主义的终结，可见他在这场文艺思潮中举足轻重的影响力和地位。

什库洛夫斯基文艺思想的核心是他提出的"反常化"（也被称为"陌生化""奇特化"）理论。这一理论是俄国形式主义与语言学深度结合的体现，在"反常化"提出之前，象征主义理论大行其道，象征主义坚持"艺术即形象思维"的观点，认为没有形象就没有艺术，人们可以借助形象，将不同的事物和行动组合起来，通过已知的事物去解释未知的事物。但是在什库洛夫斯基看来，这种观点只是解释了日常生活中组合不同事物、作为思维方法的形象，这同艺术形象没有什么关系，艺术的形象在于加强印象的作用。艺术的本质就是"反常化"，即将人们司空见惯、熟视无睹的东西放置在一个陌生的环境中来认识，增加人们感知的难度，延长感知的时间，获得新的审美体验。

什库洛夫斯基对此解释是："被人们称作艺术的东西之所以存在就是为了要重新去体验生活，感觉事物，为了使石头成为石头的。艺术的目的是提供作为换一种幻象的事物的感觉，而不是作为一种认识；事物的'反常化'程序及增加了感觉的难度与范围的高难形式的程序，这就是艺术的程序，因为艺术中的接受的过程是具有自我目的的，而且必须被强化；艺术是一种体验人造物的方式，而在艺术里所完成的东西是不重要的。"[①]也就是说，事物本身对艺术并不重要，重要的是在过程中的体验方式。审美过程就是知觉过程，知觉具有机械性，人们多次感受一件事物时，就会成为一种自动化的动作，这个时候我们的感觉就会变得迟钝，就会失去诗意的感受。"反常化"能够打破这种对生活的"自动化"状态，唤醒人们对世界的新奇感，从而获得审美愉悦，恢复人们对世界的诗性感受。

陌生化有多种方法，托尔斯泰的手法是：他不用事物的名称称呼事物，而是像描述第一次见到事物时的样子去描述，好像这些都是初次发生一样。比如托尔斯泰在《可耻》一文中对"鞭笞"的描写，以及在《霍尔斯托密尔》中从马的角度来观察生活。另外，包括声音、意象、节奏、韵脚等等文学要素都具有"反常化"的效果。普希金时代的人们习惯使用文体高昂的诗歌语言，而普希金则使用那种在当时人们看来比较低俗的文体显得出乎意料地令人难以理解，普希金的粗俗用语曾使同时代的人大惊失色，普希金把使用民间俗语作为引人注意的手段。"文学就是对日常语言进行有组织的强暴"，这也是"文学性"的源泉。

---

[①]　什库洛夫斯基：《作为程序的艺术》，方珊译，转引自伍蠡甫、胡经之主编《西方文艺理论名著选编（下）》，北京大学出版社，1986，第384页。

什库洛夫斯基的"反常化"理论以语言学为支撑，从文学自身出发来认识文学，对于提高文学的独立性具有重要意义，也大大推动了文学理论的科学化进程，同时，他对日常语言和诗歌语言的区分，也对后来的形式主义者们有重要的启示意义。接受美学重视从读者角度研究文学的作用，就是对"反常化"理论的直接回应。但是对于"反常化"的过度强调，也容易使形式主义走上标新立异和哗众取宠的道路，从而为其衰落埋下了伏笔。

俄国形式主义的基本理论前提是对文学自足性的主张。什库洛夫斯基曾明确指出，自己文学理论研究的是文学的内部规律，如果用工厂做比喻的话，他不关心世界棉纱市场的行情，也不关心托拉斯的政策，只关心棉纱的支数和纺织的方法。所谓的文学的内部规律，主要是指文学的形式结构。什库洛夫斯基说："艺术永远是独立于生活的，它的颜色从不反映飘扬在城堡上空的旗帜的颜色。"①即文学不反映外部的生活，文学有自身的本质和规律。尽管文学是作家创作的，也期待读者的参与，同时又与现实生活有着撇不清的联系，但是它一旦创作出来，便独立于作家和社会之上，构成一个自足的世界。

在什库洛夫斯基看来，文学既不是情感的自然流露，也不是对现实生活的客观反映，更不是终极真理的神秘显现，而是语言建构起来的技巧性活动，诗歌并不是天才的杰作，而是勤奋的工匠反复推敲、苦心经营的结果，作家的创作和鞋匠修鞋的工作是相似的。

文学史也是文学形式发展的历史，文学发展的动力不是材料，而是形式，形式为自己创造了内容，小说特定的形式创造了巴尔扎克的《人间喜剧》，诗歌的形式创造了普希金的诗歌。新形式不是为了表现新内容而出现的，而是为了取代过时的形式而出现的。

## 第三节　雅各布森对"文学性"的语言阐释

### 一、关于"文学性"的问题

雅各布森（又译雅各布逊，1896—1982），俄裔美国文艺理论家，莫斯科语言学小组的领袖。他出生在莫斯科，1914 年在莫斯科大学学习，期间创立了"莫斯科语言学小组"，研究文学和语言问题，与"诗歌语言研究会"一起促进了俄国形式主义文学流派的形成。1920 年任莫斯科戏剧学院俄语教授。1921 年，雅各布森移居到捷克斯洛伐克的布拉格，成为布拉格语言学小组的主要成员。第二次世界大战时雅各布森流亡美国，先后任教于哥伦比亚大学和哈佛大学，并在纽约成立了语言学小组，继续进行结构主义研究，1982 年在波士顿逝世。

雅各布森生前曾为 9 家科学院的院士，获得过 25 个荣誉博士学位，著作超过 500 种。文学方面的主要著作有：《俄国现代诗歌》《论捷克诗歌》《普通语言学论文集》等。

文学研究在 19 世纪之前并不是一项独立的理论活动，进入 20 世纪之后，由于语言学

① 朱立元主编《当代西方文艺理论》，华东师范大学出版社，2005，第 44 页。

等其他学科科学化水平的提高以及文学理论自身演进的累积，文学理论学科化被提上了日程，文学是什么？它具备怎样的内部规律？这些关于文学自身的基本问题成为人们思考的重心，俄国形式主义文论试图建立科学的文学理论研究体系，首要的任务就是确立本学科的研究对象。

在俄国形式主义看来，文学研究的对象既不是文学作品，也不是作品中所反映的世界，而是作品中的材料，以及将这些材料组织起来的艺术手法。文学研究的对象就是文学作品区别于其他一切材料的特性，即文学是凭什么成为文学的，文学是靠什么与哲学等其他学科相区别的，即话语为何能成为文学作品？对此，雅各布森提出了"文学性"的概念。1921 年，雅各布森在《最近的俄罗斯诗歌》一文中明确指出："文学科学的对象不是文学，而是'文学性'，也就是使一部作品成为文学作品的东西。不过直到现在我们还是可以把文学史家比作一名警察，他要逮捕某几个人，可能把凡是在房间里遇到的人，甚至从旁边街上经过的人都抓了起来。文学史家就是这样无所不用，诸如个人生活、心理学、政治哲学，无一例外，这样便凑成了一堆雕虫小技，而不是文学科学，仿佛他们已经忘记，每一种对象都分别属于一门科学，如哲学史、文化史、心理学等等，而这些科学也可以使用文学现象作为不完善的二流材料。"[①]文学性不是针对整个文学活动而言的，文学研究不能从社会生活和作品内容出发探讨文学的"文学性"，而只能从作品的形式出发，但是也不能在某一部作品的形式中去寻找文学性，而应该寻找使文本成为艺术品的普遍的构造原则和手法技巧，即使一部作品成为文学作品的特性。文学史家不能将文学作品文献化，使自己的研究与哲学史、文化史和心理学的研究混同起来。

比如在研究托尔斯泰的《复活》时，研究者不必对小说的内容进行概括，也无须从某个确定的原则出发在小说中寻找支撑的证据，也不用去分析小说的结构和语言特色，而是需要在分析文本的基础上，去探究该作品与其他同类型的作品构造原则之间的联系。

雅各布森之所以强调作品的形式，是因为借助语言学的成果，可以将文学推向自然科学那样稳定而可靠的方向，而且对文学语言形式的分析，可以较少受到社会政治环境的干扰，使文学不至于沦为社会学、哲学、历史学等学科的附属性存在。雅各布森甚至认为，现代文艺学必须使形式从内容中分离出来，让词语从意义中分离出来，才能达到科学的高度，文艺就是形式的艺术。

如果说什库洛夫斯基的"反常化"理论还停留在感觉层面研究的话，雅各布森的"文学性"理论则在此基础上向前走了一大步，他的理论更加系统而深刻，对文学重大而根本性的问题作了较为全面的思考和阐述。文学性的重要意义并不在于其作为鉴定是否属于文学的标准，而在于其确立了文学理论的导向和方法论的导向。可以说，"文学性"概念具有本体论和方法论的价值，它决定了文学研究的对象、范围和方法。"文学性"概念的提出，标志着文学理论走向了现代、走向了成熟。

---

① 朱立元主编《当代西方文艺理论》，华东师范大学出版社，2005，第49页。

## 二、诗性语言问题

文学性的核心要素有两个，一个是材料，另一个是程序，所谓的材料就是语言，语言的结构构成了文学作品结构的基础，对文学性的研究要从对语言，特别是诗歌语言的研究开始。形式主义文论的目标主要有两个，一个是保持文学研究的独立性与单纯性，与其他研究划开界限；另一个是保持本学派的系统性与科学性。前一个问题可以用"文学性"的理论来回答，后一个问题则需要形式主义学者们的共同努力了。雅各布森对后一个问题的主要贡献是提出了语言的诗性功能的观点。

雅各布森用索绪尔的语言学理论回答了"语言何以成为艺术作品"的问题。这里涉及两个重要的问题，第一个是日常语言与诗歌语言的区别，第二个是诗歌语言的程序。第一个问题什库洛夫斯基的"反常化"理论已经作了回答，第二个问题则正是雅各布森要着力解决的。

在区分日常语言和文学语言方面，雅各布森继承了什库洛夫斯基的观点，认为日常语言是交流的工具，文学语言以表现自身为目的。日常语言按照惯常的方法组织语言单位，文学语言则打破常规，达到特定的美学目的。日常交际活动中，语言活动是有目的但是无意识的活动，它的目的在于交际，但是由于张嘴就说因而交际双方意识不到它的存在。文学语言则需要字斟句酌、咬文嚼字，这样文学的文学性就产生了。

在阐述语言的诗性功能之前，雅各布森首先将一个言语事件的构成要素分成了六种，即发送者、接受者、信息、语境、接触、编码。言语事件的整个过程如下：信息需要发送者和接受者之间的接触才能得以传递，接触的方式可以是视觉、听觉等多种形式；接触者又需要对信息进行编码，使其成为双方都能理解的符码，符码则可以是语言、文字、图像等；信息要生效，还需要在一定语境中完成，这样发送者和接受者才能理解其中的意义。

在言语事件中，六个要素都承担着一定的功能，决定意义的生成，每一个要素的变化，都会引起意义的变化，从而影响事件的最终完成。具体的交际活动中，根据对不同要素的侧重，体现着不同的语言功能。侧重发送者要素时，主要表现的是语言的表达功能，直接表现说话人对所说之事的态度；侧重接受者要素时，主要表现的是意动功能，表现为命令、祈使句；关心沟通渠道畅通的人注重接触要素，主要表现的是交际功能，例如打电话时的"喂"；喜欢在鸡蛋里挑骨头的"分析哲学家"关注编码要素，主要表现的是元语言功能；习惯指桑骂槐、含沙射影的人关注语境要素，主要表现的是指称功能；只有侧重信息要素时，诗歌的审美功能才占据主导地位。

雅各布森认为，诗性功能越突出，语言就越少指向外部的现实世界，越偏离实用的目的，这时候，语言指向的是自身的形式要素，比如音韵、词语句法等，也就是说，语言的诗性功能关注的是话语本身。当然，诗性功能不是语言艺术的唯一功能，但是在各种语言艺术中，诗性功能是最核心的，具有决定作用的功能。而在非语言艺术当中，语言的其他某种功能就会居于主导地位了。

但是该如何衡量语言是否具有诗歌功能呢？雅各布森借鉴了现代语言学之父索绪尔的语言学理论，索绪尔指出语言具有共时结构和历时结构，雅各布森在此基础上提出诗歌语言也具有共时性和历时性的问题，而且这两个方面不是截然对立的，每一种体系都有演变的过程，同时演变也具有系统性。雅各布森正是从语言行为的两种基本的结构模式出发，解决这一问题的。他认为，任何语言符号都有"选择"和"组合"两种基本的结构模式，这两种结构模式分别属于共时性和历时性两个维度。选择是对应，是在类似和相异的基础上进行的，组合则是以连接为基础的。

为了说明语言的两种结构模式，雅各布森举了一个例子：比如将要发生的语言行为是关于儿童的，与儿童这个名字相似的还有小孩、娃娃等，我们可以从中选择一个，这些名词之间必然在某方面有联系，这就是语言的选择性结构。为了谈论这个题目，还需要选择一些语义上类似的动词，使其和选择好的名词组合成一个句子，这就是语言的组合性结构。语言的诗歌功能是把对应原则从选择轴心反射到组合轴心，对应成为顺序因素的决定因素。

在日常语言活动中，组合是主要的操作方式，例如船驶过大海，铁犁犁过大地等，遵循的是连续性的原则。但是在诗歌的语言活动中，语言操作的主要方法是选择，遵循的是相似性原则。这时语言从选择轴上选出的词语被发射到组合轴上，于是产生了这样的句子：船驶过蓝色的大地，铁犁犁过土壤的大海等。诗歌的功能就是通过相似性原则，把对应上升到句子，使连续性退居次席。

### 三、隐喻与转喻

隐喻与转喻（又译作换喻）是两种基本的修辞手法。"问君能有几多愁？恰似一江春水向东流"就是隐喻，以"紧缩双眉"写人恨，就是转喻。雅各布森赋予隐喻与转喻新的意义。在研究失语症的过程中，雅各布森发现了两种性质不同的语言错乱现象。一种是组合系统失调，失语症患者发生"邻近性错乱"，无法把词句组合成更高级的表意单位，结果只能大量使用隐喻。另一种是选择系统失控，失语症患者发生"相似性错乱"，只有组合语言单位的能力，因而大量使用转喻，比如以灯代火，以火代烟等。选择指向相似性，具有替换的可能性，在选择过程中产生隐喻，代表了语言的共时性。组合指向相近性，具有延伸的可能性，在组合过程中产生转喻，代表了语言的历时性。

就文体来讲，诗歌中相似性原则支配一切，诗句的格律、对偶等对应关系引起语义相似性和相悖性，隐喻多于转喻；散文则主要在连续性上做文章，转喻多于隐喻。就流派而言，浪漫主义作品中隐喻多于转喻，现实主义作品中转喻多于隐喻。除此之外，隐喻与转喻还在绘画、人的梦境等方面有着不同的表现，但是这并不意味着隐喻与转喻总是针锋相对的。诗的作用就是把对等原则从选择过程带入组合过程，在此过程中，相似性与连续性总是联系在一起的，因而转喻也会带有隐喻的特征，隐喻也会带上转喻的色彩，其结果是使象征性、复杂性、多义性成为诗的实质。

雅各布森的观点是极具挑战性的，他曾否认艺术与生活之间有任何联系，1928年，他与坦尼亚诺夫合著了《语言与文学研究论纲》，标志着他从形式主义开始转向了结构主义，此后开始探讨文学与生活的联系。1930年他受马雅可夫斯基自杀事件的影响，发表了论文《浪费诗才的一代》，不再把文学当作独立封闭的系统。他的理论对后来的布拉格学派和结构主义文论都产生了直接的影响。

**结语**：俄国形式主义在20世纪二三十年代是最具原创性的文艺理论，它是西方现代文艺理论的开始，也是20世纪文艺理论"语言学"转型的开始。从此以后，确立自己的研究对象，明确科学化的理论追求，成为文学研究的自觉意识，大大推动了文学理论的学科化进程。同时，作为人们强加在这一流派头上的"形式主义"的称呼，人们往往使用这个流派中一些开拓者自负而天真的口号给他们贴上不恰当的标签。例如什库洛夫斯基关于"艺术独立于生活、它的颜色不反映飘扬在城堡上空旗帜的颜色"的论调经常受到人们的批评，而事实上大多数的俄国形式主义者从未否定文学与社会生活的联系，强调文学的独立性也并没有切断这种联系。同样关于"为艺术而艺术"的指责也同样是人们对形式主义的一个误解，他们只是强调艺术是一个自足的系统，与其他系统有着明显的区别，在具体的论述中，他们也没有否定文学产生的外部条件。当然，俄国形式主义将文学的规定性确定为文学的技巧和手段的做法缺乏对文学作品的系统分析，并不能揭示文学活动的全部意义。但是他们为结构主义的出现做好了理论准备。

**本章必读书目**

雅各布森：《论艺术的现实主义》，蔡鸿滨译，载《俄苏形式主义文论选》，中国社会科学出版社，1989。

**深度阅读推荐**

陈本益：《俄国形式主义的文学本质论及其美学基础》，《浙江大学学报》（人文社会科学版），2003年第6期。

邹元江：《关于俄国形式主义形式与陌生化问题的再检讨》，《东南大学学报》（哲学社会科学版），2004年第3期。

汪介之：《俄国形式主义在中国的接受》，《中国比较文学》，2005年第3期。

**思考与运用**

1. 什库洛夫斯基说："艺术永远独立于生活，它的颜色从不反映飘扬在城堡上空的旗帜的颜色。"你是如何看待这个观点的？

2. 试运用形式主义理论，对莎士比亚《李尔王》、毕肖普的《麋鹿》《在渔屋》、余光中的《碧潭》（或自选作品）进行分析。

# 第十二章　英美新批评

**本章的能力要素**

本章主要介绍英美新批评的主要观点，要求能结合艾略特、瑞恰兹、兰瑟姆、布鲁克斯等人的理论主张，理解其他相关的理论文本，并能运用新批评的方法对文学文本进行分析。具体要求包括：

1. 能在自学的基础上，小组合作探究艾略特的《传统与个人才能》（节选）。

2. 能结合布鲁克斯的理论主张，解读其《悖论语言》。

3. 能运用新批评的方法，对泰特的《在马萨诸塞州正义被拒绝》、陈子昂的《登幽州台歌》等作品进行分析。

**教学方法**

小组探究法、讨论法、讲授法

**知识与能力结构**

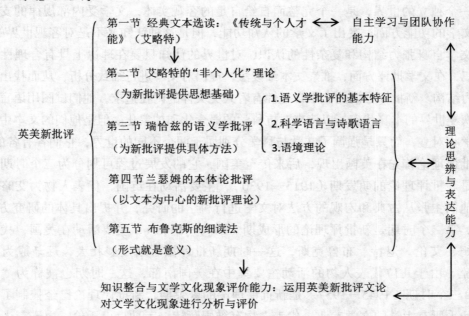

20世纪西方文论发展过程中出现了两个重要的转向，一个是以弗洛伊德的精神分析文论为代表的心理学的转向，另一个是以俄国形式主义文论为代表的语言学的转向。特别

是俄国形式主义汲取了索绪尔现代语言学的研究成果，完成了文学研究从作者中心论向作品中心论的转变，为之后文学理论的发展提供了借鉴。

英美新批评是 20 世纪三四十年代在英美兴起的文学批评流派，他们同样提倡以作品为中心、注重形式批评，但是并没有证据表明新批评曾经受到了俄国形式主义文论的影响，只能说他们是异曲同工、殊途同归了。

当时批判现实主义、自然主义都已经衰落，浪漫主义也是穷途末路了，现代派文学成为文坛的主流，但是现代派文学特别是先锋派诗歌注重象征，语言晦涩难懂，批评家们不得不用细读的方法来探索作品的奥秘，从而促进了新批评的兴起。另外，重视对文本的批评已经成了大势所趋，浪漫主义、象征主义、俄国形式主义都在不断强调文学内部研究的重要性，柯勒律治把诗看作一个有机整体，重视对诗歌的结构和语言进行分析，忽略对诗歌表现的社会生活的分析，成为文学批评内部研究的先声。爱伦坡对抒情诗的推崇以及对在文学批评中纳入道德说教的批评，俄国形式主义对语言程序的重视，都说明这一历史大潮已经成为难以回避的现实问题。

新批评的名称来自新批评的主将兰瑟姆的《新批评》（1941 年）一书，兰瑟姆用"新批评家"来称呼艾略特、瑞恰兹等人，来表达他对他们理论的不满。但是人们反过来用"新批评派"来称呼兰瑟姆和他的学生，兰瑟姆等人虽然不喜欢这个名称，但是由于流传太广，就只好接受了。新批评派有许多天才的理论家，他们的观点各有不同，但是在一些基本问题上的立场是一致的，大体有以下几个方面。

第一，在文学本体方面，坚持文本中心论的观点，强调文学的自足性和自律性，认为文学是一个独立的世界，是一个完整而自给自足的客观实体，文学受内部规律的支配。第二，在文学的功能方面，突出了文学的认知功能，但是这种认知又不是对客观世界的认识，而是对文学自身张力结构和复杂性的认识，对世界的认知只要在理论上具有合理性就可以了。第三，在文学批评方面，推崇文本细读法，提倡对文本进行细致分析，从而找出诗歌语言的张力结构。新批评强调的文学自足性有着人文关怀的内在追求，他们试图用语言的诗性功能来恢复世界的本真状态，以诗来对抗科学的概念化和抽象化。但是他们的文本中心论并不与科学相对立，而只是强调了文学与科学分别属于两个不同的世界，它们各有各的规律。

新批评理论首先在英国出现，后来传至美国，它的发展过程可划分为三个时期。第一个时期是新批评理论的萌发期（1915—1930），主要活动在英国，代表人物为艾略特和瑞恰兹。他们主张从古典和宏观的方法对文学进行科学的研究，并提出具体的研究方法——细读法。第二个时期是新批评理论的形成期（1930—1945），主要活动在美国，代表人物为兰瑟姆、艾伦·退特、布鲁克斯，这一时期新批评派不断发展壮大，逐渐成为文学批评的主流。由于几位代表人物的活动主要集中在美国南部，这一时期也被称为"南方时期"。第三个时期（1945—1957）是新批评理论的繁荣期，新批评理论已经控制了文学评论界和几乎所有大学的文学专业，代表人物有维姆萨特、韦勒克、沃伦，由于三人都在耶鲁大学工作，也被称为"耶鲁集团"。他们将文学独立于作者与读者，进一步将文学孤立起来，新批评逐渐走向封闭和没落。

# 第一节 经典文本阅读

## 一、经典文本节选：《传统与个人才能》（艾略特）

一

在英语的著作中，我们难得谈到"传统"，虽然为了叹惜它的丧失，偶尔用这个名词。我们不提"这种传统"或"一种传统"；充其量是用这个形容词来说某某人的诗是"传统的"或者甚至于"过于传统的"。除了在含有责备的语句中，这个词儿也许难得出现。如果不是这样，那就是一种含糊的称赞，言外之意，这个作品之妙，只是有点"古趣盎然"而已。如果不是这样相当地提到使人安心的考古学，就无法使这个词儿悦英国人的耳。

我们在评价当代或已故的作家时，当然不大会用这个词儿。每个国家，每个民族，不仅有它自己的创造性，而且也有它自己的批评的气质；只是每个国家，每个民族，对于自己的批评习惯的缺点与局限，比之对于自己的具有创造性的天才的缺点与局限，尤更容易忽视。我们从法语的大量批评著作中，知道了或者认为是知道了法国人的批评方法或者批评习惯，于是乎，我们断定（我们就是这样呆板的民族），法国人比我们更会"吹毛求疵"，甚至有时还不免以此自夸，仿佛法国人不及我们那样自然。他们也许是这样；但是，我们也该提醒我们自己：批评就像呼吸一样是必然的事情。如果我们读一本书而觉得有所感动的话，我们仍然应该正确地将我们心里的感受说出来，仍然应该评论我们自己在进行批评时的心理。在这个过程中，可能出现这样一种情况，那就是，我们在称赞一个诗人时，往往只着眼于他的作品中与别人最不同的诸方面。我们还自以为在他的作品的这些方面或这些部分找到他的独特方面，找到他的特质。我们心满意足地大谈特谈这个诗人和他的先辈，尤其是他的前一辈的不同之处；我们为了欣赏，力图找出一种可以孤立起来看的东西。反之，如果我们不抱这种偏见来研究一个诗人，我们将往往可以发现，在他的作品中，不仅其最优秀的部分，而且其最独特的部分，都可能是已故的诗人、他的先辈们所强烈显出其永垂不朽的部分。我指的不是易受影响的青年期，而是指完全成熟的时期。

然而，如果传统，这种传诸后世的唯一形式，只是追随上一代的方式，盲目或怯懦地抱住上一代的成就不放，那就应该断然抛弃"传统"。我们已经看到过许多类似的简单的潮流立刻就消失于沙滩中；新奇的东西总比反复出现的好。传统是一种更有广泛意义的东西。传统是继承不了的，如果你需要传统，就得花上巨大的劳动才能得到。首先，它牵涉到历史感，我们可以明确地说，任何一个二十五岁以上、还想继续做诗人的人，历史感对于他，简直是不可或缺的；历史感还牵涉到不仅要意识到过去之已成为过去，而且要意识到过去依然存在；这种历史感迫使一个人在写作时，不仅要想到自己的时代，还要想到自荷马以来的整个欧洲文学，以及包括于其中的他本国的整个文学是同时并存的而又构成同时并存的秩序。正是这种历史感才使得一个作家成为传统主义者，他感觉到远古，也感觉到现在，而且感觉到远古与现在是同时存在的。同时，正是这种历史感使得一个作家能够最敏锐地意识到他在时间中的地位，意识到他自己的同时代。

任何诗人，任何艺术家，都不能单独有他自己的完全的意义。他的意义，他的评价，就是对他与已故的诗人和艺术家的关系的评价。我们不能单独地来评量他；必须把他置于已故的人中间，加以对照、比较。我是想把这些作为美学批评，而不光是历史批评的原则的。他之所以必须适应，必须首尾一贯，并不是一面倒的：一件新艺术作品产生时所发生的情况，也就是在它之前的一切艺术作品所同时发生的情况。现存的不朽巨著在它们彼此之间构成了一种观念性的秩序，一旦在它们中间引进了新的（真正新的）艺术作品时就会引起相应的变化。在新的作品出现之前，现存的体系是完整的；在添加了新的作品后也要维持其体系绵延不绝，整个现存的体系，必须有所改变，哪怕是很微小的改变；因此，每一件艺术作品对于整体的关系、比例、评价都必须重新调整；这就是旧与新的适应。谁赞同这种关于体系、关于欧洲及英国文学的形式的概念的，就不会认为：过去之必须因现存而改变，正如现在之必须由过去所指导这种说法是荒谬的了。凡是对此有所理会的诗人，对于巨大的困难与责任也会有所理会。

在一种特殊的意义上，他也会理会到，他必须不可避免地受过去的标准所鉴定。我说鉴定，并不是指的要受过去的标准的判断，不是那样的鉴定：说他像已故的人那样的完美，或者比已故的人更好或更坏；当然也不是按已故的批评家的种种规则来鉴定。这是一种鉴定，一种比较是一种两者彼此衡量的鉴定和比较，光是为了适应，反而使得新作品根本就不是真正的适应；它绝不会是新的，因此也绝不会是一件艺术作品。我们也不一定会因为新的很相适应，而说新的比较有价值。可是，这种相适应却是它的价值的一种测验——其实，这是一种只能慢慢地、小心地应用的测验，因为我们谁都不能万无一失地对适应加以鉴定。我们说，它好像会适应，也许只是个性化的，或者看来是个性化的，也许会适应；不过，我们却不至于认为它是这个而不是那个。

这里，再比较明晰地谈一谈诗人与过去的关系：诗人既不能把过去看成笼统一团，看成一颗不分青红皂白的大丸药，也不能完全依靠一两个私下崇拜的作家来自成一家，或者完全依靠一个喜爱的时期来自成一家。第一条路是走不通的，第二条路是青年人的重要经验，第三条路是一种愉快而极可取的补充。诗人必须充分意识到主要的潮流，主要潮流并不是一成不变地通过最为特出的著名作家体现出来。诗人必须充分理会到这个明显的事实，即艺术永远不会改进，艺术的题材也永远不会完全相同。诗人必须充分理会到欧洲的精神——他本国的精神——一种他必须及时领会到是比之他自己私人的精神更为重要的精神——乃是在变化着的精神，而且必须充分理会到这种变化是一种一路上决不丢弃任何东西的发展，它既不会把莎士比亚、荷马，也不会把马格达利尼安①期的图工的石画作品当成落伍的作品。这种发展，也许相当优美，而且一定很是复杂，可是，从艺术家的观点看

---

① 又译"马格德林"，欧洲旧石器时代晚期的人。

来，却一点也不是什么改进。也许甚至从一个心理学家的观点看来，也不是一种改进，也不是我们所想象的那种程度的改进；也许到头来，只是建立在经济和机械的纷乱上。但是，现在与过去的不同，乃在于，意识到现在就等于意识到过去，而且在一定程度上，过去之意识会过去是表现不出来的。

有人说，"已故那些作家与我们相隔太远了：因为我们知道得远比他们多。"一点也不错，他们是不及我们所知道的多。

我明白，我为诗歌工作所拟的程序的明晰的部分，往往会遭到反对。反对的是认为我的学说之苛求学识（卖弄学问）竟至于荒唐可笑，认为这是一种即使告到众神殿的诗人的传记里去都会遭到驳回的要求。于是，甚至肯定地认为学识渊博会减弱或者打乱诗人的感情。但是我们却又坚信，只要不侵蚀诗人的必需的感受性和必需的懒惰性，诗人应该见多识广。当然，也不应该把知识局限于具体应用在试场和客厅中，或者更能公开夸耀的型式。有的人能够吸收知识，资质比较迟钝的人却须辛苦效力始能得到知识。

莎士比亚从普鲁塔克[①]那里，比多数人从整个英国博物馆里获得更多的基本的历史知识。我们所坚持的是诗人必须发展或者获得对于过去的意识，而且，他还应该终其一生继续不断地发展这种意识。

这样，对于一些比较更有价值的东西，诗人便须随时随地准备不断地抛弃自己。一个艺术家的进展便是一种不断的自我牺牲、不断的消灭个性。

这里尚须说明的是这种消灭个性的过程及其与传统感的关系。艺术正是在这种消灭个性中，才说得上是接近于科学的地位。因此，我要求你们将下述比喻作为一种足供参考的事实加以考虑：如果拿一条精细的白金丝，放进一个含有氧气和二氧化硫的容器里，它将会发生什么作用。

二

公正的批评和敏感的评价并不是对于诗人而是对于诗作本身而发的。如果我们留意一下报纸上那些批评家种种混乱的叫喊和随声应和的普遍的喊喊喳喳声，我们就可以听到许多诗人的名字；如果我们不是寻求蓝皮书的知识，而是欣赏诗，是在找一首诗，我们就难得找到一首诗。我已经试图指出，一首诗与另一些作者所写的另一些诗的关系的重要性，而且把诗的概念看作是一切曾经出现过的诗的有机的整体。这种"与个人无关的"诗的理论的另一方面，就是诗与其作者的关系。我还用一个比喻来暗示：一个成熟的诗人的精神跟一个不成熟的诗人的精神之不相同，并不就在于对"个性"的任何评价上，并不必然是更有趣，或者更有话可说，而是指一种更完美的媒介物，在这完美的媒介物中，特别的或者十分相异的情感可以自由缔结新的组合。

这个比喻便是触媒剂的比喻。当上述两种气体碰到一根白金丝而混合的时候，这两种气体便成为硫酸。这种组合只是由于有白金才发生的，然而，新形成的酸却一点也找不到白金，而白金本身又显然一点也不受到影响：它仍然不断发生化学作用，是中性的，没

---

① 普鲁塔克（约46—126）：古希腊历史学家，《希腊罗马英雄传》的作者。

有变化。诗人的精神就是这片白色。它可以一部分或者整个地影响于诗人本身的经验；但是，一个艺术家越完善，他本身那种作为感受者的人和作为创造者的心灵越是完全分离，心灵越是能把热情（材料）加以融会、消化和转化。

人们可以注意到，经验——这种碰到起变化的触媒剂的元素，有两种情绪与感情。一件艺术作品之影响于那个欣赏艺术作品的人固然是一种经验，但是，这种经验在性质上却与任何非艺术的经验不同。它也许是由一种情绪形成的，也许是由几种情绪组合起来的；而各种由于作者的特殊的词儿、词汇或形象而产生的不同的感情，也许可以更加构成最后的结果。不过，即使不直接利用任何情绪，也许还是可以产生伟大的诗：纯然是出自感情构成的。《地狱篇》（勃鲁内托·拉铁尼）的第十五歌显然是逐渐发展那个场面的情绪的，可是，它的效果，虽然像任何的艺术作品的效果一样的单纯，却是得自一些相当复杂的细节的。最后四行给人以一种形象，一种与形象相连的感情，而形象的"到来"，不仅仅是从前面几节发展而来的，而是可能停留在诗人的心里，直等到适当的组合的时刻到来，它便自行附了上去。事实上，诗人的心就是一只贮藏器，捕捉与储藏无数的感情、词汇、形象，把这些东西储存在那里，直等到一切能够结成一种新化合物的各种分子都一起到来。

如果在最伟大的诗中，拿几节具有代表性的诗章来比较一下，就可以看出组合真是多种多样，也可以看出任何一种半伦理的"崇高"批评标准实在真是枉费气力。因为诗的价值并不在于情绪这一成分的伟大强度，而是在于艺术过程的强度，也可以说是在于发生混合时的压力强度。保禄和弗兰采斯加①的插曲固然使用了一定的情绪，可是，诗的强度却很不同于假设的经验中所能给人的印象的强度。而且，它也跟第二十六歌中的攸利赛斯的漂泊的强度不一样，第二十六歌并没有直接仰仗于情绪。在情绪变化过程中，当然可能有巨大的不同。阿格曼农②的被谋杀；或者奥赛罗的痛苦所发生的艺术效果，比之但丁作品中的情景显然更有可能近于原型。《阿格曼农》中的艺术情绪近于一个亲受目睹的情绪。而《奥赛罗》中的艺术情绪则近于剧中主人公本人的情绪。可是，艺术与事件之间的不同往往是绝对的；阿格曼农的被谋杀的那种组合也许跟攸利赛斯的漂泊的组合同样的复杂。这两者中一直有一种因素的结合。济慈的抒情诗包含有许多跟夜莺一点也没有什么特殊关系的感情，但是，这种感情，也许一半是因为它的诱人的名称，一半是因为它的声誉，就把夜莺凑在一起了。

我正在竭力攻击的观点也许是所谓灵魂的具体统一的那种形而上学的理论，因为，我的意思是，诗人并没有一种可以表现的"个性"，而只有一种特殊的媒介物，而且只是一种媒介物，而不是个性。在这种媒介物中，印象与经验便以特殊而意想不到的方式组合起来。对于诗人说来，具有重大意义的印象与经验，也许在诗歌中毫不发生作用；而在诗歌中却变得很有重大意义的印象与经验，也许在诗人，在个性中只是起着一种颇不足道的作用。

---

① 但丁《神曲·地狱篇》中的一对恋人。

② 阿格曼农：希腊出征特罗亚联军的盟主。古希腊悲剧家埃斯库罗斯和古罗马作家西奈卡都曾写过悲剧《阿格曼农》。

　　我要引一节很不熟悉的诗，按照这种看法——或者不正确的看法——以新的注意力来对它加以考察：

　　　　如今我甚至要责怪我自己

　　　　不该那样醉心于她的美貌，

　　　　尽管她的死不是随便可以报复。

　　　　蚕儿何尝为你吐丝作茧，

　　　　为你而耗尽她自己的生命？

　　　　男人何尝为女人而出卖尊严，

　　　　只为了消受刹那间的迷醉？

　　　　为什么那家伙要拦路行劫，

　　　　让自己的生命听法官裁决，

　　　　想借此来美化这件事——还派出

　　　　人马去为她一显骁勇？……①

　　在这一节诗中（就文气看来十分明白）有正反两种情绪的组合，对美有着极其强烈的吸引力，对丑也有同样强烈的魅力，两相对立，两相抵消。这种对立情绪的平衡乃在于台词得当的戏剧场面上，可是，光凭这种戏剧场面也不足以使其平衡。这可以说是由于戏剧所提供的有组织的情绪。但是，整个效果，主要的音调都是因为有许多浮泛的感情对于这种情绪有一种亲和力，而这种亲和力表面上并不明显，但是一经和它结合起来，却给人以新的艺术情绪。

　　诗人之所以引人注意，引人感到兴趣，倒不是由于他的个人的情绪，由于他自己生活中的特殊事件所激起的那种情绪。他的特有的情绪可能是简单的，或者粗糙的，或是平庸的。他诗中的情绪却该是一种十分复杂的东西，不过又不同于一般人的情绪的那种复杂，尽管一般人在生活中有十分复杂或者罕见的情绪。其实，诗歌中有一种反常的错误就是拼命要表达人类的新情绪；而就在这种不得法的寻求新奇中发生了偏颇。诗人的任务并不是寻求新情绪，而是要利用普通的情绪，将这些普通情绪锤炼成诗，以表达一种根本就不是实际的情绪所有的感情。诗人从未经验过的情绪也可以像那些他所熟悉的情绪一样为他服务。因此，我们一定要相信"情绪是在宁静中回忆出来的"，是一种不精确的公式。因为诗既非情绪，又非回忆，也非（如果不曲解其意义的话）宁静。诗是很多很多经验的集中，由于这种集中而形成一件新东西，而对于经验丰富和活泼灵敏的人来说，这些经验也许根本就不算是经验；这是一种并非自觉地或者经过深思熟虑所发生的集中。这些经验并不是"回忆出来"的，这些经验之所以终于在一种"宁静"的气氛中结合起来，只是由于它是被动地凑拢来的。自然，这并不完全就是这么一回事。在诗歌创作中，有许多地方还是需要自觉和深思熟虑的。事实上，一个拙劣的诗人往往是应该自觉而不自觉，不该自觉却又自觉。这两种错误都有使诗人成为"个人的"可能。诗并不是放纵情绪，而是避却情

────────────

① 　原诗引自西利尔·杜纳尔的《复仇者的悲剧》第三幕第四场。

绪；诗并不是表达个性，而是避却个性。不过，当然，这只有那些有个性、有情绪的人才懂得需要避却个性、避却情绪的个中道理。

**艾略特：《传统与个人才能》，曹庸译，转引自伍蠡甫、胡经之主编《西方文艺理论名著选编（下）》，北京大学出版社，1986，第 39—47 页。**

### 二、艾略特简介

艾略特（1888—1965），英国 20 世纪影响最大的诗人，出生于美国密苏里州的圣路易斯城，祖父是华盛顿大学的创始人。1906 年，艾略特进入哈佛大学学习哲学，师从欧文·白璧德，受到白璧德反浪漫主义思想的影响。获得硕士学位后，赴巴黎大学研究伯格森哲学，一战爆发后，又去牛津大学研究哲学。曾担任教师、银行职员、刊物编辑，出版社董事长。1922 年发表长诗《荒原》，名声大噪。1927 年，他加入了英国国籍并皈依英国国教。他自称在宗教上是英国天主教徒，政治上是保皇派，文学上是古典主义者。1948 年获得诺贝尔文学奖，1965 年 1 月 4 日在伦敦逝世，骨灰葬在了威斯敏斯特大教堂的"诗人角"。艾略特表达了西方一代人精神上的幻灭，被认为是西方现代文学中具有划时代意义的作品，被称为"但丁最年轻的继承者之一"，英美新批评创始人之一，甚至有文学史家称 20 世纪为"艾略特时代"。

艾略特文学批评方面的主要著作有《传统与个人才能》《玄学派诗人》《批评的功能》《诗歌的用途和批评的用途》等。

### 三、选文导读

在《传统与个人才能》第一部分，艾略特首先指出英文著作已经难得谈到"传统"，人们不仅对传统是忽视的，而且常常产生误解。在英国文化语境中，"传统的"被看作是含糊的称赞甚至是责备。艾略特认为，文学发展是需要传统的，"如果我们不抱这种偏见来研究一个诗人，我们将往往可以发现，在他的作品中，不仅其最优秀的部分，而且其最独特的部分，都可能是已故的诗人、他的先辈们所强烈显出其永垂不朽的部分。我指的不是易受影响的青年期，而是指完全成熟的时期。"① 传统不只是过去，而是过去与现在的统一，这就是文学传统的历史意识。任何作家都必须从传统中汲取营养，使传统的东西与现代意识融为一个整体。

传统也是历史的组成部分，它是动态的。艾略特在文中指出：新作品出现之前，现存体系是完整的，在添加了新作品之后现存的体系就必须作出改变，过去必须因现在而改变。后人在阅读前人的作品时，心中要有它是过去作品的意识，前人作品被后人阅读，说明它参与着后人的生活，对他们的思想有一定影响，它不是孤立存在的。现代可以为传统不断增添新内容，但是不能是反传统的。如果没有过去的艺术传统参照，现代的艺术作品也会失去意义。

---

① 艾略特：《传统与个人才能》，曹庸译，转引自伍蠡甫、胡经之主编《西方文艺理论名著选编（下）》，北京大学出版社，1986，第 40 页。

艾略特在《传统与个人才能》的第二部分主要论述了"非个人化"理论。艾略特首先指出:"公正的批评和敏感的评价不是对于诗人而是对于诗作本身而发的。"① 即作品才是批评家应该关心的中心。而一个成熟的诗人与一个不成熟的诗人相比,他们的区别并不在"个性"方面。一个艺术家前进的过程也就是不断牺牲自己的过程,艺术家必须不断消灭自己的个性。

艾略特用一个比喻来说明作家在创作中的作用以及诗人个性的消灭。"当上述两种气体(氧气和二氧化硫)碰到一根白金丝而混合的时候,这两种气体便成为硫酸。这种组合只是由于有白金才发生的,然而,新形成的酸却一点也找不到白金,而白金本身又显然一点也不受到影响:它仍然不断发生化学作用,是中性的,没有变化。诗人的精神就是这片白色。"② 在化学反应中,催化剂只改变事物的反应速度,并不改变化学平衡。在文学创作中,诗人的心灵就相当于催化剂,能促成创作的发生,而在创作前后,诗人的心灵并不发生改变。同时,诗人的心灵还是化学反应的容器,无数种感觉、语词、意象在其中反应,最后组合成诗歌。诗人的非个性论并不是指诗人没有个性,而是指诗人创作中必须不断放弃自我感情,使个体的东西超越个体,这样,作品就会融入传统。

## 第二节 艾略特的"非个人化"理论

艾略特是一位重要的文艺批评家,也是一位著名的诗人,他早期的理论与中后期有着较大区别,其中早期理论为新批评的出现奠定了基础。这里主要介绍他在早期与新批评有关的理论。

艾略特认为,文学是一个有机整体。而作为有机整体的文学有两层意思,一是指整个文学是个有机整体,所有的文学作品不是由许多个个人写下的作品的总和,而是形成了一个整体,个别的作品只有放在了这个有机整体当中,与整体发现了联系,才会产生自己的意义,也才能确立自己的地位。这个整体是一个处在发展过程中的整体,每当有新的作品加入进来,整体就会产生修改,文学批评就应当从作品与有机整体相互关系中评价作品。二是指每一个具体的文学作品也是一个有机的整体,作品不是各个组成部分的简单叠加,而是一个有机的组合。因此文学批评也应该从构成作品的每一个部分与作品的整体关系中去解释作品。

西方文论的有机整体观是一个源远流长的传统,但是在从亚里士多德到艾略特之前,文艺理论家们都重在分析文学的内部结构。而艾略特则不仅将具体的文学作品看作一个有机整体,还将从古到今所有的文学作品看作一个有机整体,这样就打通了文学、文学史、文学批评之间的隔阂。

---

① 艾略特:《传统与个人才能》,曹庸译,转引自伍蠡甫、胡经之主编《西方文艺理论名著选编(下)》,北京大学出版社,1986,第43页。

② 艾略特:《传统与个人才能》,曹庸译,转引自伍蠡甫、胡经之主编《西方文艺理论名著选编(下)》,北京大学出版社,1986,第44页。

艾略特最重要的理论贡献就是提出的诗人"非个人化"理论。浪漫主义认为文学是个人情感和个性的表达。但艾略特在《传统与个人才能》中指出，"诗不是放纵情绪，而是逃避情绪；诗并不是表达个性，而是避却个性。"①艾略特为什么会产生如此认识呢？这与他对文学批评对象的认识有关，他认为，文学批评和鉴赏关注的对象不是诗人，而是诗，即"诗"在文学批评中具有本体论的地位，文学文本是文学活动的中心，而不是作家。诗人的创作也不仅仅是他的个人行为，需要在和前人的比较中、在文学传统的漫长历史中对诗人进行客观的评价，每个诗人的创作都受到传统的影响，同时，每个诗人的创作反过来也会影响传统，引起传统的变化，但是这往往是极其微小的变化。因此作家在创作中不应该突出自己的个性，而应该牺牲自我，不断适应传统、归附传统，这样才能进步。

其次，作家还应该消灭自己的个性。诗人的心灵是一种催化剂，它能使构成作品的各个部分发生化学反应，没有诗人的心灵，诗歌就无法创造出来，然而诗被创造出来以后，却并不包含诗人心灵这个催化剂了，所以文学家应该消灭自己的个性，应该超越"个人化"的东西，成为传统的一部分。

再者，作家还应该逃避个人的情感。诗是表现情感的，但是这种情感只存在于诗中，不存在于诗人的经历中，艺术情感是非个人的。诗人的任务是把寻常的感情用诗的方式表现出来，这种感情可以是他熟悉的，也可以是他未曾经历的。诗从根本上说并不是感情的，他的价值在于艺术过程的强烈，而不是感情的伟大。

艾略特认为，浪漫主义者从"内心的声音"的标准出发，将文学批评变为一种主观随意的活动，使文学批评充满了可能的个人偏见与怪癖。文学批评应该是克服这种主观随意性，具有客观性的行为，为此，艾略特提出了"外部权威"的标准。"外部权威"就是文学传统，要求文学批评从文学历史发展的角度出发，坚持有机整体的原则，也就是他所说的古典主义原则。坚持"外部权威"的标准要求批评文学作品时，审视其是否遵循了传统，是否为传统作出了牺牲。这样就可以给作品以客观的评价，使文学批评具有科学性。

艾略特的"非个人化"理论将作品置于文学研究的中心，只有通过文本才能发现作者意义的参照基点，割裂了作者和作品的联系，但是从文本出发对文学进行内部研究的方法，对新批评派提供了重要启示。

## 第三节　瑞恰兹的语义学批评

瑞恰兹（1893—1979），瑞恰兹 1893 年出生于英国，著名文学批评家，曾在英国剑桥大学、中国清华大学、美国哈佛大学任教授，"新批评派"理论的创始人之一。瑞恰兹在文学理论中引入了两门学科：语义学与心理学。前一门学科后来成为新批评派的理论基础，

---

① 艾略特：《传统与个人才能》，曹庸译，转引自伍蠡甫、胡经之主编《西方文艺理论名著选编（下）》，北京大学出版社，1986，第 47 页。

对新批评派的产生起到了根本性的影响，后一门却受到新批评派的强烈反对。瑞恰兹一生多次来到中国，中国的传统哲学思想对他有重要影响，他在中国居住和讲学长达七年之久，为促进中西方文化交流起到了重要作用。瑞恰兹的主要著作有《美学基础》（合著）、《意义的意义》（合著）、《科学与诗歌》《实用批评》《柯勒律治论想象》《修辞哲学》等。

如同艾略特与新批评派互不认同一样，瑞恰兹与新批评派的关系也是同样的尴尬，但是艾略特和瑞恰兹却成为新批评派兴起的真正先驱。艾略特为新批评派提供了思想基础，瑞恰兹则为新批评派提供了具体的方法，他首先用语义分析的方法，并借助心理学研究，试图建立科学化的文学批评方法。

## 一、语义学批评的基本特征

瑞恰兹的文学理论被称为"文学语义学"，他在文学研究中以语言为切入点，重视文学语言的意义问题，提出了"语义分析"和"文本细读"法，甚至引入了心理学的研究方法，对语言进行仔细辨析，以避免误读。

瑞恰兹在剑桥大学任教时，曾经做过一个实验，他把一些经典诗歌和平庸的诗歌混起来，隐去作者姓名，发给学生并让学生进行独立判断，结果经典诗歌被贬低，而平庸的诗歌则获得赞赏。瑞恰兹对这一现象进行了分析，在《实用批评》一书中将产生批评和阅读偏差的障碍归结为十类：不能辨明诗的含义；缺乏感受诗意的能力；全凭与主题无关的视觉印象；不相干的记忆的插入；已有观念与情感的干扰所形成的批评陷阱；敏感过度；压抑情感；默守成规和宗教伦理方面的偏见；技术上的先入之见；自觉与不自觉的理论形成的先入之见。这十类障碍可以进一步划分为个人好恶、个人心里、社会意识形态三个方面，瑞恰兹列举这些障碍，是为了提醒人们评价诗歌时常常受到的与诗歌本身无关的外部因素的影响。

为了克服这些障碍，准确把握诗歌的意义，防止误读的发生，瑞恰兹提出了文本细读的方法，对作品进行深入的阅读，通过详尽的分析，同时参照评论中出现的误读，进行细致的语义分析，找出误读发生的原因，最终准确理解一首诗歌的意义。可以说，文本细读是语义学批评的第一个特征。

其次，语义学批评的第二个特征是重视心理学问题，比较关注从读者心理角度寻找误读产生的原因。在文学批评中引入心理学方法是一种大胆的尝试，不过瑞恰兹的尝试却招致了尖锐的批评。

再次，语义学批评另一个特征是它是一种内在的批评。瑞恰兹重视文学内部组织结构，关心诗歌语言、文字分析、语词多义等文学自身的问题。这种以作品为中心的批评方法奠定了新批评派的基本发展思路。

## 二、科学语言与诗歌语言

瑞恰兹在《科学与诗》一书中，借助科学语言与诗歌语言的区别探讨了文学的本质问题。科学语言以指示功能为核心，文学语言则以情感功能为核心，科学语言是外指的，目的在于传达真实信息，作者说的话必须与客观事实相对应；文学语言则是内指的，目的在于激发人们的想象和情感，作者说的话不需要与客观事实相对应。《鲁滨孙漂流记》只是告诉我们那些事件，至于读者能否接受，则取决于作者讲故事的技巧，与作品中人物的原型和作者的经历没有关系，它向我们传递的是情感的真实和心理的真实。文学和科学就像两条平行线一样，没有交集，也不可能产生冲突。读莎士比亚的《麦克白》不必纠结苏格兰的历史，读李白的"白发三千丈"不必谴责作者信口开河，读杜牧的"南朝四百八十寺"不必求证于史籍，文学是一种有价值的"无稽之谈"。

现代社会科学的迅速发展对人们内心造成了极大冲击，各种学科甚至人们的日常生活都不得不面对日益科学化的问题，而在瑞恰兹看来，科学只能告诉我们在宇宙中的地位，能够告诉我们某某是怎样的，它无法告诉我们某某为什么是这样的，至于诸如"我们是什么？世界是什么？"这种根本性的问题，科学更是无从回答。科学回答不了、宗教和哲学也回答不了，信仰的缺失使人和社会处在紧张关系之中，这就是现代文明的最大危机。要解决这个问题，一半要靠思考，一半要借助诗歌重新组织我们的心灵。

科学的陈述为"真陈述"，它的目的是为了传达信息，不关心情感效果，传达的结果要求可以验证，严格遵守逻辑规则。诗歌的陈述涉及的是人们的情感和态度，没有具体的指称客体，无法通过经验事实的证伪，所以是"伪陈述"，"伪陈述"只是相对于科学的"真陈述"而言的，它在艺术世界里则是真实的，是"诗的真实"。现实中"真陈述"有助于增加我们统治自然的力量，却无法帮助我们认识自己的心灵世界，而"伪陈述"则可以帮助我们恢复世界的诗意性质。

瑞恰兹对科学语言与诗歌语言的区分并不是为了否定科学语言，他只是指出了两种语言的各自特点，在不同的领域适用不同的语言，不存在谁代替谁的问题，他所分析的科学语言和诗歌语言的区别，同时也是科学与诗歌的区别。而且诗歌的陈述必须是不夹杂信仰在内的，信仰介入诗歌是对诗歌的亵渎。

### 三、语境理论

瑞恰兹的语义学批评主要关注两个问题，第一个是如何用科学的方法研究文学，第二个是如何科学地确定文学的意义，防止误解。为了解决第一个问题，他认为应当将文学孤立起来进行内部研究。针对第二个问题，他主张用语义分析和文本细读法，同时他还提倡在语境中考察语词的意义，为此，他提出了语境理论来解决这一问题。

传统的语境指的是某个语言单位与上下文之间的联系，上下文确定了该语言单位的意义。瑞恰兹对传统语境理论做了重要发展，首先在共时性方面，语境可以拓展到包括与所要诠释对象有关的某个时期的所有事情，例如要阐释莎士比亚剧本中的某个语词，可能涉及的语境包括作者写出该语词时所处的处境、当时人们对该语词的种种用法、甚至与它们有关的莎士比亚时代的一切时期。其次在历时性方面，语境表示一组同时再现的事件，这组事件包括人们选来作为原因或结果的任何事件以及与之关联的种种条件。瑞恰兹的语境是一个内涵十分丰富的概念。

一个词语的意义是由语境决定的，就是它的语境中缺失的部分，语境有一种节略形式，一个词往往担任多重角色，具有多重意义，但是在文本当中，这些角色不必再现，这个词的意义也就成了语境中没有出现的部分。

旧修辞学认为一个符号只有一个实在的意义，将复义看作是语言的错误，瑞恰兹则认为复义在文学语言中大量存在，复义是由系统决定的，一个词所包含的不同意义是相互关联的，它们之间有着严密的系统性。复义可以增强文学作品的表现力，但是词语在特定语境中的不正确的解释以及在上下文中互相矛盾的解释是不属于复义的。

瑞恰兹把语义分析和心理学方法引进文学批评，提出了一系列重要观点，对新批评派的崛起起到了重要作用。

## 第四节　兰瑟姆的本体论批评

兰瑟姆（1888—1974），美国著名文艺批评家。曾获牛津大学博士学位，一战期间在部队服役，战后在田纳西州凡德比尔特大学、俄亥俄州肯庸学院等大学任教，创办过诗刊《逃亡者》以及文学评论刊物《肯庸评论》，与他的学生布鲁克斯、艾伦·退特等人一起坚持和发展了新批评理论，被称为新批评派的"南方时期"。兰瑟姆是新批评理论的真正奠基者，在新批评理论的发展中起到了承前启后的作用。他的主要著作有《世界之躯》《新批评》《绕过丛林：1941—1970 年论文选》等。

兰瑟姆大量借鉴了瑞恰兹与艾略特的观点，但是摒弃了其中的心理学内容，建立了以文本为中心的新批评理论。1934 年，兰瑟姆在他的《诗歌：本体论札记》一文中首次提出了"本体论批评"的口号，本体论原本是哲学用语，最初指关于存在的研究，后来也包括有关世界本质、本原、本体的理论研究。兰瑟姆在此基础上提出了文学的本体论批评，意在强调文学文本的本体性存在，认为文学批评应该是一种客观研究和内在批评，主张对文学各因素的不同组合、运动变化进行研究，探讨文学发展的规律，反对把文学与各种社会现象联系起来进行研究。

兰瑟姆明确将六种文学批评方法排除在外。一是对批评家感受的记录；二是对作品内容的归纳和解释；三是对作品背景、作者生平、文献书目等内容作考证式的历史研究；四是对外来语、罕见词语、典故等作语文学研究；五是道德研究；六是诸如地名等其他方面的研究。

在这里，兰瑟姆将心理学研究、实证研究、道德研究排除在文学批评之外，主张将文学作品当作独立自足的存在进行研究。同时，诗歌的本体性还在于它可以圆满地复原世界的存在状态。由此出发，他认为诗歌和散文的区别并不在于是否有道德伦理，诗歌与散文都存在道德伦理；不在于诗歌对感情的抒发，因为诗中的感情都是极为含混的；也不在于诗歌的结构，否则诗歌就只是大量局部组织连缀成的松散的结构。我们生活的世界是经过科学等非艺术的方式处理过的世界，它被删减成了易于处理的形式，并不是真实的世界。

诗歌就是要恢复世界的复杂性，让我们重新看到世界的真实面貌。但是他的后一种主张与前一种主张存在矛盾之处，既然文学本体与世界本原存在联系，那么它就不会是独立自足的了。因此兰瑟姆的理论中心仍在前一种解释。

1941年，英国一所大学邀请了当时影响较大的三个文学批评流派：道德批评派、社会批评派、新批评派的代表进行辩论。为了对自己的立场进行辩护，兰瑟姆提出了"架构—肌质"理论，进一步将本体论批评具体化。他认为每一首诗有一个中心逻辑架构，同时也有丰富的个别细节，"架构"指的是诗的内容的逻辑陈述，它涉及的是诗的思想内容或主题意义，可以用诗的形式表达，也可以用散文的形式转述。但是文学架构的逻辑性是与科学论文的逻辑性不同的，科学论文的逻辑性十分严谨，而文学架构则没有那么严谨，它的主要作用是负载肌质材料的。"肌质"是作品中的个别细节，与架构分离，不能用散文的方式去转述。如果说架构如同一幢房子的墙壁，墙板外面的部分就是肌质，它可以装饰，但在逻辑上与架构无关。

对于诗歌来说，肌质的重要性远远超过了架构，肌质是诗歌的本质和精华，诗歌表现世界本质存在的能力也在于肌质而不在于架构。科学论文只有架构，没有肌质，或者肌质仅仅是架构的附属性存在。而对诗来说，肌质与架构是分离的，而且肌质比架构更为重要。在文学中，肌质与架构互相干扰，肌质干扰架构的逻辑清晰性，于是架构就在与肌质进行赛跑，于是艺术的魅力就产生了。

兰瑟姆将架构视为对实在的逻辑陈述，而将肌质看作内容的秩序，他的"架构—肌质"理论与传统的形式与内容是大体相似的。他将肌质看作文学作品的核心，并将其与架构对立起来，陷入了形而上学的错误。但是他提出诗歌必须有架构的观点还是比瑞恰兹的理论有了明显的进步。

## 第五节　布鲁克斯的细读法

布鲁克斯（1906—1994）美国著名文学批评家，20世纪中期新批评派的代表人物，也是新批评派中最活跃、最多产的批评家。1906年布鲁克斯出生于肯塔基州，1928年在凡德比尔特大学毕业并获得文学学士学位，1932年获得牛津大学文学学士学位，1932年至1947年在路易斯安那州州立大学任教。在凡德比尔特大学就读期间，布鲁克斯认识了兰瑟姆，并参加了著名的"逃亡者"文学运动，与兰瑟姆、退特、沃伦等人组成文学社团，一起朗诵和讨论诗歌，注重对作品的细读，对之后文学观的形成产生了积极影响。1935年与沃伦一起创办了《南方评论》，共同出版了《理解小说》《理解诗歌》等著作。其他著作有《现代诗歌和传统》《精致的瓮：诗歌结构研究》《隐藏的上帝：海明威、福克纳、济慈、艾略特和沃伦研究》等，1947年至1975年任教于耶鲁大学，成为新批评派"耶鲁集团"的中坚成员。

新批评是一种典型的形式主义批评，但是新批评派的大多数理论家都不愿意在自己身上贴上新批评的标签。布鲁克斯则不同，他旗帜鲜明地宣称自己是一名形式主义者。

布鲁克斯认为文学批评就是对批评对象的描述和评价，形式主义批评家应该关注作品本身。他由此出发，为新批评派进行摇旗呐喊和辩护。布鲁克斯也承认作家在创作时怀有金钱、名誉、自我表现等各种不同的动机，作品也可以表现作者的个性。同样，读者也对作品价值的实现有重要意义，因为作品在被读者阅读之前，它还不是真正的作品，只是潜在的作品，读者在阅读过程中，作品才会被读者在心灵中重新创造出来。但是布鲁克斯认为，尽管作者和读者对作品的意义的生成都是有意义的，但是这些都不是文学批评。研究作者个人经历和心理只是在描述创作过程，研究读者的评论则会使文学批评走向心理学和文艺批评史，这些都不能代替对作品本身的研究。

布鲁克斯认为，对作者的研究是以作者的意图来评判作品优劣的，而对读者的研究是以读者的感受为标准的，这两种标准都不能正确评判作品。真正的文学批评是对作品本身的描述和评价。作者的真实意图只能在作品中去寻找，只有在作品中实现了的意图才是作者的意图，作者在创作之前的设想和作者在之后的回忆都不能作为评价作者意图的依据。同样读者也应该找到一个中心立足点，以此作为基准来研究作品的结构。

布鲁克斯主张文学批评应该关注作品本身，对作品的研究主要是对作品形式的研究，形式就是意义。而对形式的研究又主要体现在对作品语言、结构的研究上。他主要对文学作品中的悖论和反讽进行了分析。悖论本来指修辞学中表面荒唐而实际真实的一种修辞格，布鲁克斯认为悖论的语言是诗歌的理想语言。科学语言要努力消除悖论，而诗人要传达真理只能用悖论语言。诗人在创作中有意地使用暴力对语言进行扭曲和变形，并在逻辑上将不相干的词语放在一起，使其相互碰撞，诗意就在这种碰撞中产生的。

即使像华兹华斯这样朴实无华的诗人，他的诗歌仍然是以悖论为基础的。例如在华兹华斯的《这是一个美丽的黄昏》中的名句：

　　美丽的夜晚，宁静、自由

　　这神圣的时辰就像一个女尼

　　满怀崇敬而屏住呼吸……

布鲁克斯认为诗人此刻心中充满了崇敬之情，但是走在他身边的姑娘却并非如此，诗人暗示姑娘也应该与这神圣时刻呼应，变得与夜一样，像个女尼。这就是一种悖论。

而在华兹华斯的《西敏寺桥上作》一诗中：

　　静默，无遮无盖，

　　船舶，塔楼，圆顶，剧院，殿堂，

　　铺展开去，直到田野……

这里只是把细节杂乱地堆在一起，我们只能得到一个模糊的印象——地平线上尖尖的屋顶和塔楼在晨光中闪烁，平淡无奇的词语和用滥了的比喻充斥其中。但是这首诗仍然被认为是华兹华斯最成功的诗篇之一，主要原因就在于诗中的悖论情景。诗人对于城市竟然也会"披上晨光之美"感到惊奇，在他看来，只有斯诺登峰、斯基多峰、勃朗峰才有权利显得美丽，而肮脏动荡的伦敦是不应该显示出美来的，这是一种悖论式的情景，悖论的特征是奇异，在平常事物中看到了不平常，普通的事物也就充满了诗意。

布鲁克斯也十分重视反讽。反讽表示所说的话与想要表达的意思相反。他认为，在文学作品中，语词由于受到语境的压力而造成意义的扭转，进而形成所言与所指的对立，就产生了反讽。这也是诗歌语言和科学语言的一个区别，科学语言不会在语境的压力下改变意义，诗歌语言则会改变，因为诗歌语言具有多义性，是意义的网络，诗歌也需要言外之意和旁敲侧击来使语言具有新鲜感。值得注意的是，布鲁克斯经常将悖论和反讽混淆使用的，这说明二者并没有本质的区别。

布鲁克斯还指出，好的诗歌应该是一个有机整体，各部分之间存在有机联系，部分影响着整体，也接受整体的影响。一首诗的各个构成要素的相互联系，并不像排列在一束花上的花朵，而是一朵活着的花木与根茎叶的联系。诗歌的魅力在于整体的魅力，它可以将美与丑、有魅力与无魅力等相对立的成分结合在一起。结构的原则就是不同成分的平衡与协调，他不仅仅将不同因素安排成同类的组合体，而是将相似与不相似的因素组合起来。结构并不是通过回避矛盾取得和谐，而是在揭示矛盾、展开矛盾、解决矛盾中取得和谐。布鲁克斯的这一观点深刻而富有辩证意义，对兰瑟姆的架构与肌质的对立是一次矫正。

新批评在二战之后的美国流行一时，和它主张的"细读"的批评方法有重要关系，而布鲁克斯无疑在这方面有着突出的贡献。新批评之所以重视细读，这和他们专注于文学文本批评是分不开的。诗既然与作者和读者关系不大了，那么就只能从诗句的一切细节去发现意义了，细读不是用放大镜去读，而是要充分阅读，深入研究，要从细节入手，细心揣摩诗歌的语言和结构，发现和破译隐喻、含混、悖论、反讽等修辞手法背后的深层含义。然而，布鲁克斯在具体的批评实践中，离不开对实证化的考据，也离不开关于作者的背景和读者的反应等因素，这正说明，新批评也无法完全割舍作品与社会的联系。

**结语：**英美新批评是西方现代文论中极为重要的流派，其对文学文本的重视与研究，并提出的一系列批评方法和范畴，为文学批评学科化建设做出了重要贡献。但英美新批评者们在努力关注作品本身的同时，极力排除作者和读者对批评的影响，这又使得新批评的道路越走越窄。晚期的新批评者的主张逐步僵化，特别是维姆萨特和比尔兹利在其合著的《意图谬见》和《感受谬见》中，对文学批评中的作者"意图说"和读者"感受说"进行了批判，认为这两种批评都是一种谬见，并不能作为文学批评的标准，文学作品本身就是一种独立自足的存在，文学批评必须坚持从文本出发。维姆萨特和比尔兹利使新批评的文本中心论走向了极端，彻底切断了文学文本与作者、读者的联系，同时也预示着新批评的衰落。而韦勒克与沃伦合著的《文学理论》同样强调文学内部研究，并作为教材在大学中广泛使用，将这种片面化的理论推向了普及，也招致了广泛的批判，从此迅速走向衰落，可以说，新批评的衰亡，正是由于其本身的巨大成功。

**本章必读书目**

布鲁克斯:《悖论语言》,载赵毅衡编选《"新批评"文集》,百花文艺出版社,2001。

**深度阅读推荐**

赵毅衡:《新批评与当代批判理论》,《英美文学研究论丛》,2009 年第 11 月。

赵毅衡:《新中国六十年新批评研究》,《浙江大学学报》(哲学社会科学版),2012 年第 1 期。

**思考与运用**

1.美国批评家兰鲍说:"它(新批评)死了,死于它的巨大成功。"因为,"不论我们是否乐于承认,我们现在全都属于新批评派的阵营,我们在阅读诗歌时,已经无力回避对诗中的含混性等质素的喜爱与赏识。"谈谈你对这句话的理解?

2.试运用新批评理论,对泰特的《在马萨诸塞州正义被拒绝》、陈子昂的《登幽州台歌》(或自选作品)进行分析。

# 第十三章 结构主义文论

**本章的能力要素**

本章主要介绍结构主义文论的主要观点，要求能结合罗兰·巴特、巴赫金等人的理论主张，理解其他相关的理论文本，并能运用结构主义的方法对文学文本进行分析。具体要求包括：

1. 能在自学的基础上，小组合作探究罗兰·巴特的《写作的零度》（节选）。

2. 能结合结构主义的理论主张，解读托多洛夫的《从〈十日谈〉看叙事作品语法》。

3. 能运用结构主义的方法，对莎士比亚的《李尔王》、毕肖普的《地图》、王实甫的《西厢记》进行分析。

**教学方法**

小组探究法、讨论法、讲授法

**知识与能力结构**

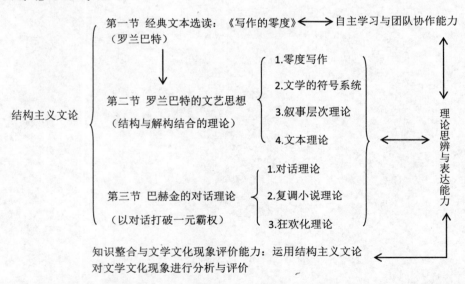

结构主义文论是 20 世纪六七十年代在西方出现的一股文艺思潮。这次思潮的出现首先有着深刻的社会根源，两次世界大战之后，西方人对原本引以为傲的理性与文明产生了深深的质疑，产生了普遍的精神危机，在此基础上形成的以不可知论为核心的悲观情绪成为普遍的社会文化心理，而结构主义则是对这种不可知论的反拨，也是 19 世纪末 20 世纪

初以来人的主体性不断消解的结果，结构主义者通过张扬结构系统的自足性和独立性，代替了人的主体性和能动性，体现了西方哲学语言学转向之后的主体性消解的走向。

结构主义从思想渊源上来看，源于 20 世纪初期索绪尔的语言学理论，索绪尔认为人的言语虽然千差万别，但是都有着共同的内在结构（语言），这为结构主义寻求文本内在结构提供了出发点。结构主义是俄国形式主义和捷克布拉格学派的逻辑发展，20 世纪 30 年代，俄国形式主义的代表人物雅各布森移居到捷克的布拉格，成为布拉格学派的中坚人物，将文学的结构引入形式主义研究之中，成为俄国形式主义与法国结构主义的中介。二战后，捷克成为社会主义国家，布拉格学派受到批评而解散，不少成员又移居到了德国和法国，为法国结构主义的兴起发挥了积极影响。结构主义是关于世界的一种思维方式，他们认为构成事物的本质并不存在于单个事物之中，而是存在于事物与事物的关系当中，因此，他们试图建立关于客观事物的结构模型来实现对事物的认识。结构主义文论基本特征有三个方面，一是寻求理论批评的恒定模式，要求用稳定的模式来把握文学，以达到客观、理性、有深度地理解对象；二是强调文学的整体性，要求不仅对文学进行细读，还要对作品进行整体性的把握；三是对文学进行符号学和叙事学的研究，他们认为通过语言和叙事结构的研究，能够抓住作品的深层结构，从而深入地理解作品。

1945 年，列维 – 斯特劳斯与雅各布森在其共同创办的刊物《词语》上发表了《语言学与人类学的结构分析》，标志着结构主义的开始，列维 – 斯特劳斯也由此而成为结构主义之父。1962 年，结构主义者列维 – 斯特劳斯出版了《野性的思维》，该书对萨特在《辩证理性批判》中的观点进行了批评，引起轰动，标志着结构主义取代了存在主义在法国的主流地位，也确立了法国作为结构主义的中心的地位。不过列维 – 斯特劳斯并不是文学理论家，人类学和社会学才是他的主要研究方向，但是他的研究结论对文学研究产生了巨大的认识论和方法论影响。

法国结构主义方法渗透到了文学、哲学、语言学、人类学、社会学、精神分析学等几乎所有的人文科学当中，产生了广泛而持久的影响，并沿着不同的方向形成了结构主义人类学（列维 – 斯特劳斯）、结构主义叙事学（罗兰·巴特、托多罗夫、热奈特）、结构主义语义学（格雷马斯）、结构主义精神分析学（拉康）、结构主义马克思主义（阿尔都塞）等。

# 第一节　经典文本阅读

## 一、经典文本节选：写作的零度（罗兰·巴特）

### 一、什么是写作

我们知道，语言①是由传统和习惯组成的，它对于一个时代的所有作家都是共通的。这就是说，语言（langue）就像自然属性一样，是从作者的言语（parole）中自然而然地流露出来，没有可能赋予它任何形式，甚至不容修饰充实：它像来自真实存在的一个抽象圈，只在圈外才开始淤积一个个密集的词句。它包容了全部文学创作，就像天、地及天地交界为人类画定的栖息之所。它绝不是材料的储库，而宁可说是一条地平线，也就是说，既是极限，又是驻留地，一句话，是一种布局的有保证的展延。在这里，作家简直汲取不到任何东西：语言（langue）对于作家更像一条界线，超越它也许会标示出言语活动（langage）的超自然属性：语言（langue）是一种活动的场域，是对一种可能的限定和期望。它不是社会的规约，而仅仅是无须选择的反射，是人的共同财富而不是作家才有的财富；它独立于文学的程式而存在；它是通过限定而不是通过选择才成为一种社会的东西。没有什么人可以不加准备地将写作者的自由跻入语言的（langue）混沌之中。因为，能够穿透它的只是全部统一地以某种自然方式存在的整个历史。所以，对于作家，语言（langue）只是人类的地平线，它在遥远的地方建立起某种"亲近关系"，而这种"亲近关系"又具有否定性质：如果说伽缪②和格诺③讲的是同一种语言（langue），那不过是通过分化作用设想所有不论是古代的或未来的语言（langue），而这些语言正是他们所不讲的，作家的语言（langue）悬浮于废弃的和未知的形式之间，远不是一种基础，而是一种极限；

---

① 在这篇文章中，langue、langage 及 parole 都是重要的概念。langue 和 langage 我们均译为"语言"，但含义有所不同，文中出现时附加原文以便区别。在这里，语言（langue）主要确指某一时代所共有的具体的语言系统，是由约定俗成的东西组成的。著名语言学家索绪尔认为：应把语言（langue）和言语（parole）区别开，前者是语言集团言语的总模式，后者是在某种情况下个人说话的活动。而语言（langage）在这里主要是一种作为交际及表达感情的手段，也作为适于某一方面的应用语言，如诗歌语言。关于这一概念，美国人类语言学家萨丕尔（1884—1939）指出："语言是人类独有的、用任意创造出来的符号系统进行交流思想、感情和愿望的非本能的方法。另外，乔姆斯基等一些语言学家认为，语言是说本民族语的人理解和构成合乎语法句子的先天能力，是在某一时期内说出的实际话语。——译注

② 伽缪（1913—1960）：法国现代著名的存在主义小说家、戏剧家和批评家，1957 年曾获诺贝尔奖。主要作品有《局外人》等。

③ 格诺（1903—1976）：法国著名的文学家，龚古尔文学院院士，自称"文学现代性的工艺师"。

它是作家在表述时，不可能无一漏失的轨迹，例如，关于奥尔菲①的转身，他的步态的恒定含义和他与人交往的本质的姿势。

语言（langue）就是这样寓于文学之中的。文体却不限于此：某些形象，某种叙述方式以及采用的词汇都是出自作家本人及其过去，而逐渐变成他的艺术的自动作用。这样，在文体的名义下，形成了一种自给自足的语言，它仅仅潜入作者个人的隐秘的神话中，潜入言语的这种亚躯体中，构成了字词和事物的第一对组合，并且一劳永逸地建立起这种语言的基本词干。不论文体多么精微，它总有其原始的东西：它是一种没有预定目标的形式，是冲动的而不是意向的产物，它类似思想的垂直面和孤立面。它的来源涉及生物学和过去的水准，而非历史的水准：文体是属于作家的"东西"，是他的光辉，也是他的桎梏，是他的幽僻所在。文体作为个人的封闭步骤，在社会无关而又易于为社会明瞭，它绝不是选择的产物和对文学思索的产物。它是惯例的隐私部分，产生于作家的神秘的深沉处，展延于它的责任之外。它是未知的和隐秘的血肉之躯的装饰音；"需要"是它发生作用的方式，宛如花枝萌发一样，文体只是一种盲目而执拗的变形表现，是产生于肉体的和世界的限度内的"下层语言"的一部分。文体按其本意来说，是一种萌发现象，它是"气质"的蜕变。所以，文体的影射被深深地掩埋起来；言语则有一种水平结构，它的秘密与它所采用的字词同处于一条基准线上，它掩盖的部分被说话时间的延续所揭示；在说话时，一切都是现成的，即时利用，而词句表达、沉默及诸类动作一齐涌向一个已废弃的意义：这是不留痕迹又毫不迟疑的移情。文体则截然相反，它只有一个垂直面，它可以潜入个人封闭的回忆之中，从某种实际经验出发，形成它的晦暗性。文体绝不是暗喻以外的任何东西，也就是说，只能是文学意向与作者躯体结构之间的方程（必须提示，结构是时间延续的仓库）。所以，文体总是一种隐秘的东西；而它所涉及的材料的默默倾泻是不固依于语言（langage）的灵活多变和容许不断延缓表达的本性的；它的秘密是封闭于作家躯体内的一种记忆；它的隐喻功效不是一种速度现象【这不同于言语：没有说出的话只是语言（langage）中的暂时间歇，潜在的补充】，而是密度现象。因为，深深地潜伏在文体之下、生硬或灵活地聚合在文体辞格中的却是与语言（langage）绝对相异的现实片段。这种蜕变的奇迹使文体变成一种"超文学的操作"，并将人类带到力量和魔法的门槛前。就其生物本源来说，文体位于艺术之外，也就是说，置身于使作家与社会相联系的契约之外。因此，可以想象，一些作者宁愿选择艺术的安全，而不愿得到文体的孤独。不讲究文体的作家的典型就是纪德②，他用手工艺方式从某种古典主义的精神气质中开掘出现代情趣，颇似圣·斯爱恩③改编巴赫作品，或布朗克④改编舒伯特的作品。与此相反，现代诗歌——雨

---

① 奥尔菲：也译作"俄耳甫斯"，出自希腊神话，他是色雷斯的诗人和歌手。他的琴声可使猛兽俯首，顽石点头。

② 纪德（1869—1951）：法国著名作家，1947年获诺贝尔奖。

③ 圣·斯爱恩（1835—1921）：法国音乐家。

④ 布朗克（1899-1963）：法国作曲家。

果、兰波①或夏尔②一类诗歌——却洋溢着文体的恬美，并且它们只在涉及诗歌意向时，才成为艺术。文体的威严，也就是语言（langage）及其对肉躯的复制之间的绝对自由的联系，正是它迫使作家像一股清新之气超逸于历史之上。

就这样，语言（langue）的水平线和文体的垂直线为作家描画出一种自然属性，因为，作家既不能选择这一个，也不能选择那一个。语言（langue）作为消极物（negativite）使可能的初始极限发挥作用，文体却是一种凝结作家气质和他的语言的必然。在前者那里，作家找到了与历史的亲近关系；而在后者那里，找到了与本人过去的亲近关系。这两种情况都和一种自然属性，也就是一种亲近动作有关。这一自然属性的能量仅仅来自操作指令，有时用于计数，有时用于变换，但永远不能用于评判，也不能用于表明一种选择。

然而，任何一种形式同时也是一种价值；因此，在语言（langue）与文体之间存在着另一种形式的现实，这就是写作。不论在怎样的文学形式中，总有情调、气质的一般选择，而作家正是在从事选择时，他的个性才十分明白无误地显示出来。语言（langue）和文体是一些先于言语活动（langage）的种种难题的已知条件，语言（langue）和文体是时间和生物人的自然产物；但是，作家的正规身份只有在不依赖于语法规范和文体永恒不变的情况下才能真正地确立，在这里，书写的连续首先聚合并封闭在完全纯真的语言研究的本性中，随即变为一个总标志，变为某种人类行为的选择和某种善的肯定，同时，就这样使作家从事于某一幸福或某一不适的证明和交流，并且，把他那既规范又特殊的言语形式与他人广泛的历史连结起来。语言（langue）和文体是盲目的力量；写作却是来自历史统一性的一种行动。语言和文体是客观物；而写作却是一种功能：它是创作与社会之间的交往，它是被它的社会目的改造成的文学语言，它是紧紧依赖于人类意向并且与历史上重大转折密不可分的形式。举例说明，梅里美③和费纳龙④因一些语言（langue）现象和文体变化的不同而分野，但他们却使用带有同一意向的言语活动（langage），他们参照关于形式和内容的同一种思想，接受同一种习惯的制约。他们是同一技术的反射发生地，尽管相距一个半世纪，他们仍以同样的姿态，使用同一工具，也许从外表看略有差异，但是，从所处情境与用法上看，却毫无区别：总之，他们的写作是相同的。与之相反，几乎可称作同时代作家的梅里美和罗特雷蒙⑤、马拉美⑥和赛利纳⑦、纪德和格诺、克罗戴尔⑧和伽缪，尽管他们都曾说过或说着在同样的历史状况下的我们的语言（langue），但他们的写作却迥然不同；这些作家的笔调、叙述方式、目的、寓意以及言语的真诚性都将他们逐一区分开来，以致时代的一致

① 兰波（1854—1891）：法国早期象征派诗人。
② 夏尔（1907—）：法国当代诗人，文论家。
③ 梅里美（1803—1870）：法国著名小说家，法兰西学院院士，以文体简洁而闻名。
④ 弗纳龙（1651—1715）：法国著名作家，法兰西学院院士，他的作品带有古代文化色彩，文体纤细华丽。
⑤ 罗特雷蒙（1846—1870）：法国超现实主义先驱作家。
⑥ 马拉美（1842—1898）：法国象征派诗人。
⑦ 赛利纳（1894—1961）：法国现代小说家、文论家。
⑧ 克罗戴尔（1868—1955）：法国著名诗人、戏剧家，1946 年被选为法兰西学院院士。

与语言（langue）的相同和如此对立以及深受这种对立本身所限定的写作比较起来，都是微不足道的。

这些写作虽然根本不同，但也有可比之处，因为它们产生于性质同一的活动，这就是作家对他的形式的社会运用及其选择的思考。处于文学问题的中心（有问题才有写作），写作在本质上是形式的道德，也就是作家关于他的语言（langage）本性应置于何种社会空间所做的抉择。但是，它绝非一种有效的利用的社会空间。对于作家，问题不在于选择社会群体并为之著书：他十分清楚，这种选择只能用于同一社会，除非期待着一场革命的爆发。他的选择是良知的选择而非功效的选择。他的写作是思考文学的方式而不是扩展文学的方式。进一步说，正是由于作家一点也更改不了文学成果的客观给予（这些纯历史材料他是疏漏掉的，尽管他意识到这一点），所以，他才自愿地把对于自由语言（langage）的需求追溯到它的本源意义而不是它的结果上。由此看来，写作是一种可作两种解释的现实：一方面，写作无可辩驳地从作家和他所处社会的对抗中产生；另一方面，从这种社会的定局出发，它通过悲剧性的移情作用，把作家遣回他的创作的手段的本源之中。历史不能为作家提供自由使用的语言（langage），而只能向他提出一种对自由创造的语言（langage）的迫切需求。

这样，写作的选择及其责任就明确提出一种"自由"，但是，这种自由的极限在不同的历史时期内是不一样的。作家并不享有在一种文学形式的无时期性文库中选择他的写作的权利。某一作家可能运用的写作只有在历史和传统的压力下，才能确立：世上存在一种写作的历史；可是，这一历史是双重的：在一般历史提出——或强加——一个新的文学语言（langage）问题时，写作还是充满对先前习惯用法的回忆，因为，语言（langage）并非绝对纯真：词汇具有第二种回忆的能力，它能神秘地渗透到新的意义之中。确切地讲，写作是一种自由和一种回忆的折中，只有在选择的动作中，而不是在它的时间延续中，这种回忆的自由才是自由的。也许，今天我可以选择这样或那样的写作，追求一种清新或一种传统，并且通过这一选择动作确认我的自由；然而，我已经不再可能在一种时间延续中发展这种自由，而不逐渐变成别人使用的、甚至我自己使用的词汇的奴隶。一种来自所有先前写作，甚至我本人过去的写作的顽固的残余影响还笼罩着我的词汇的现状。每一写下的痕迹如同一个先是透明的、纯净的和中性的化学元素一样迅速沉淀，而在其中，唯有时间的延伸能够慢慢地使整个过去悬浮起来，并且呈现出愈加稠密的一整套密码。

像自由一样，写作只是一段时间。但是它是历史上最为清晰的一段，因为，历史总是并且首先是一种选择和这种选择的极限。正是由于写作衍生于作家的有意义的动作，所以，它比文学的另一面更为明显地与历史同处一个水平上。统一的古典主义写作在几个世纪间一直是同质的，而多样的现代写作仅一百多年就已枝繁叶茂，甚至达到文学实际的极限本身，这种法国写作的爆炸和总的历史的一场重大危机是非常相符的，这在严格的文学史中的更加混乱的情况中可以看出来。巴尔扎克和福楼拜思想上的区分是流派的不同；而他们的写作势不两立却是出于一种本质上的决裂。这种决裂发生在两种经济结构相互交替及其激发的思想和意识上的决定性的变化时期。

罗兰·巴特:《写作的零度》，林青译，转引自伍蠡甫、胡经之主编《西方文艺理论名著选编（下）》，北京大学出版社，1986，第 437—444 页。

## 二、罗兰·巴特简介

罗兰·巴特（1915—1980），法国著名文学评论家。罗兰·巴特 1915 年出生在法国诺曼底的瑟堡。父亲是一位海军军官，在他未满一岁前于一场战斗中死亡。9 岁时他跟随着母亲迁移到巴黎。1935 年到 1939 年于巴黎大学学习古典希腊文学，之后辗转于各地做法语讲师。曾参与巴黎左派论战，后来将观点整理成第一篇完整的作品《写作的零度》。20 世纪 60 年代初期，开始对符号学与结构主义的探索，他独特的观点引起法国思想家的不满，他们认为巴特不尊重文化中的文学根源。巴特则以《批评与真实》与其对抗，批评那种不重视语言细节、刻意忽视其他理论概念挑战的批评方式。1967 年发表了他最著名的论文《作者之死》，逐渐由结构主义向解构主义转变。1977 年他被选为法兰西学院文学与符号学主席。1980 年 2 月 25 日，罗兰·巴特在巴黎的街道上被卡车撞伤，一个月后逝世，享年 64 岁。主要著作有《写作的零度》《符号学基础》《批评与真理》《S/Z》《文本的快乐》等。

## 三、选文导读

《写作的零度》是一份早期结构主义文学宣言，萨特对"什么是文学"的问题提出了文学的本质是对现实的介入的观点，罗兰·巴特则对此提出了批评，并提出了自己的中性文学观。

罗兰·巴特在《写作的零度》的开篇提出，"语言是由传统和习惯组成的，它对于一个时代的所有作家都是共通的。"①语言贯穿在作家的言语表达中，就像一种自然属性一样自然而言地从言语中流露出来，但是却并不赋予它任何形式。语言就是作家的存在域，或者说是作家创作的边界，就像天空、大地、天地交际界构成人类栖息之所一样。对作家来说，语言先在性地限制着具体的语言行为和对新形式的追求，语言属于人类而非作家的私有财产。语言对作家来说是否定性的，与其说是作家语言的基础，还不如说是他的极限。

文体（风格）则在文学之外，它是一种自给自足的语言，隐藏在作家个人的语言系统中。文体是作家自己的东西，与作家的身体和经历有关，来源于作家的生物学基础以及特殊的禀赋。形象、叙述方式、词汇等等都是从作家的身体和经历中产生的，并逐渐成为其创作规律和机制的组成部分。文体与社会无关，却向社会显现，它不是选择的产物，也不是思索的产物，而是惯例的私人部分，作家自然而然地受到文体的影响，有时候自己也没有意识到。

语言与文体的关系及其作用方式如同结构主义语言学中具有共时性的语言和具有历时性的言语。语言具有水平性，即共时性，指向社会历史维度，与社会、历史有密切联系；

---

① 罗兰·巴特:《写作的零度》，林青译，转引自伍蠡甫、胡经之主编《西方文艺理论名著选编（下）》，北京大学出版社，1986，第 437 页。

文体具有垂直性，即历时性，指向作家个人维度，来自作家内心深处，浸入个人的封闭回忆中。

语言的水平性和文体的垂直性共同构成了作家的天性。语言为作家提供可能性，而文体则是作家的必然性，文体体现的是作家个体的性情。处在语言和文体之间的，就是写作，作家正是在写作领域真正显示出了自己的个性。语言和文体都是盲目的力量，作家无从选择，写作则提供了主动自由的契机。写作穿过了语言的封闭性，在同一时代的语言结构之内，存在着文体各异的写作方式。

有的作家并不生活在一个时代，但是他们却有着相同的写作方式，而有的作家生活在同一时代，运用相同的语言，却有不同的写作方式。同一时代的写作虽然彼此不同，却可以比较，它们都是作家对写作形式的社会惯用法和他对自己承担的选择的思考。因此，写作在本质上形成了形式的伦理，也就是社会性场景的选择，作家只能在这个场景内来决定如何确立自己的语言的"自然"。

## 第二节　罗兰·巴特的文艺思想

### 一、零度写作

罗兰·巴特的一生充满了动荡和变数，思想发展也充满了波折。他从未承认自己是一个结构主义者，但是他的思想成为结构主义思潮的重要组成部分，而到了 20 世纪 70 年代，他又逐渐放弃了结构主义方法，明显转移到解构主义立场上去了。

《写作的零度》是罗兰·巴特的成名作，他在书中提出了"零度写作"的观点。在罗兰·巴特之前，法国启蒙时期著名博物学家、作家布封的"风格即人"的观点早已成为一种信条。在浪漫主义文学思潮当中，人们更是将作家的风格与作品的风格几乎等同起来。而罗兰·巴特认为拉辛、巴尔扎克等古典作家，包括萨特等现代作家的作品，都具有某种政治倾向，形成了作家的风格，但他认为，思想内容之类并不是文学本身的东西，它是将语言之外的东西强加给了读者，文学本身只遵从语言结构的符号表达。写作是一种内向性的活动，实际上是语言符号学的问题，它是"不及物"的活动，并不指向现实人生，也不是传达种种观念的工具。作家也不是写什么东西的人，而是处在绝对写作中的人，是受语言符号结构支配的人。符号结构控制着作家的写作，作家的倾向与风格是无关紧要的。作家在写作中应该保持"纯洁的写作"，保持毫不动心的中性写作，这样才能抵达写作的本质。

罗兰·巴特提出写作的零度的实质就是倡导文学创作中的零度风格。他主张作家在写作时，应该尽量避免自己的感情色彩和主观意向，零度介入写作之中，以中性的态度，将作家的主体性遮蔽起来。这种思想即为结构主义主张的无作者思想。他认为左拉、加缪、海明威等人的作品就是无风格的、透明的。他甚至认为，风格是个人的，也是处于文学之外的，语言才是在文学之内的东西。

文学不是对现实世界的客观反映，而是作家加工和创造世界的符号，由于符号自身的编码功能和相互作用，它一方面把自己变成所指，具有所指性，另一方面它又提供意义，具有能指性。文学的意义并不取决于作家的儒雅风度、也不取决于作家的政治承诺，甚至也不取决于作品的思想内容，而仅仅取决于作家对语言所做的改变。他认为但丁写作《新生》时选择民间语言并非出于政治和论战的需要，而是考虑到这种语言与主题的适应性。

但是另一方面，罗兰·巴特又认为，零度风格也是一种风格，他指出，风格是在特定历史状态下发展起来的写作方式，写作即为风格，纯粹的写作是不存在的。作家的创作是借助言语完成的，而言语又是通过一定的文体形式组织起来的，因此，言语和文体制约了作家的创作。"语言的水平线和文体的垂直线为作家描画出一种自然属性，因为，作家既不能选择这一个，也不能选择那一个。语言作为消极物使可能的初始极限发挥作用，文体却是一种凝结作家气质和他的语言的必然。在前者那里，作家找到了与历史的亲近关系；而在后者那里，找到了与本人过去的亲近关系。"[①] 即写作并不仅仅是作家的个人行为，还是特定时空条件下的特定表达方式。罗兰·巴特借此批评了那些将现有文化下既定的风格和秩序看作是自然、合理的观点，他认为这种观念其实是资产阶级的庞大阴谋，他们将现有的文化秩序塑造成具有普遍合理性的样子，但实际上却不是如此。海明威、加缪等人的写作似乎是透明的、无风格的，但是零度的风格本身也是一种风格，没有倾向的写作其实是不存在的。

## 二、文学的符号系统

1975 年，罗兰·巴特在《罗兰·巴特谈罗兰·巴特》一书中，将自己的学术研究分成了四个阶段：第一阶段主要从事文本生成研究，第二阶段主要将传统文学批评改造为文学科学，第三阶段致力于文本深层结构的分析，第四阶段则从文本出发探讨人的快感、欲望等问题。在四个阶段当中，他运用符号学原理对文学进行分析是一以贯之的。从前期的《写作的零度》到中期的《符号学原理》，再到后期的《S/Z》都体现着符号学的方法。

罗兰·巴特指出，文学是一种符号，文学符号与语言符号是不同的。文学符号的能指与所指是一个联想式的整体，它只指向符号本身，并不涉及外部的事实。在日常生活中，我们用"玫瑰"这个语词符号（能指）指向生活中"玫瑰"这种实际的花朵（所指），这时候能指与所指是一种相等的关系。但是在文学作品中，是诗人说"你是我心中的玫瑰"，这时候"你"并不是真的成为生活中的"玫瑰"，"玫瑰"在这里仅仅是一个象征符号，也是一个新的能指，能指与所指构成了一种对等关系。

罗兰·巴特在此揭示了文学如何由表层符号系统转换为深层符号系统，进而建构起意义世界的完整过程。文学符号有两个层次，一个外延系统，即表层系统；一个是内涵系统，即深层系统。前者由与所指有关的能指符号组成，主要用来说明语言说了什么，后者则由表层系统能指与所指的关系生成，形成新的能指，指向语言之外的世界（例如象征爱

---

① 罗兰·巴特：《写作的零度》，林青译，转引自伍蠡甫、胡经之主编《西方文艺理论名著选编（下）》，北京大学出版社，1986，第 440 页。

情的玫瑰），是文本意义的生产者，这两个层次相互转化使文本创造出了艺术的世界。与文学语言两层结构相对应的是，文学作品也有表层结构和深层结构，表层结构是语言的外在组织形式，深层结构则是不断生成意义的系统，以及由这一系统构成，隐藏于一系列作品中的对各个作品的意义生成具有决定和影响作用的结构模式。

罗兰·巴特认为，现实中存在两种不同的文学创作方式，一种是以写实为主的"及物"式写作，这种作品把一切描绘得清楚明白，让读者产生假象，将读者引向外部的世界。这种作品就是可读的作品，由于它已经将一切描绘得清楚明白了，所以读者无须再去创造什么，读者阅读时只有选择接受或者拒绝的权利。另一种写作是"不及物"的写作，作家只关注写作本身，他们的兴趣不在于把读者从文本引向另一个世界。这种作品是可写的作品，读者在阅读时需要主动参与其中积极思考，读者也是文本的生产者。在可读的作品中，能指与所指都是清晰的，而在可写的作品中，只有能指，所指就在读者的解读中。但是在罗兰·巴特具体的批评实践中，可读的作品与可写的作品之间的界限并不是那么清晰的，可读的有可能转变成了可写的。但是罗兰·巴特的这种划分，已经有了作品中心论向读者中心论转变的痕迹了。

### 三、叙事层次理论

1966 年，罗兰·巴特在《叙事作品的结构分析导论》中指出，叙事作品是一种普遍性的文学样式，它超越了国家、历史和文化而存在，因此，我们必须找到一个能够描述所有叙事作品的共同模式，这个模式就存在于语言的叙事形式当中。

罗兰·巴特将叙事作品划分成了三个层次，分别是"功能层""行动层""叙述层"。功能是文学作品最小的叙述单位，功能层总在表达某种"意思"，一部叙事性作品由许多个功能层构成，功能层可以是一个句子、一个句群、一个语段，也可能是一个单词，甚至单词中的某些文学成分。例如在小说《金手指》中，庞德在情报处值班时电话响了，作品写道："他拿起四只听筒中的一只"，这里的"四"就构成了一个功能，它显示了情报处与庞大的官僚机构的复杂联系。

行动层就是"人物层"，主要处理人物关系的结构。作品中的行动者都是基本人物，不论他是不是主角。人物只是事件的参与者，而不是有生命的存在，行动决定了人物，应当从人物的行动和关系方面去把握人物，而不能凭借人物的心理。这里的行动指的是人物许多个具体行动的总和，例如人的欲望、斗争、交际等。每个人都是自己行动序列的主人，通过行动序列显现自己的特征。应当从语法分析的角度对人物关系作出分类，而不是去把握人物的个性和心理。例如，作品中两个对手之间的斗争，其实就是一种比赛结构，双方都想获得裁判的发球，但是裁判只能从比赛规则出发判断如何发球，而不是从球员的心理方面去判断。

在叙事层，叙事符号将"功能"与"行动"纳入作为叙事交际的作品，也将读者带入作品世界。叙述者既不是作者，也不是超脱于作品的无所不知的"上帝"，叙述者和作品中道德人物都是纸上的生命，作者则是现实中的生命。

罗兰·巴特三个叙事层次的划分，意在为人们指出分析叙事性作品的一种普遍的模式，从语词分析到故事分析，再到叙事技巧的分析，从而找到文学作品的意义。这种努力大大加强了文学批评的可操作性，但是也使文学批评走向了机械化的弊端。

### 四、文本理论

随着结构主义的进一步发展，它自身存在的理论虚设以及生硬牵强等弊端不断显现。1968 年，由于对社会不满情绪的累积，加上马克思主义、存在主义、结构主义等思潮在欧洲的流行，法国爆发了大规模的学生运动，呼唤打破清规戒律、追求个性自由，在这场风暴中，萨特、福柯、拉康、利奥塔等大多数知识分子和学生站在了一起，而原本受学生尊敬的结构主义站到了学生的对立面，被学生讥讽为"结构主义没上街"。在学生运动之后，结构主义受到了人们的质疑，逐渐走向没落。结构主义阵营中的一些学者开始转向了解构主义，罗兰·巴特就是其中的一位。他以自己的文本理论和阅读理论完成了这一转变。

罗兰·巴特在 1970 年的《S/Z》一书中，提出了读者在阅读过程中的作用，显示出了他对结构主义理论的突破。罗兰·巴特指出，那种凭借修行，就希求在蚕豆里见到一个国家的佛教徒的做法，和前期结构主义者所做的事情有相似之处。前期的结构主义者们试图在单一的作品结构里见到全世界，人们从每个故事里提取出一种模型，然后在这些模型里得出宏大的叙事结构，再用这个结构去解释任何事情，这种做法是令人生厌的，它会导致作品的千篇一律。罗兰·巴特在之后的《作者之死》《从作品到文本》《文体及其形象》等著作中，对结构主义继续进行批评。

结构主义批评看起来是反传统的，但是它和传统的文学批评有着内在一致性。传统文学批评肯定作品中心意义的存在，以作者为意义的权威为前提，通过阐释技巧，追寻文本终极意义。结构主义虽然由作者权威论转变到了文本结构决定论，但是它仍然是对作品终极意义的追寻，这一点并没有改变。

罗兰·巴特在由结构主义向解构主义转变的过程中，首先对作品中心意义进行了否定。他认为文学文本创造出来以后，作者就已经死了，谁在叙述已经没有意义，只有文本留待读者阐释，作者之死才是文学创作的开始。文本并不是只有一种意义的一串词语，而是一个多维的空间。在这个空间里，文字互相撞击、混杂，作者失去了对文本的控制，文本只有在与其他文本的联系和比较中才能显示出自己的价值。在文本中真正说话的不是作者，而是语言。这使得读者在阅读文本时有充分的自由，读者在阅读过程中，也参与了创作，他填补了作品意义的空白处。阅读就是一种游戏，阅读中只存在游戏的真理。读者的诞生以作者的死亡为代价。文本没有所谓的中心意义，也不存在什么本质，阅读不是对作品终极意义作出解释，阅读的任务就是要指出文本的多元性和扩散性。

文本阅读是如何实现的呢？罗兰·巴特在《S/Z》中对巴尔扎克的中篇小说《萨拉辛涅》进行了解读，他将小说区分为 561 个意义单元，认为小说看起来是连贯的意义系统，实际上只是一大堆能指碎片的集合。这些能指的碎片并不直接与所指关联，而是由五种符码支配，集合起来就构成开放的文本。这五种符码是：阐释符码、内涵符码、象征符码、行动符码、文化符码。阐释符码的主要作用是建立故事情节线索，制造悬念，并随着叙述的推进解决这些问题，达到豁然开朗的效果；内涵符码是各个词的内涵单位，暗示着主题和意义的闪现；象征符码是文中有规律的重复、有特殊文化含义的意象模式；行动符码是文中能够确定行动结果的序列，例如在某种名目下（漫步、约会、谋杀等）聚集起来的信息；文化符码是引用的诸如物理学、医学、历史学等知识符码。这五种符码相互交织，成为立体的空间，它们不是统一的力量，而是分散的力量。

同样，在历时性上多次阅读作品也会产生不同的感受，例如在原作中主人公亲吻了女歌星，后来却发现她只是一个乔装成女性的阉人。读者第一次阅读时会产生情感上的激荡。但是第二次阅读时，由于已经知道了亲吻对象的身份，这时候就会有厌恶的感觉。重复阅读看到了文本的不同侧面，文本的整体性也因此遭到了质疑。

罗兰·巴特后期对文本丰富意义生成可能性的阐释对解构主义理论有很大启发，但是多样性又使他走向了相对主义的陷阱之中。

## 第三节　巴赫金的对话理论

巴赫金（1895—1975），苏联著名文艺学家，结构主义符号学的代表人物之一，也是20世纪苏联时期影响最大的思想家和文论家之一。巴赫金生于一个银行职员家庭，1918年毕业于圣彼得堡大学文史系。熟悉德语、法语、古拉丁语、丹麦语和意大利语等多种语言，热衷现代诗歌，尤其喜欢普希金和波德莱尔。20世纪20年代末成立"巴赫金小组"，谈论托尔斯泰的文学之类。1929年因在课堂上宣讲康德思想就未经审判而遭到流放，后经高尔基夫人等的营救，被改判发配到库斯塔克。1933年刑满定居在库斯塔克，主要靠朋友接济度日。1936年因为骨髓炎锯掉了一条腿。20世纪40年代初期穷困潦倒，依靠朋友接济完成多部著作。20世纪40年代起在萨兰克斯教育学院任教，1965年退休。1972年起定居于莫斯科，1975年去世。主要著作有论文集《美学和文学问题》《语言创作美学》。

### 一、对话理论

西方自柏拉图以来，一元权威的世界观占据了统治地位。这种世界观强调中心和权威，崇尚等级和规则，它将世界区分为一个二元对立的系统，用中心的一元去压制非中心的一元，扼杀了社会的创造潜力，抑制了生机和活力。

这种二元对立的思想强调绝对否定，否定中不含有任何肯定，而绝对否定又导致了对自身的否定和全面解构。从"上帝死了"（尼采）、"作者死了"（罗兰·巴特），再到"人死了"（弗洛姆），西方社会在否定和绝望之中，笼罩在越来越浓厚的死亡气氛当中。

巴赫金的对话理论正是要致力于打破这种一元霸权的模式，对话理论是一种人的主体性建构的理论，巴赫金认为人只有在自我和他人的对话交际中才能建构起自己的主体性。

对话是"自我"与"他人"的对话性确立，是人的基本存在方式，生活中一切都是对话，一切归结于对话，其他的一切都是手段，只有对话才是目的，单一的声音，任何事情都解决不了，两个声音是生命存在的最低条件。存在就意味着进行对话的交际，人的本质、存在的本质、语言的本质是一致的，都是对话性。对话属于语言的范围，但又超出了纯语言的范围，它属于"超语言"的领域，即超出了语言学范围的那些方面。巴赫金研究的不是语言本身的结构形式，而是语言在人际交往中的存在方式。巴赫金通过"言词""言谈""语境"三个概念，进一步阐释了他的超语言学。

巴赫金认为传统语言学家关注言词本身，企图获得语言结构中的言词的意义，这种研究方法是本末倒置的。言词是说话者与听话者沟通的桥梁，也是双方共同分享的领地，因此，言词的意义既与言词本身有关，也与说话者和听话者有关，它是说话者与听话者相互关系的产物。可以说，巴赫金不仅打破了实证主义批评、社会学批评、阐释学过度强调作家决定作用的缺陷，也打破了俄国形式主义、英美新批评、法国结构主义仅仅以文本为中心的弊端，同时有助于消除接受美学只强调读者的意义的不足，他最早论述了作者、文本、读者的互动关系，对文学整个活动过程进行了思考。巴赫金的"超语言学"创造性地将结构主义的语言学理论转向了人，充满了人性的内容。说话，即言谈，是一种复杂的社会交往活动，也是双向的理解活动。说话者与听话者都在说，也在听，言谈是对话者相互关系的产物，也是整个社会情境的产物，情境就是语言的生存处境。

在巴赫金看来，理想的社会是平等对话的、杂语喧哗的社会，他反对那种由权威话语控制的独白式社会。社会中任何单一的"官方语言"和"真理语言"都会形成霸权统治，会造成思想的僵化与停滞。在理想的社会，人与人的价值、地位、思想、意识都是完全平等的，而在独白式社会中，人的思想要么被同化，要么被否定，要么不再成为思想。巴赫金将对话理论引入社会学，就是要为提高人的地位和价值而斗争。

## 二、复调小说理论

复调小说理论是巴赫金对话理论在文学领域的应用。巴赫金在《陀思妥耶夫斯基诗学问题》一书中指出，陀思妥耶夫斯基的小说存在众多地位平等的意识，它们连同它们各自的世界，结合在一个事件当中，互相之间并不发生融合。在作品中存在着主人公与主人公之间，主人公与作者之间的平等对话关系，这个就是复调。陀思妥耶夫斯基小说中的主要人物不仅仅是作者表现的客体，还是一个直抒己见的主体，是意识相对独立的"思想家"，主人公的议论不是为了刻画性格和展开情节，主人公的议论也不代表作者的立场。

复调小说不是按照统一的意识展开情节和安排人物的，而是展现有着相同价值的不同意识的世界，各种互不相容的独立意识形成了复调小说的多重声音。例如《卡拉马佐夫兄弟》中的卡拉马佐夫兄弟，《罪与罚》中的拉斯柯尔尼科夫，他们不受作者思想支配，他们的个性、意识都处在对话之中。巴赫金将陀思妥耶夫斯基的小说的艺术世界比作教堂，在这里，各种各样的人聚集在一起，有的人圣洁行善，有的人作恶多端，有的人死不悔改，这些互相对立、难以沟通的灵魂共存于一个场所。

主人公与作者的对话关系并不意味着作家没有自己的艺术构思和审美理想，作家给予主人公以自由，让他们自由发表见解，主人公的自由存在于艺术构思的范围内，他与作家的创造性劳动是不矛盾的。

巴赫金认为，陀思妥耶夫斯基的《卡拉马佐夫兄弟》就是典型的复调小说，在这部作品中，主人公与主人公、主人公与作者之间构成了对话关系，例如，主人公伊万的痛苦就来自他知道并理解每个人兄弟的真理，包括万恶不赦的父亲的真理。而托尔斯泰的小说《三死》就不是复调的，小说中马车夫谢廖沙给患有重病的地主老太太赶车，路过驿站的时候，他拿走了一位濒临死亡的马车夫的靴子，马车夫死后，谢廖沙在树林里砍了一棵树，做了一个十字架立在了坟前。这里地主老太太的死、马车夫的死、树的死没有不同意识之间的对话关系，他们对彼此的死也是一无所知的，死只是一场生命的终结，作者也没有和主人公形成对话关系，他站在自己的立场去看待和评价了这个事件，作品里只有作者一个人的声音，这是一种独白式的小说。在陀思妥耶夫斯基之前，几乎所有的欧洲小说都是独白式的。

对话有两种形式，一种是人物与人物的对话，例如《卡拉马佐夫兄弟》中人物之间的对话。一种是人物与自己的对话，这种对话又有两种形式，一种是人物自己内心的矛盾冲突，另一种是把他人的意识作为一个话语对象与自己形成的对话，例如在《罪与罚》中，拉斯柯尔尼科夫杀死老太太之前的心理描写：

"要么干脆就不要活了！"他突然发狂似地喊叫起来，"俯首帖耳地服从命运算了，一劳永逸，把行动、生活和爱人的权利全部放弃，把内心的一切都消灭掉。"

"您明白吗？您明白吗？先生，走投无路是什么意思？"他突然想起昨天马尔梅拉多夫提的问题，"每个人总该还有条路可走呀……"

巴赫金认为，复调小说是一个复杂的世界，作者在小说中将不同的意识集中在一个空间描写，而不交代原因，也不写事情的缘起，更不做某种思考和排列。每个对话的参与者在对话中确立自己，成为主体性的存在，同时也传达出了一种世界观，这个正是巴赫金所关注的，他并不在意作品中人物的命运。

## 三、狂欢化理论

狂欢化理论是巴赫金文艺思想的重要组成部分，虽然巴赫金并没有系统地论述过这一理论，但是它却散见于他的许多著作当中。狂欢化来源于狂欢节，最早的狂欢节可能与庆祝丰收和酒神崇拜有关。在狂欢节这一天，人们戴上面具、穿上奇装异服，尽情狂欢，人可以尽情释放自己的原始本能，不必顾忌人与人之间的等级差别。

狂欢节有以下几个特征：第一，狂欢节没有边界，它没有舞台、没有演员和观众之分，所有人都平等地、没有限制地参与其中，人们并非在观看表演，而是就生活在狂欢之中，日常生活中的禁令和规定都被打破和抛弃，现实规范被颠覆，人们的生活脱离了正常轨道，狂欢式的生活是人们的第二生活。第二，狂欢节具有宣泄性，狂欢是狂欢化生活的行动原则，人们摆脱了种种禁令和束缚，狂欢节的主角是各种笑，人们在其中纵情欢笑，以宣泄自己现实的重负，狂欢活动是民间的活动，笑文化是与宫廷文化相对立的通俗文化。第三，人们在狂欢节回到了自身，建立起了人人平等的新型人际关系，人们自由自在、不分彼此、形成了狂欢节的世界感受，这种感受体现的是一种万物不断更新、面向未来的感受。

如果说官方的意识形态总是试图把社会塑造成一个统一的、固定的、已经完成的文本，那么狂欢节的重要价值正在于它是未完成的和变易的。狂欢节文化主张平等对话，反对封闭孤立和僵化教条。

狂欢化诗学的问题，也是体裁诗学的问题，巴赫金认为诗学应当从体裁开始，而在各类文学体裁当中，小说是唯一正在形成的体裁，正如它描写的现实世界一样。小说是反规范的，而且是不允许独白的，小说是各种不同成分的复合体，它有自己独特的时空和语言实践。小说的语言是狂欢式的语言，它容纳了粗俗的广场式语言、伊索式的语言，还有模拟、调侃、象征等，小说可以利用诸如主人公、假定的作者、叙事人等多种身份，多种说话方式，多种语调，发挥其独特的叙述功能。小说体裁具有讽刺模拟性，可以模拟各种语言、体裁和风格，是体裁的百科全书。

小说体裁的产生有重要的历史文化根源，即民间的狂欢文化。在古希腊罗马、中世纪、文艺复兴以及拉伯雷的怪诞小说和陀思妥耶夫斯基的复调小说中，都可以找到狂欢节的回响。在其中存在着自我与他者、官方与民间、高雅与俚俗等各种对立声音的喧哗。民间文化是使生活恢复其真面目的力量，民间文化是底层的、集市的、广场的文化。在这里，各种规范被抛诸脑后，笑文化充斥其间，权威话语土崩瓦解，杂语大行其道。

自柏拉图以来，以理性和规范为主导的文论思想一直占据着统治地位，这种思想将文学分成了雅俗两派，以诗歌为代表的雅文学是正宗的、高贵的，以小说和戏剧为代表的俗文学则是补充的和低贱的，巴赫金的狂欢化理论向这一诗学传统宣战，为笑文化、为小说辩护，这一理论颠覆性为西方文学研究提供了新的视野。

巴赫金的理论也有着明显的局限性，例如他过分夸大了复调小说和笑文化的价值，掩盖了其他创作体裁和诗学理论的意义。但是从整体来看，他的理论和方法促进了文学研究的多样化，给人们带来了新的启示。

**结语**：结构主义文论强调在整体结构系统中去把握文学作品的内涵，主张透过具体的文学现象把握文学内在的本质与规律。这对英美新批评侧重对文学作品的琐碎的诠释是一个进步，结构主义为人们提供了研究文学的宏观的框架。但是结构主义割断了文学与社会历史的联系，忽视文学的审美特征，使其弊端与成就同样明显。

20世纪60年代，结构主义标榜的整体性、秩序性受到普遍的质疑与反对，从而陷入发展危机。一些结构主义者开始对结构主义进行反思，尝试建立和社会、读者有广泛联系的文本分析系统，使得结构主义的发展迎来了转机，罗兰·巴特和巴赫金就是其中的突出代表。而在罗兰·巴特和巴赫金强调读者意义的时候，也就意味着他们在结构主义的内部发起了颠覆结构主义的行动，因此，他们的理论一方面使结构主义继续向前发展，另一方面也具有了从结构主义向解构主义过渡的痕迹。罗兰·巴特和巴赫金的过渡性还表现在他们身处现代文论阵营之中，但是他们超前的思维对后现代文论也产生了深刻的影响并照亮了后来者的道路。

**本章必读书目**

托多洛夫：《从〈十日谈〉看叙事作品语法》，黄建民译，载张寅德编选《叙述学研究》，中国社会科学出版社，1989。

**深度阅读推荐**

张离海：《结构和结构主义理论——阿尔杜塞与列维－施特劳斯理论结构的比较分析》，《武汉大学学报》（人文科学版），2002 年第 3 期。

**思考与运用**

1. 试谈谈形式主义与结构主义之间的联系与区别。

2. 试运用结构主义理论，对莎士比亚的《李尔王》、毕肖普的《地图》、王实甫的《西厢记》（或自选作品）进行分析。

# 后现代文论

后现代主义作为一种文化思潮，是后现代社会的反映。美国的杰姆逊认为，资本主义社会经历了国家资本主义、垄断资本主义、晚期资本主义三个发展阶段，每个阶段对应不同的文化形态。他认为国家资本主义阶段对应的是现实主义，产生了巴尔扎克等人的作品；垄断资本主义阶段对应的是现代主义，生物学意义上的"变异"不断发展；晚期资本主义对应的是后现代主义，其特征是文化工业的出现。他认为在后现代主义阶段，传统工业向信息工业过渡，这是资本主义在文化层面和无意识层面的渗透扩张。科学的成就使大多数事物失去了神秘性，批量生产使文化艺术成为无处不在的事物，文化一方面突破了以往的局限而无所不包，一切都在一个平面上，没有深度、主体、历史、真理、整体和中心，另一方面也失去了韵味与光泽，艺术等同于平庸的生活。

后工业社会的深层变革为后现代主义文论的出现提供了文化语境，20世纪60年代作为西方社会具有深远文化意义的社会转型期也为后现代主义文论的兴起提供了历史契机。20世纪60年代西方各国出现了一系列轰轰烈烈的社会运动，包括英美的新左派运动、美国的反越战运动、美国的黑人民权运动、英美法的女权运动、法国的五月风暴学生运动等。这些运动将斗争的矛头指向传统的道德观念、价值观念、生活方式，反对主流社会、种族歧视、性别歧视等。

在这样的社会语境中，语言学研究由建构走向了解构，开始向各个文化领域渗透。解构主义思潮在人文科学领域大行其道，福柯的"权力"话语成为这一时期文论的关键概念。人们相信权力无处不在，西方马克思主义用权力解释阶级问题，后殖民主义用权力解释种族问题，女性主义用权力解释性别问题。

这种文学研究政治化倾向并不是回到了19世纪文学社会学的老路上去，它仍然是在语言学的范畴下进行的，这一时期，"语言"一词被"话语"取代，对话语的研究不再停留在语言要素关系的纯语言的层面，而是向重视说话者、听话者、语境的"超语言学"层面拓展，"怎么说的"让位于"谁说的""为什么说"的问题。

这一时期的文学理论研究具有"文化论转向"的特征，文学研究在语言学的框架下更加关注文化政治、文化经济、大众文化、视觉文化、网络文化、亚文化等方面的阐释。文本的含义也比以往更加宽泛，文学是一种文本，社会也被视作一种文本，文学研究的方法跨越了学科界限，在文化研究的旗帜下，一切都是文化，一切也都是文本，影视、广告、购物等都成为文化研究的对象。

后现代主义既是现代主义的继续发展，也是现代文论的断裂。后现代主义是在现代主义的基础上发展起来的，它是现代主义的发展。但是后现代主义又与现代主义在某些方面有着本质的区别，二者存在一定的断裂。现代主义虽然流派众多，各派之间观点各不相同，但是它们都追求总体性、本质、中心、深度起源等，每个流派都有自己的中心，在一个时期成为权威，后现代主义则否定二元对立，否定权威，否定元叙事，造成了对传统理论的消解。

后现代主义文论以"解构"为核心，综合运用弗洛伊德、马克思、尼采、葛兰西、拉康、福柯、巴赫金、德里达等人的观点，借助语言学和符号学的方法，以阅读和阐释为突破口，建立起了形态不一、甚至互有冲突的文艺理论，也为西方文艺理论的发展提供了一个完全开放的、蕴含无尽可能性的未来。

# 第十四章　解构主义文论

**本章的能力要素**

本章主要介绍解构主义文论的主要观点，要求能结合德里达、福柯、保尔·德·曼等人的理论主张，对解构主义理论进行反思与批判，并能运用解构主义的方法对文学文本进行分析。具体要求包括：

1.能在自学的基础上，小组合作探究保尔·德·曼的《辩解〈忏悔录〉》（节选）。

2.能对解构主义理论进行反思与批判。

3.能运用解构主义的方法，对莎士比亚的《李尔王》、毕肖普的《12点钟的新闻》进行分析。

**教学方法**

小组探究法、讨论法、讲授法

**知识与能力结构**

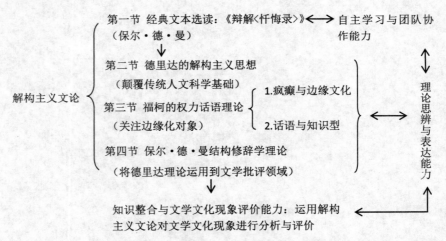

解构主义是西方一股反传统的哲学思潮，表达了对结构主义的否定与批判。它兴起于20世纪60年代，盛行于20世纪70年代。解构主义的兴起与1968年的法国"五月风暴"学生运动有直接关系。"五月风暴"曾经一度威胁到法国的国家机器，但是又很快平息下去，知识界认识到现行社会结构的牢固，转而对结构和系统产生了普遍的厌恶之情。同时，反叛情绪高涨的学生对在运动中冷眼旁观的结构主义者表达了强烈不满，嘲讽他们从不上街参加战斗。结构主义强调的稳定性和整体性受到冷落，解构主义于是兴起。可以说，解构主义未能颠覆国家政权结构，却走向了颠覆语言结构的道路，由对社会体制的怀疑和否定转向了对语言结构的怀疑与否定。解构主义是主要发生在语言学与文学领域的思想革命，解构主义者认为，语言体系是社会秩序和社会结构的基础，通过破坏语言结构可以实现对传统陈规的解构。

从哲学思潮来看，尼采的"上帝死了""重估一切价值"推动了西方否定理性、颠覆秩序、怀疑真理思潮的发展。海德格尔面向事物本身以及意义的不确定性的观点，也对解构主义有着直接的影响。

解构主义思想在罗兰·巴特、巴赫金等人的理论中已经有所显现，但是，真正创立这一理论的是法国哲学家德里达。1967 年，德里达的论著《语音与现象》《论文字学》《文字与差异》相继出版，成为解构主义理论确立的标志。德里达指出，解构并不是一个哲学、神学、诗学或者意识形态方面的术语，它实际上是关于意义、惯例、权威、价值等最终有没有的问题。解构主义一经提出，在几乎所有的文化领域产生了巨大影响。代表人物有法国的德里达、米歇尔·福柯，美国的保尔·德·曼、希利斯·米勒等。美国哲学家理查德·罗蒂认为，就启发来源来讲，德里达为解构主义提供了哲学纲领，福柯为解构主义贡献了政治观点，而保尔·德·曼则建立了解构主义文学批评学派。

解构主义以叛逆与颠覆的力量出现，这些理论家本身具有反理论的倾向，他们拒绝承认自己是理论家，追求以文字游戏的态度从事话语实践，文风晦涩难懂。解构主义并不企图打倒一切，摧毁一切，它不能与摧毁和颠覆画上等号，它也不是虚无主义和理性的疯狂，解构主义只是对秩序和模式进行抵制，为反叛中心和权威而努力。

## 第一节　经典文本阅读

### 一、经典文本节选《辩解〈忏悔录〉》（保尔·德·曼）

政治文本和自传文本的共同之处在于，它们都有一个在它们的含义范围内明确地建立起来的指称阅读要素，不管这个要素在方式和主题内容方面可能具有怎样的欺骗性：米歇尔·莱利斯（Michel Leriris）在一篇的确是政治的文本中提到了致命的"公牛角"[①]，这篇文本也是自传的文本。但是反过来说，就允诺这样的时间言语行为而言，认识和行为之间的关系是比较容易把握的——在卢梭的著作中，允诺是《社会契约论》的模式——而在他的自传的忏悔方式中这个关系就更复杂。我试图通过阅读《忏悔录》的一段主要段落来阐明从主体话语出发的批评步骤和从政治陈述出发的步骤之间的关系。

在《忏悔录》开首三章叙述的各种各样童年和青年时代的多少有点不道德的、令人为难的情节中，卢梭选择玛丽永事件和具有特殊感情意味的丝带作为策略安排在叙述中并以

---

[①]　"深思熟虑的文学如同一项斗牛术"，见米歇尔·莱利斯的《人类时代》，（巴黎：伽利玛德，1946）这篇论文写于战争刚刚结束的 1945 年。

特别炫耀的口吻讲述的情节，但是它是一场大谎言、大骗局。卢梭要我们相信，这个事件在向《忏悔录》的特定读者讲述之前从未向任何时人透露过，"并且……可以说，摆脱这个良心上的重负的愿望大大促使我决心写下我的忏悔"（第 86 页）①。当卢梭在后来的《一个孤独的散步者的遐想》中提到《忏悔录》时，他又选择这个事件作为范例的事件，作为他的自传叙述的核心。在本质上，这个选择是任意的，如同它是值得怀疑的一样，但是它向我们提供了一个无可争辩的引起人们兴趣的文本事件：两个并置的忏悔文本由于一个明确的重复而联系在一起，仿佛是忏悔的忏悔。

虽然这个事件本身是一系列轻微窃盗故事中的一件，但是却被加以了歪曲。在都灵的一个贵族家庭当仆人时，卢梭偷了一条"玫瑰色和银色相间的小丝带"。当他被人们发觉时，他说是一个年轻的女仆把丝带给他的，言下之意她试图勾引他。在当众对质时，他固执地一口咬定是她偷的，从而使人们彻底怀疑一个纯洁清白的姑娘的忠诚和道德，而这个纯洁的姑娘从未伤害过他一丁点儿，面对卑怯的诬陷，她甚至表现得异常冷静温和："唉，卢梭呀！我原以为你是一个好人，你害得我好苦啊，可我不愿意改变你的处境。"（第 85 页）随着两个人被解雇，故事拙劣地结束了，从而终于允许卢梭长久地、意味深长地思索必然会在不幸的姑娘后来生涯中发生的可怕事情。

这段发人深思的叙述所证实的第一件事是，《忏悔录》主要不是一部忏悔的文本。忏悔就是为真实的缘故而战胜内疚和羞耻心：它是一个语言的认识论运用，在这个运用中善和恶的伦理价值被真实和虚假的价值所取代，其中的一个含义是，像性欲、妒忌、贪婪等这样一些罪恶之所以是罪恶，主要因为它们逼迫一个人去撒谎。通过如实地陈述事情，伦理的平衡得到了恢复，因而赎罪可以在毫不犹豫地揭露罪恶的一切恐怖的真实的明晰氛围中开始。在这个例子中，卢梭甚至通过在《忏悔录》和《散步》的叙述，凭幻想虚构一些可怕的结果来增加恐怖，而他们的行为早已成为这些可怕结果的牺牲品。忏悔是以一个据说是"为它自己"而存在的绝对真实的名义出现的，而特殊的真实只不过由这个绝对真实派生出来的，是次要的方面。

但是，甚至在《忏悔录》第二章的开始叙述中，卢梭也没能限制自己仅叙述"真正"发生的事，虽然他以吸引人们注意他痛责自己而自豪。我们决不应该怀疑这种自责的坦率："我所作的忏悔是非常坦率的，人们肯定不会说我试图掩盖我的罪行。"（第 86 页）但是它不足以说明一切。一个人光做忏悔是不够的，他还必须为自己辩解："但是如果我没有把我内心的情感也叙述出来，如果我不惧怕利用与实际情况相符合的事情为自己辩解的话，那我就不会达到撰写这部书的目的了。"（第 86 页）应当指出，辩解也是以真实的名义发生的，并且乍一看，忏悔和辩解之间不应当有矛盾。然而语言揭示出表达的张力：怕为自己辩解。一个人从为自己辩解而不得不感到害怕的唯一事情是，辩解确实将会为忏悔

---

① 页码根据伯纳德·加格涅宾和马塞尔·雷蒙编辑的《J. 卢梭全集》，第 1 卷，见《忏悔录及他自传著作》（巴黎：伽利玛德"名人丛书"，1959 年）。这段话总结了《忏悔录》第二章，出现在第 85—87 页上。

者开脱罪责，从而使忏悔（和忏悔的文本）从一开始就变得多余。他承认自己辩解；这听起来足以令人信服和非常合适，但是，按照绝对真实来看，它毁灭了任何忏悔话语的严肃性，从而使它自我毁灭。既然忏悔不是实践正义领域内的弥补，而仅仅是作为一个动词表达存在，那么我们怎么会知道我们的确正在论述一个真正的忏悔呢？是因为以同一个先验的、确信原先罪恶的真实原则的名义承认罪恶，就意味着罪恶的免除吗？

实际上，对真实组成原则的深远修改发生于两节叙述之间。甚至在卢梭的假定的"辩护"中也必须以真实的名义表述辩解，因此真实在结构上是与指导忏悔的真实原则不同的。它不是揭露存在的状况，而是表现一种怀疑，一种可能的不一致，这种可能的不一致可能导致理解的不可能。当然这种不一致是伴随行为的"内心情感"和行为本身之间的不一致。但是这个空间的内部/外部的隐喻是骗人的，因为它把一个完全不是空间性的差异结合在一起。按照被揭示的真实情况的方式表达的忏悔和按照辩解的方式表达忏悔之间的区别在于，前者证据是指称性的（小丝带），而后者的证据只能是词语性的。卢梭可以把他的"内心情感"传达给我们，正如我们所说，只要我们相信他的话；反之，他是小偷的证据至少在理论上说是确实有效的。①我们是否相信他，这并不重要；关键在于造成区别的证据的词语性或非词性，而不在于说话者的真诚或听者的轻信。区别在于，后者的过程必然包括一个不可能与知觉相同的理解要素，并且支配这个要素的逻辑与支配指称证据的逻辑是不同的。当卢梭坚持主张"内心情感"时，他的意思是，可以在双重认识角度下思考忏悔的语言：忏悔的语言既具有可以证实的指称认识的作用，但也具有表述的作用。而这个表述的可靠性并不能通过经验的手段加以证实。这两个方式的相聚不是先验假设的，并且正是由于这两个方式之间存在着不一致的可能性，辩解才可能产生。辩解把这个不一致结合在一起，并且在这么做时，它实际上肯定这个不一致是事实（反之这个不一致仅仅是一种怀疑）。辩解相信或装作相信，偷窃小丝带的行为既是作为确凿事实的这个行为（他将它从原来的地方取走并放在他的口袋里或随便什么地方），又是作为某种不知怎么地（而且这个"怎么地"依旧悬而未决）同这个行为有联系的"内心情感"。而且辩解相信事实和情感是不同的。因此使事实变得复杂化的必定是：行动。词语的辩解和指称的犯罪之间的区别不是一个行为和关于这个行为的纯粹表达之间的简单对立。偷窃就是行动，并且不必包括词语成分。忏悔是东拉西扯的，但话语包括一个词语之外的要素在内的指称证明原则的支配：即使我们忏悔说我们说了些什么（与做相反），对这个词语事件的证明，即对它的产生的真实或不真实的确也仍然不是词语性的，而是事实性的，是表达实际上所产生的认识。这个证明的可能性不是为辩解而存在的，辩解在其表达、效果和权利方面是词语性的：它的目的不是陈述，而是使人们确信，而这本身是一个只有词语能够证明

---

① 甚至在当时的情况下就是如此，虽然实际的文本没有出现。某些人的感情只有借助摹仿、姿势的媒介才可以理解，而这些姿势需要解释，起着一种语言的作用。比如说，一个被当场捉住的小偷的面部表情不可能像在法庭上作证那样严肃，从这个事实看，这个对姿势的解释显然不一定是可靠的。同样地，我们自己的感情仅仅对我们来说才是可以理解的。

的"内在"过程。至少自奥斯丁（Austin）以来这一点是众所周知的，辩解是他所称的行为表述的一个复杂例子，是一种言语行为。卢梭的文本的饶有兴趣的地方在于，它明确地具有行为功能和认识功能，从而对行为修辞的结构作出了暗示；在这篇文本中当忏悔未能封锁住被迫从忏悔方式转变为辩解方式的话语时，这些便已经得证实。[①]

辩解的行为也不允许封锁辩解的文本，尽管卢梭在第二章的末尾作了请求："这些便是关于这件事我所不得不说的话。请允许我以后永远不再谈到这件事。"（第 87 页）然而，大约在十年以后，在《一个孤独的散步者的遐想》中，他在一段沉思中再次讲述了这个完整的故事，这段沉思同对谎言的合理"辩解"有关。显然，辩解没能使他自己内疚心情平静下来，从而允许他忘却这事情。就我们的目的而言，这个内疚是否真正同这个特殊行为有关是无关紧要的，如果这个行为仅仅被用来代替另一个更有罪或更羞耻的行为的话。这个内疚也许象征着整个一系列的犯罪，象征着总的内疚的心境，然而重复本身是富有意味的：无论犯罪行为的内容是什么，《忏悔录》中所表述的辩解没能使作为让·雅克的法官的卢梭感到满意。这一失败已经部分地表现在辩解本身之中并支配辩解的进一步扩展和重复。

卢梭辩解说他怀有无缘无故的恶意，认为他当时的内心情感是羞耻心，而对他的受害者没有任何敌意："……有那么多的人在场就把我的后悔心情压下去了。我不太害怕惩罚，我只害怕丢脸；我怕丢脸甚于怕死亡，甚于怕犯罪，甚于怕世界上的一切。当时我真想找个地缝儿钻进去，把自己闷死在地下：不可战胜的羞耻心强于一切，羞耻心是造成我的厚颜无耻的唯一原因，我的罪恶愈严重，认罪的恐怖心情愈使我变得大胆。"（第 86 页）

在一段上下文中描绘"羞耻心"如何起作用是很容易的，这段上下文似乎对这个问题提供了令人信服的回答：什么是羞耻心？或者，令一个人感到羞耻的事情是什么？由于整个场面庇护偷窃，所以偷窃同占有有关，因此必须把欲望理解为活动，按照欲望这个词的含义，它有时至少必须被理解为占有的欲望。丝带本质上是没有意义和功能的，一旦它被从它的合法主人那里偷了出来，它就可以作为一个纯粹的能指进行符号式的循环，并且成为一系列互换和占有的连接点。当丝带转手时，它循着一条最终暴露隐秘的、受到压抑的

---

① 论述这个卢梭著作中经常发生的方式的通常方法是强调他信奉目的道德即伦理态度的虚伪性，由于这个伦理态度，他受到萨特的严厉责备。马赛尔·雷蒙在评论这段话时尽管不严厉，但也采取了同样的态度："通过揭示他的善良的：'内心情感'（内心意向）……似乎谴责了他的不端行为之后，他渐渐开始为这个行为辩护。在《忏悔录》中，尤其是当卢梭解释抛弃他的孩子的原因时，我们可以不止一次地看到相同的滑动和转变方向的运动，这一运动总是致使他把目的同行为区别开来"（1273—1274）。然而，可以证明，卢梭的伦理学与其说是目的道德，不如说是实践道德，因此这个分析不能说明他的伦理语言和理论的真诚的前康德的兴趣。实际的事件和内心情感的区别所产生的虚伪的广泛可能性在卢梭身上充分地表现出来，但是这些广泛可能性不支配更加令人费解而有趣味的运动和文本的创造。"内心"情感和"外在"行为的联系是否被可以认为是有意图的这个问题恰好是解释的负担，没有进一步的证据就不能够对此作出肯定的答复。如果我们正确地说明"他承认自己辩解"这句话，那么忏悔和辩解之间的关系就是修辞的关系，而不是有意图的关系，受叙述表达控制的对有意图的辩解的同一个假设构成了菲利浦·勒琼最近在《自传的协定》（巴黎，1976）和《被折断的木梳》（《诗学》第 25 期【1976】：第一卷第 30 天）中对《忏悔录》进行阅读的基础。

欲望的路线行进。卢梭认为这个欲望是他对玛丽永的想望："我想把丝带送给她"（第86页），即想"占有"她。在这时按照卢梭提出的阅读，比喻的本义是很清楚的：丝带"象征"卢梭对玛丽永的想望，或者就是象征玛丽永自己。

或者更确切地说，丝带象征卢梭和玛丽永之间的情欲的自由循环，因为正如我们从《朱丽叶》所知，对卢梭来说，相互关系是爱情的真正条件；它象征着用卢梭替代玛丽永的可能性，反过来也是如此。卢梭想望玛丽永，正如玛丽永想望卢梭。但是由于在维尔塞里斯伯爵夫人家的充满阴谋和猜疑的氛围中这个对称的相互关系的幻想受到禁止，因而这个幻想的形象即丝带必须被人偷掉，并且这个犯罪的代理人必然可以被替代：如果卢梭不得不想偷丝带的话，那么玛丽永就不得不想代替卢梭完成这个行为。[①]我们至少有了两个替代（或移置）层次产生：丝带替代一种欲望，而这种欲望本身是一种替代的欲望。这两者受同一个镜子般的对称欲望的支配，镜子般的对称使象征性的物体具有一种易于发现的、只有一个意义的本义。这个系统运转着："我主动干出来的事，却诬赖是玛丽永干的，说是她给了我这条丝带，这正是因为我想把这个东西送给她。"替代没有破坏系统的内聚力而发生了，反映在句子的平衡句法中并且现在是可以理解的。恰像我们了解丝带意指欲望一样。这种镜子般的修辞手段是隐喻，并且应当指出，在这个仍然基本的理解层次上，文本的比喻方面的采用首先是通过隐喻发生的。

在对卢梭想望玛丽永所做的"忏悔"中呈现出来的这个隐喻的寓言是作为辩解发挥作用的。如果我们乐意从表面上理解这个欲望的话。如果假定玛丽永是值得想望的，或者假定卢梭的欲望竟然炽热到如此程度，那么偷窃的动机就变得可以理解并易于得到原谅。他是出于对她的爱而这么做的，因而谁会成为一个非常顽固的、拘泥于字面解释的人而让一点点财产妨碍年轻人的爱情呢？那时我们将乐意假定卢梭的这些话是对的，"在我诬陷那个可怜姑娘的令人痛苦的时刻，我从没有什么害人之心。我所以诬陷这个不幸的姑娘，是由于我对她所抱的友情，说起来这太离奇了，但却是事实"（第86页）。替代确实太离奇了（把一条丝带当作一个人，这令人感到奇怪），但是由于它揭示了动机、原因和欲望；离奇就迅速变得合乎情理。这个故事也许是一个丝带被用来意指欲望的猜字的画谜或谜语，但是谜语是可以被解答的。意义的传递被延误了，但意义的传递完全是可能的。

然而这不是文本用以发挥作用的唯一方法。被设想为占有的欲望允许十分重要的比喻移置的采用：物品不仅仅是它们外表所显出的样子，一条丝带不仅仅是一条丝带，偷窃可以成为一种爱的行为，卢梭所做的行为可以被说成是玛丽永所做的行为，并且在这个过程中，这个行为变得更加可以理解，而不是变得不可理解，等等。然而文本并没有停留于这个欲望的模式之中。举一个例子说，为偷窃的罪行作辩解不足以为更坏的诽谤罪作辩解。按照两者的常识和卢梭所告诉我们的话，诽谤更难以接受。[②]掩盖着的欲望本性也不能说

---

① 因此，当阴谋以灾难而告终时，玛丽永继续说："我不会像你这样做的"（85页）。

② 为自己的利益而说谎，这是欺骗行为，为另一个人的利益而说谎，这是欺骗行为，为了害人而说谎则是诽谤，这是一种最恶劣的说谎（《散步之四》，1029页）

明羞耻心，在恋母情结的情境中①情况也许是这样。抑制并不起很大的作用，并且在不允许更为内心深处的反省的公众场合下，卢梭的欲望的显露几乎不能成为这种羞耻心暴发的依据。比这些指称性思考更为重要的是，文本没有按这种方式建立，以便以玛丽永的引起性爱的魅力为借口，博取人们的同情，这是卢梭在包括《朱丽叶》的第一部分在内的其他许多例子中运用自如的一个策略。除了占有的欲望之外，另一个欲望的形式在故事的后半部分起作用，故事的后半部分同样承受着辩解的主要行为负担，并且在这部分中罪行不再是偷窃。

上面引述的一段话的语气和雄辩所流露出的明显的满足、夸张法的流畅【（"……我怕丢脸甚于怕死亡，甚于怕犯罪，甚于怕世界上的一切，当时我真想找个地缝儿钻进去，把自己闷死在地下……"（第86页）】对于掩盖的欲望被揭示出来所流露出的明显的喜悦，这一切除了表明纯粹的占有和不受欲望的特殊对象支配之外，还表明另一个欲望结构。与人们羞于暴露占有的欲望相比，人们更羞于暴露自己的欲望；像弗洛伊德的裸体梦一样，羞耻心主要暴露癖的。卢梭真正需要的既不是丝带也不是玛丽永，而是他实际上得到的暴露的公众场面。他不想掩盖证据这个事实证明了这一点。罪恶愈多，偷窃、说谎、诽谤愈多，并顽固地坚持每一件罪恶，情况就愈好。暴露得愈多，感到羞耻的事就愈多；愈是抵制暴露，场面就愈是令人满意，尤其是在后面的叙述中，对于暴露的无能为力的延误，暴露就愈是令人满意和具有说服力。这个欲望确实是可耻的，因为它暗示，玛丽永的被毁灭不是由于卢梭的顾全面子，也不是由于他对她的想望，而仅仅是为了提供给他一个展示他的羞耻的舞台，就是说，提供给他一个他的《忏悔录》第二章的良好结局。这个结构是自我永存的、深层的，这一点在这个结构的暴露欲望的描述中得到了暗示，因为每个未拉开幕布的新的舞台都暗示着一个更深层的羞耻心，一个更大的暴露的不可能，以及一个机智地战胜这个不可能的更大满足。

**保尔·德·曼：《辩解〈忏悔录〉》，沈勇译，转引自陈太胜主编《20世纪西方文论新编》，北京师范大学出版社，2011，第187—205页。**

## 二、保尔·德·曼简介

保尔·德·曼（1919—1983），原籍比利时，曾获哈佛大学文学博士，先后在康奈尔大学、哈佛大学、霍普金斯大学任教，1979年成为耶鲁大学文学教授。他较早接受了德里达的解构主义思想，并将其运用于文学理论和文学批评领域，对普鲁斯特、里尔克、尼采、卢梭等人的作品进行了解构性批评，逐步建构起了自己的结构理论——修辞学阅读理论，成为解构主义文学批评的领军人物。代表作有《时间性的修辞学》《盲视与洞察》《被损毁了形象的雪莱》《阅读的寓言》《浪漫主义修辞》《美学意识形态》等。

---

① 玛丽永的故事是紧接在卢梭被维尔塞利斯夫人抛弃的令人窘迫的故事之后叙述的，维尔塞利斯夫人由于得了乳腺癌而快要死了。但是文本根本没有什么地方暗示有某种联系允许人们以玛丽永替代上一段抛弃的情节中的维尔塞利斯夫人。

### 三、选文导读

从选文的标题来看，保尔·德·曼关心的是卢梭《忏悔录》的真实性问题，保尔·德·曼在辩解《忏悔录》中指出，"政治文本和自传文本的共同之处在于，它们都有一个在它们的含义范围内明确地建立起来的指称阅读要素。"[①] 所谓指称性阅读要素，指的是在阅读中不超越对文本与其所指称的现实之间的一致性的要求，例如，假如我们认为自传属于小说，而小说具有虚构的权力，那么我们就不应该追究自传是否反映了作者的生活和情感。与此相反的是，假如我们假定自传应该传达作者的真实情况，那么我们就会紧紧围绕"真实"的要求去阅读作品。在接下来的内容中，保尔·德·曼着重分析了卢梭《忏悔录》中的指称阅读要素，通过分析，保尔·德·曼认为，卢梭的《忏悔录》是不真实的，但它不属于虚构的小说。

保尔·德·曼以《忏悔录》中的"玛丽永事件"为中心，认为这个中心构成了自传文本的"指称阅读要素"。卢梭曾经在宣布自己是一个可以为真理献身的人，认为自己的《忏悔录》是从来没有过的、将来也不会再出现的独特之作。后来的研究者中，也有许多人极力推崇卢梭的《忏悔录》，认为这是一部真正的自传。保尔·德·曼则认为，卢梭在作品中深刻忏悔了他偷窃了一根丝带并嫁祸给女仆玛丽永，这只是卢梭的叙述策略并带有炫耀的口吻，这样的忏悔实际上就是一场大谎言、大骗局。

保尔·德·曼认为，这篇《忏悔录》只是卢梭为自己罪过开脱的托词，从而颠覆了他宣示的自己敢于说真话的宣言。但是，这并不是卢梭有意撒谎，而是他的话语方式解构了他的真实性。卢梭这部作品本身就不是严格的忏悔的文本，忏悔要求忏悔者说真话，认真悔过，而不是处处为自己辩护。卢梭指出，摆脱良心上的重负的愿望使得他写下了这篇忏悔，假使因为害怕别人指责自己在作诡辩而没有把真实情况写出来，那么自己忏悔的目的也就没有达到，卢梭的出发点已经带有了为忏悔作辩护的意图。

文本中"丝带"以语言形式存在，由于自传文本的指称性阅读要素，这个事件被要求指向现实世界对应的偷丝带的事件，它的真实性可以通过其他方式进行证明的。而作为托词出现的、伴随丝带行动的"内在情感"仅仅是一种语言的建构，它是作者的一面之词。托词和忏悔的区别在于证据的语言性与非语言性。忏悔式的话语可以作为可靠的指称性认识发生作用，也可以作为无法用经验来证实的某种主观陈述而发生作用，卢梭混淆了两种语言的功能。保尔·德·曼认为语言陈述事实的功能和陈述假设的功能在认识论的意义上是有区别的，"说出一切"虽然也包括说出所做的和所思考的，但是二者仍然是不同的，正是因为二者的差异性，托词就产生了，可以说，托词瓦解了忏悔的真实性。

卢梭偷了丝带并且嫁祸给玛丽永，但是他声称自己不是有意要陷害玛丽永，而是出于种种迫不得已的理由，尽管他犯了罪，却是无辜的，这样，卢梭就将忏悔转变为对自己

① 保尔·德·曼：《辩解〈忏悔录〉》，沈勇译，转引自陈太胜主编《20世纪西方文论新编》，北京师范大学出版社，2011，第187页。

辩护，罪责也在托词的辩护下自行消解了。卢梭声明，自己无心去害玛丽永，因此从动机上看是无罪的，他甚至还把偷丝带的行为看作是为情感所迫而做出的值得原谅的行为，于是，丝带成了对爱的表示。但是卢梭的这种辩护并不成功，不管他爱不爱玛丽永，诬陷罪是难以开脱的。保尔·德·曼对此进一步指出他的惊人发现，即卢梭在这里并不是要展现自己对玛丽永的欲望，而是暴露自己的欲望。卢梭要的不是丝带，也不是玛丽永，他也并非借助玛丽永来赢得同情，他只是需要公开暴露的场面，他并不掩饰赃物的做法就证明了这一点。卢梭的忏悔只是舞台，暴露越多，场面也就越令人满意。

在后文中，保尔·德·曼还指出，卢梭的托词不仅无法令读者满意，连自己也无法满意。在忏悔之后，卢梭曾宣布，再也不会提及此事，但是十年之后，他在《一个孤独的漫步者的遐想》一文中又一次旧事重提，而且找了更多的托词。卢梭辩称谎言是由于害羞，而且这些谎言其实也算不上是谎言，因为撒谎的人并没有有意去陷害别人，也没有利用谎言牟利，一个人没有将一个不必澄清的真相说出来，或者一个人将事实真相反过来说，都不是撒谎，而是虚构。玛丽永事件的虚构性就在于"玛丽永"只是一个词，一个自由的能指，没有任何含义。之所以玛丽永事件对他人造成了伤害，原因在于人们没有正确理解这种陈述的无意义性，卢梭说出"玛丽永"这个词仅仅是因为玛丽永的名字是最先出现的东西。另外，语言有时候也有某种机械的功能，它会脱离使用者的控制，愚蠢的话往往会挣脱理智的反对脱口而出，正如卢梭说出来的"玛丽永"这个词，好像是从他的嘴里自动冒出来一样。卢梭的撒谎，是一种身不由己的行为，无论从认识论上讲，还是从语言学来讲，他都无法解释自己这个语言行为的真实动机，因此，尽管他的忏悔是真诚的，但是不可避免地沦为一种托词，从而解构了自己的忏悔。

## 第二节　德里达的解构主义思想

雅克·德里达（1930—2004），法国哲学家，解构主义的代表人物。1930 年，德里达出生在法属殖民地阿尔及利亚的一个犹太人家庭。20 岁时，他考入"法国哲学家的摇篮"——巴黎高等师范学院，曾受教于梅洛－庞蒂、阿尔都塞和福柯等人，深入研究过胡塞尔、海德格尔的现象学。

1963 年，德里达凭借著名讲演《我思与癫狂的历史》初露锋芒，1966 年发表了题为《人文科学话语中的结构、符号和游戏》的演讲，矛头直指当时风头最盛的结构主义，标志着法国解构主义的兴起。1967 年德里达发表了：《写作与差异》《论文字学》《播撒》，奠定了他一生的学术基础。2004 年 10 月 9 日，德里达因病在巴黎与世长辞。

德里达的解构主义思想在 60 年代以后掀起了巨大波澜，动摇了传统人文科学的基础，也是后现代思潮最重要的理论源泉之一。主要作品有：《论文字学》《声音与现象》《书写与差异》《散播》《哲学的边缘》《立场》《丧钟》《人的目的》《胡塞尔现象学中的起源问题》《马克思的幽灵》《与勒维纳斯永别》《文学行动》等。

逻各斯是希腊哲学和神学用语，原指隐藏于宇宙万物之中，支配宇宙运行并赋予其形式和意义的神圣之理，类似于中国哲学中的"道"。在逻各斯中心主义看来，语言与思维是同一的，意义、口头语、书面语是一个等级体系，意义是中心，口头语是意义的表征，书面语是口头语的记录。德里达对结构主义的批判就是从对逻各斯中心主义和索绪尔的语言学开始的。

索绪尔的语言学体现了逻各斯中心主义的传统，在他的语言学框架里，所指（意义）是先在的，语言的能指与所指是统一的，人们借助能指来传达意义。德里达对这种观点进行了批评，他认为传统的逻各斯中心主义在语言之外确立了一个先在的绝对真理、本源、本质，即意义，将语言看作意义的表达工具，将口头语言看作最接近思想的媒介，书面语仅仅是口头语言的派生物，这造成了"语音中心主义"。德里达指出，"语音中心主义"是不成立的。尽管许多民族没有文字但是有语言，而且人类学习语言也总是从听和说开始的，最后才是文字书写。但是，问题不在于发生学上的先后，而是文字如何体现语言的特性。德里达认为，文字具有的距离性、间接性、含混性才是语言的本质特性，文字不是表现语言的符号，相反，语言和符号等概念只有在文字中才成为可能，语言所要表达的是文字，而不是先在的意义。符号活动的领域也是自由游戏的领域，语言符号借助别的符号在差异中才能确定自身的意义，文本与文本总是处在相互说明之中，不存在先在、明确的意义和中心。对逻各斯中心主义的批判是德里达解构主义理论的基础。

德里达在《人文科学话语中的结构、符号和游戏》中认为，被结构主义神圣化的"结构"，成为一个中心，但实际上这个中心是不存在的。因为中心作为本原，它应当是独一无二的，内容、组成部分以及术语的替换都是不允许的，它也不隶属于整体，所谓的中心只是一个悖论。中心只是一种功能，没有固定的场所，在非场所当中，符号相互替换着，进行自由的游戏。任何由语言符号构成的文本都是无中心的，语言符号不是边界清楚、规定明确的结构，而是一张无限伸展的大网，各个网节相互联系，相互影响，一个符号需要具有连续性，这样它才能被理解，但是事实上它又被不断分裂，难以同自身保持一致性，例如"狗"这个词，可以指朋友、帮凶以及摇尾乞怜者等等。文学作品的意义也总是超出了文本自身的范围，它不断变化、游移和结构自己，从而产生多重不确定的意义。读者的阅读就是对文本的破坏过程。

既然没有中心，也就不存在主客观二分，以及各种二元对立的等级制模式。包括哲学和文学的二元对立也是不存在的。在西方文化传统中，哲学被认为是和文学对立的，哲学借助于语言，探究的是世界和人的本质和真理，而文学则被认为是关于世界的想象和隐喻，因此，文学是无法被证实或证伪的，文学与真理无缘。德里达则认为这种区分是不存在的，哲学和文学都是语言符号系统，语言符号本身具有隐喻性，哲学和文学都是关于这个世界的隐喻性存在。哲学在表达的时候同样需要考虑语言的风格和效果，必须借助于文学性的隐喻和象征来说明概念和判断，特别是抽象的概念必须借助比拟和类推才能说明自己。因此哲学和文学并没有本质的区别，二者的不同之处在于，文学公开承认自己的隐喻性和虚构性，而哲学不承认自己的隐喻性，总以为自己在和真实的世界打交道，在向人们传达关于这个世界的真理。

德里达的解构主义思想对传统人文科学产生了颠覆性的影响，可以说，之后各种思想的发展都绕不开德里达。在文学批评领域，解构主义思想对文学自身的概念进行了解构，虚构性、修辞性、不认真性成为新的批评话语，文学成为随心所欲、自由言说的场域，文学科学变得不再可能。这种思想导致了文学写作中能指的狂欢和语言的游戏，文学不再承担什么责任，解构主义重在解构而不去建构，解构别人的理论而拒绝别人将自己视作理论，但是在实际批评中又玩弄理论，创造出了延异、播散、补足等一系列晦涩难懂的术语。对解构主义者来说，符号没有完整的、终极的意义，一切都在不确定状态中，文本的意义应该完全交给读者，读者读出了什么则与解构主义无关。这种游移不定的立场使得解构主义自己也存在被解构的风险。

## 第三节　福柯的权力话语理论

米歇尔·福柯（1926—1984），法国著名哲学家、社会思想家、他的理论对文学评论有很大的影响。米歇尔·福柯 1926 年出生于法国一个医生家庭，战后，福柯进入了法国巴黎高等师范学院，师从西方马克思主义哲学家阿尔都塞，1950 年加入法国共产党，1953 年退出该党，先后在费朗大学、塞纳大学、法兰西学院任职，1984 年逝世于巴黎。

福柯在巴黎高等师范学院读书期间曾患有严重的忧郁症，这可能与他之后对心理学和心理病理学发生兴趣有直接的影响，福柯在大学任教期间，曾经在外交部兼职，花了大量时间组织各种文化交流活动，20 世纪 70 年代的福柯热衷于各种旨在改善人权状况的社会活动。

福柯的主要著作有《疯狂史》《事物的秩序》《知识考古学》《性史》《权力 / 知识》等。他的知识涉及哲学、心理学、社会学、语言学、历史学、文学等多个领域，很难把他归在哪个学派，他曾自称是一个尼采主义者，但是他对尼采哲学并没有什么兴趣，主要是吸收了尼采的反叛精神。福柯关注的是其他人不去关注的领域，比如"疯癫""性"等等，并研究它们的"被排出原则"，他的研究对西方人文科学多个领域都产生了重要影响。同样作为解构主义的大师，德里达在能指的游戏中去解构理性，而福柯则将理性的内在权力关系呈现给人们，解放了话语中的叛逆因素，将人们关注的目光引向了那些被边缘化了的对象。

### 一、疯癫与边缘文化

福柯在其《疯癫与文明》一书中，着重探讨了被历史排斥的疯癫这种社会现象，疯癫是人类历史的组成部分，但是一直没有人去研究它。福柯所要做的工作就是研究为何没人去研究疯癫，疯癫是如何一步一步地被排斥在外的。福柯认为，疯癫不是一种疾病，疯癫之所以被排斥和分离出来，是理性——疯癫文化模式建构的结果。在古希腊，疯癫促进了苏格拉底的理性智慧；在中世纪，疯癫被认为是上帝愤怒和恩宠的象征，深化了基督教理性；文艺复兴时期，疯癫者受到关注。福柯指出，在文艺复兴时期的艺术作品当中，存在着对疯癫的不同认识，在绘画作品中疯癫被认为揭示了人的天性，体现了世界隐秘的真谛；在文学作品中，疯癫则代表着人类的弱点和错觉，受人嘲笑。这两种不同的认识显示了人们对疯癫体验的分裂，一方面疯癫代表了神秘、深刻、疯狂的悲剧性体验，另一方面疯癫又代表了被理性批判驯服的喜剧性体验。在古典时期，疯癫受到了理性的全面压制，疯癫被认为不仅是非理性的，而且还是兽性的。到了18世纪，以"拉摩的侄儿"为代表的疯人形象无限放纵本能欲望，非理性又一次游荡在西方的上空，引起了理性文化的恐慌。法国大革命之后，《人权宣言》颁布，但是疯人被禁闭的状态并没有得到改变。

作为历史整体结构一部分的疯癫，逐渐被排斥在外，成为他者的存在。这是社会观念、科学思想、法律制度甚至治安措施等整体运作的结果。疯癫之所以为疯癫，是理性疯癫的结果，疯癫的历史，是被理性疯狂压迫的历史。18世纪以来，疯癫受到了压抑和排除，但是仍在尼采、凡·高等人的作品中表露了出来，非理性已经成为现代世界艺术作品的决定性因素。福柯认为，艺术离不开疯癫，任何艺术作品都包含着非理性的因素，在现代世界的艺术作品当中，疯癫主要表现为死亡与虚空，表现作者悲剧性的体验，疯癫与清醒的边界越来越模糊不清。这种艺术作品中，语言的"自在性"得到了恢复，并以自己的存在，挑战现代社会的合理性。福柯将对疯癫的研究称作知识的考古学，这种考古学并不以挖掘历史遗物、求证历史规律为己任，而是去挖掘被历史遮蔽的边缘文化现象，颠覆对历史的总体性认知，还历史以真实面貌。他将这种被压制和遗忘的话语历史称为无形的档案。

权力理论是福柯思想的重要组成部分，福柯也有"权力思想家"的称号。传统理论认为，知识属于真理和思想自由的领域，在权力不发生作用的地方存在和发展。而福柯认为，知识与权力属于共生的关系，知识是表象，权力才是实质。权力无处不在，它利用知识扩张社会控制，因此知识都是邪恶的。福柯的权力理论关注的不是某个对象拥有什么权力，而是这种权力如何行使并拥有权力的，他认为，权力是人的本能，社会关系的实质是权力关系，权力通过知识实现。权力不是获得的，也不是夺取或者分享的，而是弥漫于政治、经济、性、情感等各种关系中的游戏，它没有确定的母题。有权力也就必定有抵制，权力既是压制的力量，也是建设的力量，每一个文学文本都参与了知识与权力的游戏。

## 二、话语与知识型

福柯指出，我们生活在符号和语言的世界，一切真实的事物其实都是不存在的，存在的只是语言，我们谈论的是语言，我们也在语言中谈论。不是人在说话，而是话在说人。人类的历史实际上只不过是话语构造的结果，并不存在什么历史的真实，历史之所以"是这样"，是因为人们是"这样说"的，而人们为什么"这样说"而不是"那样说"，在不同时代，人们"这样说"有何不同？为什么有这样的不同？这些问题构成了福柯的话语理论。在福柯这里，话语不仅仅具有语言学和结构主义层面的含义，它更为丰富和复杂。福柯对各种问题的研究，最终都归结为和权力密切相关的话语，话语是文化实践的基础，也是权力运作的表现方式，话语操纵着主体并使主体成为可能。福柯所说的权力与法律和国家机器不同，它无处不在，广泛渗透，而且具有生产性，可以随时随地产生，可以来自一切，权力构成了历史运转的机制，也是整合社会因素的决定性力量。权力必须进入话语才能发挥力量，话语控制权力并以权力为力量的来源，不同的话语实践方式也是相应的权力实践方式。知识都是不公正的，所有的知识都是邪恶的，一切认知活动都没有发现真理的权力。

福柯话语理论的一个核心概念是知识型，他在《词与物》中指出，话语构成受制于匿名的历史规则。有一种深层次的、未曾阐发过的经验系统——一种基础性的文化代码，决定着我们的观念、语言和交换模式，这种经验系统就是知识型。福柯认为，16 世纪以来先后出现了文艺复兴知识型、古典时期知识型、现代知识型、当代知识型四种知识型。文艺复兴知识型的核心是"相似性"，并以此作为建构文化的基本模式。古典时期知识型的核心是"再现"，即用一种符号秩序再现另一种符号秩序。现代知识型的核心是"人"，人既是知识的主体，又是知识的对象，现代知识型导致了"人的诞生"，人是什么成为这一时期的基本问题。当代知识型的核心是"无意识结构"，此时人的无限性、创造性、绝对性受到质疑，人发现自己只是有限的存在，人并不在创造的中心，人也不是世界王国的主人，于是人死亡和消失了。

四种知识型不是存续继承的关系，而是断裂的关系。四种知识型之间有三个断裂的代表性形象。堂吉诃德寻找神所创造世界的相似性，但处处碰壁，宣告了从文艺复兴到古典时期知识型的断裂。萨德的作品再现了人的本能欲望，冲破了再现的知识型，代表了古典到现代的断裂。尼采宣布上帝死了，也同时意味着人死了，于是现代知识型也断裂演进为当代知识型。知识型决定了一个时期的文化建构，也影响着那个时期的解释系统。自古希腊以来的解释系统是挖掘语言背后的实体和深层意义，哥白尼、达尔文、马克思先后否定了这种解释系统，形成了当代的解释系统。当代解释系统具有四个特点：一是去深度，认为并不存在表层符号下的深层意义，深层空间不过是表层的褶皱；二是解释不可能彻底，解释会陷入危险，导致疯癫体验；三是解释是无限的，符号也是对其他符号的解释，符号只是所指；四是解释变成无尽的自我解释，现代解释学不关心解释的内容和效果，而关心是谁在解释的问题，那么如果是"我在解释"，又必须进一步解释"我"为何如此解释。

福柯认为，人是受话语支配的，因此，作者并非自由创作的主体，作者只是话语功能的实践形式。作者有四个特征：第一，作者功能是制度的产物，制度决定了话语的范围和界限，违者必遭惩罚；第二，在有些时代，作者是谁并不重要，例如古代文学作品的作者和现代科学话语的作者；第三，作者功能与文本的联系是对作者的复杂建构过程，即通过作者神圣性显示文本神圣性；第四，文本中的"我"与作者"自我"不是一回事，他们的关系是变动不居的。

福柯在一切话语里看到了权力，将权力极端化和绝对化了，对知识充满了不信任感。

但他也给人们提供了认识西方文化的新视角，让人们看到了思想无序的原因所在，他的思想对后来的新历史主义，女性主义，文化研究都产生了直接或间接的影响，他的理论，改变了哲学、史学、文学理论的面貌，也开启了一个新的思想时代。

## 第四节　保尔·德·曼的结构修辞学理论

与德里达和福柯相比，保尔·德·曼并没有形成体系性的解构主义思想，他的主要贡献是将德里达的理论运用到了文学批评领域，可以说没有保尔·德·曼，解构主义批评将是不可能的。保尔·德·曼的理论和批评实践都是围绕阅读的，并逐步形成了解构主义修辞学。

在西方传统文论中，阅读被认为是一个二元的结构模式，文本只是客体，阅读者才是主体，文本都有目的和意义，阅读就是为了发现文本的目的和意义。现代阐释学和读者反应批评提出了"视界融合""召唤结构""隐含读者"等概念，逐步打破了这种二元结构模式，将主题性阅读发展为自由阅读，对于是否存在文本的终极意义以及文本意义是如何生成的出现了新的认识。保尔·德·曼则在此基础上进一步提出了阅读是不可能的观点，由于文本自身具有解构性质，阅读文本时是不可能形成确定意义的。

在传统理论中，对语言的本质有两种不同的认识，一种是工具性的语言观，另一种是本体性的语言观。前者认为语言是认识和思维的工具，通过语言可以获得关于世界清晰的认识和表达，文学语言由于工具性不明显（没有真假、没有恰当与否之分）遭到了冷遇。后者则认为语言具有本体地位，语言是存在的家。

保尔·德·曼则认为，修辞才是语言的本性。他指出，语言的本体地位首先表现在语言对使用者的支配上，不是人支配语言，而是语言支配人。语言的结构特点和修辞手段决定了使用者的思想感情和认识体验，文学文本中语言的修辞特点决定了作家对主题、题材、情感的选择、描述、表现。其次语言的修辞性显示了它的不稳定、透明、纯粹的特点，修辞破坏了语言的逻辑，从而使理解和阅读动荡不居。

在《盲视与洞见》中，保尔·德·曼指出，文本阅读的过程是真理与谬误交织的过程，洞见是通过误读实现的，批评家们采用的方法常常和他们获取的洞见大相径庭，只有他们在盲目的时刻，才能完成某种洞见。比如新批评家强调柯勒律治诗歌与它的自然形态之间具有统一性，但是他们在解读时却揭示的是诗的含混的意义。之所以出现这种现象，是因为语言符号与意义是不一致的，语言的意义总是隐藏在一些令人误解的符号当中，从而导致文本意义的不确定性和人们误解的出现。误读是必然的，任何试图获得文本终极意义和正确解释的阅读都是徒劳的。语言并非能指与所指的统一，而是一种修辞结构，语言都具有隐喻性，而隐喻是无根据的、任意的和虚构的，所以语言的具体运用只是符号之间的相互替代，语言可以言此而意他，由此符号代替彼符号（隐喻），或者使意义从一个符号转移到另一个符号（转义）。语言不再具有严格按本义来理解的指称性用法，也不存在确定的字面意义，语言具有欺骗性和不可靠性。批评的任务就是对处于不断解构中的文本进行解构性的解读，对文本修辞性进行分解，实现比较正确的"误读"。

保尔·德·曼的解构理论使德里达思想在人文科学中得以扎根和传播，冲破了人们对世界整体性和统一性结构主义观念，怀疑传统价值、消解中心结构的反叛精神，是对西方社会的内在矛盾的深刻洞察，但是其彻底的怀疑主义精神、虚无主义态度和反科学倾向，否定了人类文明的历史，也否定了人与人之间交流沟通的可能性，带来了极大的负面影响。

**结语：**解构主义文论作为一种阅读理论，从否定文本结构中心和终极意义开始，强调读者阐释的权力和自由，对以作家和作品为中心的研究模式造成了极大的冲击。这种解构主义思想与20世纪后期人们对模式化规范化的厌恶心理是一致的。

解构主义兴起之后曾经风靡一时，但是其弊端也逐渐显露了出来。破坏一切的激进态度使得他们的理论越来越走向偏狭，在德里达那里，他并不否定文本的意义，只是反对将文本意义看作是由稳定的结构所决定的，认为文本意义是语言、社会制度、文化实践，甚至无意识参与的结果。而到了保尔·德·曼那里，文本已经不再具有任何确定的意义，这样就将解构主义推向了极端。

他们从文本中搜索矛盾，千篇一律地推翻定论，有时显得过于牵强生硬。他们沉湎于没有结果的玄想，不去关注现实世界的不公，有着刻意引人走火入魔的味道。解构主义过度强调文本的隐喻性和修辞性，彻底否定了语言的表意交际功能，从根本上造成了阅读的困境，同时，怀疑、否定、破坏一切权威和中心的做法消解了一切现存秩序，最终走向了虚无主义，并最终造成了自身被消解。解构主义的主要贡献在于它推翻了西方文化中的逻各斯中心主义，动摇了柏拉图以来人们试图为世界寻找某个终极根源的做法，为西方文化思想的根本性变革提供了新的思路。

**本章必读书目**

迈克尔·莱恩：《文学作品的多重解读》，赵炎秋译，北京大学出版社，2006。

**深度阅读推荐**

王敏：《解构主义误读理论研究》，《中南大学学报》（社会科学版），2013年第2期。

罗骞：《解构批评最终是一种政治实践——对德里达解构主义政治思想的阐释》，《中国人民大学学报》（社会科学版），2013年第6期。

**思考与运用**

1．"解构主义作为一种阅读方式和写作方式，并非消极的破坏，而是一种积极的建设。"你是如何理解这句话的？

2．试运用解构主义理论，对莎士比亚的《李尔王》、毕肖普的《12点钟的新闻》（或自选作品）进行分析。

# 第十五章 西方马克思主义文论

**本章的能力要素**

本章主要介绍解构主义文论的主要观点，要求能结合卢卡契、马尔库塞、阿尔都塞、詹姆逊等人的理论主张，对西方马克思主义理论进行反思与批判，并能运用解构主义的方法对文学文本进行分析。具体要求包括：

1. 能在自学的基础上，小组合作探究霍克海默与阿多诺的《文化工业：作为大众欺骗的启蒙》（节选）。

2. 能对西方马克思主义理论进行反思与批判。

3. 能运用马克思主义批评方法，对莎士比亚的《李尔王》、毕肖普的《早餐的奇迹》等作品进行分析。

**教学方法**

小组探究法、讨论法、讲授法

**知识与能力结构**

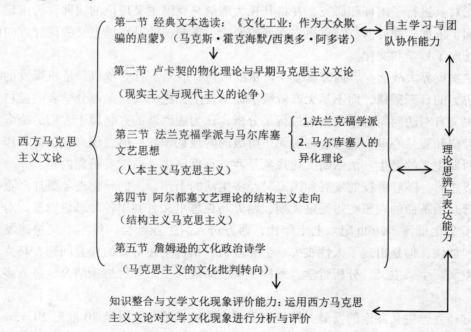

马克思本人并没有形成完整系统的文学理论，但是他的立场是清楚的，即文学作为社会活动的一部分，经济基础决定了文学生产的基本状况。19世纪末20世纪初马克思主义文学研究者认为文学与社会经济背景和政治文化背景存在着内在的联系，进而批评将文学独立于社会之外的种种观点，试图建立起完整体系的马克思主义文学理论。西方马克思主义是指20世纪20年代兴起于西欧，既立足于马克思的基本原理，又不同于苏俄列宁主义，广泛借鉴其他思潮，坚持文化批判的文学理论流派。从名称来看，西方马克思主义者大都来自发达的西欧，而经典马克思主义学者来自欠发达的中东欧，二者之间存在着地理上的差异。西欧各国虽然有工人运动组织，但是共产主义并非主流的意识形态，而且西方马克思主义者大多出身中上层家庭，其生活的环境也未给他们提供参与工人运动的条件。西方马克思主义各个代表人物的理论主张存在较大差异，但是他们都承认经济基础、社会历史对文学创造的决定作用。

第一次世界大战危机后，俄国发生了十月革命，西欧各国的革命却都宣告失败，西欧马克思主义者从理论上进行了反思。1923年，卢卡契发表了《历史与阶级意识》，标志着西方马克思主义的诞生，在这本书中，匈牙利学者卢卡契提出了著名的"物化"概念，认为资本主义社会造成了人无所不在的物化（异化），淹没了人的主体性，无产阶级革命的首要任务就是恢复人的主体性。与此同时，意大利共产党人葛兰西提出了"文化霸权"的思想，他认为西方资产阶级的统治不仅体现在国家机器的暴力统治方面，更体现在市民社会的文化霸权方面，西方工人阶级革命的首要任务应当是进行文化上的阵地战以夺取文化领导权。卢卡契与葛兰西是早期西方马克思主义的代表人物。

1932年，马克思的《1844年经济学哲学手稿》发表，早期西方马克思主义者和法兰克福学派对其进行了阐释和研究，并将其视为理解马克思主义理论的钥匙，为重建马克思主义找到了依据。此后西方马克思主义者按照这一方向，使马克思主义的研究方向由政治经济学转向了哲学和文化。

第二次世界大战前夕，西方爆发了严重的经济、政治、社会危机，危机爆发的结果是法西斯势力的日渐猖獗，而不是无产阶级革命的发生，这大大出乎部分学者的意料。西方马克思主义者对法西斯思潮的出现进行了分析，认为法西斯的兴起源于人们的施虐和受虐的权威性格和服从心理，这种心理对无产阶级的阶级意识和主体意识产生了抑制作用，助长了法西斯主义的诞生。法西斯文化现象是西方马克思主义的重要研究内容。

二战之后，随着科技的发展和国家对经济生活的干预，人的异化现象更加严重，工人阶级进行政治革命的理想变得遥遥无期，西方马克思主义者利用各种思想资源，对资本主义进行了文化批评。20世纪六七十年代，西方进入后工业社会，资本主义快速发展，全球化进程加快，但是出现了人性丧失、生态危机、精神空虚等新的社会问题，马克思主义与女性主义、生态主义、分析哲学、解构主义、后现代主义等思想相结合，进入多元发展的时期。

西方马克思主义文论的发展大致经历了三个阶段，第一阶段是20世纪20—30年代的奠基期，以卢卡契和葛兰西为代表，主要围绕现实主义和现代主义问题展开论争。第二阶段是 20 世纪 30—70 年代的发展期，西方马克思主义学者将马克思理论与西方哲学文化融合，创建了多元的马克思主义文论体系，出现了以霍克海默、阿多尔诺、马尔库塞为代表的法兰克福学派人本主义马克思主义；以萨特、梅洛庞蒂为代表的存在主义马克思主义；以阿尔都塞学派为代表的结构主义马克思主义等。第三个阶段是 20 世纪 70 年代至今的持续发展期，西方马克思主义文论进入自我整合与反思时期，西方马克思主义的研究也从德语、意大利语、法语向英语地区转移，代表人物有德国的哈贝马斯、美国的詹姆逊、英国的伊格尔顿，西方马克思主义研究从社会批判转向文化批判，消费文化、大众文化受到关注，马克思主义与女性主义、后殖民主义融合。

　　西方马克思主义具有鲜明的非实践性特点，他们大多将自己限制在理论探讨的层面，带有学院派色彩。西方马克思主义者仅仅将马克思主义的文艺思想作为一种社会—历史的文学批评模式，用西方现代文艺观补充和完善马克思主义的文艺观，带有理论综合的特征。同时，西方马克思主义者强调意识形态的重要性，在他们看来，由于西方社会异化现象的普遍存在，无产阶级已经被整合，丧失了阶级意识，革命的关键就在于揭穿资本主义的意识形态谎言，恢复无产阶级的阶级意识，因此意识形态成为他们文本分析过程中的关键词。

# 第一节　经典文本导读

## 一、经典文本节选：《文化工业：作为大众欺骗的启蒙》（马克斯·霍克海默、西奥多·阿多诺）

一

　　如果社会学理论认为，客观宗教的基础已经不复存在了，前资本主义社会最后剩下的残渣余孽已经彻底消解，技术和社会层面上的分化和专业化已经确立起来，而所有这些造成了文化混乱的局面，那么，人们通常都会认为这是谎言；因为在今天，文化给一切事物都贴上了同样的标签。电影、广播和杂志制造了一个系统。不仅各个部分之间能够取得一致，各个部分在整体上也能够取得一致。甚至对那些政治上针锋相对的人来说，他们的审美活动也总是满怀热情，对钢铁机器的节奏韵律充满褒扬和赞颂。不管是在权威国家，还是在其他地方，装潢精美的工业管理建筑和展览中心到处都是一模一样。辉煌雄伟的塔楼鳞次栉比，映射出具有国际影响的出色规划，按照这个规划，一系列企业如雨后的春笋突飞猛进地发展起来，这些企业的标志，就是周围一片片灰暗的房屋，而各种商业场所也散落在龌龊而阴郁的城市之中。在钢筋水泥构筑的城市中心的周围，是看起来像贫民窟似的旧房子，而坐落在城市周边地区的新别墅，则以其先进的技术备受称赞，不过，对那些简易房屋来说，过不了多久，它们就会像空罐头盒一样被抛弃掉。城市建房规划是专门为个人设计的，即带有一个小型卫生间的独立单元，然而，这样的设计却使这些个人越来越屈服于他的对手：资本主义的绝对权力。正因为城市居民本身就是生产者和消费者，所以他们为了工作和享受，都搬到了市中心，他们的居住单元，也都聚集成了井井有条的住宅群。宏观和微观之间所形成的这种非常显著的一致性，恰恰反映了人们所具有的文化模式：在这里，普遍性和特殊性已经假惺惺地统一起来了。在垄断下，所有大众文化都是一致的，它通过人为的方式生产出来的框架结构，也开始明显地表现出来。那些高高在上的人不再有意地回避垄断：暴力变得越来越公开化，权力也迅速膨胀起来。电影和广播不再需要装扮成艺术了，它们已经变成了公平的交易，为了对它们所精心生产出来的废品进行评价，真理被转化成了意识形态。它们把自己称作是工业；而且，一旦总裁的收入被公布出来，人们也就不再怀疑这些最终产品的社会效用了。

利益群体总喜欢从技术的角度来解释文化工业。据说，正因为千百万人参与了这一再生产过程，所以这种再生产不仅是必需的，而且无论何地都需要用统一的需求来满足统一的产品。人们经常从技术的角度出发，认为少数的生产中心与大量分散的消费者之间的对立，需要用管理所决定的组织和计划来解决。而且，各种生产标准也首先是以消费者的需求为基础的，正因为如此，人们才会顺顺当当地接受这些标准。结果，在这种统一的体系中，制造与上述能够产生反作用的需求之间便形成了一种循环，而且愈演愈烈。然而，却没有人提出，技术用来获得支配社会的权力的基础，正是那些支配社会的最强大的经济权力。技术合理性已经变成了支配合理性本身，具有了社会异化于自身的强制本性。汽车、炸弹和电影将所有事物都连成了一个整体，直到它们所包含的夷平因素演变成一种邪恶的力量。文化工业的技术，通过祛除掉社会劳动和社会系统这两种逻辑之间的区别，实现了标准化和大众生产。这一切，并不是技术运动规律所产生的结果，而是由今天经济所行使的功能造成的。需求不再受中央控制了，相反，它为个人意识的控制作用所约束。电话和广播具有两种截然不同的作用，这简直可以说是一种飞跃。电话还依然可以使每个人成为一个主体，使每个主体成为自由的主体。而广播则完全是民主的：它使所有的参与者都变成了听众，使所有听众都被迫去收听几乎完全雷同的节目。人们还没有设计出解答器，私人可以随便设立电台。因此，所有人都被纳入到了真伪难辨的"业余爱好者"的范围之中，而且不得不接受这样的组织形式。在官方广播中，人们从公共生活那里形成的所有自发性都受到了控制，都受到了训练有素的监听者、视听领域的竞争者以及各种经过专家筛选的官方广播节目的影响。对那些很有才干的节目制作人来说，早在他们借助工业把自己展现出来以前，他们就已经把自己划入到工业范围以内了；否则，他们不会如此投入地从事这项工作。公众的态度，在名义上和实际上都支持着文化工业体系，因此它也是这个体系的一部分，并没有被排除在外。如果某个艺术部门所遵循的程式与某个具有不同媒介和内容的部门相同，如果广播肥皂剧的戏剧情节变成了一种可供利用的素材，用来说明如何控制音乐体验的两种极端形式（爵士乐和廉价的摹仿）的各种技术问题，如果贝多芬交响乐中的一个乐章被野蛮地"改编"成一段电影音乐，或者托尔斯泰的小说被同样篡改为电影脚本，那么我们与其说这样做是为了满足公众自发的愿望，还不如说是在夸夸其谈。如果我们解释了这些技术机制和人事机构所固有的现象，我们就进一步接近了事实，当然，这些机制和机构从头到尾都不过是经济选择机制的一部分。除此之外，所有权力执行机构还达成了这样的共识，或者至少说是一种决定作用，即任何生产方式和制裁方式都必须符合它们自己所确立的法则以及对消费者所持有的观念，总之，必须符合它们自身。

在我们的时代，社会的客观趋势是以公司经理们的主观秘密决定表现出来的，他们中间最重要的人物掌管着最强大的工业部门，如钢铁、石油、电力和化工等部门。相比而言，文化垄断就显得弱一些，并带有一定的依赖性。如果文化垄断在大众社会中的活动领域（在这个领域里，生产出来的是一种特殊形式的商品，不论怎样，这一商品都已经与随心所欲的自由主义和犹太知识分子十分紧密地联系起来了）并不在于实施一系列的清洗运动，那么它们就不可能不姑息真正的掌权者。最有实力的广播公司离不开电力工业，电影工业也离不开银行，这就是整个领域的特点，对其各个分支机构来说，它们在经济上也都相互交织着。所有行业都这样紧密地联系在一起，而且，人们一旦把注意力集中起来，就会忽略不同企业和技术分支部门之间的界线。文化工业的一致性，恰恰预示着政治领域将要发生的事件。当然各类企业之间有着明显的不同，各类不同价位的杂志所讲述的故事之间也各不相同，不过，所有这些并非取决于主观因素，而取决于消费者的分类、组织和标定。某些东西是提供给所有人的，谁也摆脱不掉；与此同时，各种区别也应该得到强调和扩充。能够引起公众关注的是，批量生产的产品不仅具有不同的质量，而且也有一定的等级次序，这样，完整的量化原则也就变得更完备了。每个人都似乎会自发地按照他先前确定和索引好的层面来行动，选择适合于他这种类型人的批量产品的类型。消费者的统计数据经常可以在组织研究的图表上反映出来，并根据收入状况被分成不同的群体，分成红色、绿色和蓝色等区域；这样，技术变成了用于各种宣传的工具。

如果我们证明了所有被强行划分开来的产品最终都是相同的，那么我们也就看清了这一程序如何形成的问题。从根本上说，克莱斯勒公司与通用汽车公司的产品之间的区别，不过是好奇心不同的孩子们所产生的幻觉而已。鉴赏家们之所以能够指出各种产品的优劣，只不过是为了维持竞争的假象和选择的范围罢了。华纳兄弟公司和迈尔公司的产品也属于同样的情况。然而，甚至对那些由一个公司生产的价格较高与价格较低的产品来说，它们之间的差别也越来越小了：就拿汽车工业来说吧，汽缸数量、容量以及专利部件之间的细微差别已经不太大了；对电影公司来说，电影明星的数量，对技术、劳动和设备的过度利用，以及对新近心理学程式的引介，也都属于同样的情形。普遍的业绩标准就是"知名产品"的总额，以及公开投资的总额。文化工业变化多样的预算，与产品的实际价值及其所固有的价值是不相符的。就它的技术媒介来说，也越来越统一起来了。电视的目的就是要把电影和广播综合在一起，它之所以还没有能够做到这一点，是因为各个利益集团还没有达成一致，不过，电视迟早要产生巨大的影响，它会使审美迅速陷入极端贫困的状态，以至于在将来，所有罩在工业文化产品上的厚重的面纱都将被打开，都会以嘲弄的方式实现瓦格纳的总体艺术作品之梦，所有艺术都会融入在一件作品之中。语词、图像和音乐的结合，将要比《特里斯坦》（Tristan）更加完美，因为各种感性的成分既在表面上恰如其分地反映了社会现实，又从根本上体现在了同样的技术进步之中，变成了具有其特定内容的统一体。这一过程整合了所有生产要素：从电影改编成的小说，到最后制作成的音响效果。所有这一切，都是投资资本取得的成就，资本已经变成了绝对的主人，被深深地印在了在生产线上劳作的被剥夺者的心灵之中；无论制片人选择了什么样的情节，每部影片的内容都不过如此。

二

一个人只要有了闲暇时间，就不得不接受文化制造商提供给他的产品。康德的形式主义还依然期待个人的作用，在他看来，个人完全可以在各种各样的感性经验与基本概念之间建立一定的联系；然而，工业却掠夺了个人的这种作用。一旦它首先为消费者提供了服务，就会将消费者图式化。康德认为，心灵中有一种秘密机制，能够对直接的意图作出筹划，并借此方式使其切合于纯粹理性的体系。然而在今天，这种秘密已经被揭穿了。如果说这种机制所针对的是所有表象，那么这些表象却是由那些可以用来支持经验数据的机制，或者说是文化工业计划好了的，事实上，社会权力对文化工业产生了强制作用，尽管我们始终在努力使这种权力理性化，但它依然是非理性的；不仅如此，商业机构也拥有着这种我们无法摆脱的力量，因而使人们对这种控制作用产生了一种人为的印象。这样，再也没有什么可供消费者分类的东西了。因为大众的艺术已经粉碎了人们的梦想，不过，它与批判唯心主义始终回避的梦幻唯心主义信条还是一致的。一切都来自意识：马勒伯朗士和贝克莱都认为，万事万物皆起源于上帝的意识；对大众意识来说，一切也都是从制造商们的意识中来的。不但颠来倒去的流行歌曲、电影明星和肥皂剧具有僵化不变的模式，而且娱乐本身的特定内容也是从这里产生出来的，它的变化也不过是表面上的变化。细节是可以变的。在流行歌曲中，比较短的节奏可以产生某种效果，英雄突然间产生的失态（他可以把这失态看成是一种有益健康的运动），情人从男明星那里所受到的粗暴对待，以及男明星对备受宠爱的女继承人的藐视，所有这些细节，都像其他细节一样，是早就被制定好了的陈词滥调，可用来安插在任何地方；在完成整个计划的过程中，这些细节能够完成的都不过是分配给它们的任务。它们得以存在的全部理由，就是作为计划的组成部分来证明计划。只要电影一开演，结局会怎样，谁会得到赞赏，谁会受到惩罚，谁会被人们忘却，这一切就都已经清清楚楚了。在轻音乐中，一旦受过训练的耳朵听到流行歌曲的第一句，他就会猜到接下去将是什么东西，而当歌曲确实这样继续下来的时候，他就会感到很得意。对短篇小说来说，必须严格坚持适当的篇幅。甚至插科打诨、切身感受和开玩笑也得像它们所处的背景一样，都是被计算好了的。这些细节是专家们的责任，它们的范围不大，人们在办公室里就可以很容易把它们配备好。文化工业的发展使效果、修饰以及技术细节获得凌驾于作品本身的优势地位，尽管它们曾经表达过某种观念，但是后来却与观念一起消融了。当细节赢得了自由的时候，它就变成了反叛，从浪漫主义时期到表现主义时期，细节都宣称自己所表达的是自由，是对抗组织的一种工具。在音乐中，单纯的和声效果消除了对整体形式的意识；在绘画中，对各种色彩的强调削弱了构图的效果；在小说中，心理描写变得比小说框架更重要。而所有这些，恰恰是文化工业的总体性所带来的结果。尽管文化只能与各种感受有关，但文化还是消除了它们拒不妥协的特征，使它们遵循着固定的程式，而不是作品本身。整体和部分一样，都遭受到了同样的命运。整体必然与细节毫无关系，就像在一位成功人士的经历中，每一件事都可以当作一种描述或一个证据，然而，这一切都不过是所有那些荒唐事件的总和。我们所说的具有支配地位的观念，就像一个文件，能提供某种次序，却不是前后一贯的。整体和部分都是一样的；它们既没有反题，也没有联系。它们预先安排的和谐，对那些为人们所追求的资产阶级的杰出艺术作品来说，简直是一种嘲弄。在德国，专政所带来的死气沉沉的寂静，已经笼罩在民主时代最欢快的影像上了。

　　整个世界都要通过文化工业的过滤。正因为电影总是想去制造常规观念的世界，所以，常看电影的人也会把外部世界当成他刚刚看过的影片的延伸，这些人的过去经验变成了制片人的准则。他复制经验客体的技术越严谨无误，人们现在就越容易产生错觉，以为外部世界就是银幕上所呈现的世界那样，是直接和延续的。自从有声电影迅速崛起以后，这种原则通过机械化再生产得到了进一步的增强。真实生活再也与电影分不开了。有声电影远远超过了幻想的戏剧，对观众来说，它没有留下任何想象和思考的空间，观众不能在影片结构之内作出反应，他们尽管会偏离精确的细节，却不会丢掉故事的主线；就这样，电影强迫它的受害者直接把它等同于现实。对大众媒体消费者来说，想象力和自发性所受到的障碍不必追溯到任何心理机制上去；他应该把这些能力的丧失归因于产品本身的客观属性，尤其要归因于其中最有特点的产品，即有声电影。不可否认的是，有声电影的如此设计，使人们需要借助反应迅速的观察和经验才能全面欣赏它；而电影观赏者如果不想漏掉连续的事件，就不可能保持持续的思想。即使反应是半自动的，但也没有留给他们任何想象的空间。那些被电影世界以及其中的形象、手势和语言深深吸引住的人，不再满足于真正创造世界的东西，不过，他们也不必把生活建立在电影放映的具体机制上。他们所看过的所有影片和娱乐业的产品，教会了他们要期待什么；同时，他们也会自动地作出反应。工业社会的力量留在了人类的心灵中。娱乐制造商知道，即使消费者心烦意乱，仍然会消费他们的产品，因为每一个产品都是巨大的经济机器的模型，这些经济机器无论是在工作的时候，还是在闲置的时候，都会像作品那样，为大众提供有力的支持。没有人会从每一个有声电影或每一个广播节目中推断出社会效果，但是社会效果却是为所有人共同分享的。整个文化工业把人类塑造成能够在每个产品中都可以进行不断再生产的类型。在这一过程中，从制片人到妇女俱乐部，所有机构都在小心谨慎地保证这种心态的简单再生产不会以任何方式得到细致的描绘和扩充。

…………

**霍克海默、阿多诺：《启蒙辩证法》，渠敬东、曹卫东译，转引自陈太胜主编《20世纪西方文论新编》，北京师范大学出版社，2011，第 121 页—126 页。**

## 二、霍克海默与阿多诺简介

　　马克斯·霍克海默（1895—1973），德国哲学家，法兰克福学派的创始人。1895 年出生于德国法兰克福一个工厂主家庭，1922 年获得法兰克福大学哲学博士学位，1925 年起在法兰克福大学任教，1932 年，创办了《社会研究杂志》，1933 年希特勒上台后，霍克海默开始了流亡生涯。战后霍克海默回到法兰克福。1973 年去世于德国纽伦堡。主要著作有《作为理论哲学与实践哲学之间链环的康德的判断力批判》《资产阶级历史哲学的开端》《真理问题》《传统理论和批判理论》《启蒙辩证法》（与阿多诺合著）、《工具理性批判》《批判的理论》。

西奥多·阿多诺（1903—1969），德国哲学家，法兰克福学派的主要代表之一。出生于德国法兰克福一个酒商家庭，1924 年获法兰克福大学哲学博士学位。1931 年开始在法兰克福大学任教。1938 年应霍克海默邀请，赴美国参加社会研究所的工作。曾主持编著《专横的个性》，对法西斯主义进行了批判。1947 年与霍克海默尔合著《启蒙辩证法》。1950 年回到联邦德国，和霍克海默尔共同负责社会研究所的领导工作。1966 年发表《否定辩证法》，1969 年于瑞典病逝。

### 三、选文导读

《文化工业：作为大众欺骗的启蒙》选自霍克海默和阿多诺合著的《启蒙辩证法》一书，这本书是法兰克福学派批判理性的经典作品，书中对现代理性及其启蒙作了反思和批判。这部书产生的背景主要有三个方面，第一是德国法西斯的崛起与失败及其大屠杀给世界带来的巨大创伤，第二是苏联时期斯大林的极权统治施行的大清洗带来的历史灾难，三是美国貌似歌舞升平的文化工业潜藏的对人们的精神控制。人类文明进步带来的历史灾难刺激了霍克海默和阿多诺的思考，他们在《启蒙辩证法》中要回答的问题就是在文明进步的情况下，为何人类没有进入人性状态，反而陷入了野蛮状态。全书围绕"启蒙"和"神话"两个核心概念展开，揭示了神话就是启蒙，启蒙却倒退成了神话的启蒙辩证法。

其中《文化工业：作为大众欺骗的启蒙》由阿多诺主笔，但是阿多诺在文中并没有回答什么是文化工业。直到 1963 年，阿多诺才在《文化工业再思考》中区分了"文化工业"与"大众文化"，他指出大众文化是由大众生产出来的自下而上的流行艺术，文化工业则是由经济权力计划、操纵、支配和管理的，别有用心地自上而下生产文化消费者的工业体系。

在第一节，阿多诺指出，在人们的文化模式当中，普遍性已经和特殊性统一起来了，"在垄断下，所有的大众文化都是一致的，它通过人为的方式生产出来的框架结构，也开始明显地表现出来。那些高高在上的人不再有意地回避垄断：暴力变得越来越公开化，权力也迅速膨胀起来。电影和广播不再需要装扮成艺术了，它们已经变成了公平的交易，为了对它们所精心生产出来的废品进行评价，真理被转化成了意识形态"[①]。文化是一个被暴力和权力充斥的领域，在电影和广播当中，只有意识形态，没有什么真理。

最强大的经济权力支配着文化工业的技术，文化工业的技术则通过标准化和大众生产，生产了自己需要的消费者，所有参与者都收听完全相同的节目，人们的自发性受到了

---

① 陈太胜主编《20 世纪西方文论新编》，北京师范大学出版社，2011，第 122 页。

控制，被纳入工业范畴，"公众的态度，在名义上和实际上都支持着文化工业体系，因此它也是这个体系的一部分，并没有被排除在外。"①不论是肥皂剧戏剧情节如何选择素材，或者贝多芬的交响曲如何被改编成电影音乐，或者托尔斯泰的小说被改编成电影脚本，都是经济选择机制的一部分，除此之外，也是权力机构达成共识的结果，即任何生产方式都必须符合它们确立的法则和它对消费者持有的观念。资本是文化绝对的主人，它被深深刻印在生产线上劳作者的心灵中。

在第二节，阿多诺指出，一个人接受文化产品并不是自由选择的结果，人只要有了闲暇，就不得不接受文化产品，商业机构拥有我们无法摆脱的力量，一切都从制造商的意识中来。不但颠来倒去的歌曲、电影明星和肥皂剧具有不变的模式，娱乐本身的内容也是从这里生产出来的，所谓的变化仅仅是形式上的变化、细节上的变化。文化工业的发展使得效果、修饰、技术细节超越了作品本身，它们遵循自己的程序，整体和细节无关，它们之间没有联系，甚至没有反题，一切都是预先安排好的和谐。文化工业对世界起着过滤的作用，看电影的人会将现实世界看作是电影延伸，人们就会产生错觉，认为外部世界就是电影里呈现的那样。真实生活和电影无法分开，想象和思考的空间也被剥夺了，电影和娱乐产品教会了人们应该期待什么，同时他们也会在心中作出自动的反应，这样工业社会的力量就深入到了人类的心灵中。

在未选入的第三节，阿多诺还指出，文化工业的风格正是来自自由主义，但实际上却是最为贫乏的风格，文化工业要遵循行业规范。从消费者角度来讲，他们总是地位偏下的中产阶级，资本从身体和灵魂方面都对他们进行了限制，使他们成了牺牲品。受骗的消费者受到了迷惑，固守着奴役他们的意识形态，他们甚至无比坚定地热爱着对他们的不公。文化工业抛弃了艺术天真的特征，将艺术上升为一种商品，轻松的艺术于是受到了欢迎。文化工业从事的是机器大规模的复制性生产，消费者的兴趣是以技术为导向的，而不是以内容为导向的，内容在无休止的重复中腐烂掉。文化工业具有娱乐性，也是通过娱乐对消费者施加影响的，商业就是意识形态。"文化工业的权力是建立在认同被制造出来的需求的基础上"。文化工业切断了文化所有需要思考的逻辑联系，毫无意义的形式受到了欢迎。在文化工业各领域中，城市建房造成了人对资本主义权力的臣服，广播对人们的公共生活造成了束缚，电影让观众混淆了银幕与现实，电视使人的审美迅速陷入极端贫困状态，流行乐、杂志、卡通片迎合了人们对"无用之物"的需求，发挥了保证制度和谐的功效。

## 第二节　卢卡契的物化理论与早期西方马克思主义文论

卢卡契（1885—1971），匈牙利哲学家、文艺批评家。1885 年生于布达佩斯，1903

---

① 陈太胜主编《20 世纪西方文论新编》，北京师范大学出版社，2011，第 123 页。

就读于布达佩斯大学，1909 年赴柏林大学深造，1918 年加入匈牙利共产党，1919 年被奥地利反动政府逮捕，之后两次流亡苏联，二战后回到布达佩斯。1956 匈牙利政府因强行推行苏联模式引发群众游行和武装暴动，之后在苏联军事干预下事件被平息，卢卡契由于出任纳吉政府文化部长被迫流亡罗马尼亚，次年回国。卢卡契一生曲折，波折不断，人们对他的评价也毁誉参半，但他在死后却声名鹊起。其主要著作有《心灵的形式》《历史与阶级意识》《现实主义论文集》《德国新文学史纲》《审美特性》《社会存在本体论》。美国著名文学史家韦勒克曾将克罗齐、瓦莱里、英伽登、卢卡契并称为 20 世纪西方四大批评家。

卢卡契和葛兰西是西方马克思主义的开端性人物，卢卡契在哲学、美学、文学理论等方面有广泛建树，西方马克思主义文论往往都从卢卡契讲起。

物化理论是卢卡契成为西方马克思主义创始人的标志性理论。卢卡契认为，在资本主义社会，人的物化是人存在的本质，物化现象是外在客观世界的特征，也是人内在世界的特征，1922 卢卡契在《历史与阶级意识》中系统提出了物化理论，但是直到 1932 年马克思的《1844 年经济学哲学手稿》发表，卢卡契的异化思想才引起人们的注意，人们发现《1844 年经济学哲学手稿》中的人道主义思想和物化理论，与卢卡契在《历史与阶级意识》中的人道主义思想和物化理论有着异曲同工的妙处，卢卡契一时轰动了整个西方思想界。

卢卡契在《历史与阶级意识》一文中这样定义物化的本质："商品结构的本质已被多次强调指出过。它的基础是，人与人之间的关系获得物质性，并从而获得一种"幽灵般的对象性"，这种对象性以其严格的、仿佛十全十美的合理的自律性掩盖着它的基本本质，即人与人之间关系的所有痕迹。"[①] 在资本主义制度下，异化就是资本的逻辑，商品关系代替了人与人之间的关系。卢卡契指出，当社会中的对象化形式使人的本质与其存在冲突的时候，当人的本性受到社会存在的压抑的时候，就有了异化的客观社会关系，也就有了内在异化的主观表现。

卢卡契在异化理论的基础上提出的"伟大的现实主义"文学理论是早期西方马克思主义文论的重要内容，他所说的现实主义与传统现实主义不同，"现实主义"与"伟大的艺术"是同等的概念，包含以下几个方面的内容：第一，伟大的现实主义文学反映的不是支离破碎的生活，而是完整的社会现实。文学不是对琐碎的日常生活的简单复制，而是对现实本质的整体性的动态反映，现实主义文学要提供的是关于现实的一幅画像，在这幅画像里，现象与本质、直接性与概念性、个别性与规律性的对立消除了，读者面对是一个不可分割的整体。表面上如同生活的作品并不一定是现实主义的，而一部明显违反表象的作品，只要深刻显示了人与人之间的历史关系，却可能是现实主义作品，比如卡夫卡的小说也具有现实主义因素。伟大的现实主义文学对生活的整体性反映能够穿透日常生活的虚假意识，是对资本主义日常生活零散化和日常思维拜物化的克服。

第二，伟大的现实主义文学是对社会现实的审美反映。文学艺术的审美反映具有拟人

---

① 董学文主编《西方文学理论史》，北京大学出版社，2005，第 366 页。

性的特点，它由人的世界出发，目标也是人的世界。真正伟大的艺术作品是一个独特的拟人化世界，这个拟人化的世界比我们日常生活看到的世界更真实、完整、富有生气。伟大的现实主义文学以全面的主体性把握全面的客体性，实现了两种总体性的统一，超越了商品拜物教的虚假意识，体现了人整体存在的美学价值，前期的卢卡契强调了工人阶级意识对物化意识的超越，后期的卢卡契强调了文艺的超阶级性。他认为，伟大的现实主义文学家应该遵从现实的仲裁，听命于作者的伦理态度、主观诚实、艺术勇气，实现对政治意识形态的超越。

第三，文学就是人学，人道主义是伟大现实主义文学的核心。人的自我意识就是艺术家的艺术主体性，人的自我意识中包含着深刻的人道主义。恢复和建构完整的人性，是伟大现实主义文学基本的价值追求。现实主义与人道主义是内在一致的，二者不可分割地结合在一起。而现代资本主义制度下，出现了社会的物化和人的异化，人道主义原则被抛弃，急需恢复人道主义精神。

第四，对自然主义和现代主义的批评。卢卡契倡导伟大的现实主义文学的同时，对自然主义和现代主义进行了批判。他认为自然主义只关注到了社会生活的表象，反映了抽象的个性；现代主义则是作家主观意识的宣泄，反映了抽象的共性。无论是自然主义还是现代主义，都是假现实主义，他们放弃了人道主义的理想，没有为恢复完整的人性而努力，而在客观上肯定了一切非人化的现实。表现主义在技巧上的随意化表明了作家主体性的丧失和创造能力的退化。

卢卡契的观点是围绕如何克服物化或者异化问题展开的，异化理论为人们认识资本主义制度之下的文学产生了新的启示，他的"伟大的现实主义文学"引起了人们广泛的争论，通过争论，文学不脱离现实的观点得到了西方马克思主义的共同支持。

在卢卡契之后，意大利的葛兰西提出了"文化霸权"理论，文化霸权理论是建立在市民社会理论基础上的。葛兰西认为，现代国家由政治社会和市民社会两个层面组成，政治社会相当于通过政府、军队、法庭、监狱等机关对敌对阶级实施的强制统治职能，市民社会是私人组织的总和，相当于统治集团通过工会、学校、社团、家庭等对被统治阶级在意识形态内行使的教化职能。前者是一种暴力统治，后者则是认同和同意，即统治阶级通过各种文化渠道向被统治阶级灌输统治者所需要的意识形态，使他们自觉自愿地接受现存的统治。葛兰西认为在东方专制国家，统治主要靠暴力强制下的屈从，而在西方现代国家，统治主要依赖文化领导权下的自觉自愿，无产阶级的首要任务就是要夺取意识形态的文化阵地战。文学不仅是自律的，而且是文化价值的承载者，要通过"民族—人民的文学"建立无产阶级的新文艺，实现对社会的改造。葛兰西高度重视文学和文化的实践功能，将文艺作为无产阶级反抗文化霸权的重要途径，对后来的阿尔都塞意识形态理论有直接影响。

# 第三节　法兰克福学派与马尔库塞的文艺思想

## 一、法兰克福学派

法兰克福学派名称来源于德国法兰克福城的"社会研究所"，该所成立于 1923 年，第一任所长格林贝格主持工作期间，主要从事西欧工人运动史和马克思主义学说史研究。1930 年霍克海默接任所长一职，转向了从哲学、社会学角度对资本主义制度进行研究，并以《社会研究杂志》为中心，网罗了包括弗洛姆、本杰明、阿多诺、马尔库塞等一批人才。希特勒上台后，社会研究所迁往美国。二战之后，霍克海默和阿多诺将研究所迁回法兰克福，但是马尔库塞和弗洛姆留在了美国。这一时期法兰克福学派成员发表了大量影响极大的论著，名噪一时。随着内部成员观点的分化，年轻成员理论出现转向，法兰克福学派逐渐衰落。

法兰克福学派重视对文学生产的最新状况进行批判，借此来批评资本主义的意识形态，他们理论最突出的贡献是对资本主义文化工业的批判。早在 20 世纪 30 年代，本杰明就对批量生产的文化工业和文化产品进行了反思，他指出艺术生产力的标志就是艺术品复制技术的提高，艺术品的复制使传统艺术的"光晕"被打破，复制艺术破除了凝结在传统艺术光晕中的商品拜物教的异化意识，打破了统治阶级对艺术的独占。本雅明对文化工业的考察没有将艺术的技术层面同生产力区分开来，也没有将艺术生产与一般生产区别开来，也就无法正确认识文化工业的真正功能。

完整论述文化工业概念的是霍克海默和阿多诺，他们在 1947 年出版的《启蒙辩证法》中提出了文化工业批判的概念。他们指出艺术品只是作为文化工业产品存在的，它们为了满足市场需求而出现，艺术家将创作当作赚钱的工具，没有人再去关心艺术的审美价值，人们对艺术的欣赏也变成了一种交换和消费行为，一切都是由追求利润最大化的资本决定的。物化不仅仅发生在文化工业生产领域，也发生在消费领域，这是艺术的灾难。

文化工业的意识形态作用是法兰克福派普遍关注的。文化工业利用科技手段大批量复制和传播文化产品，并且通过电影、电视、收音机等大众媒介，以娱乐的方式潜移默化地向消费者灌输统治阶级需要的意识形态。阿多诺指出，文化工业对人们发生的影响是一劳永逸的。

在文化工业成为物化艺术的状况下，需要新的艺术实践来拯救精神的匮乏。阿多尔诺指出，传统现实主义在 19 世纪创造过辉煌，但是随着文化工业的发展，异化已经笼罩了一切，使得传统现实主义只能传达表层的现实，无法深入背后的真实，现代主义则提供了克服历史异化的必然性。应该欢迎现代主义的到来，用现代主义向文化工业的艺术环境发起挑战，向异化的时代发起挑战，从而拯救艺术的尊严。如果说古典艺术是审美的艺术，那么现代艺术就是审丑的艺术，现代艺术反对摹仿、反对和谐、反对确定，甚至反对艺术，它们非同一性的追求使得自身呈现出非直观的抽象性，以此来揭示异化的本质，零散、分裂、碎片、变形等成为现代艺术的重要形式，反映了现代社会的相应特征。例如贝克特的《等待戈多》以混乱和无聊的对话揭示了人类生存的荒诞、颓废和无聊，让人们看到了异化现实的真相，实现了艺术与社会的统一。

### 二、马尔库塞的异化理论

赫伯特·马尔库塞（1898—1979），美籍犹太裔哲学家，法兰克福学派的代表人物之一。出生于一个波兰犹太人家庭，1917年曾参加德国社会民主党左翼，1919年完全退出政治活动。之后在弗莱堡大学学习哲学，曾受教于胡塞尔和海德格尔，1922年获得哲学博士学位。1933年，结识霍克海默，进入法兰克福社会研究所工作。纳粹上台后，马尔库塞被迫流亡日内瓦，之后移居美国。二战期间曾为美军情报部门服务，二战后在哥伦比亚、哈佛、加利福尼亚等大学任教，积极参与社会政治运动，对20世纪60年代的左派运动和学生造反运动投入了巨大热情，成为当时的"精神领袖"，1979年逝世于德国。马尔库塞的主要著作有《历史唯物主义现象学概要》《历史唯物论基础的新材料》《理性革命》《爱欲与文明》《单面人——发达工业社会意识形态研究》《论解放》《反革命与造反》《作为现实形式的艺术》《审美之维》等。

马尔库塞从人本主义的社会批判开始，认为现代资本主义社会是罪恶的，它扭曲了人性，造成了人性的异化。首先，资本主义的"消费控制"把人变成了"单向度的人"，现代工业社会推行强制性消费，把与人的本性无关的物质需求和享受激发起来，使人们无止境地追求这种虚假的需求，造成了人在政治、经济、文化等各个方面大都成为物质的附庸，成为受商品拜物教支配的单向度、畸形的存在。人是为了产品能被消费而存在的，而不再是商品为了人而生产出来，人与商品的关系被颠倒了过来，从而形成对人的消费控制。

其次，资本主义对人的爱欲本性造成了压抑，马尔库塞受到弗洛伊德的影响，认为生和死构成了人的本能结构，爱欲是人的生本能，是人的本质。同时马尔库塞接受了马克思的观点，认为劳动为发泄爱欲提供了机会。然而，现代工业社会的自动化水平日益提高，人的劳动越来越单调，人在机器生产链条中沦为工具的某个部分，人的存在也分裂成了片面的机能，劳动不再是爱欲本质的实现，而是蜕变为对爱欲本质的压抑，劳动成为对人的本质的摧残。

再次，资本主义滋长了死本能的罪恶。弗洛伊德认为，人的生本能（爱欲）与死本能（攻击本能）存在此消彼长的关系，但是二者的总能量是不变的。马尔库塞由此出发，认为现代工业社会压抑了人的生本能，也就刺激了死本能的滋长，使整个社会变得富有攻击性，侵略、迫害、战争因此产生。人的死本能本来并无确定的目标，但是晚期资本主义却利用和操纵了人的死本能的攻击性，使其肆意发泄和无限扩张，造成了人性的异化。

最后，马尔库塞还对资本主义社会的环境和生态进行了批判。他指出自然界本来是人类生活的来源，也是美感和想象的来源，当自然与人和谐相处的时候就促进了人性的发展。现代工业社会，人类为了满足自己的物质无望无止境地从自然界索取资源，破坏了自然，也切断了人与自然之间联系的纽带，从而遭到了自然的报复，使得自然从人性的栖息之地转变为人性的地狱。

马尔库塞反对马克思主义经济基础决定上层建筑的观点，认为它贬低了人的意识和无意识等主观性。因此，他看不到私有制才是人性异化的根源，从而将对资本主义的批判停留在了意识形态层面，他主张的"总体革命"主要是指在心理和本能结构方面将人的性欲和生活本能释放出来，以实现自由、和平、幸福的存在可能性。

在文艺思想方面，马尔库塞认为文艺的本质是革命和造反。他指出，艺术创造的是一个与现实世界完全不同的现实，这个现实是属于未来的或者理想的现实，是对现存世界的否定与反动，也是一种美学意义上想象的革命。艺术创造了现实中没有的虚拟世界，造成了对现实的疏离和超越，艺术超越了现实，也就打破了社会关系的物化客观性，艺术就是反抗。革命的前提是将变革的需求植根于个人的主体性中。在文艺当中，主体性是一种政治力量，可以抗衡支配人生的一切方面的社会。

艺术用被压迫者的语言来抗拒现实，艺术就是造反，艺术与它所描述的现实是无法调和的。正因为如此，艺术常常受到现存秩序的压制，但是艺术活在人们的思想和愿望当中，活在人们的遭遇当中，活在人们对现存秩序的反抗当中。革命是艺术的本质，艺术是反对现存秩序的政治斗争的有力武器。

# 第四节　阿尔都塞文艺理论的结构主义转向

路易斯·阿尔都塞（1918—1990），法国著名哲学家，"结构主义马克思主义"的奠基人。出生于阿尔及利亚首都附近的一个小镇，父亲是一家银行的经理。年轻时信奉天主教，1939 年考入法国巴黎高等师范学校文学院，童年因德国法西斯入侵而应征入伍。1940 年被德军俘虏，关押在集中营，直到战争结束。1945 年重返法国高等师范学校学习哲学，1948 年获哲学博士学位并留校从教，同年加入法国共产党。阿尔都塞一直有着严重的抑郁症，直到 1980 年的一天在无意识状态下勒死了自己的妻子，虽然他最终被免于起诉，但是之后的大部分时间不得不与精神病进行着艰苦的斗争，1990 年，阿尔都塞突发心脏病去世，终年 72 岁。主要著作有《意识形态和意识形态国家机器》《保卫马克思》《阅读〈资本论〉》《列宁与哲学》《自我批评》等。

20 世纪六七十年代，法国结构主义盛行一时，以阿尔都塞为代表的西方马克思主义者大多受到了结构主义的影响，他们试图将马克思主义与结构主义结合起来，用结构主义去阐释马克思主义，从而建立"新马克思主义"，即结构主义马克思主义。阿尔都塞既批评当时斯大林式马克思主义的庸俗阶级论和经济论，也否定了用黑格尔派的马克思主义人道主义来否定斯大林主义的做法，主张用结构主义的科学方法来重读马克思、保卫马克思。阿尔都塞著作中很少论及艺术和审美的问题，但是它的思想却对詹姆逊、伊格尔顿等人产生了很大影响，形成了"阿尔都塞学派"文学理论。

在卢卡契那里，无产阶级的阶级意识构成了历史发展的目的，历史的进程就是朝着这个方向前进的，阿尔都塞认为这种认识并没有超出黑格尔绝对精神的思维模式，从而陷入了一种简单的决定论思维。在他看来，人类的实践是多元的，对社会分工实践的认识应该在具体的生产中进行，经济实践、政治实践、意识形态实践构成了社会结构的三种实践。经济实践通过人的劳动将自然改造成社会产品，政治实践通过革命对社会关系进行改造，意识形态实践通过意识形态将属于过去的世界构成关系改造成新的关系。三种实践相互结构为一个整体，但是往往有一个处于支配地位，形成主导结构。在历史的发展中，不存在某一因素始终作为主导因素存在，而是经济、政治、意识形态共同作用或者交替作用的结果。在三种实践当中，意识形态实践更为复杂，它广泛渗透在经济实践和政治实践当中，虽然经济基础对意识形态有最终决定作用，但是意识形态以其无处不在的特征，掩盖了社会的真实矛盾，制约了社会历史发展，因此，对意识形态的理解就成为一个紧迫的任务。

阿尔都塞在《意识形态和意识形态国家机器》中集中阐发了他的意识形态理论。他的意识形态观有以下几方面的特征：第一，意识形态具有物质实在性。阿尔都塞指出，人的主体理论存在于行为当中，行为依次进入实践，实践则在意识形态的物质实在中，例如教堂、学校、政治团体受到物质仪式的支配，这种支配实践的意识形态物质仪式和组织，就是"意识形态国家机器"。马克思认为，社会存在决定社会意识，阿尔都塞则认为，社会意识不是由阶级地位决定的，而是意识形态实践所造成的物质意识形态形式发生作用的结果，意识形态不是阶级地位决定的意识的反映，它具有自主性生产特征，生产出人类的主体意识。

第二，意识形态为再生产的进行提供了条件。马克思认为，再生产既包括生产资料的再生产，也包括生产条件的再生产。生产条件的再生产又包括两个必要的条件，一是生产力再生产，二是生产关系再生产。要使生产得以顺利进行，仅仅保证劳动力再生产的衣食住行等物质需要是不够的，还必须让他们掌握劳动技能，让他们学会服从社会规范。学校或者培训组织等意识形态物质结构承担了这样的功能，他们生产出认同和服从社会生产关系的合格劳动者，意识形态国家机器的主要任务就是生产关系再生产，学校、家庭、团体、文艺通过制造服从的主体，维持生产关系再生产。

第三，意识形态具有主体建构的功能。意识形态通过仪式和日常组织方式以及质询和传唤等机制，使个体成为具体的主体。具体主体与社会主体有一个相互认同、识别的过程，最终具体主体被纳入社会秩序当中。例如一个女孩子刚出生的时候与男孩子的差异远远没有后来那么大，但是她成长的过程中不断接受到来自家庭、学校、文艺作品等对她发出男权意识形态的传唤和招呼，她会自觉不自觉地接受温柔、美丽等社会预期，逐渐具有了女性身份意识，从而自觉地作为女性去行动。可以说，个体是通过他者的，也是社会的眼光来看待和塑造自己的。

文艺处于意识形态和科学之间，它不属于意识形态，但是又离不开意识形态。语言是意识形态的产物，作家只是用劳动工具和美学技巧将意识形态的原材料加工成产品，意识形态孕育了艺术，艺术的任务就是暴露意识形态和现实的想象关系。例如巴尔扎克的作品中既存在着作者反动的封建主义的意识形态，也存在着作为时代精神的资产阶级意识形态，二者的斗争造成了意识形态的距离，从后者对前者的规约和统治中展现了这种统治的作用和效果。

阿尔都塞在重读马克思主义的过程中提出了"症候式阅读"理论，所谓"症候式阅读"，就是"在阅读理论著作时，将表层的文字结构和深层的理论结构结合起来，既直接阅读白纸黑字的明白表述，更要借助理智的功能，介入、反思和把握由文本的边缘、沉默、空白、缺失等构成的、埋藏于文本无意识深层的理论结构或理论框架，以便真正把握理论的本质。"[①]艺术作品中存在意识形态，这种意识形态不是明确表述出来的，需要依据意识形态的结构，寻找作品受制于意识形态，同时又与意识心态保持距离的美学原则和深层结构。例如，他在科勒莫尼尼的绘画去掉人的表情中看到了人道主义遭到抛弃的危机。

阿尔都塞反对仅仅从人道主义的立场去谴责资本主义，也反对意识形态的故弄玄虚，他主张用科学的方法对意识形态神话和谎言进行批判，从而超越和突破意识形态。阿尔都塞这种科学的批评方法对伊格尔顿等西方马克思主义研究者产生了很大影响，但是他的反人道主义立场违背了艺术发展的规律。

## 第五节 詹姆逊的文化政治诗学

弗雷德里克·詹姆逊（1934— ），出生于美国的克里夫兰，先后在哈佛大学和耶鲁大学学习，之后长期在耶鲁大学、加州大学、杜克大学等学校任教。主要著作有《萨特：一种风格的起源》《马克思主义与形式》《语言的牢笼》《政治无意识》《后现代主义与文化理论》等。1985 年秋，詹姆逊曾到北京大学进行了为期四个月的讲学。讲学内容后来整理出版为《后现代主义与文化理论》一书，在中国文化思想界还继承着启蒙主义，沉浸在对现代性的仰望中的时候，詹姆逊成为把后现代文化理论引入中国大陆的"启蒙"人物，备受推崇。2002 年 7 月，詹姆逊再次为上海学者作了题为《现代性的幽灵》的演讲。然而，这场演讲引起了其是否坚持了西方中心主义立场的论战。无论如何，詹姆逊都是当代西方社会最著名的思想家之一。

20 世纪 70 年代，西方马克思主义研究扩展到了英美等英语国家，这一时期文化研究理论兴起，马克思主义与经济基础和历史基础之间的联系被切断。代表人物是英国的威廉斯和他的学生伊格尔顿，还有美国的詹姆逊。

威廉斯最突出的贡献在于继承了葛兰西和阿尔都塞等人的领导权理论。他指出马克思主义文论不是简单的决定论，对文学的考察应该在经济、政治、文化过程的统一体中进行。艺术是一种意识形态实践，统治阶级利用文学艺术和文化媒介维持自己统治的合法

---

① 马新国主编《西方文论史》，高等教育出版社，2008，第 566 页。

性，形成有利于自己统治的领导权，被统治阶级内化了统治阶级的意识形态。要推翻现有秩序，必须进行全面的文化批判，摧毁现有的文化领导权，建立新的文化领导权。伊格尔顿在威廉斯观点的基础上，坚持文化唯物主义立场，提出文学文化意识形态批评应该包含六个范畴：一般生产方式，文学生产方式，一般意识形态，作者意识形态，美学意识心态，文本。文本范畴是前五个范畴的产物，马克思主义文学批评就是要解读文本中体现的各种范畴之间复杂的历史结合情况。20世纪七八十年代声名鹊起的美国批评家詹姆逊更是融合了以往西方马克思主义理论，将西方马克思主义的研究推向了新的阶段。

詹姆逊认为，历史发展充满了戏剧性的变化，并不存在直线性的图式，当下社会是出发点，也是终点，不存在对未来社会的预言。在特定历史条件下，经济实践状况决定了社会发展变动的界限。社会历史发展是意识形态实践、政治实践、经济实践总体性结构性的产物。

詹姆逊指出资本主义文化有三个分期，分别是市场资本主义时期、垄断资本主义时期、晚期资本主义时期。市场资本主义时期的基础是对"直接"自然的占有，这一时期的意识形态比较简单，呈现出积极向上的精神气质。垄断资本主义时期政治上的表现是帝国主义，意识形态上形成了西方与非西方的区分，包含了民族主义、国家主义等因素。晚期资本主义以跨国公司的垄断为基础，打破了经济实体和政治边界之间的重合，全球资本在市场原则下可以保持其霸权体系，自然开发和人力开发走向饱和，娱乐开发和文化开发成为重要产业，经济开发主导产业中非创造性的大众文化，生产着现有的生产关系，稳定着现存的霸权体系。由此，詹姆逊将马克思主义文学理论发展为文化理论。

资本主义的三个发展阶段，对应着三种类型的文学。社会现实通过写作主体的意识体现在文本当中，三种风格范畴的文学是资本主义三个阶段意识形态的自我表述。现实主义是资产阶级主体对客观确实性的肯定性把握的表征，主客体之间是一种透明的关系；现代主义是在资本主义物化结构中形成的对艺术主体目的性的建构，艺术与现实构成了一组对立关系，艺术成为独立于现实的自足的领地，它通过社会化的生产抹杀个性，同时通过意识形态保存着个体理想，某些天才的主体出于逃避物化的目的，通过艺术实践使自己脱离艺术商品化的处境，完成了艺术与现实的区分。

作为晚期资本主义生产方式发展的结果，后现代主义文化主要呈现以下特征：第一是深度的取消。现实主义文学包含对社会的倾向性看法，现代主义文学包含着对终极价值的渴望和执着，后现代主义文学则取消了所有的深层模式。具体来讲，黑格尔式的本质与现象的辩证法模式被取消了，弗洛伊德的表层与深层心理结构模式被取消了，存在主义的真实与非真实关系模式被取消了，符号学的能指与所指的二元对立模式被取消了。第二是历史意识消失了。历史意识既是时间意识，也是深度模式。对现代主义者来说，他们认为当下是碎片化的当下，但是可以通过对过去的回忆和对未来的渴望重建历史的连续性，而在后现代主义者看来，时间的连续性不存在了，只有孤立的现在，时间概念已经紊乱，语言只剩下纯粹的能指，没有任何可以确定的意义。第三是主体的零散化，主体是现代哲学存在的前提，也是现代艺术表现的主题。但是在后现代主义之中，主体只是一个空洞的能指符号，世界成了变形的世界，人成为梦游者、成为幻觉性的非我。后现代的世界是一个物与物的世界，而不是人与人，或者人与物的世界。艺术不再追求个人风格的表现，而是大批量复制带来的类的现象。第四是距离感的消失。陌生化、移情等传统美学强调艺术与生活之间的距离美，后现代主义则认为文化的特色就是影像的复制和大规模的机器化生产，产品是非真实的类，距离感和现实感已经消失。

詹姆逊认为，无论是欧洲还是美国，都有高雅文化与大众文化的意识形态区分，而且二者都倾向于用高雅文化为大众文化划定界限。如果说在古典时期，意识形态在艺术中还主要是作为对资本主义的反抗而存在的，创作者还可能拒绝商品的体制化，而到了 20 世纪，艺术已经无力通过自身对抗文化工业了。这个时候，高雅艺术与大众艺术的区分被抹平，艺术生产中高雅艺术和大众艺术的不同主题为了取悦顾客而无限重复，创作者的创造力变得平庸。高雅艺术与大众艺术都是具体社会内部商品化的结果，文化的形式大于内容，文化甚至没有内容，无论是大众文化还是高雅文化，都表现了物对人的胜利。

詹姆逊对马克思主义进行了大胆的改造和坚定地维护，他的理论是对现存秩序的颠覆和否定，成为具有鲜明特色的文化政治诗学，他的理论也为马克思主义的继续发展注入了生机。

**结语**：西方马克思主义是一个非常庞杂的理论流派，其中人物众多，组成复杂，理论分歧很大。但是有一点是共同的，他们是在认真思考当代世界重大问题中成长起来的，他们用西方各种现代和后现代的理论补充和发展了马克思主义理论，形成了以卢卡契为代表的人文主义思潮和以阿尔都塞为代表的科学主义思潮两种不同的新马克思主义，体现了大胆创新的勇气，但是也承担了巨大的学术风险，他们在一定程度上已经解构或者偏离了马克思主义的道路。经典马克思主义是理论与实践的辩证统一，而西方马克思主义者将马克思主义从工人运动的实践中剥离出来，完全成为一种理论的研究，削弱了马克思主义的实践性。

**本章必读书目**

迈克尔·莱恩：《文学作品的多重解读》，赵炎秋译，北京大学出版社，2006。

**深度阅读推荐**

刘同舫：《西方马克思主义的理论性质与中国意义》，《中国社会科学》，2010 年第 5 期。

游兆和：《"西方马克思主义"概念辨识》，《教学与研究》，2010 年第 7 期。

杨生平：《论西方马克思主义意识形态理论的存在论转向——兼论马克思主义意识形态理论》，《贵州社会科学》，2011 年第 1 期。

**思考与运用**

1. 伊格尔顿说："我们所解读（"消费"）的，是某种思想给我们解读（"生产"）的东西。"你是如何理解这句话的？

2. 试运用西方马克思主义理论，对莎士比亚的《李尔王》、毕肖普的《早餐的奇迹》（或自选作品）进行分析。

# 第十六章 新历史主义、后殖民主义、文化批评文论

**本章的能力要素**

本章主要介绍新历史主义、后殖民主义、文化批评的主要观点，要求能结合格林布拉特、萨义德、斯皮瓦克、威利斯、费斯克等人的理论主张，对相关的理论进行反思与批判，并能运用新历史主义、后殖民主义、文化批评的方法对文学文本进行分析。具体要求包括：

1. 能在自学的基础上，小组合作探究霍加特的《当代文化研究方法》（节选）。

2. 能对新历史主义、后殖民主义、文化批评理论进行反思与批判。

3. 能运用新历史主义、后殖民主义、文化批评方法，对夏洛蒂·勃朗特的《简·爱》、莎士比亚的《李尔王》、毕肖普的《公鸡》《在候诊室》等作品进行分析。

**教学方法**

小组探究法、讨论法、讲授法

**知识与能力结构**

新历史主义
后殖民主义
文化批评文论
{

第一节 经典文本选读：《当代文化研究方法》 ←→ 自主学习与团队协作能力
（理查德·霍加特）

第二节 新历史主义文论与格林布拉特的文化诗学
（关注历史与文学的互动关系）
{ 1.新历史主义概述　2.格林布拉特的文化诗学 }

第三节 后殖民主义文论与斯皮瓦克对殖民地权力话语的批判
（对文化殖民主义的批判）
{ 1.后殖民主义概述及奠基者萨义德　2.斯皮瓦克对殖民地权力话语的批判 }

第四节 文化研究与威利斯、费斯克的批评
（亚文化和边缘文化的研究）
{ 1.文化研究概述　2.威利斯的亚文化研究与费斯克的大众文化研究 }

知识整合与文学文化现象评价能力：运用新历史主义、后殖民主义、文化批评文论对文学文化现象进行分析与评价

理论思辨与表达能力

新历史主义兴起于 20 世纪 70 年代的美国，其受到马克思主义历史唯物主义、西方马克思主义、文化人类学理论的影响，强调文学批评的历史与文化因素，与新批评和传统的历史主义有明显的区别。新历史主义之"新"，一是取消了文学与历史的对立关系，不再将历史看作文学活动的背景，而是认为文学参与了历史的构造；二是将历史各因素看作是相互影响和塑造的关系，而不是将地理环境、经济基础、个人才能等一种或者几种因素当作其他因素的主导力量。新历史主义从具体作品产生时的文化和历史语境来理解传统的文学文本，试图打破文学文本与文化文本之间的界限，关注在文化整体中各种文本之间的互动与共鸣，因而也被称之为"文化诗学"。

同样兴起于 20 世纪七八十年代的后殖民主义文化思潮与二战后世界性的反殖民的民族解放运动有关，二战后原有的殖民体系瓦解，但是殖民主义并没有消失，经济和文化的殖民继续存在着。后殖民主义思潮就是对旧殖民主义的历史及当代影响的批判，德里达的解构主义思想和福柯的权力话语理论都是后殖民主义重要的理论来源。后殖民主义的批判范围极广，东方与西方、宗主国与殖民地、第一世界与第三世界、男性与女性等二元话语结构中潜在的权力斗争都是其关注的。

新历史主义与后殖民主义在批评理念上和方法论上有相似之处，它们都受后结构主义的影响，强调打通文学与历史、文学与政治、文学与任何其他文化形式之间的界限，强调不同文化之间的共生，它们在广义上都属于文化研究。

文化研究兴起于 20 世纪 50 年代的英国，后来波及欧美及全世界。文化研究的"文化"不是指一切文化，而是指 20 世纪才成为重要文化现象的阶级、种族、性别等亚文化和边缘文化，也包括电影、电视等大众文化，以及消费文化。文化研究具有鲜明的跨学科色彩，文学、历史学、社会学都是其常见的分析方法，同时，文化研究也具有语言学的理论色彩，它强调文化建构性、话语霸权和意识形态性等。文化研究作为对现有学科的挑战，往往关注的是被传统学科忽视和压抑的边缘性问题，它更多的是一种价值取向，而不是一种研究方法，它是一个多元的、开放的存在。

# 第一节　经典文本阅读

## 一、经典文本节选：《当代文化研究方法》（理查德·霍加特）

我在上面所扼要论述的探讨方法，也许暂时可以称为"文学和当代文化研究"，它与若干现有的研究课题有某种共同之处，但又不完全是其中的任何一种课题。有许多位前辈的学者曾从事这一课题的研究，不过，与其中的大多数学者相比，撰写文化和环境论著的利维斯博士①和致力于研究通俗小说的利维斯夫人②显得尤为重要。

"当代文化研究"所可能开拓的领域可以分为如下三个方面，一是大致上来说属于历史和哲学方面的研究；二是粗略地说属于社会学方面的研究；三是文艺评论，这将是最重要的课题。

至于可以被称为"文化辩论"的历史，我们需要了解更多的情况。在《文化和社会》一书中，雷蒙·威廉斯③顺着从伯克④到奥威尔⑤等人所走过的道路作了某种有趣的工作，由于他的研究课题势必要侵占有些人的特定领域，因而既受到了他们的赞扬，也受到了他们的惩罚。假如那些人现在也作出他们的贡献的话，那将是有益的。

我们需要为辩论的术语下一些更为准确的定义；也许，这甚至更困难一些。目前说来，这些术语的含义是模糊不清的，比通常的情况甚至更为糟糕，语义的变换掩盖了混乱的假设。人们采用断章取义般的泛泛而论和隐晦的辩解方法展开唇枪舌战，从而取代了所应该采用的对话方式。

人们继续在谈论"具有高度文化修养的人、具有中等文化修养的人和缺少文化修养的人"，尽管这样的话语现在作为批评术语来说几乎是毫无用处的。富有教育意义的报刊仍然在仿效奥特加—加西特⑥的榜样，在谈论"你们的平民百姓"和"人民大众"，似乎这些称呼是概念明确的术语，而不是含有某种条件的姿态。至于有关信奉国教、地位、阶级、"美国化"、大众艺术、流行艺术、民间艺术、城市艺术等问题的讨论，就其多数而言，简直是无稽之谈。

要不，就请看一下在有关广告的辩论户所使用的语言吧。为广告进行辩护的人之中，那些极为明智、备受人们重视的人是如此高尚，以至于要阅读他们的文字却是令人痛心的，尽管他们的品格是高尚的，但他们的语义却是漫不经心的。而舆论的喉舌在小范围内建立新的文化模式是何等容易，例如，"愤怒的青年"⑦运动或者有关"上层阶级和非上层阶级"的争论就是这样。提倡所有这类模式，几乎完全缺乏准确性或历史的眼力。我们几乎还没有开始澄清这场辩论中所采用的任何术语，其中有一部分原因，则是这样做将会要求我们重新考虑许多令人聊以自慰的观念。假如有更多一些的哲学家从事这一领域的研究

---

① 利维斯（1895—1978）：英国文学批评家，曾主编文学刊物《细绎》，代表著作有《大众文明和少数人文化》（1930）、《伟大的传统》（1952）、《有生的原则：作为思想训练的英国文学系》（1977）。

② 利维斯夫人（1905—1981）：英国小说批评家，论著有《小说与读者大众》（1932）等。

③ 雷蒙·威廉斯（1921—1988），英国剑桥大学文艺批评家，主要著作有《文化和社会》（1958）等。

④ 伯克（1897—1993）：美国文学批评家，艺术和科学研究院院士，以心理分析著名。著有《对历史的态度》（1937）、《文学形式的哲学》（1941）、《动机的修辞学》（1950）、《宗教的修辞学——语标学研究》（1961）。

⑤ 奥威尔（1903—1950）：英国小说家，他的文艺论著发表于1968年。

⑥ 奥特加—加西特（1883—1955），西班牙哲学家、思想家。主要论著有《大众的反叛》（1932）、《大学的使命》（1944）、《艺术的非人性化》（1948）、《关于小说的说明》（1948）等。

⑦ "愤怒的青年"，20世纪50年代英国的文学流派。

工作，情况也许会好些，但在此之前，文艺界人士将不得不尽力为自己有待探索的问题扫清障碍。

前几年，有些从事社会学研究的学者已经在被传统称为文艺社会学或文化社会学的领域中开展工作，有些从事文学研究的学者也同样如此①。但是，在当代文化社会学这一领域，我们需要进行的各种研究工作则要多得多。我们需要对如下所述的这类问题进行调查。

1. 关于作家和艺术家：他们来自何处？他们是怎样成为作家或艺术家的？他们在经济方面的报酬如何？（当然，对于任何一个问题，人们可以作历史的比较）

2. 不同的艺术形式有哪些欣赏者？不同层次的创作方式又有哪些欣赏者？他们有些什么样的期待？他们具有什么样的背景知识？今天是不是存在像"普通读者"或者"聪明的外行"这样的人呢？从无名的裘德·基普斯②、波利先生③到凯斯特勒④笔下那些忧心忡忡的士兵，这一系列的人物之中有些什么样的人在登场和下台呢？哪些人是平装本知识读物的读者呢？

3. 舆论制造者以及他们发挥影响的渠道又是什么样的情况呢？……保护人、权贵、知识阶层（如果今天存在这样一个阶层的话）处于什么样的状况呢？他们来自何方？如果有人已经成为斯蒂芬父女⑤和加尼特夫妇⑥的接班人，他们又是谁呢？当我们想起诺埃尔·安南⑦写出像《莱斯利·斯蒂芬——他的一生和他所处的时代》这样一本难得的好书时，我们便认识到这儿有多少工作是能够做成的。

4. 从事生产和发行书面和口头语言产品的机构处于什么样的状况？这些机构在财政和其他别的方面属于什么样的性质？若是说书面语言产品（以及也许所有的艺术作品）正逐渐变成使用一下便很快被抛弃的商品，这样的说法是否符合实际情况？如果情况属实的话，这样的说法意味着什么？（就想象而言不管它意味着什么）举一个很小的例子来说，商务方面的实际情况如何？"平装本革命"属于什么样的模式？又具有何种意义？

声誉的提高又怎样呢？在多大程度上是由于采用了商业性的手段才提高了声誉的呢？在这个问题上，正如汽车制造中所遇到的情况那样，尽力寻求高度的集中和合理化，因而

---

① 例如，美国的奥尔蒂克教授，新西兰的达尔齐尔教授和英国的路易斯·詹姆斯。——原注

② 英国小说家威尔斯在同名小说中所塑造的一位主人公。

③ 威尔斯在小说《波利先生的历史》中所塑造的人物形象。

④ 凯斯特勒（1905—1983）：匈牙利裔英国作家，主要作品有《暗无天日》（1940）、《与死亡对话》（1942）和自传体作品《蓝箭》（1952）、《看不见的作品》（1954）等。

⑤ 莱斯利·斯蒂芬（1832—1904）：英国著名的文学编辑、批评家和传记作家。他的女儿弗吉尼亚·伍尔夫（1882—1941）是位擅长心理描写和运用意识流小说家。

⑥ 爱德华·加尼特（1868—1937），英国作家，曾帮助许多作者步入文坛。例如约瑟夫·康拉德。他的妻子康斯坦斯·加尼特（1861—1946），父亲理查德（1835—1906）、儿子戴维（1892—1981）均是文坛名流。

⑦ 诺埃尔·安南（1916—2000）：曾任英国皇家学院院长，1965年被授予终身爵位，传记作家。

往往将注意力过多地集中在少数几位艺术家的身上，而几乎完全忽视其他的艺术家。

5. 最后，我们对于各种各样的相互关系所知甚微，例如作家及其读者之间的相互关系以及他们共同的设想，作家和舆论喉舌以及作家、政治、权力、阶级和金钱之间的相互关系，深奥微妙的和通俗的艺术之间的相互关系，功能性和想象性的相互关系，而我们与外国所作的比较又少得多么可怜。

尤为重要的是，文化研究之中直接的文艺批评方法本身又受到了忽视。可是，对于这个研究的整个领域来说，它是必不可少的，因为假如你不知道这些东西是如何作为艺术而发挥作用的（尽管有的时候是些"糟糕的艺术品"），你对于它们所说的话不会击中要害。在这个问题上，我们特别需要加强与社会学家的联系。在学术讨论会之外，就难以使用一种文学批判的语言来谈论所表现的"想象力的质量"，或者讨论对于一篇描写各种压力的文字所产生的影响，例如，谈论删繁就简的技巧，或者文字上的游戏，或者甚而至于谈论也许尤其是弦外之音所表达的含义。所有这一切都需要作更深入的分析，并加以说明和强调，而且不仅仅是针对大众化的艺术，而是在所有的层次。

我们对于大众化的或流行的艺术所知甚微，其中自有开展高水平评论工作的余地；这类艺术包括电影批评、电视和广播批评、电视剧（常常为人所忽视或被估价过高）、多种类型的通俗小说（侦探小说、西部小说、言情小说、科幻小说、推理小说）①、各种各样的新闻报刊、连环漫画、用于广告和公共关系宣传的语言以及形形色色的流行歌曲和流行音乐。

有些人说，他们不想或者不需要对任何这类东西有更多的了解，而且根本不值得作任何严肃的评论。而常常对大众化的艺术不假思索、出尔反尔地妄加判断的，也正是同样这些人。其中少数几个人对"世界新闻"或"赛车"则慷慨地视为例外。

假如仅仅是作为一个开端，对于观众或读者从并无希望的材料中实际上所接受的东西采取略为更谦虚一些的态度，将不无裨益②。也许，在某种意义上来说，凡是本人并不爱好流行艺术的人，是不会参与这项工作的③。有一种"爱好"，就是对于毫无价值的脏东西的依恋，而且是经过伪装的。吸收低级庸俗的文化，犹如无知者炫耀学问那样糟糕。若收听一种流行歌曲的广播节目，或者观看诸如"坦率的摄影机""这就是你的生活"一类的电视节目，就很难不产生种种错综复杂的感情，即既受吸引又觉得厌恶，既羡慕其中的技巧又鄙视弄虚作假的手法，使你怀着痛苦的心情看到种种相似和相同的事情，使你突然想起富有挑逗性的言语，或者使你能够鼓起勇气或变得幽默，或者使你对大众化的艺术可以反映任何题材，甚至可以反映我们最隐秘的情感所采用的表现手法感到惊讶。所有这一切也与希望、疑虑、志向、在动荡的社会中对于个人地位的追求、天真、卑劣、寄托于社团

---

① 奥威尔在这方面做了某些有益的早期工作，别的一些人已仿效了他的榜样。——原注
② 我很高兴地见到，C. S. 路易斯（1898—1963）在《批评的试验》中恰好向我暗示了这一点，尽管令我感到惊奇。——原注
③ 有些美国批评家例如本杰明·迪英特，在这一问题上所持的态度是十分有趣的。——原注

的愿望和所承认的孤独感相关,那是一种艺术的形式(常常属于粗俗不堪的艺术),但它是有吸引力的,神秘的,而且是难以解释清楚的。

当然,这种艺术正越来越变成是粗制滥造的,其中有连播十三个星期、以社会学为题材的广播剧,每一集都以危机为结尾,还有为妇女杂志撰写的通俗故事、如今已经非常成熟的西部电影和花样翻新的广告节目。但即使在这些文艺作品之中,有时在刺耳的声音之间夹杂着令你对人生经历的某个方面给予新的思考的片段。

这么说来,我们就不能像某些社会学家那样信心十足地谈论所有这些艺术的效果,除非我们对于他们富有想象力的工作具有准确无误的辨别能力,我们必须承认大部分通俗艺术的积极意义。如果我们承认的话,我们将不会获得那种我们能在艺术杰作中所感到的"敬畏般的激情",但我们也不会仅仅产生一种轻蔑的情感,我们也许更常常是抱着冷嘲热讽的态度,而不是蔑视的态度,我们不妨也会有肃然起敬的时刻。

我已经承认英语研究中过于当代化、过于社会化和过于"道德化"倾向所带来的危害。如果我们忘却了文学中"赞美性的"或"娱乐性的"成分,我们将迟早停止谈论文学,而发现我们自己只是在谈论历史、社会学或者哲学,而且也许只是在谈论糟糕的历史、糟糕的社会学和糟糕的哲学。但这一事实已被某些英语学校用作为一种挡箭牌。在其种种错综复杂的变化之中,英语终于再次与探索人生经验的语言有关。所以,它始终与它所处的时代有着密切的关系;一些从事文学研究的学者——比现在来说多得多的学者——应该尽力更好地理解这些关系。

**理查德·霍加特:《当代文化研究方法》,包振南译,转引自陈太胜主编《20世纪西方文论新编》,北京师范大学出版社,2011,第294—299页。**

## 二、理查德·霍加特简介

理查德·霍加特(1918—2014),英国伯明翰文化研究中心奠基人,文化研究的先驱。霍加特出生于英国工业城市利兹东北部的市郊,父亲是一名士兵,参加过一战,霍加特一岁时父亲去世,生活异常艰难,八岁时母亲去世,随后霍加特兄弟被家族成员分开抚养,霍加特由其祖母和一个姑母抚养。从小在工人社区长大,对中下层阶级的生活十分熟悉。1936年,霍加特拿到了利兹大学的奖学金,利用假期在工地搬过砖,干过体力活,也当过夜间派送员。二战期间在北非和意大利服役,二战争结束后在英国多所大学任职,1964年在伯明翰大学建立当代文化研究中心(简称CCCS)并任研究中心主任,在1968年的伯明翰大学学生运动中坚定支持学生,受到校方的反感。1968年任联合国教科文组织副总干事,晚年患有阿尔茨海默病,2014年4月10日去世。其代表作《素养的用途》与雷蒙·威廉斯的《文化与社会》以及斯图亚特·霍尔的《流行艺术》一起构成了文化批评的奠基之作。

## 三、选文导读

霍加特这篇论文发表于1987年,霍加特在文中从历史渊源、开拓的领域、主要工作等几个方面对文化研究进行了阐述。霍加特首先在开篇指出，文化研究与前辈已有的课题有共同之处，特别是利维斯和利维斯夫人，他们体现了英国学术史上文化——文明的研究传统。这种传统将研究的对象指向文学和高雅文化，对大众文化持否定态度。二战之后，流行音乐、电影电视、广告、时尚杂志、畅销书文化迅猛发展，大众文化受到关注。文化研究发端于文学，但是更加关注日常文化和生活方式，例如体育、服饰、流行音乐等小众文化。霍加特在选文中将文化研究开拓的领域分为三个方面：哲学和历史的研究、社会学的研究、文艺评论。他虽然指出文艺评论是最重要的课题，但是他将历史、哲学、社会学也纳入其中，体现了文化研究的跨界特征。

接着，霍加特指出了文化研究五个方面的主要研究工作，第一是关于作家人生经历、创作背景、稿酬等问题，以及这些问题的历史比较；第二是艺术接受者的分类、期待视野、背景知识等问题；第三是文艺传播渠道发挥作用的情况，文学的保护机制与保护制度等问题；第四是不同文艺作品出版机构的经营状况、文艺作品的传播情况等及其文化意义；第五是文学活动中各种要素之间的关系问题，例如读者之间的关系，作家与媒体、政治、权力、阶级、金钱等要素之间的关系问题。霍加特指出的这五个方面大多属于文学文本之外的问题，例如作家稿酬、生产机构的利润、商业推广、传播等，这些只有用文学之外的方法才能去说明。

霍加特虽然强调了直接的文艺批评方法的重要性，但是他仍然主张这种批评方法要加强与社会学的联系。霍加特特别关注大众的和流行的艺术，例如电影、电视、广播、通俗小说等。在霍加特之前，大多数学者对大众文化评价很低，甚至不屑一顾。霍加特认识到了大众文化的复杂性，认为这些艺术常常让人产生复杂的感情，"既受吸引又觉得厌恶，既羡慕其中的技巧又鄙视其中弄虚作假的手法，使你怀着痛苦的心情看到种种相似和相同的事情，使你突然想起富有挑逗性的言语，或者使你能够鼓起勇气或变得幽默，或者使你对大众化的艺术可以反映任何题材，甚至可以反映我们最隐秘的情感所采用的表现手法感到惊讶。"[①] 他认为，大众艺术有时候是粗俗不堪的，但是却是吸引人的，甚至有令人肃然起敬的时刻。

## 第二节　新历史主义文论与格林布拉特的文化诗学

### 一、新历史主义概述

要知道什么是新历史主义，首先要知道什么是历史主义。一般认为，历史主义是18世纪末期，开始在德国发展起来的一种思潮。历史主义强调历史发展的总体性，认为对社会的理解应该以对历史的认知为基础，社会发展有其历史规律性，可以根据规律预见未来

---

① 陈太胜编主《20世纪西方文论新编》，北京大学出版社，2011，第298页。

社会的发展进程。而文学就是社会发展的一面镜子，是特定历史时期政治和文化发展的反映，文学是人们了解历史的工具。这种思想曾经对意大利的维科、法国的卢梭、德国的黑格尔等西方人文学者产生了极大的影响。

在 20 世纪现代主义思潮的冲击下，历史主义受到了许多学者的批判。英国哲学家卡尔·波普认为，人类历史的进程是无法预测的，所谓的历史的目的和意义，都是人类强加上去的。历史主义所坚持的"总体性"也容易导致极权主义的发生。20 世纪，文学理论出现"语言学转向"之后，形式主义批评、新批评、结构主义、解构主义等流派，用形式取代了历史，语言的解析取代了历史的意义，历史主义逐渐走向终结。

在这种背景下，产生了新历史主义。1982 年，美国学者格林布拉特提出了新历史主义的概念，成为新历史主义的精神领袖。新历史主义既对传统历史主义的历史要素决定论不满，也对形式主义排挤历史要素的做法不满，他们重新强调从政治、经济、社会结构等方面对文学文本进行综合分析，认为理解和阐释构成作品的意义，一切文本都是特定历史条件下的文本，对文本所做的任何解读都是在具体历史环境下进行的，其结果都不可能是客观的，文本本身也参与了历史的构成，所谓的文学文本和非文学文本也没有本质的区别，历史文献与文学文本都具有虚构性。新历史主义偏重于对历史进行文化性阐释，代表理论是格林布拉特的文化诗学。

## 二、格林布拉特的文化诗学

斯蒂芬·格林布拉特（1943— ），美国著名的文艺批评家，新历史主义批评流派泰斗。伯克莱大学教授，主要从事文艺复兴时期的英国文学研究。主要著作有《文艺复兴时期的自我塑造：从莫尔到莎士比亚》《莎士比亚的协商》《不可思议的领地》等。他强调新历史主义主要是一种实践，而非一种教条，他对文艺复兴时期不起眼的逸闻趣事、奇异的话题、意外的插曲等问题进行研究，以打破在特定历史语境中的主流文化代码，实现去中心和重写文学史的目的。

"自我"是格林布拉特文艺复兴研究的出发点，格林布拉特认为，"自我"是多种历史因素相互作用的产物，不存在超越历史文化的本质。人诞生于文化当中，被文化所构造，同时，人也构造着文化，人与文化相互塑造和生成。文艺复兴时期的自我塑造是在权威与恶魔的异己关系中形成的。上帝、圣经、教会、法庭、监狱等构成了专制权力或权威，异教徒、野蛮人、巫婆、淫妇、叛徒、无政府主义者构成了异端、陌生或者可怕的东西，权威话语的威力是通过异己力量的存在确立的，作家的自我塑形也是通过对权威的顺从和承认，以及对异己力量的攻击和摧毁实现的。自我与文化和历史是一种相互塑形的关系，一方面，作家无法超越自己所处的时代，另一方面作家可以通过作品积极参与文化的塑形。

对文学的阐释要在文化历史的大语境中来完成，作为部分的文学与作为整体的历史文化是不可分的，对文学的阐释首先要还原历史文化语境，格林布拉特在还原历史语境过程中，打破了文学与非文学的界限，他从绘画、风俗、逸闻趣事甚至病例和死亡记录等边缘文化入手，然后再依据这种语境对文学进行阐释。他认为这些边缘性文化因素与文学文本构成了互文和共鸣的关系，体现了当时的文化兴奋，借此可以捕捉到时代精神中被人们忽视的一面，而这被人忽视的一面为人们解读文本提供了契机。

格林布拉特的文化诗学就是通过"共鸣性文本"还原文化语境，共鸣性文本大多是一些边缘性、被压抑的历史文化因素，文化诗学通过挖掘这些文化碎片，重构文化精神，作为文学批评的参照。例如在《莎士比亚的协商》中，格林布拉特对莎士比亚《第十二夜》中薇奥拉女扮男装情节进行了分析，他通过两则轶事对这一情节的历史语境进行了分析。一则是在蒙田的《随笔集》中，也有一位女子女扮男装与另一个女子结了婚，结果因为"利用非法手段弥补自己的性别缺陷"而被判处死刑。另一则是在 17 世纪法国医生杜弗尔的作品《两性人》中，一个名叫玛丽的女子与另一位女子相爱，两人同床共枕几个月，结果玛丽告诉对方自己是男人，并且改名马伦，穿上男装，与对方结了婚，但是政府对马伦鉴定后认为马伦是个女子，并判处他死刑。马伦一再上诉，经过医生反复检查，最终认定马伦为男子。格林布拉特认为这两则轶事代表了文艺复兴时期对古希腊人信奉的双性同体的理念的复活，两性被迫分离后，都在努力寻找失去的另一半，对性别改变的描述，代表了自主婚姻合法化的时代精神，莎士比亚的《第十二夜》正是利用了这种时代精神的反映。

格林布拉特的文化诗学对历史语境的还原带有模式化的倾向，其往往选取个别文本重新组合与解释，将大历史转化为小历史，将历史简化为文化，继而又将文化简化为文本，这种双重简化造成了宏阔的历史被若干边缘性文本淹没的状况。

在格林布拉特之后，海登·怀特指出历史和文学具有相同的叙述方式和意义结构方式，历史文本也具有文学性，历史学家可以像文学家一样，通过抬高或者贬低一些因素，通过个性塑造、主题重复、描写策略等等来赋予事件以不同的意义。历史和文学不同之处在于，历史处理的是历史材料，而文学处理的是作家的感受。历史已经逝去，人们不可能找到历史，人们找到的只是关于历史的叙述，这是一种被编制过的历史。不存在真正的历史，有多少种阐释就有多少种历史，人们对作为阐释文本的历史的选择不是认识论意义上的选择，而是审美意义或者道德意义上的选择。海登·怀特将历史分析解释成了一种修辞分析，具有了泛修辞主义的错误。

新历史主义对历史要素的强调，标志着文学研究中"社会中心"方法回归，文学研究从社会中心——作者中心——作品中心——读者中心，又一次发展到了社会中心，完成了新的轮回。但是新历史主义以边缘文化反抗文化中心话语，并从文化的各个方面冒进，也造成了理论的拼凑与断裂。

## 第三节　后殖民主义文论与斯皮瓦克对殖民地权力话语的批判

### 一、后殖民主义概述及奠基者萨义德

后殖民主义批判早期的代表性人物主要是宗主国思想激进的知识分子和非洲殖民地一些争取民族独立的黑人思想家。而巴勒斯坦的萨义德于 1978 年出版的《东方学》被公认为后殖民主义批评的奠基之作。1985 年至 1995 年是后殖民主义兴盛的十年，"后殖民主义"成为批评的关键词。1989 年，阿什克劳夫特、格里菲斯、蒂芬三人合著的《帝国回述：后殖民文学的理论与实践》一书中首先使用了后殖民文学的概念。

后殖民主义批评研究范围极广，涉及解构的、女权的、精神分析的、新历史主义的、马克思主义的等许多方法，批评家的组成也极为复杂，其中有来自第三世界国家的巴勒斯坦的萨义德、印度的斯皮瓦克、印度的霍米·巴巴等人，他们大多以深广的民族精神和对人类文化前景的思考介入后殖民主义的讨论，审视殖民主义与后殖民主义的联系与区别，探讨重建中心的可能性，分析仇外情绪与传统丧失造成的失语现象，寻找自我文化身份在多元文化中的位置。还有来自第一世界国家的英国的伊格尔顿、美国的詹姆逊等人，他们指出在第一世界与第三世界的对立中，第一世界掌握着文化输出的主导权，第三世界只能被动接受，导致第三世界母语消失，文化贬值，意识形态改型，他们期待第三世界文化在与第一世界文化对话的过程中，打破后者的话语垄断，走向世界。另外还有一些在第三世界居住或生活的学者，他们与其他学者一起，从各个方面开拓了后殖民主义的研究领地。在后殖民理论家当中，萨义德和斯皮瓦克是影响最大的两位。

萨义德 1935 年出生于巴勒斯坦的耶路撒冷，小时候在埃及的开罗上学，之后随父母移居黎巴嫩，在欧洲各国流浪，1951 年到美国，1953 年进入普林斯顿大学，获得文学学士学位，之后又获得了哈佛大学的硕士和博士学位，精通英语、法语、阿拉伯语，也是一名出色的钢琴演奏家，先后在哥伦比亚大学、霍普金斯大学、哈佛大学、耶鲁大学任教，2003 年因病在纽约去世。萨义德的主要著作有《起始：意图和方法》《东方学》《隐蔽的伊斯兰教》《世界、文本、批评家》《文化与帝国主义》等。

萨义德作为后殖民主义的代表性人物，其《东方学》对西方殖民主义的理论建构作了深刻揭示，奠定了后殖民主义的理论基础和方法论原则。在萨义德看来，东方学有三层含义，它可以指一种研究学科、一种思维方式、一种权力话语方式。东方学是随着西方的全球化扩张而产生的一门关于东方的学问，西方人对东方的认识，是以西方文化思维为基础的，西方人眼中的东方并不是真正的东方，而是被编造出来的东方，是东方化、妖魔化的东方，是对东方的遮蔽和歪曲。西方人从维护自己政治、经济、文化利益的立场出发，试图通过貌似真理的言说，去定义有利于西方的关系，他们得出的结论是：西方是一种优越

的文明，而东方则代表了野蛮与落后。萨义德的东方学希望东方与西方能够建立起公平对话的新型关系。

萨义德依据他的东方理论对大量文本进行了批评，例如在但丁的《神曲》中，他将穆罕默德放在了九层地狱的第八层，作为"散播不睦者"受到惩罚，在这里，东方人是沉默的客体，成为被观察、被描述和被审判者，西方人则成了权威的审判者。在雨果的《拿破仑》中，埃及被描述成法国的一部分；在法国浪漫主义作家夏多布里昂的眼中，只有伟大的法国才能配得上尼罗河三角洲的神奇；在福楼拜看来，东方的女人是一个可以跟任何男人上床的机器，这反映了西方文化对异质文化的漠视和对生命的不尊重。萨义德的东方学开辟了文化研究的新空间，也奠定了后殖民主义批评的基础。

## 二、斯皮瓦克对殖民地权力话语的批判

斯皮瓦克（1942—　），美国匹兹堡大学教授，西方后殖民理论思潮的主要代表。1942年斯皮瓦克出生于印度的加尔各答，1963年移居美国。早年师承美国解构批评大师保罗·德曼，获得康奈尔大学博士学位，20世纪70年代曾以德里达的翻译者和阐释者而蜚声北美理论界，20世纪80年代开始将后殖民主义批评与女性主义批评相结合，关注第三世界女性的文化身份问题，对后殖民主义研究做出了积极贡献。在萨义德之前，西方的后殖民主义批评家主要关注的是非洲文学，萨义德将东方推到了学者们的面前，而斯皮瓦克则将大家的目光引向了印度次大陆，她的主要著作有《他者的世界》《在教学机器之外》等。

斯皮瓦克有着宽广的学术视野，她从自己的受殖民的民族身份和被压抑的历史记忆出发，将后殖民主义理论与心理分析理论、解构主义、西方马克思主义、女性主义等结合起来，以边缘的姿态和权力分析的策略，对当代文化提出批判。用女性主义理论分析女性在权力话语中的被剥离处境，用权力话语理论分析东方的后殖民处境，用西方马克思主义理论分析殖民主义权威的构成。斯皮瓦克看来，自己在匹兹堡大学任教，经受了三重压力，在西方人的世界中作为东方人的压力，在男权话语中作为女性存在的压力，在第一世界中作为边缘化的第三世界的压力。斯皮瓦克正是在这种压力中试图建立第三世界的历史叙述逻辑，重写自己民族的历史。

斯皮瓦克在《他者的世界》中指出，法国和美国的女性主义都有新帝国主义的操作机制，美国的女性主义都以第一世界霸权式的实践将第三世界作为研究对象，而第三世界女性在实际上是缺席的，她们只是第一世界女性言说的客体。法国的克里斯蒂娃的《中国妇女》中明显存在着第一世界女性的优越感，中国妇女成了默默无言地期盼着法国女性主义言说的群体。

斯皮瓦克认为文学是某种世界和意识的表征，文学表述是文化表述的组成部分。在《简·爱》当中，罗切斯特和伯莎·梅森是合法的夫妻，简和罗切斯特是非法的反家庭。这种违法的反家庭是如何向合法的家庭转化的呢？斯皮瓦克认为，帝国主义意识形态发挥了关键作用。夏洛蒂·勃朗特将伯莎·梅森这个生活在英属殖民地牙买加的白人描述得人

兽不分,这让罗切斯特对牙买加充满了绝望,罗切斯特为了摆脱伯莎·梅森的地狱甚至愿意回到上帝那里去,而在小说中,欧洲被描述成充满了希望和甜蜜的土地,这是帝国主义意识形态的充分体现。

斯皮瓦克作为美籍印度裔学者,以其独特的身份和感受,对殖民主义进行了解构,重构了东方女性主义话语,为第三世界女性发声,这样批评的胆气是令人佩服的。

后殖民主义批评主要关注的是两种文化发生碰撞时,一种文化作为权威话语对另一种边缘性的文化造成的权力压抑。进入 20 世纪 90 年代,后殖民主义逐渐被文化批评取代,但是后殖民主义思想已经广泛渗透到了全球学术思潮当中,在文化研究中仍然发挥着重要作用。

# 第四节　文化研究与威利斯、费斯克的批评

## 一、文化研究概述

文化研究作为一门学科,发端于 1964 年英国伯明翰大学成立的"当代文化研究中心",1972 年,该中心发表了《文化研究工作报告》,文化研究被正式纳入理性的地图,文化研究的序幕就此拉开,之后迅速从英国扩展至欧洲、北美和大洋洲等广大地区,世界范围内掀起了文化研究的热潮。

文化研究的发展过程可分为三个阶段,第一个阶段是 20 世纪 50 年代末期到 60 年代初期。代表人物是英国的理查德·霍加特、雷蒙·威廉斯、斯图亚特·霍尔,这一时期《素养的用途》等著作先后出版,标志着文化研究正式兴起。1956 年,随着苏联镇压匈牙利革命,英法入侵苏伊士运河等事件的发生,一些知识分子对斯大林主义和资本主义进行强烈批判,试图寻找第三种政治空间,新左派运动于是兴起。英国文化批评的成员大多参与了新左派运动,他们不再提倡从经济和政治入手批判资本主义,而是从文化入手分析工人阶级的生活方式,以及大众文化对工人生活的影响,从中发掘抵制主流意识形态的政治手段。文化批判发端于文学领域,但是它更关注文学之外的日常生活,如服饰、流行音乐、体育等小众文化对人的生活的影响。产生的主要著作除了《素养的用途》外,还有《文化与社会》《英国工人阶级的形成》《流行艺术》等。

第二个阶段从 1964 年到 20 世纪 80 年代初期,这是文化批评的全盛时期。1964 年,"当代文化研究中心"在英国伯明翰大学成立,霍加特任主任,霍尔任主任助理,研究中心招收研究生,创办了期刊《文化研究工作》,开设了"文化研究的理论和方法"等课程,积极传播文化研究成果,从此文化研究走向制度化时期。这一时期,霍加特将文化研究推向了大众文化和流行艺术,包括电影电视、通俗小说、连环漫画、广告语言、新闻报刊等,他们重点关注青年亚文化、传媒、意识形态等问题。产生的经典著作有《仪式抵抗》《亚文化:风格的意义》《监控危机》等。

第三个阶段从 20 世纪 80 年代中期至今，这是文化研究的全球扩张时期。这一时期文化研究向澳大利亚、美国、加拿大和亚洲各国扩张，文化研究在不同地域，与不同的学科融合，产生了不同的建构与实践方式，文化研究的课程广泛开设，国际交流频繁，成为重要的学术现象。

文化研究是关于文化的研究，重点关注的是文化在社会结构中的地位，文化研究的内容可以分为三个方面：文化生产、文本分析、文本的接受与影响。"文化"在"文化研究"中有两重意义，第一是作为研究对象而存在，第二是作为研究方法和领域而存在。文化研究重视的不是高雅艺术中的传统精神，而是日常文化、亚文化、底层文化、大众文化、媒介文化等，在他们看来，文化是平常的东西，整个生活进入了研究的视野。文化研究一个不变的核心议题就是检视生活中的权力关系，以及这些关系如何塑造和影响了文化实践。

## 二、威利斯的亚文化研究与费斯克的大众文化研究

威利斯（1945—　　），英国文化批评的代表性人物，曾在剑桥大学学习，1972 年获得伯明翰大学当代文化研究中心博士学位，毕业后在该中心工作，一直到 1980 年，多年来致力于文化的民族志研究。威利斯侧重对亚文化进行研究，他认为在一个社会中，分别存在着主导阶级的主流文化和从属阶级的亚文化，亚文化存在于特定群体中，具有鲜明的异质性，两种文化之间存在收编和抗拒的关系。威利斯经常深入研究对象的生活当中，亲自参与和体验他们的生活，理解他们的文化，这种研究的方法就是"民族志"的方法。1977年，他出版了《学习劳动》，对工人阶级家庭出身的青少年反对学校教育和管束的亚文化进行了考察。为了撰写这本书，威利斯花了三年的时间，跟踪了 12 个工人家庭出身的男孩子的生活状况，采取个别交谈、小组讨论、阅读日记等方式深入了解他们，威利斯还同这些男孩子一起听课、工作，并且采访了老师、家长、老板、工会代表等，从不同角度了解这些孩子行为背后的动机。他发现，这些孩子通过不交作业、逃课、戏弄老师、歪曲校规等方式对学校文化进行反抗，这实际上是对支配文化的抵抗，学校的任务是为资本主义生产驯服的劳动力，维持不平等的社会关系。孩子们的反抗看起来具有反叛性，但实质上也是他们在成为产业工人之前的一种训练，例如如何使自己具有男子汉气概，为重体力的生产作为准备。威利斯将研究的目光投向弱势群体，并采取了介入而不是居高临下的研究方式，在一定程度上带来了文化上的宽容与理解。

约翰·费斯克（1939—　　），当代大众文化研究代表人物。曾在英国、澳大利亚、美国多所大学任职，主要著作有《解读电视》《电视文化》《理解大众文化》等。

大众文化也称通俗文化、流行文化，大众文化作为文化研究的重要领域，与"阶级、性别、种族"一样受到重视。在文化研究兴起之前，法兰克福学派就对文化工业和大众文化进行了研究，只是在他们看来，大众文化与资本主义体制具有合谋关系，它欺骗和娱乐大众，让大众安于现状，丧失了批判能力。

费斯克的文化研究改变了法兰克福学派对大众文化的消极看法，他强调了大众文化的复杂性和抵抗性，认为大众文化中的读者具有能动性。费斯克指出，在以电视为代表的大

众文化的生产和消费过程中，存在金融经济和文化经济两种经济形式。制片方将自己的产品卖给电视台，电视台再将广告时间卖给广告商，这是金融经济行为。电视台为了出售自己的广告时间，必须生产出足够多的观众。观众观看电视节目是一种文化经济，观众在看的过程中生产了快感、意义和身份，不同的观众可以生产出不同的快感和意义。费斯克的观点扭转了以往将观众看作同质化、被动接受意识形态的控制、缺乏判断与批评的观点。同时，费斯克也指出，电视的抵抗性阅读并不能转化为对抗性的政治和社会行动。

除了上述论题，身体文化和视觉文化也受到了文化批评的重视，消费语境下的时尚文化、女性气质、色情文化、身体艺术等都成为研究的对象，图像的复制、仿真、模拟使其具备了篡改或替代现实的能力。

文化研究具有明显的跨学科色彩，无法被归类在既有的学术流派之中，它以其边缘地位和批判性格，保持着自己的生命活力。文化研究实际上是一种文化政治学，它试图揭示文化中的知识与权力关系，从而改变现状达到更为平等的境界。文化研究在快速扩张的同时，也遇到了发展的难题，特别是其与文学的关系一直十分尴尬。文化研究对传统的文学研究造成了极大的冲击，文学成为政治和社会的舞台，这样使其由于过度纠缠于政治批判而忽视了对文学审美性的研究，可以说，文化研究包罗万象的时候，也就抛弃了文学，对同性恋的研究代替了对莎士比亚的研究，对麦当娜的兴趣超越了对弥尔顿的兴趣。文化研究为文学研究带来活力的同时，也使文学研究产生了危机。

**本章必读书目**

迈克尔·莱恩：《文学作品的多重解读》，赵炎秋译，北京大学出版社，2006。

**深度阅读推荐**

张荣翼：《文化批评：理论与方法》，《社会科学战线》，2002 年第 3 期。

王晓路：《西方文论关键词文化批评》，《外国文学》，2014 年第 3 期。

蒋述卓、李石：《文化研究的本土化历程与当代语境》，《中国文艺评论》，2015 年第 2 期。

**思考与运用**

1. 有人批评文化研究似乎包罗万象，漫无边际，却单单忘记了文学。你是如何理解这个观点的？

2. 试运用女性主义、文化批评理论，对夏洛蒂·勃朗特的《简·爱》、莎士比亚的《李尔王》、毕肖普的《公鸡》《在候诊室》（或自选作品）进行分析。